Arena-Taschenbuch
Band 51219

Weitere Bücher von Antje Babendererde im Arena Verlag:
Rainsong
Der Gesang der Orcas
Lakota Moon
Julischatten
Indigosommer
Libellensommer
Die verborgene Seite des Mondes
Talitha Running Horse
Findet mich die Liebe
Sommer der blauen Wünsche
Wie die Sonne in der Nacht
Der Kuss der Raben

Schneetänzer ist auch als Hörbuch erhältlich.

Zum Wort »Indianer«: Bei dem Begriff handelt es sich um eine koloniale Fremdbezeichnung. Die etwa fünfhundert indigenen Gruppen, die in den USA leben, haben sich nie als Einheit verstanden und daher keine Selbstbezeichnung entwickelt. Während das Wort von jüngeren Zugehörigen oft kritisch gesehen wird, verbindet die ältere Generation damit den Stolz auf die eigene Geschichte. In den USA ist es außerdem üblich, »Native American«, »Indigenous People« oder »American Indian« zu sagen. Die meisten möchten nach dem Namen ihrer Gruppe bezeichnet werden, z. B. Sioux, Dakota usw. Im Roman wird dennoch bewusst der Begriff »Indianer« verwendet. Bei ihren intensiven Recherchen wurde der Autorin von Seiten der Zugehörigen versichert, dass sie selbst sich so bezeichnen und es bei der Bedeutung des Wortes auf den Kontext und die Art ankommt, wie es benutzt wird.

Antje Babendererde,
geboren 1963, wuchs in Thüringen auf und arbeitete nach dem Abi als Hortnerin, Arbeitstherapeutin und Töpferin, bevor sie sich ganz dem Schreiben widmete. Seit vielen Jahren gilt ihr besonderes Interesse der Kultur, Geschichte und heutigen Situation der Indianer. Ihre einfühlsamen Romane zu diesem Thema für Erwachsene wie für Jugendliche fußen auf intensiven Recherchen während ihrer USA-Reisen und werden von der Kritik hochgelobt.

Arena

Antje Babendererde

Schneetänzer

Den Menschen von Moosonee und
Moose Factory gewidmet.

www.blauer-engel.de/uz195
· ressourcenschonend und umweltfreundlich hergestellt
· emissionsarm gedruckt
· überwiegend aus Altpapier
MI6
Dieses Druckprodukt ist mit dem Blauen Engel ausgezeichnet

MIX
Papier aus verantwortungsvollen Quellen
FSC® C110508
FSC
www.fsc.org

1. Auflage als Arena-Taschenbuch 2021

Rottendorfer Str. 16, 97074 Würzburg

Umschlaggestaltung: Johannes Wiebel, unter Verwendung von Bildern von Shutterstock © Alix Kreil, Olena Gai, meow_meow, Carlos G. Lopez, Bogdan Sonjachnyj und AnnaNenasheva
Vignetten im Innenteil unter Verwendung von Bildern von Shutterstock © Olena Gai, meow_meow und AnnaNenasheva
Umschlagtypografie: Sibylle Bader
Gesamtherstellung: Westermann Druck Zwickau GmbH
ISSN 0518-4002
ISBN 978-3-401-51219-8

They tried to bury us.
They didn't know
we were seeds.

Mexikanisches Sprichwort

Whe-tiko

Weißer Flockenwirbel. Kalt, so kalt. Ich laufe, setze einen Fuß vor den anderen. Meine Schritte werden vom kalten Weiß verschluckt. Mein Kopf schmerzt und ich will um Hilfe rufen, doch aus meinem Mund kommen nur weiße Wolken, in denen die Schneeflocken tauen.

Plötzlich höre ich knirschende Schritte im Schnee und ein wildes Schnaufen. Ohne mich umzudrehen, fange ich an zu rennen. Kälte sticht in meine Lungen, die Schritte kommen näher. Mit jagendem Herzen laufe ich zwischen verschneiten Bäumen hindurch, aber meine kurzen Beine versinken immer tiefer im frischen Schnee. Ich höre meinen Verfolger krachend durchs Holz brechen, brauche mich nicht umzudrehen, um zu wissen, was mir da dicht auf den Fersen ist. Das Ungeheuer des Waldes. Ein Monstrum mit einem Eisherzen, das Appetit auf ungehorsame Jungen hat.

Plötzlich bleibe ich mit dem Fuß an einem im Schnee verborgenen Ast hängen, stolpere und fliege der Länge nach hin. Das kalte Weiß ist überall um mich herum, sogar in meinem Mund. Mit letzter Kraft sauge ich Luft in meine Lungen. Doch der Schrei gefriert in meiner Kehle.

1
EISBÄRENEXPRESS

Mit einem wilden Atemzug fuhr ich aus meinem Albtraum vom zotteligen Ungeheuer im Schnee. Mein Blick jagte im Zickzack durch den Raum. Vier weiße Wände statt Winterwald. Kein Ungeheuer. Aber warum war mir dann so furchtbar kalt?

Mein Handywecker klingelte. Fluchend kämpfte ich mit dem Bettzeug, die Arme und Beine verstrickt in das schweißnasse Laken. Die dicke Wolldecke war zu Boden gerutscht, deshalb fror ich auch so in meinem T-Shirt und den Boxershorts.

An der Wand gegenüber dem Bett hing eine fotografierte Winterlandschaft: schwarze Baumspitzen, die aus einer endlosen, unberührten Schneefläche ragten. Nun wusste ich auch wieder, wo ich war: in einem Hotelzimmer in Cochrane, Ontario, auf dem Weg in meine Vergangenheit.

Es war kurz vor acht und in einer Stunde ging mein Zug in den hohen Norden. Mein Ziel war Moosonee, ein abgelegenes Nest, zu dem es keine Straßenverbindung gab. Ich schwang die Beine aus dem Bett und tappte ans Fenster. Der Himmel war von dicken Wolken verhangen und überall türmten sich schmutzige Schneeberge an den Straßenrändern. Direkt gegenüber vom Hotel lag der kleine, eingleisige Bahnhof von Cochrane. Ein Bus aus Timmins lud gerade neue Fahrgäste mit Unmengen Gepäck auf dem Bahnhofsvorplatz ab und auf einmal konnte ich nicht schnell genug dort unten bei den anderen Reisenden sein. Ich duschte, packte zusammen und checkte aus.

Das digitale Thermometer am Bahnhofsgebäude zeigte 15 °C, was so weit nördlich vermutlich okay war für Mitte April. Im Bahnhofsrestaurant bestellte ich mir einen Milchkaffee und zwei Croissants mit Butter und Marmelade.

Auf dem lang gezogenen Bahnsteig ging es kurz vor Abfahrt des *Polar Bear Express* ins rund dreihundert Kilometer entfernte Moosonee geschäftig zu. Menschen, die aussahen wie ich, schleppten riesige Koffer und mit Klebestreifen umwickelte Kartons zum Gepäckwaggon, wo alles verladen wurde: von rosafarbenen Kinderfahrrädern über Küchengeräte, riesige Packungen *Pampers*, Computer und Stereoanlagen bis hin zu sperrigen Staubsaugern und Tetrapacks voller Milch. Irritiert starrte ich auf den Flyer von Moosonee in meiner Hand. Gab es dort etwa keinen Supermarkt?

Ich war tief verletzt und wütend gewesen und hatte meiner Mutter keine Gelegenheit gegeben, mir mehr über den abgeschiedenen Ort an der James Bay zu erzählen, bevor ich Hals über Kopf von zu Hause abgehauen war, nur vier Wochen vor den Abiprüfungen. Als ich Mum dann vom Frankfurter Flughafen aus anrief, fragte sie mich, ob ich lange Unterhosen eingepackt hätte. Und sie warnte mich, dass es schwer werden könnte, mich unter einem Volk von Jägern fleischlos zu ernähren.

Dann sagte sie noch: *»Er wird dich enttäuschen, Jacob.«*

Ich bestieg einen der beiden dunkelblauen Passagierwaggons mit dem gelb-roten Logo, das eine fliegende Kanadagans darstellte, und suchte wie alle anderen meinen Platz. Eine indianische Großfamilie beschlagnahmte gleich mehrere Sitzbänke, die Kinder warfen sich in die blauen Sitze.

Das Ticket nach Moosonee und wieder zurück nach Cochrane hatte mich hundertzwanzig kanadische Dollar gekostet. Inzwischen war ich mit meinen Reisekosten bei knapp tausend Euro angelangt und mein Budget schrumpfte rapide. Tante Sonja hatte noch einen Hunderter auf mein Konto überwiesen, somit blieben mir knapp zweihundert Euro für die nächsten beiden Wochen. Ich ging fest davon aus, dass mein Erzeuger mich beherbergen und ernähren würde, nachdem er vierzehn Jahre lang keinen Cent für mich ausgegeben hatte.

Erneut stieg Wut in mir hoch. Auf meine Mutter, die mich jahrelang belogen hatte, aber auch auf meinen verantwortungslosen Vater, der vor vierzehn Jahren unsere Familie zerstört hatte. Beide waren schuld daran, dass ich mein bisheriges Leben unter falschen Vorzeichen gelebt hatte. Dass nun ein gewaltiges Drunter und Drüber in meinem Inneren herrschte.

Es gab reservierte Plätze. Zu meinem Ticket gehörte der Fensterplatz einer Viererbank. Nachdem ich meine Sporttasche und meine Jacke in der Gepäckablage verstaut hatte, machte ich es mir bequem. Blaues Kunstleder, weiche Polster und eine breite Fußablage wie bei diesen Omasesseln. Gar nicht übel für die fünf Stunden Fahrt ans Ende der Welt, die mich erwarteten. Mein Blick fiel wieder auf den Flyer von Moosonee, der am Bahnhof ausgelegen hatte. *»Come visit us and touch the edge of the Arctic.«*

Obwohl es gemütlich warm war im Zug, rann mir ein Schauer über den Rücken. Eine Vorahnung?

Der Waggon füllte sich schnell, doch die anderen Fahrgäste beachteten mich gar nicht. Familien mit kleinen Kindern, die auf wackligen Beinen durch den Gang liefen. Männer in karierten Wolljacken, Frauen und Mädchen, die lachend schwatzten. Neugier schluckte meinen Groll, denn es war ein seltsames Gefühl, unter Menschen zu sein, die aussahen wie ich: kohlschwarze Haare, dunkle Haut, leicht schräge dunkle Augen. Kanadische Ureinwohner, deren Vorfahren dieses Land noch allein gehört hatte.

Einige dieser Leute waren von meinem *Stamm.* Die Wahrheit über meine Herkunft wusste ich erst seit ein paar Tagen und ich hatte mich noch nicht an den Gedanken gewöhnt, einen Cree-Indianer zum Vater zu haben.

Mum hatte mir jahrelang weisgemacht, ich wäre die Folge eines One-Night-Stands. Meinen Erzeuger, irgendein Student aus Südostasien namens Greg (wenigstens was seinen Vornamen anging, hatte sie mich nicht belogen), hätte sie mit achtzehn auf ihrer großen Reise durch Kanada in einem Hostel kennengelernt. Und am nächsten Morgen, als sie aus ihrem Marihuana-Rausch erwacht war, hätte er bereits das Weite gesucht. Damit hatten sich alle weiteren Fragen erübrigt.

Wie oft hatte ich in den vergangenen Jahren vor dem Spiegel gestanden und nicht gewusst, wer mich daraus anblickte. Ein Teenager mit dunkler Haut, halb deutsch, halb … *Ja, was?*

Ich hatte meine ausgeprägten Wangenknochen, die braungrünen, wie liegende Halbmonde geformten Augen und mein rabenschwarzes Haar betrachtet und mich gefragt, wer ich war – wo auf der Erdkugel diese andere Hälfte beheimatet war.

Ein paar Tage nach meinem achtzehnten Geburtstag hatte mein Freund Ben mir geraten, meine DNA bei einem genetischen Testdienst einzuschicken, um vielleicht per DNA-Matches eine Übereinstimmung zu erzielen. Beinahe hatte er mich so weit gehabt, das Geld zu investieren, als sich die Frage schlagartig von selbst erledigte und ich endlich eine Erklärung dafür geliefert bekam, wieso ich manchmal in Englisch träumte.

Weil es meine *Vatersprache* war.

Meine Welt stand kopf, ich war wütend und durcheinander, aber auch von einer prickelnden Aufregung erfasst. Mein Vater war kein Phantom mehr. Er hatte einen Namen: Greg Cheechoo. Und es gab einen Ort, an dem ich schon gelebt hatte: *Moosonee.*

Eine Indianerin unbestimmbaren Alters setzte sich mir gegenüber auf den Platz am Gang. Sie grüßte mich mit einem freundlichen Lächeln und widmete sich ihrem Smartphone. Punkt neun Uhr stieß die Diesellok einen langen, durchdringenden Pfiff aus. Der Eisbärenexpress setzte sich in Bewegung.

In meinem Inneren brodelte es. Ich konnte es kaum erwarten, endlich meinem Erzeuger gegenüberzutreten. Immer wieder stellte ich mir Greg Cheechoos verblüfftes Gesicht vor, wenn ich plötzlich vor ihm stand – nach all den Jahren. Dabei wusste ich nicht mal, wie er aussah. Hatte er dieselben Augen, Haare, Wangenknochen? Als ich Mum nach einem Foto gefragt hatte, war sie wieder in Tränen ausgebrochen und hatte gemeint, sie hätte damals alle Fotos vernichtet. Was ich ihr nicht glaubte.

Wie dem auch sei, mein Cree-Vater hatte keine Ahnung, dass ich auf dem Weg zu ihm war. Aber ich hatte in Erfahrung gebracht, dass er immer noch in Moosonee lebte. Und die Chancen, ihn dort zu finden, standen in Anbetracht der Überschaubarkeit des Ortes ziemlich gut.

Ich nahm mein Smartphone, rief *Wikipedia* auf und las zum wiederholten Mal, was das Online-Lexikon über das Nest ausspuckte: Moosonee ist eine Siedlung mit etwas mehr als 1700 Einwohnern im Norden Ontarios, Kanada. Der Ort wurde im Jahre 1903 als Stützpunkt der französischen Pelzhandelsfirma Revillon Frères in Konkurrenz zur Hudson's Bay Company gegründet. Der Ort beherbergt zwei Schulen und einen Ableger des Northern College, den Northern Store, ein Postamt und einige kleine Läden. Die einheimischen Cree machen 80 Prozent der Bevölkerung aus. Die Siedlung Moosonee liegt am Moose River, einem etwa 80 Kilometer langen Fluss, der unweit des Ortes in die James Bay mündet. Auf einer der vielen Inseln im Mündungsdelta liegt Moose Factory, das Reservat der Moose-Cree-Indianer, ursprünglich ein alter Stützpunkt der Hudson's Bay Company.

Jedenfalls kam man nur mit dem Eisbärenexpress oder einem kleinen Flieger in das Nest, in dem ich die ersten vier Jahre meines Lebens verbracht hatte. Letzteres wollte mir immer noch nicht in den Kopf, denn ich hatte nicht den kleinsten Funken einer Erinnerung daran.

Nachdem ich vor fünf Tagen mit blutverkrusteter Lippe und völlig durch den Wind bei Tante Sonja in Hanau aufgekreuzt war, war sie nach einigem Zögern schließlich mit der Adresse und Telefonnummer meines Cree-Vaters herausgerückt. Außerdem hatte sie mir eine kleine Schachtel mit einem Amulett gegeben, das jetzt unter Stoffschichten auf meiner Brust lag. Es war ein flacher, aus Horn geschnitzter Wolf an einem Lederband, den ich offenbar am Hals getragen hatte, als Mum mit mir für immer nach Deutschland zurückgekehrt war.

Sonja Peters war eine Art Patentante für mich. Sie und meine Mutter waren zusammen in Eisenach aufgewachsen und kannten sich seit der ersten Klasse. Einst waren die beiden beste Freundinnen gewesen, unzertrennlich, doch inzwischen telefonierten sie höchstens noch ein, zwei Mal im Jahr miteinander. Was Sonja anging, hatte ihr Rückzug aus dieser Freundschaft etwas mit meinem Vater und Mums Lügen zu tun.

»Christine wollte, dass ich den Anhänger wegwerfe«, hatte Sonja mir offenbart. »Aber ich habe es nicht übers Herz gebracht, denn es war alles, was du hattest von deinem Vater.«

Ich warf ihr vor, mich ebenso belogen zu haben wie Mum, aber Sonja sagte, sie hätte sich schon einmal in das Leben meiner Mutter eingemischt und hatte ihr schwören müssen, es niemals wieder zu tun.

Weder meine Mutter noch Sonja hatten gewusst, ob Greg (ich hatte beschlossen, meinen Vater Greg zu nennen) noch in Moosonee lebte, ob mein Vater überhaupt noch lebte. Nachdem ich seine Nummer zigmal vergeblich gewählt hatte, kam ich auf die Idee, kurzerhand auf der Gemeindeverwaltung von Moosonee anzurufen. Dort hatte ich erfahren, dass Greg Cheechoo sich zurzeit noch in seinem Buschcamp aufhielt, aber in den nächsten Tagen zurückerwartet wurde.

Sonja arbeitete als Dispatcherin am Frankfurter Flughafen und mit ihren Connections konnte ich ein bezahlbares Ticket für einen Direktflug nach Toronto und weiter nach Timmins ergattern. Ich hatte die Einreisegebühren abgedrückt und war gestern, am Samstag vor den Osterferien, nach Kanada geflogen, um meinen Cree-Vater zu treffen.

Obwohl der Zug nur gemächlich voranzuckelte, hatte der Übergang zur Wildnis überraschend schnell stattgefunden. Hin und wieder führten die Gleise noch über eine Schotterpiste, doch schon bald gab es zu beiden Seiten nur noch zerzauste Birken, Erlengestrüpp und krüppelige Fichten. Den Busch, wie die Kanadier ihre Wildnis nannten. Es war, als hätte ich eine unsichtbare Grenze überschritten.

Ich presste meine Stirn an das kalte Fensterglas. Fragen schoben sich in meinen Kopf. Andere Fragen, als ich sie mir in den vergangenen vierzehn Jahren gestellt hatte.

Würde ich meinen Vater tatsächlich finden? Hatte er mich vermisst in den vergangenen Jahren oder überhaupt einen Gedanken an mich verschwendet? Und warum hatte er nie versucht, Kontakt mit mir aufzunehmen?

Wenn ich gewusst hätte, dass es ihn gibt, hätte ich mich niemals von Stefan adoptieren lassen. Unwillkürlich betasteten meine Finger die verschorfte Stelle an meiner Lippe, wo Stefans Siegelring sie aufgerissen hatte.

»Vielleicht hat er sich ja längst totgesoffen, dein Indianervater«, hatte das Arschloch zu mir gesagt.

Als Mum Stefan anschleppte, waren wir gerade zum sechsten Mal in zehn Jahren umgezogen (inzwischen ahnte ich, warum), jedes Mal in eine andere Stadt, und lebten in einem Plattenbau in Jena-Winzerla. Ich war vierzehn und dachte, der aalglatte Typ würde eines Tages einfach nicht mehr auftauchen, so wie die anderen Ersatzväter vor ihm. Doch Stefan Berger war hartnäckig. Er war Witwer und hatte einen kleinen Sohn, Jonas. Der brauchte eine Mutter und meine Mum brauchte jemanden, der seine kleinen Arme um ihren Hals legte, was ich zu dem Zeitpunkt schon seit einer Weile nicht mehr getan hatte.

Im Gegensatz zu den anderen Typen war Stefan solide und verdiente mit seiner Schweinemastanlage einen Haufen Kohle. Also wurde geheiratet und wir zogen in Stefans Villa im italienischen Stil am Rande der Stadt. Weiße Säulen und Steinlöwen vor dem Eingang und so.

Stefan war bereit gewesen, mich zu adoptieren, und Mum wollte es unbedingt. Damals muss ich wohl an einer Art geistiger Umnachtung gelitten haben, denn zu diesem Zeitpunkt fand ich die Idee von einem Vater aus Fleisch und Blut noch ganz verlockend.

Ich konnte ja nicht wissen, wie sehr das mit »Fleisch und Blut« passte, denn für Stefans Schweinemastanlage in Rodendorf interessierte ich mich erst ein Jahr später im Rahmen eines Schulprojektes. Aber da war längst alles gelaufen zwischen uns. Ich konnte meinen Stiefvater nicht leiden und er hatte längst das Interesse an mir verloren. Stefan hatte mich abgeschrieben. Er machte sich lustig über unsere Band und meine Versuche an den Drums. Für ihn war ich ein Nichtsnutz, ein langhaariger Querulant, der den Rockstar mimte und es nie zu etwas Ordentlichem bringen würde.

Alles, was meinen Stiefvater noch an mir interessierte, waren die Abiprüfungen. Weil ich danach schon bald das Haus verlassen würde, mitsamt meinen Drums und der Verstärkeranlage im Keller. Weil er mich dann endlich los war, diesen Jungen, der ihm von Anfang an fremd gewesen war. Ich war derjenige, der störte. Stefan hatte nie wirklich etwas mit mir anfangen können und es war ernüchternd gewesen, das zu erkennen.

Dabei hätte mir etwas mehr Familie durchaus gefallen. Ich kannte das nämlich kaum. Mum war Einzelkind und meine Großeltern schon lange unter der Erde. Sie waren bei einem Busunglück in der Türkei ums Leben gekommen, da war ich ein Jahr alt gewesen. Also gab es lange Zeit nur Mum und mich und dieses rätselhafte Loch in meinem Inneren, in das ich alles versenkte, was mit meinem nicht existenten Vater zu tun hatte.

Klar hatte ich einen Vater vermisst in meinem Leben. Einen, der mit mir Männerkram machte und mit dem ich über das Mysterium Mädchen hätte reden können. Aber ich war nie wütend auf den Südostasiaten gewesen, weil er ja nicht ahnen konnte, dass ich überhaupt existierte.

Doch nun lagen die Dinge völlig anders. Greg Cheechoo und meine Mum waren ordnungsgemäß verheiratet gewesen. Ich war also nicht das Resultat eines banalen One-Night-Stands, ich hatte einen *richtigen* Vater, einen, der mich im Arm gehalten, mich gefüttert und meine Windeln gewechselt hatte. Der mich mal geliebt hatte. Das musste einfach so sein, sonst würde ich nicht in diesem Zug sitzen.

Doch was, wenn mein Vater eine neue Familie hatte und nichts mehr von mir wissen wollte? Die Vorstellung, ihn zu treffen und nach zwei Wochen mit zufriedenstellenden Antworten und einer guten Vater-Sohn-Zeit im Gepäck nach Deutschland zurückzukehren, wurde immer unwahrscheinlicher. Ein mulmiges Gefühl beschlich mich bei der Frage, was mich am Ende meiner Reise erwartete. Was für ein Mensch war dieser Greg Cheechoo überhaupt?

Vor vierzehn Jahren war er betrunken mit mir in sein Auto gestiegen und hatte mich beinahe umgebracht. Das war das Einzige, was ich mit Sicherheit über ihn wusste. Doch ganz egal, was er damals getan hatte, er war immer noch mein Vater und das bedeutete doch etwas. Mum hätte ihn mir nicht vorenthalten dürfen.

»Es war zu deinem eigenen Schutz, Jacob«, hatte sie mir unter Tränen versichert.

Okay, als ich vier war, mochte das vielleicht gestimmt haben. Aber jetzt war ich kein Kind mehr. Ich war *achtzehn,* verdammt, und keine acht. Sie hätte es mir sagen müssen. Sie hätte es mir schon vor Jahren sagen müssen.

Ich erinnerte mich daran, als Kind leidenschaftlich gerne Cowboy und Indianer gespielt zu haben. Doch auch wenn ich wie einer aussah, ich wollte nie der Indianer sein. Jetzt war ich es. Ich konnte es mir nicht mehr aussuchen.

Auf dem Weg zur Toilette stieg ich über Taschen und Beine. Männer und Frauen schliefen in Schieflage oder quer über zwei Sitze gestreckt, Kinder zusammengerollt inmitten ihres bunten Spielzeugs. Teenager spielten auf Tablets oder hörten Musik über ihre Smartphones. Die wenigen Weißen im Zug konnte ich an einer Hand abzählen.

Ich holte mir ein Käsesandwich und zwei Müsliriegel im Speisewagen, dann begab ich mich zurück auf meinen Platz und aß das pappige Sandwich. Die Landschaft draußen hatte sich verändert. Je weiter nördlich wir kamen, umso mehr schrumpften die Bäume. Bald waren nur noch verfilzte Büsche und kleine, spitz aufsteigende Nadelhölzer übrig, die eine gezackte Horizontlinie bildeten.

Beim Anblick dieser pinselförmigen Baumspitzen und der wie Quecksilber schimmernden kleinen Moorseen wusste ich, dass ich nicht zum ersten Mal mit dem *Polar Bear Express* fuhr.

»Siehst du den Biberbau?«, hörte ich hinter mir einen Mann sagen.

»Aber wo ist der Biber, Daddy?«, fragte eine neugierige Jungenstimme.

»Vermutlich in seinem Haus«, antwortete der Vater.

Die dunkle Stimme des Mannes kam mir seltsam vertraut vor. Ich wandte mich um und spähte zwischen den Sitzlehnen hindurch nach hinten. Doch auf den beiden Plätzen saß ein älteres Ehepaar, das schlief. Der Mann schnarchte mit offenem Mund.

Hatte ich akustische Halluzinationen? Oder war das die Erinnerung an eine Zugfahrt mit meinem Vater? Warum konnte ich mich nicht an ihn und unser gemeinsames Leben in Moosonee erinnern? Immerhin war ich schon vier Jahre alt gewesen, als Mum mit mir nach Deutschland flüchtete, um nie wieder zurückzukehren.

Laut meiner Mutter hatte der Unfall, den mein Vater mit mir in einer kalten Winternacht gehabt hatte, mein Gedächtnis ausgelöscht. Jener Unfall, von dem mein immer wiederkehrender Albtraum von einem zotteligen braunen Ungeheuer rührte, das mich verschlingen wollte.

Ich fasste mir an den Haaransatz, wo sich eine blasse Narbe über meine linke Stirn zog. Mum hatte mir mit wenigen Worten von jener Schneesturmnacht erzählt. Wie mein Vater nach einem furchtbaren Streit betrunken mit mir in sein Auto gestiegen und viel zu schnell gefahren war.

»Er kam von der Straße ab und überschlug sich. Du wurdest dabei durch die kaputte Windschutzscheibe geschleudert. Dein Vater war bewusstlos und du bist verletzt und völlig verwirrt in den Wald gelaufen. Damals waren zehn Grad unter null und du warst halb erfroren, als die Rettungskräfte dich fanden.«

Drei Tage hatte ich im Koma gelegen. Als ich aufwachte und nur wenige Tage später wieder quicklebendig und reisefähig war, flüchtete meine Mutter mit mir nach Deutschland, während mein Vater wegen Trunkenheit am Steuer im Gefängnis von Moosonee saß.

»Es war zu deinem Besten, Jacob, das musst du mir glauben.«

Hätte Mum mir das alles auch dann erzählt, wenn ich nicht die Existenz unserer Patchworkfamilie aufs Spiel gesetzt hätte? Wenn Stefan nicht vor lauter Wut auf mich mit der Wahrheit über meinen Vater herausgeplatzt wäre? Hätte meine Mutter mich für den Rest meines Lebens belogen?

Ich schloss die Augen, gab mich dem rhythmischen Rattern der Gleise hin und dachte an den Abend vor einer Woche, an dem alles ans Licht gekommen war. Fühlte mich wie ein Scheusal, als ich Jonas, meinen kleinen Stiefbruder, vor mir sah. Er war neun und fürchtete, dass sein Vater meinetwegen ins Gefängnis musste. Jonas liebte seinen Vater und meine Mum. Und er liebte mich. Er wollte keinen von uns verlieren.

Dass ich Jonas diesen Ängsten ausgesetzt hatte, darauf war ich nicht stolz. Doch ich hatte das Elend in Stefans Schweinemastanlage einfach nicht mehr aus dem Kopf bekommen. Es hatte viel zu lange gedauert, bis ich kapierte, dass Stefan Berger nicht zu helfen war, seinen Schweinen aber schon. Nein, verdammt, es war richtig, die Fotos und Videos, die ich heimlich in seinem Stall gemacht hatte, an PETA zu senden.

Meine Aktion brachte Stefan eine Strafanzeige vom Veterinäramt ein – und mir einen Cree-Indianer als Vater.

»*Wachay.* Ist hier noch frei?«

Erschrocken setzte ich mich aufrecht hin. Ich war wohl eingenickt und hatte nicht bemerkt, dass der Zug gehalten hatte. Die beiden Sitze mir gegenüber waren leer, die Frau war wahrscheinlich im Speisewagen oder auf der Toilette.

Vor mir stand eine vermummte Gestalt: tief ins Gesicht gezogene Fellmütze, voluminöser Parka mit Fellkragen an der Kapuze, Jeans und hohe Lederschnürstiefel. Der Zugestiegene war angezogen, als käme er aus der Arktis. Ein frostiger Hauch umgab ihn.

»Ja«, sagte ich und deutete auf den Fensterplatz mir gegenüber. »Der ist noch frei.«

Ein wenig irritiert von den winterlichen Klamotten, warf ich einen Blick aus dem Fenster und stellte fest, dass hier tatsächlich viel mehr Schnee lag als in Cochrane. Deshalb war ich froh, dem

Rat meiner Mutter gefolgt zu sein und mir in Hanau vor meiner Abreise noch ein paar lange Unterhosen gekauft zu haben.

Draußen war noch immer kein Zeichen von Zivilisation zu erkennen und ich fragte mich, wo der Typ auf freier Strecke hergekommen war. Offenbar mitten aus der Wildnis. Ein Blick auf mein Handy: schon halb eins durch. Nur noch anderthalb Stunden bis Moosonee.

Als sich mein Gegenüber die Mütze vom Kopf zog und aus seinen Sachen schälte, stellte ich mit einiger Überraschung fest, dass es ein Mädchen in meinem Alter war – vielleicht auch ein bisschen jünger. Ihr Haar, glatt und schimmernd schwarz wie Holzkohle, fiel ihr bis über die Schultern. Unter dem Parka trug sie ein XL-Flanellhemd, beige-braun kariert und nicht unbedingt vorteilhaft. Die anderen Indianermädchen, die während der Fahrt durch den Zug gelaufen waren, hatten typische Mädchenklamotten getragen: Skinny Jeans, eng anliegende Pullover und darunter Push-up-BHs.

Sie ist viel zu klein für ihre Kleidung, schoss es mir durch den Kopf. Das Mädchen setzte sich und zog ein Buch aus dem Rucksack. Mit meinen hochgelegten Beinen auf der Fußstütze kam ich mir vor wie ein Greis, aber als ich versuchte, die Stütze unauffällig verschwinden zu lassen, klappte sie mit einem lauten Schlag nach unten. Das Mädchen grinste in sich hinein.

Mein rechtes Bein war eingeschlafen und ich versuchte, die Durchblutung wieder in Gang zu kriegen, ohne die Beine des Mädchens dabei zu berühren. Ich tat so, als würde ich gedankenverloren aus dem Fenster schauen, doch in Wahrheit musterte ich sie aus den Augenwinkeln.

Die Kleine trug kein Make-up, aber das hatte sie auch nicht nötig, denn ihr Teint war dunkel und makellos. Auf ihren Wangen lag eine leichte Röte von der Kälte, und als sie den Kopf ein wenig drehte, entdeckte ich eine schneeweiße Strähne in ihrem Haar. *Wow.* Doch ihre Augen, groß, tiefbraun und leicht schräg, waren das Eindrucksvollste an ihrem Gesicht.

Neugier packte mich und ich ertappte mich dabei, wie ich immer wieder zu ihr hinübersah. Die Mädchen, mit denen ich es bisher zu tun gehabt hatte, wollten aller Welt zeigen, wie hübsch sie waren, wie begehrenswert. Aber die Kleine mir gegenüber, so schien es, versuchte das unter ihren weiten Jungsklamotten zu verstecken.

Krampfhaft überlegte ich, wie ich sie ansprechen konnte, doch der kühle Hauch, den sie von draußen mit hereingebracht hatte, schien sie immer noch wie eine Aura zu umgeben. Ich bekam kein Wort heraus, obwohl das gar nicht meine Art war. Bisher hatte ich nie Probleme damit gehabt, Mädchen anzusprechen.

Auf einmal hob sie den Kopf und unsere Blicke begegneten sich. »Hi«, sagte ich lächelnd und merkte, wie mir das Blut in die Wangen stieg. »Fährst du auch bis Moosonee?«

Mein Gegenüber bedachte mich mit einem spöttisch kühlen Blick. »Du bist nicht von hier, oder?«

»Doch, bin ich«, entgegnete ich. »Aber ich war lange weg.«

Das Mädchen zog eine Augenbraue nach oben. »So lange, dass du nicht mehr weißt, dass alle in diesem Zug nach Moosonee fahren? Dort ist Endstation und vorher gibt's keinen Halt.«

Sie hatte eine angenehme Stimme und es wäre cool gewesen, mich mit ihr zu unterhalten. »Ich bin Jacob und komme aus Deutschland«, erklärte ich, obwohl ich ahnte, dass mein Versuch nichts fruchten würde. »Meine Mum ist Deutsche«, schob ich hinterher.

Kurz blitzte in ihren dunklen Augen etwas auf. Neugier? Interesse? Ermutigt fragte ich: »Und du bist …?«

Doch in diesem Moment schien hinter diesen schönen Augen ein Vorhang zu fallen und das Mädchen schüttelte den Kopf. »Das braucht dich nicht zu interessieren, okay?«

Wow. Auf so eine Abfuhr war ich nicht gefasst. Zugegeben, es war die erste dieser Art, die ich in meinem Leben einstecken musste. Deshalb wusste ich nicht, wie ich reagieren sollte.

»Lass mich das gleich klarstellen«, bemerkte sie entschieden, »ich bin nicht interessiert an Small Talk.«

»Okay, verstehe. Aber ich suche nach meinem Vater und dachte, du könntest mir vielleicht helfen, wenn du aus Moosonee stammst«, unternahm ich noch einen Versuch.

»Mir egal, was du dachtest.« Sie vertiefte sich wieder in ihr Buch.

»Ist angekommen.« Beschwichtigend hob ich die Hände. »Sorry.«

Das fing ja gut an. Was, wenn alle hier oben im Norden so drauf waren? Ich war zu dieser Reise aufgebrochen, ohne zu wissen, was mich am Ziel erwartete. Ich kannte niemanden in Moosonee und niemand kannte mich. Zum ersten Mal kam mir in den Sinn, dass meine spontane Erkundungsreise auch scheitern könnte.

Frustriert stöpselte ich meine Kopfhörer in die Ohren und blickte wieder aus dem Fenster. Chester Bennington von *Linkin Park* sang: *Tell me what I've gotta do. There's no getting through to you.* Was passte. *But you're not giving me a chance.* Unsere Band hatte ein paar Titel von *Linkin Park* gecovert, die kamen bei den Mädchen gut an. Vor zwei Jahren, nachdem der Sänger sich das Licht ausgeblasen hatte, hatte ich begonnen, eigene Songs zu schreiben. Die kamen auch gut bei den Mädchen an.

Der Zug fuhr jetzt noch langsamer, zuckelte auf einer Brücke über einen breiten, zugefrorenen Fluss. Das musste der Moose River, der Elchfluss, sein. Die Schneedecke war geschlossen, eine weiße, fast makellose Fläche. *Winterland.* Ein neuer Songtitel? Ich schrieb ein paar Stichpunkte in mein Notizbuch, was mein Gegenüber mit einem kurzen Blick registrierte.

Eine halbe Stunde später hielten wir in Moosonee. Das unfreundliche Mädchen hatte sich längst angezogen und war mit ihrem Rucksack zur Tür gelaufen. Ich reihte mich in die Schlange der Aussteigenden, und als ich auf dem Bahnsteig stand, wehte mir tatsächlich der kalte Hauch der Arktis um die Nase. Hier war es bestimmt zehn Grad kälter als in Cochrane und ein Blick auf die Wetter-App bestätigte meine Vermutung.

Ich zog meine Strickmütze tiefer in die Stirn und schloss den Reißverschluss meiner Jacke. Ich war zwar am Ziel, aber noch längst nicht da. Als ich loslief, wurde ich zufällig Zeuge, wie ein drahtiger Typ das Mädchen in die Arme schloss. Klar: Wer so aussah wie sie, war natürlich nicht solo. Der junge Mann, ich schätzte ihn auf Mitte zwanzig, hatte strähniges, langes Haar und einen dünnen Oberlippenbart. Die beiden liefen zu den geparkten Wagen. Okay, sie hatte einen Freund. Trotzdem hätte sie sich mit mir unterhalten können.

Ich verließ den Bahnsteig und stand nach wenigen Schritten mitten auf einer breiten Schlammpiste. Zur Linken die verschneiten Warenstapel eines Baustofflagers, rechts ein alter grüner Waggon mit seltsamen Zeichen, die mich an ägyptische Hieroglyphen erinnerten. Ein schiefes verwittertes Schild verkündete: *Welcome to Moosonee.*

2
MOOSONEE

Es gibt Orte auf der Welt, die einen verändern können, doch dass ich mich an solch einem Ort befand, war mir in diesem Moment nicht bewusst. *Endstation,* hatte das Mädchen gesagt. Für sie vielleicht, aber mir kam es plötzlich so vor, als stünde ich erst am Anfang meiner Reise.

Ich lief bis zur ersten Querstraße, dann zog ich mein Handy aus der Tasche, ging auf *Google Maps* und gab die Adresse ein, die ich von Tante Sonja bekommen hatte. Moosonee, drei Kilometer lang und einen halben breit, lag eingezwängt zwischen den Gleisen der Eisenbahn und dem Fluss. In Richtung Nordosten endete die Straße am kleinen Flugplatz, in Richtung Südwesten nur wenige Kilometer hinter einem Steinbruch. Mein Vater wohnte in der Quarry Road, also musste ich mich die erste Querstraße rechts halten, Richtung Steinbruch.

Nachdem ich ein paar Schritte entlang hoher, schmutziger Schneeberge gelaufen war, hielt ein über und über mit Schlamm bedecktes Taxi neben mir. Die Entfernung bis zu Greg Cheechoos Haus betrug laut Google nur zwei Kilometer und ich musste mein Geld zusammenhalten, also schüttelte ich den Kopf und marschierte weiter.

Mein Weg führte mich an ein paar braun gestrichenen Holzhäusern vorbei, die hinter struppigen Sträuchern standen. Ich querte eine Betonbrücke, ließ eine kleine, moderne Krankenstation hinter mir und war auch schon raus aus dem Ort und drin in der Wildnis. Na ja, ich auf der unbefestigten Straße und links und rechts die Wildnis, der *Busch.* Schließlich stieß ich im Wald auf die Quarry Road und marschierte etwas schneller, denn mir wurde kalt.

Vor den einzeln stehenden Häusern auf der linken Seite parkten Autos und Motorschlitten, vor einem sogar ein knallrotes Buschflugzeug. Zwischen schwarzen Baumstämmen hindurch schimmerte das Weiß des zugefrorenen Flusses. Zielgerichtet schritt ich voran, denn hier war ich schon mal gewesen, mein innerer Kompass kannte den Weg. Ich erinnerte mich sogar an diesen roten Flieger, der hatte vor vierzehn Jahren auch schon hier gestanden. Krass, dachte ich, eine *echte* Erinnerung an mein früheres Leben.

Schließlich sah ich das Haus, das ein Stück von der Schotterstraße entfernt in einem Waldstreifen stand. Es war ein beige angestrichenes Holzhaus mit einem Satteldach und einem kleinen Vorbau. Ein Holzschild neben dem Eingang mit dem Namen meines Erzeugers: Greg Cheechoo.

Mir war schon seit einer Weile mulmig in der Magengegend, doch nun drohte mir das Herz bald aus der Brust zu springen. Trotz Kälte begann ich zu schwitzen. *Ich war da.* Die große Frage lautete: War Greg Cheechoo zu Hause und gab es noch irgendetwas, das uns miteinander verband? Was sollte ich sagen, wenn er vor mir stand? *Hallo, Dad, wo hast du mein ganzes Leben lang gesteckt?*

Ich klopfte, aber im Haus blieb es still. Ich rüttelte am Messingknauf, doch die Eingangstür war verschlossen. Ich klopfte, rief – vergeblich. Niemand zu Hause. *Fuck!*

Enttäuscht lief ich ums Haus herum und stellte meine Sporttasche auf einem der klobigen geschnitzten Holzstühle auf der überdachten Veranda ab. Ein Stück vom Haus entfernt stand ein seltsamer Bau, dessen untere Hälfte wie eine Jurte und die obere wie ein Tipi aussah. Ich lief hin, öffnete die schmale, unverschlossene Holztür und trat ein.

Der Boden und die Wände waren aus Sperrholz gezimmert, das Dach, von Stangen gehalten, aus hellem Leinen. Neben dem Eingang stapelte sich Feuerholz. Ein würziger Geruch nach Nadelholz, verbrannten Zedernzweigen und Salbei hing in der Luft.

Das Zentrum des Tipis bildete eine von Steinen eingefasste Feuerstelle mit einem Grillrost, auf dem eine geschwärzte Teekanne stand. Auf einem Stein lag ein Feuerzeug und ich probierte es aus. Es funktionierte. Zur Not konnte ich mir also ein Feuer machen.

Von einer der Dachstangen baumelte ein großer Traumfänger und hielt Wache. Die nach oben zusammenlaufenden Dachstangen und der Zederngeruch riefen etwas in mir wach, etwas Altvertrautes. Ich schloss die Augen, hörte den gleichmäßigen, dumpfen Schlag einer Handtrommel und den volltönenden Gesang eines Mannes.

»*Wey-ah-hey-hey-hey-yoh, weho-he-weho-he, wey-ah-hey-hey-hey-yoh.*«

Als mir bewusst wurde, dass ich die Melodie mitsummte, musste ich hart schlucken. Was war nur los mit mir? Kamen auf einmal lang verschüttete Erinnerungen zurück? Hatte ich ein Déjà-vu? Aber woran erinnerte ich mich da eigentlich?

Ich verließ das Tipi wieder und ging hinunter zum Flussufer. Skidoo-Spuren im Schnee zeigten in alle möglichen Richtungen.

War Greg Cheechoo mit seinem Motorschlitten unterwegs? War er überhaupt schon zurück aus seinem Buschcamp?

Verdammt, was hatte ich mir bloß dabei gedacht, einfach hier aufzukreuzen, ohne dass mein Vater von meinem Kommen wusste? Inzwischen war es vier vorbei und die Kälte kroch mir erbarmungslos in die Knochen. Ich hätte mir ein Feuer im Tipi machen können und warten, in der Hoffnung, dass mein Vater nach Hause kam. Doch ich verwarf diesen Gedanken und beschloss, zurück in den Ort zu laufen, um herauszufinden, ob noch ein paar Erinnerungen aufploppten. Und vielleicht wusste ja irgendjemand in Moosonee, wo ich Greg Cheechoo finden konnte.

Während ich in Toronto auf meinen Flieger nach Timmins gewartet hatte, hatte ich den Namen meines Vaters gegoogelt und jede Menge Cheechoos gefunden in Moosonee und auf Moose Factory, der Insel im Fluss. Unter anderem einen bekannten Eishockeyspieler, eine Filmemacherin und eine Mitarbeiterin des Stammesbüros im Reservat auf der Insel. Würde ich hier auf Blutsverwandte treffen? Hatte ich Halbgeschwister?

Kaum war ich ein paar Schritte auf der Quarry Road in Richtung Ort gelaufen, hielt ein schwarzer SUV neben mir, in dem eine Indianerin um die fünfzig saß. Sie ließ die Scheibe herunter und sah mich neugierig aus schwarzen Augen an.

»*Wachay,* Kleiner, wo soll's denn hingehen?«

Wachay hieß »Hallo« auf Cree, das stand auf dem Moosonee-Flyer. Als »Kleiner« hatte mich allerdings niemand mehr bezeichnet, seit ich mit vierzehn so richtig in die Höhe geschossen war und erst bei eins achtzig haltgemacht hatte.

»Zurück in die Stadt.«

»Stadt?« Die Frau stieß ein kollerndes Lachen aus. »Na, steig schon ein, du Spaßvogel.«

Ich umrundete den Wagen und stieg auf den Beifahrersitz, froh, im Warmen zu sein und jemanden gefunden zu haben, der mit mir redete.

»Ich bin Louise Koostachin«, stellte die Indianerin sich vor. Sie trug ihr schwarzes Haar in der Mitte gescheitelt und zu einem langen Pferdeschwanz gebunden. »Und du«, bemerkte sie, »du bist nicht von hier, stimmt's?«

»Jacob«, sagte ich und rieb meine kalten Hände aneinander.

»Suchst du jemanden?«

»Ja. Ich will zu Greg Cheechoo, aber er ist nicht zu Hause.«

»Greg«, meinte sie nachdenklich, »der ist wahrscheinlich bei seiner Freundin Pauline im Camp Ajuawak, ein paar Kilometer den Fluss runter. Inzwischen trifft man ihn nur noch selten in seinem Haus in Moosonee.«

»Verdammter Mist«, murmelte ich auf Deutsch.

Louise ging vom Gas. »Du sprichst Deutsch?«

»Ja«, erwiderte ich missmutig. »Deutschland, da komme ich her.«

»Holy smokes«, stieß sie hervor, »du hast eine weite Reise hinter dir. Was hast du denn da gemacht?«

»Ich lebe in Deutschland.«

»Siehst aus wie ein Cree.« Louise musterte mich von der Seite. Mit fünfzehn hatte ich angefangen, mir die Haare wachsen zu lassen, um mehr dem Image eines Drummers zu entsprechen. Als ich merkte, dass Stefan langhaarige Jungs nicht ausstehen konnte, ließ ich sie mir schulterlang wachsen.

»Wie alt bist du?«, fragte Louise.

»Achtzehn.«

Louise schwieg eine Weile und wir fuhren über die Brücke wieder nach Moosonee hinein. Sie lenkte ihren Wagen nach rechts an einem vergitterten Schnapsladen vorbei und fuhr die breite, schlammige Hauptstraße entlang. Ein großer Backsteinkomplex auf der linken Straßenseite beherbergte die Schule und das *Northern College,* gegenüber bohrte sich der spitze Blechturm einer Backsteinkirche in den grauen Himmel. Auf die Kirche folgten ein Waffenladen und das Postamt.

Louise bog nach links auf einen großen Parkplatz und hielt vor dem Eingang des *Northern Store,* einem großen Einkaufsmarkt, in dem auch ein *Kentucky Fried Chicken* untergebracht war. Nur vier Autos parkten neben einem mannshohen Schneeberg.

»Jacob Cheechoo also«, sagte Louise und auf Englisch hörte sich der Name fremd an. *Dscheykop Tschietschu.*

»Ich heiße Berger«, stellte ich richtig, »meine Mum hat wieder geheiratet.« Ich mochte Stefans Namen nicht, aber mein Cree-Name wirkte einfach noch zu exotisch auf mich.

»Jacob Cheechoo«, wiederholte sie, ungeachtet meiner Worte. »Ich kannte dich, da warst du noch ein kleiner Knirps. Mein Lucas und du, ihr hattet eure *Walking-out*-Zeremonie zusammen.«

Walking-out-Zeremonie? Was sollte das denn sein?

»Ihr wart wie Brüder, ihr zwei, habt viel zusammen gespielt«, sagte Luise mit wehmütiger Stimme. »Lucas wäre jetzt so alt wie du. Erinnerst du dich denn gar nicht an ihn?«

»Tut mir leid.« Ich schüttelte den Kopf. Doch mein Inneres war in hellem Aufruhr. Der erste Mensch, mit dem ich in Moosonee sprach, erzählte Dinge über mich, die fremd und sehr exotisch klangen.

»Was … was ist denn mit Lucas passiert?«

»Er ist vor zwei Jahren bei einem schrecklichen Feuer ums Leben gekommen.« Louise schluckte, ihre Augen füllten sich mit Tränen.

»Das tut mir leid.«

Sie nickte schniefend. Besser, ich fragte nicht weiter nach.

»Ich habe nur ein paar Tage«, bemerkte ich, um vom heiklen Thema abzulenken, »dann geht mein Flieger zurück nach Deutschland. Ich muss unbedingt meinen Vater finden. Auf der Gemeindeverwaltung haben sie mir gesagt, er käme bald.«

»Ja, irgendwann in den nächsten Tagen ist eine Gemeinderatssitzung wegen der neuen Niob-Mine, da sollte er dabei sein. Allerdings kommt es schon mal vor, dass Greg nicht auftaucht, wenn er im Jagdfieber ist.«

Im Jagdfieber? Mum hatte so etwas angedeutet. »Aber ich muss ihn unbedingt treffen.«

Louise schien nachzudenken. »Weißt du was?«, meinte sie schließlich. »Wir kaufen jetzt zusammen ein und dann kommst du mit zu mir und ich koche uns was. Danach telefoniere ich ein bisschen herum und wir versuchen, deinen Dad zu erreichen.«

Vor Erleichterung und Dankbarkeit war meine Kehle wie zugeschnürt und ich brachte kein Wort heraus.

»Nun?« Erwartungsvoll sah Louise mich an.

»Klingt toll, danke.«

»Meegwetch«, sagte sie lächelnd. »›Danke‹ heißt bei uns *meegwetch.«*

Im Supermarkt schob ich für Louise den Einkaufswagen durch die weiten Regalreihen und merkte, wie einige Leute uns verstohlen musterten.

»Weißt du«, sagte sie mit leuchtenden Augen, »zur Feier deiner Heimkehr werde ich uns Elchsteaks braten, ich habe noch welche in der Tiefkühltruhe. Dazu Kartoffelbrei und Bohnen. Was sagst du dazu?«

Heimkehr? Elchsteaks? Was ich dazu sage? Ich druckste herum. »Ich …«

»Du magst kein Elchfleisch?« Sie runzelte die Stirn. »Dann mache ich Gans.«

»Ich … ich bin Vegetarier«, stieß ich hervor.

Louise starrte mich eine Weile entgeistert an, dann kicherte sie los. Nun drehten sich alle nach uns um und ich wäre am liebsten auf der Stelle im Boden des Supermarktes versunken.

»Du willst mich auf den Arm nehmen.«

Ich schüttelte den Kopf. Meine Ohren prickelten, aber die steckten ja zum Glück unter meiner Strickmütze.

»Okay«, meinte Louise, »dann komm mal mit.«

Sie führte mich zu einer Kühltruhe mit vegetarischen Gerichten und Zutaten. Tofu, Hummus, Salate, Süßspeisen. Die Preise waren astronomisch und ich schreckte kopfschüttelnd zurück.

»Na, was ist? Nichts dabei?«, fragte sie enttäuscht.

»Das Zeug ist ja megateuer.«

»Oh ja.« Louise nickte. »Im *Northern* ist so gut wie alles megateuer, aber die Preise für die vegetarischen Lebensmittel sind besonders hoch. Ich schwöre dir, es gibt keinen einheimischen Vegetarier in Moosonee. Wir Cree sind Fleischesser, Kleiner. Jeder Versuch der Weißen, uns zu Farmern zu machen, ist gescheitert. Was du hier in der Kühltruhe siehst, ist für die weißen Ärzte, Anwälte und Berater, die ab und zu für ein paar Tage zum Arbeiten herkommen.«

»Ich esse gerne Kartoffelbrei und Bohnen«, sagte ich.

Louise lachte. »Das lässt sich machen.«

Ein Mann in Gummistiefeln und gefüttertem Tarnanzug grüßte Louise und fragte, wer ich sei. Sie antwortete ihm auf Cree. Ich verstand sie nicht, trotzdem wusste ich, was sie antwortete. Dass ich Greg Cheechoos Sohn war und kein Fleisch aß. Der Mann grinste, ihm fehlten ein paar Zähne.

»Na komm«, sagte Louise zu mir. »Fahren wir nach Hause.«

Louise Koostachin und ihr Mann Edward lebten in einem hübschen, weiß gestrichenen Holzhaus in der Veterans Road direkt am Fluss. Edward, ein stämmiger Mann mit kurzem Haar und Schnurrbart, saß im gemütlichen Wohnzimmer vor dem großen Fernseher und verfolgte ein Hockeyspiel.

Ich begrüßte ihn und Louise klärte ihn darüber auf, wer ich war. Edward gab mir die Hand und wandte sich dann wieder seinem Spiel zu.

»Unser Lucas war ein guter Hockeyspieler«, meinte Louise, als sie mich in ein Zimmer mit einem breiten Bett, einer Kommode und einem Schreibtisch führte. »Ed spricht nicht mehr viel seit seinem Tod. Nimm es nicht persönlich, okay?«

Es war Lucas' ehemaliges Zimmer, das sah ich an seinen Hockeypokalen, die aufgereiht im Regal an der Wand standen, und an den Fotos, die ihn in Hockeymontur zeigten. Auf dem Bett lag eine Patchworkdecke in warmen Erdtönen. Louise drehte die Heizung auf.

»Mach es dir bequem«, sagte sie. »Das Bad ist gleich um die Ecke, die zweite Tür. Handtücher liegen im Regal. Wenn du Lust hat, kannst du mir ja ein bisschen beim Kochen helfen.«

Es wurde schnell warm in dem kleinen Raum und ich schälte mich aus meiner Jacke. Erst jetzt merkte ich, wie müde und erschöpft ich war – und wie hungrig. Ich wollte mein Handy aufladen, doch der Stecker passte nicht in die verdammte Steckdose. Ich brauchte einen Adapter, an so etwas hatte ich überhaupt nicht gedacht.

Mum hatte mir eine *WhatsApp* geschickt.

Bist du gut in Moosonee gelandet? Wie geht es Greg? Hab dich sehr lieb, Mum

Ich stieß kopfschüttelnd Luft durch die Zähne. Sie tat so, als wäre ich auf einem ganz normalen Besuch bei meinem Paps und nicht auf einer Reise in die Tiefen meiner Existenz.

Hab ihn noch nicht getroffen, schrieb ich zurück. Bin bei Louise Koostachin. Es geht mir gut

Ich drückte auf *Senden,* ließ mich auf das Bett sinken und schloss die Augen. War dankbar für Louises Gastfreundschaft, dieses weiche Bett und freute mich auf Kartoffelbrei und Bohnen.

Ein Sonnenstrahl kitzelte mich im Gesicht und weckte mich. Angezogen und mit einer warmen Wolldecke zugedeckt, lag ich auf dem Bett und mein Magen knurrte. Offenbar war ich gestern Abend eingepennt und Louise hatte mich schlafen lassen. Der Duft nach frisch Gebackenem stieg mir in die Nase und löste ein Gefühl des Willkommenseins in mir aus, wie ich es sonst nur in Bens Familie hatte.

Ich ging duschen, und als ich zurückkam, piepte mein Handy. Der Akku war alle. Ich nahm es mit in die Küche, wo Louise den Tisch für zwei gedeckt hatte.

»Guten Morgen, Kleiner«, begrüßte sie mich mit einem Lächeln. »Du hast gestern so tief und fest geschlafen, ich wollte dich nicht wecken.«

»Kein Problem.« Ich schnupperte. »Was riecht denn hier so gut?« Mein Magen grollte vor Hunger.

»Ich habe Rosinenbrötchen im Ofen.« Ihre dunklen Augen musterten mich erwartungsvoll.

»Ich müsste mein Handy aufladen, aber ich habe nicht an einen Adapter gedacht. Ob die im Supermarkt so etwas haben?«

»Vermutlich nicht. Aus Europa verirrt sich kaum noch jemand nach Moosonee, diese Zeiten sind lange vorbei. Du kannst dein Handy an meinem Laptop aufladen.« Sie zeigte auf einen Uralt-Laptop, der auf einem Tisch am Fenster stand. Er hatte einen USB-Anschluss und ich steckte mein Handy ans Ladekabel.

Ich fand Nachrichten von Tante Sonja, von Ben und eine neue von meiner Mum.

Ben schrieb: Hey Alter, wie ist es denn so am Arsch der Welt? Und wie läuft es mit deinem Erzeuger?

Ich antwortete: Es ist gar nicht der Arsch der Welt, sondern der Arsch der Arktis, schrieb ich. Kalt ist es hier. Meinen E habe ich noch nicht getroffen, aber jemanden, der mich noch von früher kennt. Melde mich.

Mum schrieb: Grüß Louise und Edward von mir und melde dich, wenn du bei Greg bist.

Mach ich, schrieb ich grausam knapp zurück.

Ich war immer noch stinksauer auf meine Mum. Loyal gegenüber Stefan zu sein, das war eine Sache. Aber mich vierzehn Jahre lang hinters Licht zu führen, eine ganz andere.

»Wo ist denn Ed?« Ich wies auf die beiden Teller.

»Er steht immer sehr früh auf. Heute hilft er unserer Tochter Della bei Arbeiten in ihrem Haus. Kaffee?«

»Ja, gern.« Unter Louises mütterlichem Blick verschlang ich drei noch warme Rosinenbrötchen mit dick Butter und Honig.

»Die haben Lucas und du als Kinder schon so gerne gemocht.«

Bedauern hatte sich in ihre Stimme geschlichen. In ihren Augen sah ich, wie sehr sie sich wünschte, dass ich mich an ihren Sohn erinnerte. Oder schlimmer noch: dass ich er wäre.

Der letzte Bissen in meinem Mund ließ sich nur mit Mühe hinunterschlucken. »Tut mir leid, dass ich mich nicht an Lucas erinnere«, sagte ich. »Mein Vater und ich hatten diesen Unfall, an den ich allerdings auch keine Erinnerung habe. Alles, was vorher war, ist wie ausgelöscht. Ich habe erst vor ein paar Tagen durch Zufall erfahren, dass Greg mein Vater ist und ich mal hier in Moosonee gelebt habe.«

»Holy Smokes«, meinte Louise und schlug die Hände zusammen, tiefe Bestürzung in ihrem dunklen Gesicht. »Was hat Christine dir denn all die Jahre erzählt?«

»Dass ich das Ergebnis eines One-Night-Stands mit einem Typen aus Südostasien bin.«

Sie legte eine Hand auf ihren Mund und schüttelte ungläubig den Kopf. Schließlich fragte sie: »Wie geht es deiner Mum? Du hast gesagt, sie hat wieder geheiratet.«

Ich nickte. »Vor vier Jahren. Er heißt Stefan und kann mich nicht leiden. Das beruht auf Gegenseitigkeit.« Ich zuckte die Achseln und nahm mir doch noch eins der köstlichen Rosinenbrötchen.

Und dann erzählte ich Louise von meinem Stiefvater und was er für ein Idiot war. Dass er pausenlos an mir herumnörgelte und ich ihn nie zufriedenstellen konnte. Ich berichtete ihr von seiner Schweinemastanlage und dass ich die Zustände dort heimlich gefilmt und an eine Tierschutzorganisation geschickt hatte. Dass Stefan mir eine gelangt hatte und in seiner Wut auf mich mit der Wahrheit über meinen Vater herausgeplatzt war.

»Und hier bin ich.«

»Ja«, sie nickte, »da bist du. Ich habe deinem Dad immer gesagt, du würdest eines Tages zu ihm zurückkommen. Doch in den letzten Jahren hat er mir nicht mehr geglaubt.«

»Hat er … hat Greg Kinder?«, fragte ich. »Ich meine, außer mir?«

Louise wischte einen imaginären Krümel vom Tisch und schüttelte den Kopf. Sie legte eine Hand auf meinen Arm. »Dass dein Stiefvater so ein Idiot ist, tut mir leid«, sagte sie. »Christine hätte dir deine Herkunft nicht verschweigen dürfen.« Sie seufzte tief. »Was geschehen ist, lässt sich nun nicht mehr ändern. Doch etwas solltest du wissen, bevor du deinen Vater triffst, Jacob. Er hat dich all die Jahre sehr vermisst.«

Ich schnaubte trotzig. »Wenn er mich so vermisst hat, warum hat er sich dann nie bei mir gemeldet?«

»Deine Mum ist mit dir weggezogen, als er im Gefängnis festsaß. Das war hart für ihn. Dein Vater hat lange nach euch gesucht, nachdem er wieder draußen war. Aber irgendwann hat er aufgegeben. Er …« Sie verstummte, schüttelte den Kopf und sah weg.

»Bei diesem Unfall wäre ich beinahe gestorben«, sagte ich und merkte selbst, wie vorwurfsvoll ich klang. Es fiel mir nicht leicht, das Gehörte zu verdauen. Wenn es um Gefühle ging, blockte ich ab.

»Wir alle machen Fehler, Jacob. Aber darüber solltest du mit deinem Dad sprechen. Ich habe gestern Abend noch mit Pauline, seiner Freundin, telefoniert«, erzählte sie. »Greg ist zurzeit nicht in Camp Ajuawak, er ist auf seiner *trapline* im Busch unterwegs. Aber du hast Glück. Sein Freund Tony Loon aus Moose Factory hat vor, ihn zu besuchen, und zwar noch heute. Ich habe schon mit Tony gesprochen. Er will heute Mittag los und ist bereit, dich mitzunehmen.« Louise gab mir einen Zettel mit Tonys Handynummer. »Am besten erreichst du ihn über *Facebook*. Drüben auf Moose Factory Island ist das Internet umsonst und so kommunizieren alle über den Messenger miteinander.«

»Und wie kommen wir in Gregs Buschcamp?«

»Auf dem Motorschlitten natürlich.«

»Okay, klar«, sagte ich.

»Gut. Dann rufe ich Tony an und lasse ihn wissen, dass du gegen eins da bist.«

Erneut machte sich Aufregung in mir breit. Noch heute würde ich meinem Vater gegenüberstehen. Die Stunde der Wahrheit näherte sich in Riesenschritten oder besser: auf Skidoo-Kufen. Ich versuchte, ihn mir vorzustellen, da draußen, in der Wildnis, auf seiner *trapline,* seiner Fallenstrecke. Doch Greg Cheechoo nahm keine konkrete Gestalt an, sosehr ich mich auch darum bemühte.

Ich speicherte Tonys Nummer in mein Handy ein. Es war nach zehn und gegen zwölf wollte Louise mich zu den Skidoo-Taxis am Fluss bringen.

Auf die Frage nach meinem Vater holte Louise einen alten Schuhkarton mit Fotos. Sie zeigte mir ein verblichenes Farbfoto, auf dem meine junge Mum, mein Dad und ich als Knirps zu sehen waren, zusammen mit Louise, Ed, einem Mädchen im Teenageralter und einem kleinen Jungen, der fröhlich grinste. Das war Lucas, mein Kumpel, an den ich mich nicht erinnern konnte. Leider auch jetzt nicht, als ich sein Bild vor Augen hatte.

Louise und Edward lächelten, meine Eltern auch, aber Mums Lächeln sah gezwungen aus. Ein Ausdruck, den ich nur zu gut kannte.

»Christine war in Moosonee nicht glücklich«, sagte Louise,

die meinen Blick bemerkt hatte. Und ich dachte, dass Mum in Deutschland auch nicht glücklich war. »Sie konnte die langen Winter nicht ertragen. Greg ist ein guter Mann, er hat alles versucht, ihr das Leben hier erträglich zu machen. Aber es hat nicht funktioniert und deine Mum ist immer trauriger geworden.« Sie schluckte. »Als dein Dad damals aus dem Gefängnis kam und nach Moosonee zurückkehrte, war er ein gebrochener Mann und alle dachten, er käme nie mehr auf die Beine. Zwei Jahre später hat er dann wieder geheiratet, aber die Ehe mit Nora ging auch nicht gut.«

Für einen Augenblick kam es mir so vor, als würde Louise noch etwas auf der Zunge liegen, etwas über meinen Vater und seine zweite Frau Nora, doch dann schien sie es sich anders zu überlegen. »Seit einem halben Jahr ist er mit Pauline Wabano zusammen«, sagte sie mit einem Lächeln, »und die beiden sind glücklich miteinander. Pauline tut ihm gut. Sie betreibt ein Camp für Jugendliche, die mit dem Gesetz in Konflikt geraten sind oder mit ihrem Leben nicht klarkommen. In Camp Ajuawak lernen sie die alten Jagdtechniken und wie man in der Wildnis überlebt. Das stärkt ihr Selbstbewusstsein.«

Louise drückte mir ein weiteres Foto in die Hand, das gestochen scharf war, und ich blickte in das strahlende Gesicht meines Vaters. Er musste damals Mitte zwanzig gewesen sein und ich war erschüttert über die große Ähnlichkeit zwischen uns. Ich erkannte meine Augen und mein Lachen in ihm wieder. Greg hatte das gleiche, leicht wellige Haar wie ich.

Wie musste das für meine Mutter gewesen sein, mich jeden Tag vor Augen zu haben, ein Abbild von ihm?

Auf dem nächsten Bild waren wir beide zu sehen und ich war ausstaffiert wie ein kleiner Jäger. Trug ein Sweatshirt in Tarnfarben, ein ledernes, mit Perlen besticktes Stirnband und kniehohe, verzierte Mokassins. Mein Vater kniete neben mir auf einem Teppich aus grünen Tannenzweigen, hatte einen Arm um mich gelegt und in seiner freien Hand hielt er ein Spielzeuggewehr, das so täuschend echt aussah, dass ich es im ersten Moment für echt hielt. Vor uns lag eine tote Kanadagans. Nicht zu fassen.

»Deine und Lucas' *Walking-out*-Zeremonie«, erklärte Louise, die langsam begriff, dass ich mich tatsächlich an nichts erinnern konnte. »Ihr wart damals zwei Jahre alt. Bei dieser Zeremonie werden Kinder in die Gemeinschaft des Stammes eingeführt. Es war euer erstes Verlassen des Hauses zu Fuß.«

»Und die tote Gans?«, fragte ich stirnrunzelnd.

»Kleine Jungen jagen bei dieser Zeremonie«, sagte Louise. »Natürlich nur symbolisch«, fügte sie hinzu, als sie mein Gesicht sah. »Das stellt sicher, dass aus euch kleinen Burschen später einmal echte Kerle und geschickte Jäger werden.«

Ich wusste nicht, wo ich hinsehen sollte, und Louise lachte ihr herzliches, kollerndes Lachen. »Das mit dem Jäger hat sich wohl bei dir nicht erfüllt.«

»Nein«, ich schüttelte vehement den Kopf. »Ich könnte niemals ein Tier töten.«

Louise blickte mich nachdenklich an. »Dein Dad ist ein erfolgreicher Jäger und Fallensteller«, sagte sie. »Er ist hier überall bekannt für sein Wissen über den Busch und die Jagd. Greg hat eine ganz besondere Beziehung zur Wildnis und zu den Tieren.«

Ich kapierte zwar nicht ganz, wie man eine besondere Beziehung zu Tieren haben konnte, die man strangulierte oder abknallte, aber ich schwieg. Dass mein Vater ein berühmter Jäger war, würde die Dinge nicht unbedingt leichter machen zwischen uns, aber ich wollte nicht voreingenommen sein.

Louise packte die Fotos wieder in den Schuhkarton, als mir eins ins Auge fiel, auf dem ich das Mädchen aus dem Zug zu erkennen glaubte.

»Darf ich das mal sehen?«

Sie gab es mir. »Lucas und seine Freundin Kimi«, sagte sie. »Das war kurz vor seinem Tod.«

Kimi, dachte ich. Sie blickte ernst in die Kamera und Lucas sah sie verliebt an.

»Eigentlich heißt sie *Kimiwan,* das bedeutet ›Regen‹ auf Cree.« Louisa nahm mir das Foto aus der Hand und es verschwand im Karton. »Tut mir leid, Jacob«, entschuldigte sie sich, »aber ich kann mir diese Fotos noch nicht anschauen, ohne dass der Schmerz um meinen Jungen mir das Herz abschnürt.«

»Verstehe«, murmelte ich. »Das wollte ich nicht.«

»Schon gut, du kannst doch nichts dafür. Ich bin so froh, dich da draußen auf der Quarry Road getroffen zu haben, das musst du mir glauben.« Sie seufzte. »Aber nun müssen wir los, sonst kommst du nicht rechtzeitig rüber auf die Insel.«

Bevor wir das Haus verließen, begutachtete Louise die Ski-doo-Tauglichkeit meiner Kleidung. Meine Jacke und die winddichte Hose waren okay, wenn ich mein Fleece und die langen Unterhosen darunterzog. Meine knöchelhohen Lederboots waren zwar gefüttert, doch sicherheitshalber vermachte Louise mir ein paar *mukluks,* fast kniehohe, fellgefütterte Lederstiefel, die vorne geschnürt wurden. Dazu schenkte sie mir noch ein paar dunkle Lederhandschuhe. Beides war nicht neu, sah aber ungeheuer bequem aus.

»Die Elchlederhandschuhe gehörten Lucas«, sagte sie, »die *mukluks* auch. Probier mal, ob sie dir passen. Ich weiß, es würde ihm gefallen, dass du beides bekommst.«

Ich schlüpfte in die *mukluks* und sie passten wie angegossen. »Die sind ja irre warm.«

»Ja, die Handschuhe auch.« Louise nickte. »Versprich mir, dass du beides auf dem Skidoo trägst.«

»Versprochen«, sagte ich. »Danke. Ähm … *meegwetch.*«

Louise lächelte. »*Meegwetch* heißt mehr als nur ›danke‹, Jacob. Es bedeutet: ›Ich werde in Ehren halten, was du mir gegeben hast.‹«

Es war sonnig und warm draußen, als wir in Louises SUV stiegen, und ich fing schnell an zu schwitzen in meinen Klamotten. Wir fuhren an einem Spielplatz vorbei, auf dem Kinder in bunten Schneeanzügen auf einem Gerüst herumturnten. Hinter einer Brücke bog Louise nach rechts und fuhr die Straße am Fluss entlang, die von Holzhäusern und einem ausgebrannten Hotel mit zerbrochenen Scheiben und dunklen Fensterlöchern gesäumt war. Nachdem wir ein kleines Gewerbegebiet passiert hatten, tauchte linker Hand ein großes, aufgebocktes Boot auf. Mühsam entzifferte ich seinen rostigen Namen: *Polar Princess.*

»Vor ein paar Jahren«, erklärte Louise, »als die Touristen im Sommer noch so zahlreich waren wie die Moskitos, haben wir sie mit der Polarprinzessin zur Mündung der James Bay geschippert.«

»Und jetzt nicht mehr?«

»*Mona,* nein. Es kommen nicht mehr viele Besucher von außerhalb nach Moosonee. Nur noch Sportjäger und Fischer oder Leute, die beruflich hier zu tun haben. Anwälte aus Timmins in ihren feinen Anzügen, wenn sie einmal im Monat vor Gericht einen armen Schlucker verteidigen müssen.« Sie seufzte. »Man hat uns hier oben schon vor langer Zeit abgeschrieben.«

Louise brachte ihren Wagen am Straßenrand hinter einem anderen Auto zum Stehen.

»Woran liegt das?«, wollte ich wissen.

Sie zuckte die Achseln. »Vielleicht daran, dass wir ihnen zu uninteressant sind. Kaum jemand hat schon mal was von Sumpf-Cree gehört. Wir haben keine großen Krieger wie Sitting Bull oder Crazy Horse vorzuweisen. Die meisten Leute, die geschäftlich hier raufkommen, bemitleiden uns. Sie sind froh, nicht hier leben zu müssen.«

Wir stiegen aus und Louise umarmte mich kurz, aber heftig. »Ruf mich an, wenn du Hilfe brauchst, ja? Grüß Greg von mir und lass dich noch mal bei mir sehen, bevor du wieder nach Deutschland fliegst.«

Ich schulterte meine Sporttasche. »Mach ich, versprochen. *Meegwetch* für alles.«

»*Wa-che-yeh,* Jacob.« Louise stieg wieder in ihren Wagen und wendete. Ich winkte ihr noch zu, dann blickte ich zum Ufer des zugefrorenen Flusses hinunter, wo Skidoos mit Schlittenanhängern und hin und wieder auch ein Auto das schneebedeckte Eis querten.

3

SCHWARZES EIS

Stirnrunzelnd beobachtete ich das Treiben. Die selbst gebauten, kastenförmigen Sperrholzschlitten, die an einigen der Skidoos hingen, sahen nicht sehr vertrauenerweckend aus. Aber ich hatte keine Wahl. Ich lief zum Fluss hinunter und begutachtete die freigeräumte Piste über den Fluss. Wo der Wind den Schnee fortgeweht hatte, schimmerte blankes Eis durch. Schwarzes Eis, von Rissen durchzogen. Das mulmige Gefühl in meiner Magengegend nahm zu.

Einer der Skidoo-Taxifahrer winkte mich heran. Er steckte in Kälteschutzhosen und einem dicken Winterparka mit Kapuze, seine Wangen waren von üblen Aknenarben entstellt. Die Überfahrt kostete zehn Dollar und ich redete mir ein, dass der Typ ganz bestimmt heil nach Hause zu Frau und Kindern wollte und deshalb nichts Unüberlegtes tun würde. Also stieg ich in den Schlitten und setzte mich auf die hintere Bank.

»Alles klar, schön festhalten, eh!«, rief er von draußen.

Na prima!

Ein Motor heulte auf und es ging los. Der Schlitten schlingerte und holperte und ich klammerte mich an der Sitzbank fest. Eisiger Wind pfiff durch alle Ritzen. Moosonee wurde schnell kleiner und verschwand schon bald hinter einem Gewirr von mit Sträuchern bewachsenen kleinen Inseln. Wenn das Eis bricht, schoss es mir durch den Kopf, dann ist diese Sperrholzkiste dein Sarg!

Der Fluss war eine riesige gefrorene Fläche, dickes Eis, doch ich ahnte die Kräfte darunter. Ich fror erbärmlich und mich überkamen erneut Zweifel an meiner überstürzten Reise. Ich war Hunderte Kilometer weit geflogen, um einen Mann zu treffen, der betrunken mit mir in ein Auto gestiegen war. Der deshalb im Gefängnis gesessen hatte. Du bist vollkommen verrückt, Jacob!

Nach einer gefühlten Ewigkeit hielt das Skidoo-Taxi am Ufer der Insel, direkt neben einem riesigen Holzgebäude mit steilem Satteldach. Ich wusste, dass es ein Hotel war. Woher? Die Information musste tief in meinem Hirn abgespeichert sein.

Ich gab dem Fahrer einen Zehn-Dollar-Schein.

»Meegwetch«, sagte Aknegesicht. Und: *»Take care!«*

Louise hatte mir eine Wegbeschreibung zu Tony Loons Haus gegeben, also warf ich die Sporttasche über meine Schultern und stiefelte los.

Nach ungefähr hundert Metern durch nichts als Wald zu beiden Seiten meldete sich mein Handy mit einer Nachricht und ich schaute nach, von wem sie kam. Tony Loon schrieb, dass er bedauerlicherweise erst am Donnerstag zu meinem Vater aufbrechen würde. Ich solle dann um ein Uhr da sein.

Fuck! Die Enttäuschung traf mich hart und ich fluchte wild vor mich hin. Zwanzig Dollar für ’n kalten Arsch, denn ich musste ja wieder zurück über den Fluss. Donnerstag, das war übermorgen. Und vielleicht fiel Tony dann ein, dass er aus irgendeinem Grund doch noch nicht loskonnte. Aber ich hatte keine Option, denn ich kannte hier niemanden außer Louise. Tony Loon war vermutlich meine einzige Chance, zu meinem Vater in sein Jagdcamp zu kommen.

Also lief ich zurück zum Fluss. Aknegesicht winkte mir zu.

»Was vergessen, eh?«, frotzelte er.

»Mein Date ist geplatzt.«

Grinsend sah er mich an. »Wie heißt sie denn?«

»Tony Loon«, antwortete ich resigniert. »Er wollte mich zu meinem Vater bringen.«

»Und dein Dad ist …?«

»Greg Cheechoo.«

Das Grinsen verschwand und der Mann starrte mich mit offenem Mund und schwarz glänzenden Augen an, als wäre er einem Geist begegnet. »Dann … du bist Jacob«, murmelte er ungläubig.

»Der bin ich«, bestätigte ich verblüfft.

»Jacob Cheechoo«, sagte er, »du bist ganz schön gewachsen.«

»Sie kennen mich?«

Noch einer, der sich an mich erinnerte. Das war verrückt. Ich fühlte mich hier wie ein Wildfremder, aber für diese Leute war ich das nicht. Es war ein seltsames Gefühl, denn ich hatte keine Ahnung, was sie über mich und meine Mum wussten. Ob sie meinen Vater mochten oder nicht.

»Und ob.« Er lachte kopfschüttelnd. »Ich bin Mike. Ich kenne deinen Dad ziemlich gut, eh.«

Ich erzählte ihm, dass Tony Loon mich ins Jagdcamp zu meinem Vater bringen wollte, das Ganze aber gerade eben auf Donnerstag verschoben hatte. »Ich habe nur die paar Tage«, sagte ich frustriert.

Mike blickte zurück auf den Fluss, wo sich ein anderes Skidoo-Taxi näherte. »Ist nicht viel los heute, eh. Wenn du willst, kann ich dich zu deinem Dad bringen. Wenn wir gleich aufbrechen, schaffe ich es zurück nach Moose Factory, bevor es dunkel wird.«

»Wirklich?« Mein Herz machte einen Satz. »Sie … Sie wissen, wo sein Jagdcamp ist?«, stammelte ich.

»Aber klar. Und hey, ich bin Mike. Ich kannte dich, da warst du noch ein kleiner Knirps.« Er zog seinen Handschuh aus und reichte mir seine Hand. Ich schlug ein.

Nachdem ich mich schon beinah damit abgefunden hatte, zu Louise nach Moosonee zurückkehren und bis Donnerstag warten zu müssen, konnte ich nun mein Glück kaum fassen. »Danke, Mike. Das ist supercool.«

Mike hängte seinen Schlitten ab und zurrte meine Sporttasche auf dem Gepäckträger des Schneemobils fest. »Wir fahren nur kurz zu mir. Ich muss auftanken und mich umziehen.« Er sah an mir herunter. »Hast du lange Unterhosen drunter? Auf dem Skidoo ist es kalt, eh.«

»Hab ich«, sagte ich. Er zeigte mir grinsend den Daumen.

Ich stieg hinter Mike auf und hielt mich an seinem Parka fest, als er losdüste. Erst ein Stück auf dem harten Fluss entlang und dann durch den Wald bis zu einem Holzhaus, das auf einem verwilderten Grundstück stand und auch schon bessere Tage gesehen hatte. Ein Truck und zwei ausgediente Motorschlitten standen neben dem Haus, gleich dahinter lag umgedreht ein verschneites Boot.

»Warte hier, bin gleich wieder da.«

Es dauerte fast fünfzehn Minuten, bis Mike wieder auftauchte. Er trug eine Fellmütze auf dem Kopf, eine Skibrille und ein Gewehr über der Schulter.

»Wozu die Flinte?«, fragte ich.

»Heute früh haben sie im Radio gemeldet, dass in der Gegend

ein Eisbär gesichtet worden ist. Es ist für die Jahreszeit zu warm, deshalb können die Eisbären in der Hudson Bay nicht auf Robbenjagd gehen und der Hunger treibt sie immer weiter in den Süden.«

Wow. Ich fand nicht, dass es warm war, aber Eisbären sahen das sicher anders. Kurz überlegte ich, das Ganze abzublasen, denn mit Eisbären war nicht zu spaßen, das wusste sogar ich.

Mike lachte, als er mein Gesicht sah. »Keine Bange, wo wir hinfahren, wird er bestimmt nicht sein. Aber ich habe mein Gewehr immer dabei, wenn ich in den Busch fahre. Mir könnte ja ein Karibu über den Weg laufen.«

»Okay«, sagte ich und hoffte, weder Eisbär noch Karibu würden unseren Weg kreuzen.

»Hast du Handschuhe, eh?«

»Hab ich.« Ich zog Lucas' Elchlederhandschuhe aus meiner Tasche und schlüpfte hinein. Sie waren unglaublich weich und warm im Inneren. »Wie weit ist es denn bis zum Camp meines Vaters?«

Mike schien zu rechnen. »Ungefähr siebzig, achtzig Kilometer. Setze deine Kapuze auf und binde sie fest zu, dann geht es los. Halt dich gut an mir fest, eh.«

Ich zog die Kapuze über meine Mütze und stieg hinter Mike auf. Er schob seine Schutzbrille über die Augen, zog mit einem kraftvollen Ruck an der Startleine und der Motor tuckerte los. Eine warme, stinkende Abgaswolke hüllte uns ein. Mike gab Gas und ich schlang meine Arme um seinen eingemummten Körper. Wir fuhren hinter seinem Haus in den Wald, durch zerfurchten Schnee auf einem schmalen Weg.

Auf einmal fielen alle Zweifel von mir ab, denn es machte Spaß. Ziemlich großen sogar. Wir waren schnell runter von der Insel und der zugefrorene Fluss war unsere Straße. Skidoo-Spuren überall. Mit fast sechzig Sachen jagte Mike den Schlitten über das verschneite Eis. Die Sonne ließ die Schneedecke glitzern, der Himmel war strahlend blau und ich umklammerte Mikes Mitte, um nicht hinter ihm vom glatten Sitz zu rutschen.

Der Motorenlärm des Schneemobils dröhnte in meinen Ohren. Es stank nach Benzin, aber die Freude, auf diese Weise über den gefrorenen Elchfluss zu jagen, hatte mich gepackt. Mein Körper erinnerte sich. Ich saß vorn auf dem Schlitten, mein Vater hinter mir, seine breite Brust in meinem Rücken. Ich hörte mein vergnügtes Jauchzen und am liebsten hätte ich das jetzt auch gern getan: vor Aufregung jauchzen.

Das war es. Ich war hier, um endlich etwas Echtes zu erleben. Und das tat ich. Ein Teil von mir, der mir jahrelang verschlossen geblieben war, erwachte und erinnerte sich.

Die kahlen Bäume am Ufer flogen an uns vorbei und ich dachte daran, wie nah ich meinem Ziel war. Achtzig Kilometer bei diesem Tempo? Länger als zwei Stunden würde Mike nicht brauchen. Schon bald würde ich meinem Vater gegenüberstehen. Ich hoffte, Greg nicht zu sehr zu überrumpeln mit meinem Auftauchen. Ich hoffte, er würde sich freuen. Louise hatte gesagt, er hätte mich vermisst, und ich wünschte mir nichts mehr, als dass es der Wahrheit entsprach.

In meiner Vorstellung sah ich meinen Vater und mich vor einem warmen Ofen sitzen und uns gegenseitig all die Jahre erzählen, die wir ohneeinander verbracht hatten. Wir würden reden, bis alles geklärt war. Ich war furchtbar aufgeregt.

Mike jagte über eine gefrorene Schneewehe und wir machten einen Satz. Die Erschütterung des Aufpralls setzte sich bis in meine Wirbelsäule fort und ich klammerte mich noch fester an

Mike. Nach einer Weile durchdrang der kalte Fahrtwind meine angeblich winddichten Hosen und meine Wangen brannten, sodass ich mich mit dem Gesicht hinter Mikes Rücken duckte. Nur meine Füße und meine Hände glühten vor Wärme. *Meegwetch, Lucas, alter Kumpel!*

Keine Ahnung, wie weit wir bereits gekommen waren und welche Strecke noch vor uns lag. Bewaldete Inseln und mit Sträuchern bewachsene Sandbänke im Fluss machten mir die Orientierung schwer, denn alles sah irgendwie gleich aus, als wir durch dieses Labyrinth bretterten. Nach einer gefühlten Ewigkeit fuhr Mike endlich linker Hand auf das Ufer hinauf und in den Busch hinein.

Busch war der richtige Ausdruck für die Wildnis: ein Wirrwarr von kahlen Sträuchern und dünnen Baumstämmen. Ich sah Spuren im Schnee, Skidoo-Kufen und Abdrücke von Wildtieren. Vermutlich gab es hier nicht nur Bären, sondern auch Wölfe. Ich mochte Wölfe. Ben hatte mich mit seiner Begeisterung angesteckt. Vor ein paar Jahren waren Wölfe aus Polen in die deutschen Wälder zurückgekehrt und hatten sich vermehrt. Eine Wölfin lebte sogar ganz in unserer Nähe. Ben war damals vor lauter Begeisterung sogar in die NAJU eingetreten – mit zwölf.

»Wildnis in Germany«, hatte er gesagt, »direkt vor unserer Haustür. Das ist doch cool.«

Doch hier war das was ganz anderes. Weil es hier nur Wildnis und weit und breit keine Haustür gab.

Eine Schar weißer Vögel flatterte plötzlich vor uns auf. Mike fuhr nun langsamer, denn er musste Ästen ausweichen und uns über Schneebuckel und gefrorene Bäche manövrieren. Inzwischen taten mir vom Festhalten die Arme weh. Mein ganzer Körper war steif und ich hoffte, wir würden bald da sein. Die

Sonne war auf einmal verschwunden und mir war jetzt richtig kalt. Es machte keinen Spaß mehr, bei diesem Lärm und in einer Abgaswolke durch die winterliche Wildnis zu donnern. Ich wollte endlich im Camp meines Vaters ankommen, und zwar *bevor* ich ein Eisklotz war.

Auf einmal, so als konnte Mike meine Gedanken lesen, hielt er an. Mit steifen Bewegungen stieg ich vom Skidoo und ließ dabei ein tiefes Ächzen hören.

Mike stieg ebenfalls ab, mit Schwung und ganz locker. Er schaute mich an und grinste. »Zum ersten Mal auf einem Motorschlitten mitgefahren, eh?«

»Ich weiß nicht«, murmelte ich. »Ich glaube, ich bin mit meinem Vater auf einem gefahren, als ich noch klein war.«

Mike zog seine Handschuhe aus und machte sich leise fluchend an seinem Skidoo zu schaffen.

»Stimmt was nicht?«, fragte ich besorgt.

»Der Keilriemen ist so gut wie hin. Aber keine Sorge, ich habe Ersatz dabei.«

»Wie weit ist es denn noch?« Ich hampelte ein bisschen herum, in der Hoffnung, dass das Blut in meinen Armen und Beinen wieder zu zirkulieren begann.

»Nur noch knapp zwanzig Kilometer, wir haben es bald geschafft.«

Ich musste verflucht dringend pinkeln und überlegte, ob ich es noch zwanzig Kilometer aushielt, weil es umständlich sein würde, mich aus meinen dicken Klamotten zu pellen.

»Wie geht es denn deiner Mum?«

Ich war so überrascht von Mikes Frage, dass ich für einen Moment meine volle Blase vergaß. »Gut. Na ja, sie hält nichts davon, dass ich hier bin.«

»Christine will nicht, dass du deinen Dad besuchst, eh?«

Oh mein Gott, dachte ich, er erinnerte sich sogar an ihren Namen. »Ich weiß erst seit ein paar Tagen, dass Greg Cheechoo mein Vater ist. Mum hat es mir jahrelang verschwiegen.«

Mike stieß Luft durch die Zähne und musterte mich. »Du kannst dich also gar nicht an ihn erinnern?«

»Es gab einen Unfall damals, dabei habe ich mein Gedächtnis verloren. Alles, was vorher war, ist ausgelöscht.«

Mike nickte. »Verstehe. Aber nun bist du den weiten Weg gekommen und willst nach all den Jahren endlich deinen Dad sehen.«

»Genau«, antwortete ich. »Vielleicht können wir ja noch mal von vorn anfangen.«

In Mikes dunklen Augen schien etwas aufzublitzen, etwas, das ich nicht deuten konnte. »Na denn«, sagte er. »Auf geht's!«

»Ich glaube, ich muss vorher mal in die Büsche.«

»Nur zu, ich warte.«

Ich hatte eine Gruppe mannshoher Tannen erspäht und dorthin stapfte ich durch den Schnee. Zuerst musste ich meine Jacke öffnen, danach die winddichte Hose herunterziehen, dann die lange Unterwäsche und zuletzt meine Boxershorts. Während ich gelbe Kringel in den Schnee schrieb, hörte ich, wie der Motor des Schneemobils lostuckerte.

»Ich beeile mich ja schon«, murmelte ich.

Doch gleich darauf hörte ich ein lautes Röhren, das sich ziemlich schnell von mir entfernte. Mit nur halb hochgezogener Hose stürzte ich hinter den Tannen hervor und rief: »Was soll das, verfluchte Scheiße?«

Mike und sein Skidoo verschwanden in einer Abgaswolke zwischen den Bäumen. Für einen Moment stand ich wie erstarrt, dann rannte ich los, zu der Stelle, wo wir eben noch geplaudert hatten. Plötzlich blieb ich mit dem Fuß an einem im Schnee verborgenen Ast hängen, stolperte und flog der Länge nach hin. Das kalte Weiß war überall um mich herum, sogar in meinem Mund.

»Du verdammtes Arschloch«, murmelte ich frustriert, da mir plötzlich – viel zu spät – aufging, was für ein Idiot ich doch war.

4

MITTEN IM NIRGENDWO

Das Motorengeräusch verklang und ich rappelte mich hoch, denn die Nässe des Schnees durchdrang meine Klamotten. Das Herz hämmerte in meiner Brust und das Blut pochte so laut in meinen Ohren, dass ich nichts anderes hörte.

Vielleicht will Mike ja nur den Keilriemen testen, hoffte ich. Vielleicht hatte der Typ Freude dran, mich, das deutsche Greenhorn, ein wenig in Panik zu versetzen. Ein herumstreunender Eisbär: *Buh! Ha, ha.* Ein Streich auf Indianerart.

»Das ist ein Scheißspiel, Mike«, schrie ich. Doch meine Worte drangen nur an meine eigenen Ohren.

Hastig zog ich mich wieder richtig an und auf den wenigen Metern bis zu der Stelle, an der das Schneemobil gestanden hatte, bestanden meine Gedanken aus irrationaler Zuversicht. *Mike ist ein netter Kerl. Gleich hörst du das Knattern des Motors, er taucht lachend wieder auf und ruft: »Na, Schiss gehabt, eh?«*

Als ich jedoch meine Sporttasche im Schnee liegen sah, schwand alle Hoffnung. Mike war fort und hatte mich allein zurückgelassen – er hatte mich im Busch *ausgesetzt.* Hatte mein Geld genommen und war auf Nimmerwiedersehen damit verschwunden.

»Du miese Ratte«, fluchte ich keuchend.

Als ich meine Sachen in Augenschein nahm, stellte ich verwundert fest, dass nichts fehlte. Mein Geld war noch da, mein

Pass, das Flugticket und die Rückfahrkarte für den *Polar Bear Express.*

Ich starrte auf die Sachen und fragte mich, was in den Mann gefahren war, mich mitten in der Wildnis allein zurückzulassen. Ich hatte ihm nichts getan. Das Angebot, mich zu meinem Vater zu bringen, war seine Idee gewesen. Doch sosehr ich auch grübelte, Mikes Beweggründe blieben mir ein Rätsel. Er musste verrückt sein.

Mit zitternden Fingern wählte ich Louises Nummer, aber natürlich gab es hier draußen kein Netz. Louise hatte mir erklärt, dass die Handys in einem Umkreis von rund vierzig Kilometern um Moosonee funktionierten, dann nicht mehr. Vielleicht konnte ich ja so weit laufen, bis ich wieder Empfang hatte.

Es war kurz vor vier und ich rechnete mir aus, wie lange ich brauchen würde, um nach Moosonee zurückzulaufen. Wenn ich forsch ging, brauchte ich für fünf Kilometer eine Stunde. Bei sechzig Kilometern war das ein Marsch von zwölf Stunden. Dank meines Trainings – Fahrrad fahren, laufen und schwimmen – war ich gut in Form und dürfte es ohne Probleme schaffen. Allerdings würde ich bei Dunkelheit auf dem gefrorenen Fluss gehen müssen. Dieser Gedanke ließ Angst in mir aufsteigen. Plötzlich war ich in dieser ungemütlichen Einöde vollkommen auf mich gestellt.

Mike, dieses miese Arschloch. *»Fuck, fuck, fuck!«*, fluchte ich, und als ich damit aufhörte, war es totenstill. *Zu still.* Kein Motorengeräusch weit und breit. Zwischen den Bäumen herrschte diffuses Dämmerlicht und mir wurde schlagartig klar, dass, wenn kein Wunder geschah, mir eine Nacht allein in der Wildnis bevorstand. *Unbekanntes Territorium, Jacob.* Das hier war nicht mein Element und ich kannte die Regeln der Wildnis nicht.

Vor Panik begann ich zu schwitzen in meinen dicken Klamotten, die für die Skidoo-Fahrt gedacht waren. Ich sagte mir, dass ich gute Chancen hatte, heil in die Zivilisation zurückzukehren. Doch leider ließ sich gegen meine Angst nichts machen. Sie war da, sie wuchs und drohte, mich zu überwältigen.

Um das zu verhindern, musste ich mich in Bewegung setzen. Ich hatte keine Wahl, meine einzige Option war, den Skidoo-Spuren zu folgen und zum Fluss zurückzulaufen. Vielleicht begegnete ich ja jemandem, der wohin auch immer unterwegs war. Darauf setzte ich all meine Hoffnung.

Mit zitternden Händen durchforstete ich meinen Rucksack nach nützlichen Dingen. Ich hatte noch die beiden Müsliriegel, ein winziges Päckchen Gummibärchen, das ich mir an der Rezeption im Motel eingesteckt hatte, und eine halb volle Wasserflasche. Mein *Opinel*-Taschenmesser und das Feuerzeug, das ich im Tipi meines Vaters gedankenverloren eingesteckt hatte. Meine Boots und ein paar Klamotten zum Wechseln.

Mein Magen meldete sich mit einem Knurren und ich wog einen der Müsliriegel in meiner Hand. *Jetzt oder später?* Ich erlag der Versuchung und riss die Verpackung auf, verschlang den Riegel mit einem Bissen und spülte mit schalem Wasser nach.

In Cochrane war es gegen halb neun dunkel geworden, also nahm ich an, dass es hier nicht viel anders sein würde. Besser, ich machte mich auf den Weg. Ich hängte meine Sporttasche über die Schulter und stiefelte verdrossen los – immer den Spuren des Motorschlittens nach.

Eine ganze Weile kam ich gut voran und meine Zuversicht wuchs. Bis ich an eine Stelle kam, wo die Skidoo-Spuren sich gabelten. Ich drehte mich einmal um meine eigene Achse, doch überall sah es gleich aus: Kiefern, dürre Schwarzfichten,

Roterlensträucher, Totholz. Am Boden die blattlosen Äste der Blaubeerbüsche, die wie Spinnenbeine aus den Schneefeldern ragten. Ich hatte nicht die leiseste Ahnung, aus welcher Richtung wir mit dem Skidoo gekommen waren. Die Spuren im Schnee unterschieden sich nicht. Oder vielleicht war ich auch einfach zu blöd, um zu erkennen, welche alt und welche neu waren.

Ich war zwar ein halber Cree, hatte aber keine verdammte Wildniserfahrung. Ich wünschte, Ben wäre hier oder ich hätte ihm besser zugehört, wenn er mir mit seinen ewigen Outdoor-Weisheiten auf die Nerven gegangen war.

Da ich nicht wusste, was ich machen sollte, setzte ich mich auf einen Baumstamm und gab mich dem Selbstmitleid hin. Ich war hungrig und hatte keinen blassen Schimmer, wo ich tatsächlich war. Denn westlich von Moosonee mündete der Abitibi in den Moose River und dadurch, dass Mike durch dieses Labyrinth von Inseln und Sandbänken gefahren war, wusste ich nicht, auf welchen Fluss ich überhaupt treffen würde.

Es schien mir jedoch das Wichtigste, dass ich, wenn ich erst auf einem zugefrorenen Fluss war, in die richtige Richtung lief. Und das würde ich anhand der untergehenden Sonne, die nun eine matte Scheibe am Himmel war, hoffentlich hinkriegen.

Weil ich mich nicht bewegte, spürte ich schon bald die Kälte, die durch meine Hosenschichten sickerte, sogar durch meine Jacke. Füße und Hände hielten Dank der *mukluks* und der Handschuhe von Lucas mollig warm. Ich musste weiterlaufen, um nicht auszukühlen. Ich zog meine Kapuze über die Wollmütze, denn ich erinnerte mich an Bens Worte: *Die Hälfte seiner Körperwärme verliert der Mensch über den Kopf.*

Es war jetzt kurz vor fünf, also würde es nur noch drei Stunden lang hell sein. Wobei *hell* nicht annähernd der richtige Ausdruck war, denn es dämmerte jetzt schon.

Food, shelter, fire. Woher kamen plötzlich diese Worte in meinen Kopf?

Ich dachte an die beiden Wochen Sommerferien, die Ben und ich bei seiner Oma Lene in einem kleinen Dorf im Harz verbracht hatten. Wir hatten die siebte Klasse, unser erstes gemeinsames Jahr am Gymnasium, hinter uns gebracht und waren dicke Freunde geworden. Ben, rothaarig und sommersprossig, war wild auf Waldabenteuer. Und so bauten wir uns eine Bude im Wald hinter Oma Lenes Haus, fingen mit selbst gebauten Speeren Fische im Bach, die wir an Stöcken über einem offenen Feuer brieten. Wir sammelten Beeren und lebten wie Waldbewohner, schliefen sogar in Schlafsäcken in unserer schief zusammengenagelten Bretterhütte.

Ben hatte allerhand Bücher über das Überleben in der Wildnis gelesen: *Robinson Crusoe, Huckleberry Finn, Blauvogel, Alabama Moon* und *Allein in der Wildnis* von Gary Paulsen. Ich hingegen, so schien es, holte mein Wissen aus einer verborgenen inneren Quelle.

Nahrung, Schutz, Feuer – das waren die drei wichtigsten Dinge, die man zum Überleben in der Wildnis braucht. Hatte mein Vater mir das beigebracht, als ich noch klein war? War da noch mehr verborgenes Wissen? Und wenn ja, wie konnte ich es wachrufen, die Quelle wieder zum Sprudeln bringen?

Ich besaß einen letzten Müsliriegel, hatte ein Feuerzeug und ein Messer, um mich notfalls zu verteidigen. Also gab ich mir einen Ruck und lief weiter. Doch es wurde schnell immer dunkler unter den Bäumen, und um mich herum bewegten sich unsichtbare Vierbeiner durch das Dickicht. Äste schnippten zurück, obwohl niemand sie berührt hatte. Ich sah Spuren im Schnee, die nicht von Rehen oder Karibus stammten, sondern von Beutegreifern. Doch das Schlimmste war: Die Temperaturen sanken rapide mit schwindendem Licht. Und die Taschenlampen-App auf meinem Smartphone wollte ich nicht nutzen, um den Akku nicht zu belasten.

Als der Wald sich lichtete und ich auf eine weite, offene Fläche mit winzigen Bauminseln blickte, bestätigte sich, was ich schon die ganze Zeit befürchtete: Ich hatte den falschen Weg eingeschlagen. War einfach drauflosmarschiert, sicher, in die richtige Richtung zu laufen.

Nun war es zu spät, um umzukehren. Auch wenn das hier beileibe kein Ort war, an dem ich eine Nacht verbringen wollte: Ich musste mir eine Höhle bauen wie ein wildes Tier.

Für mein Vorhaben wählte ich den schmalen Streifen am Waldrand, der mit kleinen Tannen zugewachsen war, und suchte nach einer geeigneten Stelle. Dabei stieß ich im Schnee auf ein abgeworfenes Elchgeweih. Die Schaufel war riesig und bot eine gute Rückendeckung. Als ich unter einer größeren Tanne eine geeignete Kuhle gefunden hatte, zerrte ich die Schaufel dorthin. Sie wog bestimmt an die zehn Kilo und ich fragte mich, was für eine Kraft ein Elch haben musste, um zwei davon auf dem Kopf herumzuschleppen.

In der nächsten Stunde konzentrierte ich mich auf drei Dinge: Tannenäste für mein Lager zu schneiden, Feuerholz zu sammeln und mich von der Furcht nicht überwältigen zu lassen. Mein *Opinel* war scharf und bald hatte ich einen ganzen Berg biegsamer Zweige beisammen, mit denen ich den Boden der Kuhle auspolsterte. Drum herum baute ich mir aus stärkeren Ästen eine Art Tipi, das ich von außen mit Zweigen bedeckte. Nachdem mein Unterschlupf fertig war, betrachtete ich ihn einen Moment voller Stolz. Doch ein Blick in den wolkenverhangenen Himmel vertrieb meinen Optimismus sofort wieder. Sollte es regnen, würde ich gnadenlos nass werden.

Mithilfe meines papiernen Flugplans, trockenen Mooses und dürrer Zweige entfachte ich direkt vor dem Eingang meiner Tannenhöhle ein Feuer. Ich riss das Papier in zwei Hälften und knüllte eine davon zu einer lockeren Kugel zusammen, die ich auf ein Bett aus trockenen Flechten in der Mitte der Feuerstelle platzierte. Die dünnsten und trockensten Zweige schichtete ich zeltartig über die Papierkugel. Dann zündete ich sie mit dem Feuerzeug an. Eine schwache blaue Flamme wanderte über das Papier und ließ es schwarz werden. Ich pustete vorsichtig. Funken flogen und die dürren Zweige fingen Feuer. Es knisterte, und als die ersten gelbblauen Flammen züngelten, ging es mir gleich etwas besser. Ich legte dickere Zweige auf und schon bald loderten die Flammen hell auf und das prasselnde Feuer begann mich zu wärmen. Die Dunkelheit wich ein Stück zurück.

Im flackernden Schein des Feuers versuchte ich, auf dem Moosonee-Flyer etwas zu erkennen, und entdeckte, dass die Flussgabelung mit abgebildet war. Mike hatte sich mit dem Schneemobil stets rechts gehalten, war aber dann auf der linken Seite des Flusses an Land gefahren. Vor mir lag offenes, von kleinen Baumgruppen bewachsenes Land. Lief ich weiter, müsste ich nach drei oder vier Kilometern auf den Abitibi-River stoßen und konnte auf dem Fluss den Rückweg nach Moosonee einschlagen.

Nun hatte ich also einen guten Plan für den nächsten Tag, einen Unterschlupf für die Nacht und ein Feuer. Blieb das Essen.

Jetzt, wo ich nichts anderes mehr zu tun hatte, stellte sich der Hunger mit aller Macht ein. Mein Magen knurrte wie ein hungriger Wolf. Ich trank das letzte Wasser aus meiner Flasche und zerkaute langsam den Müsliriegel. Es war der beste Schokoladen-Nuss-Riegel, den ich je gegessen hatte. Doch schon bald darauf wühlte der Hunger noch heftiger in meinem Magen.

Im Schneidersitz hockte ich vor meinem Feuer (Ben, dir würde das gefallen) und sah zu, wie die hellen Flammen das Holz umfingen und schwarz werden ließen. Ein Harzeinschluss platzte und ich zuckte zusammen, als hätte jemand auf mich geschossen. Funken stiebten in den Himmel wie tanzende Sterne.

Die Nacht war voller Dunkelheit und Wildnis. Seltsame Laute kamen aus dem Wald hinter mir. Ich stellte mir Tiere vor, die um mein Lager streiften, Tiere, die ich bisher nur im Zoo gesehen hatte. In der Nacht klang alles ganz anders. Größer, gefährlicher, hungriger. Und die fremde Dunkelheit hier oben im Norden war allumfassend.

Du hättest vorsichtiger mit deinen Wünschen umgehen sollen, dachte ich, als ich zusammengerollt in meinem Bau lag, auf duftenden Tannenzweigen, den Kopf auf meine Sporttasche gebettet, das aufgeklappte Messer in der rechten Hand. Ich hatte etwas Echtes spüren wollen und das tat ich jetzt. Mir war *echt* kalt, ich hatte *echten* Hunger und *echte* Angst. Die Dunkelheit, die mich da draußen umgab, breitete sich auch in mir aus. Das Gefühl, hilflos der Macht der Natur ausgeliefert zu sein, legte sich schwer auf meine Gedanken und ich spürte, wie sich alles in mir zusammenzog. Ich hatte Angst, einzuschlafen und im Schlaf zu erfrieren oder gefressen zu werden.

Verdammt, wie gerne wäre ich jetzt mutig oder großartig, stattdessen schluchzte ich in mich hinein wie ein kleiner Junge, der sich vor dem Ungeheuer unter seinem Bett fürchtet. Doch irgendwann verschwand das Nagen des Hungers. Mein Körper fühlte sich schwer und müde an und vor Erschöpfung schlief ich schließlich doch ein.

Keine Ahnung, wie lange ich geschlafen hatte, als etwas mich weckte. Angestrengt horchte ich auf die nächtlichen Geräusche der Wildnis. Die Temperaturen mussten weit unter den Gefrierpunkt gesunken sein, denn obwohl ich alles anhatte, was ich bei mir trug, half das nur wenig. Ich war steif vor Kälte.

Ben hatte mir erzählt, sich einen runterzuholen, sei der beste Weg, seinen Kreislauf zu mobilisieren, wenn man kurz vor dem Kältetod stand. Angeblich hatte er das in einem seiner Survival-Bücher gelesen. Ich bezweifelte sehr, dass das stimmte.

Trotzdem zog ich in Erwägung, es auszuprobieren. Aber dann hätte ich das Messer aus der Hand legen und meine warmen Elchhandschuhe ausziehen müssen, mit meiner Hand unter diverse Klamottenschichten dringen …

Plötzlich hörte ich hinter mir im Wald ein Knacken und Schnaufen. Erschrocken hielt ich den Atem an. Was war das? Ein nächtlicher Jäger? Etwas Großes mit Klauen und Reißzähnen? Panik überwältigte mich: Ich würde meine Mum, Jonas und meinen besten Freund Ben nicht wiedersehen – ich würde *niemanden* wiedersehen, auch nicht meinen Vater.

Keine Ahnung, auf wessen Speiseplan ich inzwischen stand, aber die Gefahr existierte, auch wenn ich sie nicht sah. Und mit meinem winzigen Messer konnte ich gar nichts ausrichten, wenn mich ein hungriger Bär aufstöberte. Mutter Natur würde über Stärke und Schwäche entscheiden. Was ich wollte, war völlig gleichgültig.

Eine ganze Weile rührte ich mich nicht, horchte nur. Doch dann begannen meine Zähne zu klappern, so laut, dass jeder hungrige Lauscher es hören musste.

Reiß dich zusammen, Jacob, dachte ich. *Sei keine Memme!* Das Gefühl, vollkommen allein in der Welt zu sein, übermannte mich. Noch nie in meinem Leben war ich mir so einsam und verloren vorgekommen. Und noch nie hatte ich den Morgen so sehr herbeigesehnt wie in dieser Nacht.

Als endlich der Morgen dämmerte, quälte ich mich müde und zerschlagen aus meinem Unterschlupf, um zu pinkeln. Ich hatte die Nacht überlebt, aber nun kehrte der Hunger mit aller Macht zurück und dazu hatte ich auch noch furchtbaren Durst. Meine Wasserflasche war leer, ich musste unbedingt nach einem Bach suchen.

Fürs Erste scharrte ich in einer Schneewehe und aß eine Handvoll Schnee, um meinen Durst zu stillen, was mein Magen gleich darauf mit einem Krampf quittierte. *Iss niemals Schnee,* hörte ich Bens warnende Stimme. Aber was sollte ich sonst tun?

Mein Frühstück bestand aus zehn Gummibärchen, in der Hoffnung, durch den Zucker ein bisschen Energie zu bekommen. Nachdem ich mich von ein paar Kleidungsschichten befreit hatte, nahm ich meine Tasche auf und folgte den Skidoo-Spuren.

Voller Inbrunst verfluchte ich Crazy Mike, der mich in diese idiotische Lage gebracht hatte. Ich fragte mich, ob es von Anfang an sein Plan gewesen war, mich in der Wildnis auszusetzen, oder ob ich bei unserem Halt etwas Falsches gesagt hatte. Vielleicht hatte das Ganze damit zu tun, dass ich Greg Cheechoos Sohn war. Ich kannte meinen Vater ja überhaupt nicht. Louise

Koostachin hatte behauptet, Greg wäre ein guter Mann, doch ich kannte auch Louise nicht. Was konnte Greg getan haben, dass Mike sich auf so grausame Art an mir rächen wollte?

Irgendwann hatte ich das Gefühl, kilometerweit gelaufen zu sein, doch noch immer war kein Fluss in Sicht. Hatte ich mich geirrt? War Mike doch den Abitibi und nicht den Moose River entlanggefahren? Ich holte den Flyer hervor und stellte fest, dass es noch einen dritten Flusslauf gab, einen Nebenarm, der weiter östlich in den Moose River mündete. War Crazy Mike auf dem Abitibi entlanggefahren, musste ich auf diesen Flussarm stoßen, wenn ich die eingeschlagene Richtung beibehielt. Doch wirklich sicher war ich mir nicht angesichts der vielen kleinen Inseln in den Flussmündungen.

Wind kam auf und schnitt mir ins Gesicht. Ich lief weiter, sah in weiter Ferne den Waldrand und hoffte, dahinter auf den Fluss zu stoßen, denn am Ufer der Flüsse wuchsen höhere Bäume, das war mir aufgefallen. Ich zählte meine Schritte, hörte den rasselnden Atem in meiner Brust und setzte ein Bein vor das andere.

Doch der Waldrand kam und kam nicht näher und der Wind trieb schwere Wolken heran. Zu meiner Bestürzung stellte ich fest, dass der Himmel sich auf einmal weiß färbte. Als ich den Kopf hob, schmolzen die ersten Schneeflocken auf meinem Gesicht. Und auf einmal war Weiß überall.

Völlig überrumpelt stand ich da und verfluchte meinen Leichtsinn. Wünschte, ich hätte nie die Schnapsidee gehabt, mich einem Wildfremden anzuvertrauen, bloß weil er von meinem Volk war und behauptete, meinen Vater zu kennen. Niemals hätte ich einen Fuß in diese menschenfeindliche Wildnis setzen dürfen.

Ich war erst achtzehn Jahre alt und würde *eins* werden mit der Natur. In einem Augenblick würde ich noch da sein und im nächsten weg. Nicht nur tot, sondern sehr bald schon *wirklich weg*. Bis auf ein paar Knochen vielleicht, ausgebleicht und abgenagt, die Wölfe und Bären von mir übrig lassen würden, an einem Ort, wo niemand sie jemals finden konnte. Mum und Jonas würden an einem leeren Grab stehen und Stefan zwar ein bekümmertes Gesicht machen, aber innerlich erleichtert sein. Dieser Gedanke war so grausam, dass ich einen kläglichen Laut ausstieß.

Doch Jammern änderte nichts an meiner Lage.

Die Schneeflocken fielen jetzt dichter, aber noch drang gedämpftes Sonnenlicht durch die Wolken. Der Wind wirbelte Schnee vom Boden auf, der sich mit Schnee vom Himmel mischte, und ich sah kaum noch etwas. Alles war weiß, weiß, weiß. Oben, unten, Himmel und Erde durcheinander. Nichts war mehr sicher. Es gab keine Konturen oder Schatten und auch keinen Horizont mehr. Ich hatte das Gefühl, vom Schnee verschluckt worden zu sein.

Plötzlich überkam mich ein furchtbarer Schwindelanfall und mein Gleichgewichtssinn machte schlapp. Die Welt kippte und ich stürzte um wie ein gefällter Baum. Kaltes Weiß füllte meinen Mund. Keine Luft mehr, ich konnte nicht atmen. *Liegen bleiben*, war mein einziger Gedanke.

Doch nach wenigen Minuten regte sich etwas in mir, das weitermachen wollte. Eine Stimme, die sagte: Du kannst es schaffen, Jacob. Du musst es schaffen. Du musst dich bewegen, sonst wirst du erfrieren oder verrückt werden oder beides.

Halb blind, stolpernd, auf Händen und Füßen kriechend, bewegte ich mich vorwärts. Irgendwann rappelte ich mich hoch und stand zitternd da. Doch verdammt: Wo war der Waldrand?

Ich wankte los, geradewegs ins Weiß hinein. Hörte auf zu denken, lief und lief. Nach und nach fühlten sich meine Beine immer tauber an und meine Schritte wurden schwerfälliger. Seit Louises Rosinenbrötchen hatte ich nichts Richtiges mehr gegessen und die Kälte der Nacht und das Laufen im Schnee hatten meine verbliebene Energie aufgebraucht.

Doch es war erstaunlich, welche Reserven mein Körper noch hatte. Ich lief, bis ich den Waldrand endlich erreichte. Da lag der Schnee schon zwanzig Zentimeter hoch und alle Spuren waren ausgelöscht. Genauso einfach, schnell und lautlos, wie die Wildnis auch mein Leben auslöschen konnte – meine Hoffnungen, Wünsche und meine Fragen. Ich sah die Schlagzeile in dicken schwarzen Druckbuchstaben ganz deutlich vor mir: Junger Mann aus Deutschland auf der Suche nach seinem Cree-Vater – sterbliche Überreste im Busch gefunden.

Schleunigst verjagte ich diesen finsteren Gedanken. Klammerte mich an die Hoffnung, dass es irgendwo hier draußen Jagdhütten und Buschcamps gab. Jemand würde vorbeikommen. Die große Frage war: *Wann?*

Mein Mund war ausgetrocknet, ich musste unbedingt trinken. In meinem Magen stach und schmerzte es. Echter Hunger, echter Durst – elementare Erfahrungen. Bisher hatte ich keine Ahnung gehabt, dass Hunger so wehtun konnte. Dass ich bereit sein würde, alles zu essen, was essbar war.

Mit meinen behandschuhten Händen scharrte ich den Schnee beiseite, bis ich auf ein paar gefrorene rote Beeren stieß. Sie konnten giftig sein, aber eine Stimme sagte mir, dass sie es nicht waren. Das waren Moosbeeren, die Cranberries des Nordens. Vor langer Zeit hatte mir jemand beigebracht, wie gesund sie waren, voller Vitamin C. Ich zog meinen rechten Handschuh aus, schob mir die Beeren in den Mund und ließ die säuerlich-würzigen Eiskügelchen auf der Zunge zergehen.

Nachdem ich ungefähr zwanzig Beeren gegessen hatte, überlegte ich, ob ich auch etwas vom hellgrünen Moos vertilgen sollte. Es war vermutlich wenig nahrhaft, würde aber den Magen füllen. Ich schob mir etwas in den Mund und kaute darauf herum. Es schmeckte bitter – und ein bisschen muffig nach Waldboden. Als das Moos zu Brei zerkleinert war, schluckte ich es herunter und aß noch etwas Schnee hinterher. Einen Bach, in dem ich meine Wasserflasche füllen konnte, hatte ich immer noch nicht gefunden.

Das Schneetreiben wurde heftiger. Im tiefen Schnee zu laufen, wurde zunehmend beschwerlicher und manchmal sackte ich bis zu den Knien ein. Mein letztes bisschen Energie war von einem Moment auf den anderen aufgebraucht, ich fühlte mich entmutigt und war müde bis auf die Knochen. Ich musste mir erneut einen Unterschlupf für die Nacht bauen, bevor ich nicht mehr in der Lage dazu war.

Unter einer Tanne baute ich mir eine Schneehöhle und legte sie dick mit Zweigen aus. Mit letzter Kraft suchte ich Holz für ein Feuer zusammen und riss ein paar unbeschriebene Seiten aus meinem Büchlein mit den Songtexten. Doch das Papier verglomm und es gelang mir nicht, die schneenassen Äste zum Brennen zu bringen. Nach mehreren vergeblichen Versuchen gab ich auf und kroch in meine Höhle.

Bestimmt wusste Greg, wie man mit nassem Holz ein Feuer entfachte. Hätte er mir all diese Dinge beigebracht, die hier draußen nützlich waren, wenn er eine Chance dazu gehabt hätte?

Ich schaltete mein Handy ein: kein Netz, wie nicht anders zu erwarten. Und der Akku war auch fast leer. Selbst wenn ich irgendwann wieder Netz haben sollte, würde mir das Ding nichts nützen.

Ich fror und fühlte mich rundum elend, aber meine Erschöpfung war so groß, dass ich schließlich in einen unruhigen Schlaf fiel. Immer wieder nickte ich kurz ein und schreckte hoch, wenn ich draußen etwas Beunruhigendes hörte.

Als ich ein dringendes Bedürfnis verspürte und widerwillig aus meiner Höhle kroch, hatte der Wind sich gelegt und es war stockdunkel. Zu meinem Entsetzen schneite es immer noch. Ich hob den Kopf und blickte in das Schneetreiben am Nachthimmel. Plötzlich erhob sich ganz in der Nähe das einsame Heulen eines Wolfs und nur wenige Atemzüge später kam aus der Ferne ein vielstimmiges Echo. Ein Schauer rann mir über den Rücken. Das war der Ruf der Wildnis, *pure Magie,* auch wenn ich mir vor Angst bald in die Hose machte.

Auf allen vieren kroch ich in meine primitive Höhle zurück, rollte mich zusammen und hoffte auf Schlaf, obwohl ich mir nicht sicher sein konnte, dass ich wieder aufwachen würde.

Aber was war schon sicher.

5
BÄRENHUNGER

Schwer zu sagen, wie spät es war, als ein hohles Grollen mich weckte. Es war mein Magen, der sich schmerzhaft meldete. Der Hunger riss an meinen Eingeweiden wie ein wildes Tier und bei dem Gedanken, dass mein Frühstück nur aus Schnee, Flechten und mit etwas Glück aus gefrorenen Beeren bestehen würde, wurde mir schlecht.

Meine steif gefrorenen Muskeln wehrten sich, als ich aus meiner Schneehöhle kroch. Draußen blendete mich gleißende Helligkeit und reflexartig kniff ich meine Augen zusammen. Mit der Hand schirmte ich sie vor der Sonne ab, bevor ich es wagte, sie erneut einen Spalt zu öffnen.

Um mich herum glitzerte und funkelte es. Über Nacht waren noch einmal zwanzig Zentimeter Schnee gefallen, doch jetzt leuchtete der Himmel strahlend blau und die Luft klirrte vor Kälte. Mein Atem war eine weiße Wolke vor meinem Gesicht. Bestimmt lagen die Temperaturen weit unter null. *Fuck!*

Ich kniff die Augen so weit zusammen, dass ich kaum noch etwas sah, trotzdem bekam ich Kopfschmerzen.

Ich stapfte ein paar Schritte, um zu pinkeln (viel kam nicht, ich begann zu dehydrieren), und dabei entdeckte ich die Spuren im Schnee. Ein kräftiger Ballen, vier Zehen und tiefe Krallenabdrücke. Wenn ich nicht völlig schieflag, dann hatte in der Nacht ein Wolf meine Schneehöhle umkreist. Und zwar ein ziemlich großer. Mir stockte das Blut in den Adern und die Furcht schnürte mir die Kehle zusammen.

Wie ich da schlotternd vor Kälte im glitzernden Weiß stand, um mich herum die Wolfsspuren, schwand mein letztes bisschen Mut. Meine Finger wurden schnell gefühllos, deshalb schaffte ich es nicht, den Reißverschluss meiner Jacke wieder zu schließen.

Ich war nahe dran aufzugeben. Mich in den Schnee zu legen und darauf zu warten, dass die Kälte mich verschlang. Oder dieser Wolf. Oder der zottelige Dämon aus meinen Träumen.

Komm schon, dachte ich. *Noch bist du nicht tot.* Es musste einen Weg geben, am Leben zu bleiben, trotz Hunger und Kälte und diesem Wolf. Ich wollte, verdammt noch mal, meinen Vater kennenlernen. *Unbedingt.* Ich wollte ihm eine Chance geben.

Ihm und mir.

Also musste ich mich bewegen, um wieder warm zu werden. Musste meine Angst niederkämpfen. Ich blies warmen Atem in meine Hände, bis meine Finger wieder so beweglich waren, dass ich den Reißverschluss meiner Jacke schließen konnte.

Ich sollte versuchen, hier wegzukommen – nur, wohin? Einen Weg zurück gab es nicht, denn im offenen Land hatten sich Schneewehen gebildet, und die zu umgehen, würde meine verbliebenen Kräfte schnell verbrauchen. Außerdem schien die Sonne derart grell, dass die Gefahr, schneeblind zu werden, ziemlich groß war. Und nicht zuletzt lag nun so hoher Schnee, dass sämtliche Skidoo-Spuren darunter verschwunden waren, ich also die Abzweigung nicht mehr finden würde, an der ich falsch abgebogen war. Mir blieb nichts anderes übrig, als durch den Wald zu laufen, wo es kaum Verwehungen gab, in der Hoffnung, irgendwann auf den Fluss zu stoßen.

Äste schnippten mir ins Gesicht und schrappten über meine Jacke. Manchmal versank ich bis zu den Knien im Schnee, denn unter der Schneedecke waren dicke Moospolster und Moorlöcher verborgen. Ich folgte Wildwechseln. Fand hin und wieder ein paar gefrorene Moosbeeren oder Blaubeeren und entdeckte dabei zufällig das Vorratslager eines Eichhörnchens, was mir ein paar mickrige Haselnüsse einbrachte, die ich mit den Zähnen knackte.

Meine letzten Reserven verbrannten schnell zu nichts. Immer wieder blieb ich stehen, um Atem zu holen und mich umzusehen. Denn schon seit ich losgelaufen war, beherrschte mich dieses dumpfe Unbehagen, nicht allein unterwegs zu sein. War es der Wolf? Stellte er mir etwa nach? Oder war es das Schneeungeheuer aus meinem Albtraum, das mir aus der Nacht in den Tag gefolgt war?

Mein unheimlicher Verfolger war lautlos wie ein Schatten. Versuchte ich, das Erlendickicht und die Zweige der roten Weide zwischen den dünnen Baumstämmen mit meinen Blicken zu durchdringen, konnte ich jedoch nichts entdecken. Aber das Gefühl, beobachtet und gejagt zu werden, machte mich ganz verrückt.

»Beruhige dich, Jacob«, sagte ich mir. Ich sagte es laut. »Krieg dich wieder ein, okay?« Ich zwang mich, einen Gang runterzuschalten.

Keine Ahnung, wie lange ich noch durchhalten würde. Ich kämpfte gegen die bleierne Schwere in meinem Inneren. Meine Lippen waren aufgerissen von der Kälte, meine Beine schmerzten zunehmend und mein Magen war ein wundes Loch. Mein

Kopf dachte längst an Aufgeben, doch meine Füße liefen wie von selbst weiter.

Schließlich sah ich in einiger Entfernung vor mir größere Bäume, wie sie am Ufer des Flusses gestanden hatten, auf dem wir gekommen waren. Hoffnung trieb mich an und ich lief schneller oder zumindest bildete ich mir das ein.

Und da war er, *der Fluss.* Oder besser: irgendein Fluss, an dem ich mich orientieren konnte. Ein Gefühl von Euphorie überkam mich und verdrängte die Erschöpfung. Doch kurz bevor ich das Ufer erreichte, erfasste mein Blick etwas, das in einem der größeren Bäume hing. Ich hob den Kopf und sah ein Gebilde aus verblichenen Schädeln und Knochen, das weiter oben aus dem Baumstamm zu wachsen schien.

Mit einem erschrockenen Keuchen machte ich einen Schritt zurück. »Scheiße. *Fuck!*« Ich stolperte und fiel rücklings in den Schnee, den Blick geradewegs auf die bleichen Knochen gerichtet: Geweihe. In Leder gebundene Knochen. Tierschädel. Was, zum Teufel, war das? *Voodoo?* So etwas Gruseliges hatte ich noch nie gesehen und es machte mir Angst. War das das Werk eines Verrückten? War es doch Crazy Mike, der mich beobachtete und verfolgte? Und wenn ja, was hatte er dann mit mir vor? Würden meine Knochen auch an diesem Baum enden?

Als ich mich aufgerappelt hatte, wollte ich so schnell wie möglich weg von diesem schaurigen Ort. Raus aus dem Wald und auf den Fluss, wo ich freie Sicht und somit den besseren Überblick hatte.

Plötzlich packte mich die Stille im Nacken. Es war eine unheilvolle, lähmende Stille. Ich drehte mich um und mein Blick glitt über eine Gruppe weißer Birkenstämme. Die schwarzen Augen ihrer Rinde schienen mich zu beobachten und eine Bewegung zwischen den Stämmen ließ mich erstarren: *Da, ein dunkler Schatten.* Oben, im Geäst eines Baumes, stieß ein Eichhörnchen einen Warnruf aus und eine kalte Hand legte sich um mein Herz.

Der Schatten zwischen den Birken ballte sich zu etwas Kompaktem mit Klauen und Zähnen zusammen. Ich hörte ihn, den Bären. Hörte sein tiefes Grollen. Konnte sehen, wie er mich durch die Lücken zwischen den Bäumen hindurch anstarrte. Schmeckte die bittere Angst auf meiner Zunge und die Gewissheit, dass ich nicht mit heiler Haut davonkommen würde.

Ich wollte schreien, um den Bären in die Flucht zu schlagen, doch meine Stimme war weg. Und die Fähigkeit, mich zu bewegen, auch. Mein Verstand schrie: *Lauf, Jakob!* Doch der Rest von mir stand bloß wie festgefroren da. Auch der Bär rührte sich nicht mehr. Sekunden wurden zur Ewigkeit.

Auf einmal stürmte der Bär auf mich zu. Adrenalin schoss in meine Adern und mir blieb keine Zeit mehr für Gedanken oder sonst was. *Ich rannte.* Doch er war so schnell, dass ich nichts weiter tun konnte, als mich hinter eine Birke zu flüchten, deren Stamm viel zu mickrig war, um mir auch nur andeutungsweise Schutz zu bieten.

In null Komma nichts war der Bär da und richtete sich in einer blitzschnellen Bewegung zu voller Größe vor mir auf. Kaum drei Meter trennten uns noch. Ich sah sein dreieckiges Gesicht mit den kleinen schwarzen Augen, die Muskeln unter seiner zimtfarbenen, zottigen Brust. Er war kaum größer als ich, aber es kam mir so vor, als wäre mein eigener Körper geschrumpft.

Scheiße, das war's! Ich spürte, wie sich alles in mir zusammenzog und es unter meiner Schädeldecke zu pochen begann.

Kurz bog der Bär seinen Oberkörper zurück, bevor er sich

wieder auf alle viere fallen ließ. Sein Atem dampfte aus Nüstern und Maul. Der Pelz schlackerte, er schien ihm drei Nummern zu groß zu sein. *Ausgehungert,* dachte ich noch, dann holte der Bär aus, schlug mit seiner Pranke nach meinem Kopf.

Ich duckte mich hinter die Birke, doch seine kurzen Krallen streiften meine Stirn, bevor sie Rinde vom Birkenstamm fetzten und kleine Zweige abrissen. Es brannte wie Feuer und sofort rann mir Blut in die Augen. *Nein. Nein. Nein.*

Mit beiden Händen riss ich meine Tasche nach oben und hielt sie mir vors Gesicht. Ich trat einmal kräftig nach dem Bären, doch auf einmal gehorchten mir meine Glieder nicht mehr und krampfartige Zuckungen schüttelten meinen Körper.

Nicht jetzt. Bitte. Nicht. Jetzt. Schon seit Jahren hatte ich keinen dieser seltsamen Anfälle mehr gehabt, deshalb traf er mich nun wie ein Blitz aus heiterem Himmel. Ein zweiter Tatzenhieb erwischte mich am Bein und ich wurde zu Boden geschleudert.

Meine Arme und Beine zuckten unkontrolliert, ich konnte nichts dagegen tun. Gleich darauf spürte ich das massige Gewicht des Bären auf mir, das mir die Luft aus den Lungen presste. Spitze Reißzähne bohrten sich in mein Fleisch und der Kiefer des Bären schloss sich wie ein Fangeisen um meine Schulter. Ein Schmerz, so heftig, dass er mir die Fähigkeit zum Denken raubte, schoss durch meinen ganzen Körper. Ich brüllte vor Schreck und Angst.

Plötzlich krachte ein Schuss. Der Bär ließ augenblicklich von mir ab und wandte langsam den Kopf in Richtung Fluss. Ich roch seinen stinkenden Atem. Er reckte seine Schnauze in die Luft und ich bekam seinen fliegenden Geifer ins Gesicht. In diesem Augenblick zerriss ein zweiter Schuss die Luft. Das wütende Schmerzgebrüll des Bären ging mir durch Mark und Bein und ich hoffte, er würde seine Wut nicht an mir auslassen. Keuchend lag ich da und rührte mich nicht mehr, konnte mich nicht rühren. *Crazy Mike,* dachte ich. Das Arschloch war zurückgekommen.

Eine warme, feuchte Hundezunge leckte über mein Gesicht. Ich versuchte, die Augen zu öffnen, sah jedoch nur roten Nebel mit Schlieren.

»Shadow! Aus! Such nach dem Bären.« Wie aus weiter Ferne drang die Männerstimme an mein Ohr. Warme Finger legten sich an meinen Hals und tasteten nach meinem Puls.

»Kannst du dich bewegen, Junge?«

Endlich konnte ich etwas erkennen. Weiße Atemwolken schwebten vor einem gutmütigen dunklen Gesicht. Silbrige Bartstoppeln, runzlige Wangen und tief liegende dunkle Augen. Das war nicht Mike. Ich brauchte nicht zu sterben. *Gott sei Dank!*

Ich wollte etwas erwidern, bekam jedoch kein Wort heraus, wie immer nach solch einem Anfall. Der Angriff des Bären musste ihn ausgelöst haben.

»*Ashtum,* komm schon, du musst aufstehen. Ich helfe dir.«

Ich versuchte es, aber meine Sporttasche hinderte mich daran. Der Mann schälte mich aus dem Riemen, und als er dabei meinen linken Arm bewegte, schrie ich vor Schmerz.

Er tastete meinen anderen Arm bis zur Schulter ab, fasste nach meiner Hand und half mir auf die Beine. Meine Knochen schienen noch heil zu sein, die Muskeln zu funktionieren. Vielleicht hatte der Bär mich ja gar nicht so schlimm erwischt.

Mit meinem rechten Arm klammerte ich mich an der Birke

fest, deren Rinde von den Krallen des Bären zerfetzt war, da fiel mein Blick auf den scharlachroten Fleck am Boden, der sich leuchtend vom weißen Schnee abhob. War das Bärenblut oder war es meins? Mir wurde schummrig.

Der alte Indianer lud meine Tasche auf seine Schultern, als er meinen Blick bemerkte.

»Ich habe ihn nur angeschossen«, sagte er, »wir müssen hier weg. Mein Schlitten steht drüben, am anderen Ufer des Flusses, bis dorthin musst du laufen. Ich kann dich nicht hierlassen, denn wenn der Bär zurückkommt, hast du keine Chance.«

Mit den Füßen schob er frischen Schnee über den Blutfleck, bis nichts mehr davon zu sehen war, dann stieg er in seine Schneeschuhe, die wie längliche Tennisschläger aussahen, und lief los. Es waren nur etwa hundert Meter bis zum anderen Flussufer, aber der Weg schien endlos. Ich lief hinter dem Alten und sank bei jedem Schritt ein, er nicht, dank seiner Schneeschuhe. Immer wieder drehte er sich um, um nach mir zu schauen und die Gegend nach dem Bären abzusuchen.

Bei jedem Schritt, den ich machte, spürte ich einen kühlen Luftzug an meinem linken Oberschenkel, spürte klebrige, warme Feuchtigkeit, die den Stoff meiner Hose durchtränkte. Der Bär hatte mich mit seiner Pranke am Bein erwischt und ich blutete. Es tat nicht weh, würde es aber bestimmt bald.

Unter Aufbringung meiner letzten Kraftreserven bewegte ich mich voran, doch bei jedem Schritt drohten meine Knie einzuknicken. Ich hoffte, der Alte würde mich auf seinem Motorschlitten so schnell wie möglich ins Krankenhaus nach Moose Factory bringen, wo man meine Verletzungen versorgen und ich Schmerzmittel bekommen würde.

Bald schaffte ich es kaum noch, einen Fuß vor den anderen

zu setzen. Meine Beine versagten mir den Dienst. Mir wurde schwarz vor Augen, ich strauchelte und kippte vornüber.

Eine Ladung Schnee im Gesicht holte mich wieder ins Hier und Jetzt zurück. Zusammengeschnürt wie ein Paket lag ich in einer flachen gelben Plastikwanne und rutschte durch tiefen Schnee. Kein Motorengeknatter, keine Auspuffgase. Ich sah den Alten, wie er sich, das Gewehr in der rechten Hand, gegen die Riemen stemmte. Sein Camouflage-Winterparka war auf dem Rücken mit silbernem *Duck Tape* geflickt.

Der Schlitten holperte über Äste oder Wurzeln und bei jedem Ruck spürte ich die Nässe an meinem Bein, spürte Schnee und Kälte. Und dann nichts mehr.

6
NADELARBEIT

Wie durch einen dicken Nebel hindurch hörte ich ein tiefes Stöhnen. Es dauerte einen Moment, bis ich begriff, dass dieser Laut aus meinem Inneren kam und die Antwort auf den Schmerz war, der durch meinen Körper pulsierte. Aber ich konnte hören und fühlen – das bedeutete: *Ich war noch am Leben.*

Ich lag flach auf dem Rücken und hatte fürchterlichen Durst. Es roch nach Holzfeuer und die Luft war drückend warm. Jemand hatte mich aus meinen Klamotten gepellt und erkundete gerade gründlich jeden Zentimeter meines Körpers. Der alte Indianer, dachte ich, wollte mich der Wirklichkeit aber noch nicht stellen.

Eine warme Hand an meiner linken Schulter, Finger, die mein wundes Fleisch betasteten, und plötzlich das Gefühl, als würde jemand ein glühendes Messer hineinstoßen. Ein unfassbarer Schmerz tobte durch meinen Körper und ich heulte auf wie ein verwundetes Tier. Im nächsten Moment presste ich die Kiefer so fest zusammen, dass meine Zähne knirschten. Dunkelheit kam von allen Seiten auf mich zu und ich rettete mich hinein.

Als ich wieder zu mir kam, schmeckte ich Blut im Mund und meine Zunge fühlte sich taub an. Mein eigener Schrei hing mir noch in den Ohren. Jemand wusch vorsichtig mein Gesicht und warme Nässe rann mir kitzelnd in den Nacken. Meine Stirn brannte wie Feuer, während die Schmerzen in meiner Schulter und meinem Bein jetzt pochend pulsierten. Ich wagte nicht, mich zu bewegen.

Da wurden meine Lider nach oben gezogen und grelles Licht blendete mich. »Hey, mach die Augen auf. Ich weiß, dass du wach bist.«

Das war nicht die Stimme des alten Mannes. Argwöhnisch öffnete ich die Augen einen Spalt. Nur wenige Zentimeter über mir schwebte ein Gesicht. Dunkle, mandelförmige Augen, braune Haut, volle Lippen, ein schwarzer Zopf, der mich an der Brust kitzelte. Das Mädchen, das auf mich niedersah, war Kimi, die Schöne aus dem Eisbärenexpress, die mich so gnadenlos hatte abblitzen lassen.

Vor Schmerz und Verwirrung konnte ich keinen klaren Gedanken fassen, geschweige denn ein Wort hervorbringen.

»Tut mir leid«, sagte sie, »aber ich dachte, du wärst noch bewusstlos.«

Hinter ihrem ernsten Gesicht nahm ich dunkle Deckenbalken wahr. Unter den würzigen Geruch von Holzfeuer und Tannennadeln mischten sich mein eigener Schweißgeruch und der metallische Geruch von Blut.

»Verdammt, ich … ich spüre meinen Arm nicht mehr.« Meine Stimme klang nicht wie meine Stimme.

»Er ist noch dran«, sagte Kimi. »Willst du ihn sehen?«

Ich wandte den Kopf. Aus den beiden kirschgroßen Bisswunden in meiner linken Schulter, die der Bär mit seinen Reißzähnen gelocht hatte, quoll Blut. Vom Eisengeruch wurde mir übel und in meinen Ohren begann es zu rauschen.

»Das … das hat verflucht wehgetan«, stammelte ich. »Warum tust du mir weh?«

»Es musste sein. Das Blut spült die Keime aus den Wunden. Du willst deinen Arm doch behalten, oder?«

Stöhnend schloss ich die Augen. Wo war der alte Mann? War ich etwa mit diesem merkwürdigen Mädchen allein, das offenbar keinen Funken Mitgefühl für mich übrig hatte?

»Wo bin ich hier eigentlich?«, würgte ich hervor.

»In Sicherheit«, beruhigte mich Kimi. »Du hast großes Glück gehabt. Der Bär hat nur einmal zugebissen und nach Anaks Schuss gleich wieder losgelassen, deshalb hast du keine Risswunden davongetragen und dein Schultergelenk ist auch nicht in Mitleidenschaft gezogen.«

Glück? Ich fühlte mich gerade überhaupt nicht wie ein Glückspilz.

Kimis Hände widmeten sich der Verletzung in meinem Oberschenkel und ich unterdrückte einen Schmerzenslaut. Ich wollte mich hochstemmen, da legte sie ihre Hand auf meine Brust und hielt mich zurück. Sie hatte Kraft, doch ich hatte genug gesehen. Neben mir auf einem Tuch lagen Nähmaterial, eine krumme Nadel und eine Schere.

»Was … was soll das werden, verdammt?«, stieß ich hervor. Auf einmal packte mich das schwarze Gefühl, von einem Albtraum in den nächsten geraten zu sein. »Was ist mit meinem Bein?« Ich nahm all meine Kraft zusammen und hob den Kopf, um einen Blick auf mein linkes Bein zu erhaschen. Drei blutige Risse furchten sich über dem Knie durch meinen Oberschenkel.

»Oh verflucht, ich verblute.«

»Wirst du nicht«, entgegnete Kimi, »die Wunden sind nicht tief. Versuch stillzuhalten, bis ich dich zusammengeflickt habe, okay?«

Zusammengeflickt? Mein Herz begann zu rasen und kindliche Panik brach in mir aus. Ich wollte mich aufrichten, gab es aber sofort wieder auf, weil jede Bewegung rote Schmerzpfeile durch meinen Körper schickte. Mein Magen verknotete sich und ich begann zu zittern. Ein neuer Anfall? *Nicht schon wieder.*

Kimi beugte sich über mich. »Atme, okay? Ein. Aus. Ein. Aus.«

Und ich atmete. *Ein. Aus. Ein. Aus.*

»Keine Sorge, du kommst wieder in Ordnung.« Ihre schwarzen Augen hatten einen silbernen Schimmer und ihre raue Stimme klang jetzt beinahe sanft. »Es ist niemals so schlimm, wie es aussieht, okay? Alle deine Gliedmaßen sind noch dran und es ist nichts gebrochen. Das Nähen kann ein bisschen unangenehm werden, aber mit großer Wahrscheinlichkeit wirst du's überleben.«

Ich schluckte trocken. »Bitte, bring mich ins Krankenhaus nach Moose Factory. Dort wissen sie, was zu tun ist.« Wann hatte meine Stimme das letzte Mal so kläglich geklungen? Ich bettelte und verfluchte mich dafür.

»Hey«, Kimi betrachtete mich mit einem Stirnrunzeln, »ist dir eigentlich klar, dass ich dir helfen will?«

Keuchend atmete ich aus und starrte sie an.

»Bis nach Moose Factory sind es mehr als sechzig Kilometer«, sagte sie. »Da draußen schneit es wie verrückt und du hast ziemlich viel Blut verloren, also wird keiner von uns irgendwohin gehen. Ich werde jetzt deine Wunden versorgen. Und wenn du wieder auf den Beinen bist, kannst du tun und lassen, was du willst.«

Na super, dachte ich. *Das klingt ja vielversprechend.*

Kimi schob eine Hand in meinen Nacken und hielt mir die andere vor den Mund. Darin lagen vier weiße Tabletten.

»Was ist das?«

»Antibiotika. Und Schmerztabletten.«

Gott sei Dank! Wenigstens hatte sie Schmerzmittel parat. Kimi schob mir die Tabletten in den Mund. Dann hielt sie mir eine Blechtasse an die Lippen und ich spülte die Dinger mit Tee herunter, der nach Medizin roch, bitter schmeckte und widerlich süß war. Aber ich hatte noch nie etwas so Köstliches getrunken.

»Sind die Tabletten weg?« Zwei Finger schoben sich kontrollierend in meinen Mund. Und ehe ich mich versah, hatte Kimi mir ein flach zusammengerolltes Stück Leder zwischen die Zähne geklemmt.

Das war zu viel. Ich war hier doch in keinem blöden Wildwest-Film. »Ufff«, protestierte ich und hob den Kopf. »Ifil fiffen, faf faffiert.«

Kimi sah kopfschüttelnd auf mich herab. Mit einem Seufzen nahm sie mir das Leder wieder aus dem Mund.

»Ich will wissen, was mit mir passiert«, keuchte ich.

»Vertraust du meinen Nähkünsten nicht?«, fragte sie, ein spöttisches Funkeln in den Augen. »Ich hatte immer eine Eins in Handarbeit.«

Mit einem resignierten Stöhnen ließ ich meinen Kopf zurücksinken. Als ich aufgewacht war, hatte ich gedacht, das Schlimmste hinter mir zu haben, dabei stand es mir noch bevor. Ich war gefangen in einem verrückten Traum, einem, der sich nicht abschütteln ließ.

Irgendwo, in den Tiefen meines Unterbewusstseins, begriff ich, dass Kimi mir mit ihrer unbekümmerten Art die Angst nehmen wollte. Doch angesichts meiner Panik vor der Prozedur, die mir bevorstand, war mir kaum nach Scherzen zumute. Mein Herz hämmerte und hämmerte. Das Ganze hatte etwas

Unwirkliches und ich wollte einfach nur aufwachen und wieder in meinem richtigen Leben sein.

Kimi hatte geträumt, dass es passieren würde. *Der Bär und der Junge.* Das Blut. Es war schon ein paar Wochen her und sie hatte danach auch noch andere Dinge geträumt, doch dieser Traum war ihr deutlich in Erinnerung geblieben, denn er hatte ihr Herz berührt.

Für ihr Volk waren Träume von großer Bedeutung. Aus ihnen konnte man eine Menge erfahren und lernen, wenn man sich an sie erinnerte und mit jemandem wie Anak darüber sprach. Doch sie hatte Anak nichts über den *man-tay-o,* ihren Traumbesucher, erzählt. Er war ihr Geheimnis gewesen. Nun lag das Geheimnis in ihrem Bett.

Kimi betrachtete den Verletzten, der kein Junge mehr war und noch kein Mann. Sein Gesicht war grau vor Erschöpfung und Schmerz. Knapp über der linken Augenbraue klaffte ein blutiger Riss, seine Lippen waren aufgesprungen und das kräftige, schulterlange Haar schweißnass. Jacob hatte schräge Cree-Wangenknochen und die schönsten Zähne, die sie je gesehen hatte. Seine Augen, sie waren auf den ersten Blick braun, hatten einen grünlichen Schimmer und starrten sie voller Panik an.

»Wenn du zusiehst«, sagte Kimi, »macht mich das nervös und es wird länger dauern als nötig.«

»Hast du … hast du das schon mal gemacht?«, stammelte er.

»Mach dir keine Gedanken, okay? Ich versuche, vorsichtig zu sein.«

Auf Jacobs Brust, auf der ein beinernes Wolfsamulett lag, hatte sich ein Schweißfilm gebildet. Obwohl es warm war, bebte der Junge am ganzen Körper und es schien, als ob sein wild pochendes Herz die Rippen zu sprengen drohte. Kimi fürchtete, schon die Panik allein würde reichen, ihn umzubringen. Jacob hatte Angst, aber die hatte sie auch, und es war besser, wenn er davon nichts wusste.

Jacob atmete zweimal tief durch und gab einen Laut von sich, der Zustimmung oder Ablehnung sein konnte.

»Du vertraust mir?«, versicherte sie sich.

Er nickte.

Während Kimi seine Wunden vorsichtig mit einem warmen Pflanzensud auswusch, spannten sich Jacobs Muskeln unter der glatten Haut und sein Atem kam in keuchenden, kleinen Stößen. Sie merkte, dass er alles daransetzte, keinen Mucks mehr über seine Lippen kommen zu lassen, weil er offenbar nicht wollte, dass sie ihn für einen Jammerlappen hielt. Doch unter der Maske gespielter Tapferkeit wühlte der Schmerz in seinen Augen und den Tränen hatte er längst freien Lauf gelassen.

Dafür, dass Jacob ein *man-tay-o* war, hatte er sich bisher ziemlich gut gehalten und Kimi hoffte, er würde es auch weiterhin tun. Zuletzt besprühte sie die Risse und Bisslöcher mit Wunddesinfektionsspray und deckte sie mit einem sauberen Tuch ab.

Zu ihren Füßen stand ein Eimer voll Schnee, den Anak ihr gebracht hatte, bevor er zur Suche nach dem verletzten Bären aufgebrochen war. Etwas davon packte sie in eine Plastiktüte, formte daraus ein flaches Kissen und schob es in ein sauberes T-Shirt. Das Schneekissen legte sie vorsichtig auf Jacobs verletzten Oberschenkel.

Die Wunden hatten zwar längst aufgehört zu bluten, aber durch die Kälte des Schnees würden sich die Blutgefäße verengen und die Schwellung um die Risse zurückgehen, sodass sie besser nähen konnte. Außerdem würde das Schmerzempfinden nachlassen – das wusste sie aus eigener Erfahrung. Kimiwan Hunter kannte verschiedene Arten des Schmerzes und wusste, dass man sie alle überleben konnte. Selbst die Erinnerung daran verblasste irgendwann.

Kimi wusch sich noch einmal gründlich die Hände mit Seife. Sie setzte ihre Brille auf und bat die *manitus* um Beistand. Dann tupfte sie den ersten Riss vorsichtig trocken, verdrängte ihre Gefühle und machte sich ans Nähen.

Kimi hatte eine Art Schneekissen auf mein verletztes Bein gepackt. Die Kälte tat gut und nach einer Weile löste sich der Schmerz. Als sie mir erklärte, dass der Schnee meine Betäubung war, hoffte der Optimist in mir, es würde einer ihrer rauen Späße sein. Doch als ich Kimi Zahnseide auf eine krumme Nadel fädeln sah, spürte ich, wie mir der Schweiß ausbrach. *Zahnseide.* Sie würde mein Bein unter einer Schneenarkose mit Zahnseide zusammenflicken.

Erneut hielt Kimi mir das Leder vor den Mund. »Damit du dir die Zunge nicht ganz abbeißt, okay?«

Ich versuchte gar nicht erst zu protestieren und ließ es mir von ihr zwischen die Zähne schieben. Bei diversen Stürzen mit dem Fahrrad hatte ich hin und wieder blutige Verletzungen davongetragen, aber im Krankenhaus war ich ordentlich betäubt worden, bevor sie mich genäht hatten. Eine richtige Narkose, kein Schmerz.

Kimi nahm den Schneebeutel von meinem Bein und legte ihn auf meine verletzte Schulter. Ich ließ den Kopf zurücksinken und atmete. Atmen musste ich. Mehr konnte ich nicht tun. Zum ersten Mal wurde mir in vollem Ausmaß bewusst, wie verwundbar ich war und woraus ich gemacht war: nur ein erbärmliches Häuflein Knochen, Fleisch, Knorpel, Haut. Und Hirn – leider. Was gäbe ich jetzt darum, mein Denken für eine Weile ausschalten zu können.

»Nicht erschrecken«, warnte mich Kimi.

Würde ich das schaffen, ohne weiteren Krampfanfall? Ich wappnete mich gegen den Schmerz, doch er verlor dadurch nichts von seiner Wirkung. Als Kimi die Hautlappen zusammenkniff und die Nadel sich durch meine Haut bohrte, zuckte ich zusammen. Meine Zähne gruben sich tief ins Leder und aus meiner Kehle kam ein erstickter Laut.

Es brannte, als Kimi den Faden durch meine Haut zog. Schmerztabletten und Schneenarkose taten mit Sicherheit ihre Wirkung, trotzdem spürte ich jeden verdammten Nadelstich, jeden Knoten, den sie machte. Meine Hände klammerten sich in die weichen Zotteln des Fells, auf dem ich lag. Rote und schwarze Flecken schwebten vor meinem Gesichtsfeld. Kimi war behutsam, aber nicht zimperlich. Das Ganze war eine wogende Schleife aus Stichen, dem Druck von Fingerkuppen, warmer Feuchtigkeit, Kimis Atem, neuen Stichen, meinem eigenen Keuchen, noch mehr Stichen und Kimis Schweigen.

Wenn sie mir etwas erzählt hätte während der Prozedur, hätte mich das ganz sicher abgelenkt. Doch als ich die Augen einen Spalt öffnete, lag grimmige Konzentration auf Kimis Gesichtsausdruck. Sie schien an nichts anderes zu denken als an das, was ihre Hände da taten.

Irgendwann hörte ich auf, die Stiche zu zählen. Nach einiger Zeit ließ die Wirkung der Schneenarkose jedoch nach und ich begann mich unter Kimis Händen zu winden wie ein Aal. Da schien ihr wieder einzufallen, dass das Bein zu jemandem gehörte, denn sie beugte sich mit gerunzelter Stirn über mich und fragte: »Brauchst du eine Pause?«

Ich nickte heftig.

Kimi legte die blutige Nadel auf das Tuch und schnappte sich den Eimer. »Nicht weglaufen«, sagte sie. »Bin gleich wieder da.«

Sehr witzig.

Schweiß hatte sich auf meiner Brust gesammelt und juckte. Das Leder klebte an meiner geschwollenen Zunge und meine Kehle war staubtrocken. Ich hoffte, es möge bald aufhören, endlich zu Ende sein. Doch als ich den Kopf hob und einen Blick auf die verknoteten Fäden erhaschte, die mein Fleisch zusammenhielten, sah ich, dass erst zwei der drei Risse vernäht waren. Die Enden der Fäden standen wie rosafarbene Stacheln aus den Hautwülsten hervor.

Als Kimi wieder in die Kammer kam, brachte sie einen Schwall kalter Luft mit herein. Sie hatte frischen Schnee geholt, den sie in die Tüte und wieder auf mein Bein packte. Viel Zeit gönnte sie mir nicht. Nach gefühlten fünf Minuten wechselte das Schneekissen auf meine Schulter und Kimi machte sich wieder ans Nähen.

Nachdem sie mit meinem Bein fertig war, widmete Kimi sich meiner Stirn. Inzwischen hatte mein Hirn vermutlich so viele Endorphine produziert, dass ich kaum noch wahrnahm, wie sie die kleine Kopfwunde mit ordentlichen Stichen verschloss. Schließlich verknotete Kimi die letzte Schlaufe. Sie schnitt die Fadenenden ab und seufzte erleichtert. »Geschafft.«

Es war überstanden, ich war *zusammengeflickt.*

Augenblicklich stieg wilde Dankbarkeit in mir auf. Ich hatte bittere Kälte, nagenden Hunger, entsetzliche Angst und lebendigen Schmerz kennengelernt. Aber ich war nicht in der Wildnis erfroren, nicht verhungert und nicht zu Bärenfutter geworden. Ich hatte zweifellos *Glück* gehabt.

Mit einem Laut machte ich mich bemerkbar, und als Kimi mir das nass gespeichelte Leder aus dem Mund nahm, atmete ich einen tiefen Ton aus. Zuerst bekam ich meinen Kiefer nicht auseinander, aber schließlich brachte ich ein krächzendes »Danke« hervor.

Kimi, jetzt wieder ohne Brille, zog das Handtuch weg, das sie unter meine linke Seite geschoben hatte. Es war nass und rot von meinem Blut. Vorsichtig trug sie eine Salbe auf die frischen Nähte und die Bisslöcher in meiner Schulter auf. Nachdem Kimi meine Wunden verbunden hatte, half sie mir in ein braun kariertes Flanellhemd und stopfte mir ein dickes Fellkissen als Stütze in den Rücken, bis ich halb aufrecht saß. Dann deckte sie mich bis zur Brust mit der weißen Felldecke zu, die so weich war wie eine Wolke.

»Bequem?«

Obwohl das Sitzen wehtat und mir das Atmen schwer machte, nickte ich. Vermutlich hatte ich von meinem Zusammenstoß mit dem Bären auch ein paar Quetschungen und Rippenprellungen davongetragen. Ich wollte endlich reden, doch selbst das tat weh, denn meine Zunge war geschwollen und wund.

»Wo ist der alte Mann?«, brachte ich mühsam hervor.

»Anak sucht nach dem Bären. Er ist angeschossen und gefährlich.«

»Das war er vorher auch schon. Der Bär hat mich angegriffen, obwohl ich ihm nichts getan habe.«

»Hast du ihn um Erlaubnis gefragt, sein Revier zu betreten?«

Aha, daher wehte also der Wind: Ich war ein Eindringling.

Vermutlich waren der Alte und das Mädchen so eine Art Hüter der Erde.

»Lebt ihr zwei ganz allein hier draußen?«, fragte ich, um das Thema in eine andere Richtung zu lenken.

»Warum willst du das wissen?« Kimis Stimme klang plötzlich schroff. Ihre Augen waren jetzt ganz schwarz und voller Misstrauen.

»Kimi, ich …« Sie zuckte zusammen, als ich ihren Namen sagte, aber ich redete weiter. »… ich bin zwei Tage in der Wildnis umhergeirrt und wäre beinahe zu Bärenfutter geworden. Ich will doch nur wissen, wem ich mein Leben zu verdanken habe und in wessen Bett ich hier liege.«

»Mein Name … Woher weißt du ihn? Ich habe ihn dir nicht gesagt.«

Normalerweise hätte ich jetzt einen coolen Spruch abgelassen. Doch angesichts des Argwohns, mit dem Kimi mich musterte, blieb ich bei der nüchternen Wahrheit und erzählte ihr von Louise Koostachin und dem Foto mit Lucas, auf dem ich sie wiedererkannt hatte.

Kimi starrte an mir vorbei. Es schien ihr nicht zu gefallen, dass ich ihren Namen wusste. Aber was war daran verkehrt? »Hat Louise sonst noch etwas über mich erzählt?«

»Nein.« Ich schüttelte den Kopf. »Nur dass du mit ihrem Sohn Lucas befreundet warst.« *Der in einem Feuer ums Leben gekommen ist,* dachte ich, sagte es jedoch nicht.

Für einen Moment schienen Kimis Augen noch silberner zu schimmern als sonst. Schließlich sah sie mich wieder an. »Es ist mein Bett, in dem du liegst. Und Anak ist mein *moshum.*«

»Moshum?«

»Mein Großvater.«

»Was … was hättet ihr mit mir gemacht, wenn der Bär mich lebensgefährlich verletzt hätte?«

Sie zuckte die Achseln. »Dich ehrenvoll bestattet.«

Kimis Antwort machte mich für einen Moment sprachlos. Ich fühlte Verzweiflung, aber auch Zorn in mir aufsteigen. Doch ehe ich etwas sagen konnte, begann mein Magen, wie ein übel gelaunter Wolf zu knurren, und sie fragte: »Wann hast du das letzte Mal etwas gegessen?«

»Du meinst, außer Schnee, gefrorenen Moosbeeren und Baumflechten?«, erwiderte ich. »Vor zwei Tagen.«

»Wir haben noch Schmortopf übrig.« Kimi stand auf. »Ich mache dir was davon warm.« Und damit verschwand sie nach nebenan.

Zum ersten Mal konnte ich mir den Raum, in dem ich mich befand, genauer ansehen. Er war nicht groß, höchstens vier mal fünf Meter. Durch ein kleines Fenster sickerte graues Licht. Draußen schneite es dichte, schnelle Flocken. Was das anging, hatte Kimi die Wahrheit gesagt.

Eine Campinglampe, die links neben dem grob gezimmerten Doppelbett auf einem Hocker stand, verströmte warmes Licht, was bedeutete, dass es keinen Strom gab. In den Wänden, die mit hellen Brettern verschlagen waren, steckten lange Nägel, an denen Kleidungsstücke und Felle hingen. Über dem Kopfende des Bettes standen ein paar Bücher und Blechdosen auf Regalbrettern. Ein kleiner Tisch an der Wand, ein Stuhl, ein einfacher Schrank und eine Holzkiste, das war auch schon die ganze Einrichtung.

Nicht weit vom Bett stand der schwarze Holzofen mit seinem abenteuerlichen Ofenrohr und strahlte Wärme ab, für die ich unheimlich dankbar war. Ich lag in einem richtigen Bett und keiner eisigen Schneehöhle. Und gleich würde auch mein Hunger gestillt werden. So schnell lernt man die einfachen Dinge des Lebens zu schätzen.

Nach einer Weile kam Kimi mit einem kleinen Tablett wieder, auf dem eine Emailleschüssel mit duftendem Eintopf stand. Sie setzte sich neben mich auf die Bettkante und stellte das Tablett auf meinen Schoß. Der schwarz schimmernde geflochtene Zopf lag auf ihrer Brust. Die weiße Strähne darin sah aus wie ein eingeflochtenes Band.

Ich griff mit der rechten Hand nach dem Löffel, aber mein Körper war so geschwächt von Hunger und Blutverlust, dass meine Hand erbärmlich zitterte. Mit einem Stirnrunzeln nahm Kimi mir den Löffel ab und füllte ihn mit dicker Suppe.

»Hast du deinen Vater gefunden?« Sie hielt mir den Löffel vor den Mund. Obwohl ganz unverkennbar ein Stück Fleisch darauflag, sperrte ich den Schnabel auf wie ein Vogeljunges. Ich würde alles essen, nur um etwas Warmes in den Bauch zu kriegen, und sah das Ganze als überlebensnotwendige Pause von meinem Vegetarier-Dasein. Um mein Gewissen zu beruhigen, redete ich mir ein, dass dieses Fleisch von einem Tier aus der Wildnis stammte, das bis zu seinem Tod frei und glücklich gelebt hatte.

»Nein«, antwortete ich. »Er ist in seinem Jagdcamp und ich war auf dem Weg zu ihm, als der Bär mich erwischt hat.«

Kimi zog den Löffel zurück. »Du wolltest zu Fuß durch den Busch?«

»Bitte«, flehte ich, »ich sterbe vor Hunger.«

Kimi schob mir den Löffel in den Mund und ich schluckte, ohne zu kauen. Der Bissen brannte sich einen Weg durch meine Speiseröhre bis in den Magen.

»So ein Typ von den Skidoo-Taxis hat mich den Fluss runtergebracht. Er hat behauptet, er wüsste, wo das Camp meines Vaters ist, und würde mich zu ihm bringen. Während einer Pinkelpause ist Crazy Mike einfach verschwunden und hat mich allein zurückgelassen. Ich habe die Orientierung verloren und bin wohl in die falsche Richtung gelaufen.«

»Crazy Mike?« Kimis Blick verhieß nichts Gutes. »Meinst du Mike Meenish?«

»Schon möglich. Seinen Nachnamen weiß ich nicht. Und ich habe keinen blassen Schimmer, wieso die miese Ratte das gemacht hat.«

Ich bekam den nächsten Löffel in den Mund geschoben.

»Sag mal, wie heißt dein Vater eigentlich?«

»Greg. Greg Cheechoo.«

Kimi schloss kurz die Augen, als müsse sie diese Tatsache erst verarbeiten. Dann sah sie mich wieder an. »Greg Cheechoos Sohn ist tot.« Ihre Augen waren jetzt schwarz und undurchdringlich.

»Aber hier bin ich«, protestierte ich, »und ich fühle mich sehr lebendig. Na ja, zumindest halb lebendig.«

»Alex Cheechoo starb vor zwei Jahren in einem brennenden Haus.«

»Fuck!«, sagte ich, statt es bloß zu denken. »Was sagst du da?«

Während Kimi mir den nächsten Löffel einflößte, wirbelten Fragen wie Schneeflocken durch mein Hirn. Hatte ich einen Halbbruder gehabt? Einen, der das Leben geführt hatte, das eigentlich für mich bestimmt gewesen war? Hatte mein Vater mich einfach ersetzt? Warum hatte Louise mir nichts von einem toten Halbbruder erzählt, als ich sie danach gefragt hatte?

»So glaub mir doch«, sagte ich. »Meine Mutter ist Deutsche

und wir haben alle zusammen ein paar Jahre in Moosonee gelebt. Ich war vier, als meine Mum meinen Vater verlassen hat und mit mir nach Deutschland zurückgegangen ist.«

Zwei schnelle Löffel hintereinander.

»Wie alt bist du jetzt?«

»Achtzehn.« Langsam kam ich mir vor wie bei einem Verhör, aber was sollte ich machen? Ich musste antworten. Ich konnte ja nicht mal einen Löffel halten.

»Und wieso kommst du erst nach vierzehn Jahren?«, fragte Kimi mit gerunzelter Stirn und vergaß erneut, mich zu füttern.

»Weil meine Mum mir verschwiegen hat, wer mein Vater ist. Ich wusste nichts von Moosonee und von Cree-Indianern.«

»Hast du denn nie in den Spiegel geschaut?«

Ich seufzte. »Meine Mum hat behauptet, ich stamme von einem One-Night-Stand mit einem Typen aus Südostasien.«

In Kimis Augen flackerte Belustigung. *Toll.* Mein ganzes Leben stand kopf und sie fand das amüsant.

»Du kannst dich also gar nicht an deinen Dad erinnern?«

»Nein … na ja, an ein paar Dinge schon.« Ich umfasste ihr Handgelenk, führte die Hand mit dem Löffel zur Suppenschale und bekam zwei Löffel hintereinander. Dieser Schmortopf schmeckte wunderbar und es tat unheimlich gut, wieder etwas Warmes im Magen zu haben. Aber so langsam wurde ich immer müder.

»Mike hat dich also ausgesetzt und du bist einfach losgelaufen, ohne zu wissen, wohin.«

»Ja. Allerdings dachte ich, ich wüsste es. Dann kam der Schnee und plötzlich war alles weiß, oben, unten …« Erneut packte mich das Grauen. »Es war, als würde ich ins Bodenlose fallen.«

»Du bist in ein Whiteout geraten«, klärte Kimi mich auf. »Gedämpftes Sonnenlicht, Schneefall und der Horizont verschwindet.«

Eine sehr unspektakuläre Erklärung für das, was ich erlebt hatte. Meine Verlorenheit, die Panik, meine Todesangst. »Ich bin weitergelaufen, aber ich hatte nichts mehr zu essen und zu trinken.«

»Dir ist schon klar, dass man keinen Schnee essen darf«, rügte sie mich. »Der Körper kühlt sonst zu schnell aus. Das hätte dein Ende sein können.«

»Vermutlich ein schönerer Tod, als von einem Bären verspeist zu werden.«

»Sei dir da mal nicht so sicher.«

»Dieser Bär, er hat mich verfolgt und …« Ich schloss kurz die Augen, sah alles wieder vor mir und schüttelte den Kopf, um die Bilder abzuwehren. »Dein *moshum* hat mir das Leben gerettet, Kimi. Ohne ihn wären jetzt nur noch Knochen von mir übrig.«

»Nach dem Winterschlaf sind die Bären besonders übellaunig, weil sie schrecklichen Hunger haben. Aber du hättest nicht weglaufen dürfen.«

Woher, verdammt noch mal, wusste sie, dass ich weggelaufen war? Hatte der alte Indianer gesehen, wie der Bär auf mich losging? War er Zeuge meines Anfalls geworden? Wieso hatte er nicht geschossen, *bevor* der Bär seine Zähne in meine Schulter gegraben hatte?

»Niemals weglaufen, wenn du einen Bären siehst, hörst du«, schärfte Kimi mir ein, aber ich hatte bestimmt nicht vor, noch mal einem zu begegnen. »Du musst mit ihm reden«, sagte sie.

Mit ihm reden? Was war das denn für ein Schwachsinn?

»Ich habe versucht, nicht wegzulaufen, glaub mir. Aber als er sich vor mir aufrichtete …« Ich verzog das Gesicht.

»*Ma-skwa* wollte dich bloß beeindrucken, dir Angst machen.«

»Das ist *ma-skwa* prima gelungen«, gab ich zu.

Zu meinem Bedauern war die Schüssel in Kimis Händen leer, doch ich war noch längst nicht satt. »Das hat gut geschmeckt. Was war das?«

»Anaks legendärer Eichhörncheneintopf. Noch einen Nachschlag?«

Ich verschluckte mich an meinem eigenen Speichel und hustete. *Eichhörncheneintopf?* Die köstliche Mahlzeit in meinem Bauch verwandelte sich in einen harten, unverdaulichen Klumpen.

»Danke, aber ich glaube, ich bin satt.«

Kimi stand auf. »Schlaf jetzt ein bisschen, okay. Ich hab noch zu tun.«

Sie zog das Stützkissen hinter meinem Rücken hervor und ich machte mich lang. Die ganze Anspannung, die Verwirrung und der Schmerz fielen augenblicklich von mir ab. Ich schloss die Augen und ließ mich vom Schlaf davontragen.

7

DÄMONEN

Jacob Cheechoo. Schon im Zug hatte Kimi so eine Ahnung gehabt und versucht, dem Lauf des Schicksals eine andere Richtung zu geben. Doch das konnte niemand. Auf den letzten Kilometern nach Moosonee war sie Jacob ausgewichen, aber hier, in Anaks Hütte, war das unmöglich.

Nachdem Kimi aufgeräumt und das blutige Handtuch ausgewaschen hatte, ging sie noch einmal in ihre Kammer und betrachtete den Schlafenden. Rein äußerlich hatte Jacob kaum Ähnlichkeit mit seinem Halbbruder Alex. Jacob war hochgewachsen und sein Gesicht empfindsam. Alex war hart und rau gewesen. Gnadenlos denen gegenüber, die er nicht mochte. Und das waren nicht wenige gewesen. Kimi hatte Alex gemocht und er sie. Aber das war lange her.

Alles, was Kimi geträumt hatte, war eingetroffen: der Bär, der Junge, das Blut. Sie musste auf der Hut sein, denn Jacob würde alles durcheinanderbringen mit seiner Anwesenheit, seiner Bedürftigkeit und seiner Neugier. Sie hatte ihn herbeigewünscht und da war er. Doch er würde nicht bleiben.

Jacobs Wunden würden heilen. Er hatte einen gesunden, durchtrainierten Körper. Sein fester Schultermuskel hatte Schlimmeres verhindert, das Gelenk war durch den Biss des Bären nicht in Mitleidenschaft gezogen. Wenn sich die Verletzungen nicht entzündeten, würde Jacob schnell wieder auf den Beinen sein und aus ihrem Leben verschwinden, bevor er ihrem Herzen zu nahe kam.

Tapfer trug Kimi die Bürde der Erinnerung. Doch unter dem Gewicht der Hoffnung würde sie vielleicht zusammenbrechen.

In ein paar Tagen kam Darrell, Anaks Neffe, um die letzten Pelzbündel zu holen und neue Vorräte zu bringen. Er würde Jacob auf seinem Motorschlitten nach Moosonee mitnehmen und alles wäre wie immer. Im Gleichklang. Sicher. Wenn auch ein bisschen eintönig. Noch während Kimi das dachte, wusste sie, dass sie sich etwas einredete. Jacob war verletzt und lag in ihrem Bett. Er würde die Nacht dicht neben ihr verbringen müssen. *Zu dicht* an ihrem Herzen.

Aber das war nur ein Grund für ihre innere Unruhe. Jacob hatte keine Erinnerungen an seinen Vater und von seinem Halbbruder Alex hatte er offenbar nichts gewusst. Irgendwann würde er Fragen stellen, Fragen, die alles wieder aufwühlten. Jacob kämpfte darum, sich zu erinnern, während sie zu vergessen suchte.

Kimi hörte nebenan das Schleifen der Eingangstür auf dem Holzboden und ging zurück in den Hauptraum. Anak schälte sich aus Parka und Schneehose und hängte die Sachen zum Trocknen über eine an der Decke befestigte Stange neben dem Kamin.

»Hast du Großvater Bär gefunden, *moshum?*«, erkundigte sich Kimi.

»*Mona,* nein. Das Schneetreiben war zu dicht und jetzt wird es dunkel. Ich suche morgen weiter nach ihm.«

Anak war es schwergefallen, auf den Bären zu schießen, das wusste Kimi. *Wenn du einen Bären tötest,* so sagten die Alten, *wird sein Geist dich finden und deine Kinder stehlen.* Aber Anaks Kinder lebten schon lange in der großen Stadt und sie besuchten ihn niemals hier draußen. Weder Tochter noch Sohn konnten begreifen, dass er nach dem Tod ihrer Mutter das Haus seiner Schwester überlassen hatte und hier rausgezogen war, um wie seine Vorfahren vom Jagen, Fischen und Fallenstellen zu leben.

Der Alte wusch seine Hände in einer Schüssel, die im Spülbecken stand. »Wie geht es unserem Grünschnabel?«

»Ich habe seine Wunden genäht und ihn gefüttert. Jetzt schläft er. Er kommt aus der Stadt, aus Deutschland. Behauptet, er wäre Jacob, Greg Cheechoos Sohn.«

Anak legte das Handtuch zur Seite und steuerte die Kammer an. Nachdenklich betrachtete er das Gesicht des Jungen. Kimi trat neben ihn, beugte sich über den Schlafenden, fasste vorsichtig an seinen Hals und zog das Amulett hervor, sodass Anak sich den geschnitzten Wolf ansehen konnte.

Er griff sich an die Brust und seine Lippen bebten.

»Bis vor ein paar Tagen wusste er nicht mal, dass er Indianer ist«, berichtete Kimi leise. »Aber er spricht die Wahrheit, *moshum.*«

Anak holte geräuschvoll Luft und rieb sich das stoppelige Kinn. »Das ist Isaac Cheechoos Amulett. Und der Junge sieht aus wie Greg, als der in seinem Alter war.« In Anaks alten Augen standen Tränen. »Mein Herz hat es gesehen, doch mein Verstand wollte es nicht wahrhaben.«

»Ja, mir ging es genauso.« Kimi biss sich auf die Lippen.

Isaac Cheechoo, Gregs Vater, war Anaks bester Freund gewesen und die beiden verband eine traurige Geschichte. Anak blickte den Schlafenden mit einer Zärtlichkeit an, die Kimi bei dem Alten so noch nie beobachtet hatte. Sie ahnte, dass etwas in Bewegung geraten war, etwas, das sich nicht mehr aufhalten ließ. Die Geister der Vergangenheit waren erwacht und würden keine Ruhe geben, ehe nicht Ordnung in das Chaos gebracht worden war, das Jacob mit seinem Auftauchen verursacht hatte.

»Ich erinnere mich an den Jungen«, sagte Anak. Kimi saß mit dem Alten im Hauptraum am Tisch und sie aßen den Rest Eichhörncheneintopf mit Bannock, einfachen Gerstenfladen, die Kimi in der Pfanne gebacken hatte. »Jacob war ein witziger kleiner Bursche. Seine Mutter Christine war damals als Touristin mit dem Zug gekommen. Sämtliche Männer in Moosonee und auf der Insel beneideten Greg um seine schöne deutsche Frau.«

Kimi wusste so gut wie nichts über Christine, Greg Cheechoos erste Frau, und seinen Sohn Jacob. Aber dass die beiden existierten, hatte ihr Alex erzählt. Alex, Gregs anderer Sohn, den er mit Nora Sutherland aus Moose Factory gezeugt hatte.

Anak klopfte alten Tabak aus seiner Pfeife und stopfte sie neu. »Alex und Nora auf der Insel und Christine und Jacob auf der anderen Seite des Flusses.« Er seufzte kopfschüttelnd. »Nora machte Christine das Leben schwer. Sie wollte nicht akzeptieren, dass Greg sich für eine Weiße entschieden hatte, auch dann nicht, als er und Christine längst verheiratet waren. Jacobs Mutter litt unter Noras Bosheiten und das Lachen verschwand aus ihren Augen. Sie war zu jung für solcherart Kämpfe und wohl auch nicht stark genug. Die Leute in Moosonee können jemandem ganz schön das Leben schwer machen, wenn sie der Meinung sind, er gehöre nicht hierher.«

Der Alte zündete seine Pfeife an und nahm ein paar schnelle Züge. Blauer, aromatischer Rauch waberte um seinen Kopf.

»Greg und Christine stritten oft, meistens ging es um Nora

und Alex. Nach solch einem Streit kam es zu einem Autounfall, bei dem Jacob verletzt wurde. Greg musste daraufhin ins Gefängnis und Christine ging zurück nach Deutschland mit dem Jungen. Greg war am Boden zerstört, als er begriff, dass sie jeglichen Kontakt zu ihm abgebrochen hatte.«

»Er hat Jacob nie wiedergesehen?«

»*Mona*, nein.«

»Wieso hat er Nora dann doch geheiratet?«, wollte Kimi wissen. Wieso heiratete man jemanden, der einem das Leben zerstört hat?

»Greg dachte, er hätte dann Frieden und es wäre gut für Alex. Aber diese zweite Ehe war noch unglücklicher als seine erste.«

Kimi wusste, was dann kam, was mit Alex passiert war, aber darüber brauchte der Alte nicht zu sprechen, denn das war ihre Geschichte. Sie nickte, einen dicken Kloß im Hals. Kimi war in Alex Cheechoo verliebt gewesen. Diesen unglücklichen Jungen, der die wenigen, die ihn mochten, ebenfalls unglücklich gemacht hatte.

»Jacob sagt, ein Mike aus Moose Factory hätte ihn mit seinem Skidoo zur Jagdhütte seines Vaters bringen wollen. Doch dann hätte er sich plötzlich davongemacht und ihn allein im Busch zurückgelassen.«

»Mike?« Die steilen Falten auf der Stirn des Alten wurden tiefer.

Kimi wusste, was der Alte dachte und nicht aussprach.

Anaks gutmütiger Blick ruhte auf ihr. »Kimiwan«, sagte er, »ist es in Ordnung für dich, dass der Junge bei dir liegt?«

Kimi verscheuchte ihre Gedanken an Mike Meenish und nickte. »Das Bett ist für zwei gedacht. Außerdem merke ich so schneller, wenn es ihm schlechter geht.«

Ich stapfe durch tiefen Schnee. Es ist Nacht, entsetzlich kalt und wilde Flocken wirbeln um mich herum. Ich laufe und laufe zwischen den Bäumen hindurch, immer tiefer in den Wald hinein. Schnee fällt von den Zweigen und brennt kalt in meinem Gesicht. Schnee knirscht unter meinen Füßen. Es ist eine frostklirrende Nacht und ich habe Angst.

Ein Wolf heult in der Ferne, doch er ist es nicht, vor dem ich mich fürchte.

Äste knacken, ich spüre, dass jemand dicht hinter mir ist, und beginne zu rennen. Doch der Schnee ist tief und meine Beine werden schnell müde. Ich bleibe stehen und werfe einen Blick zurück. Zwischen den Bäumen erkenne ich eine monströse Gestalt, behaart und grauenerregend. Mein Herz ist kurz davor zu zerspringen, und ich rufe nach meinem Dad.

Das Ungeheuer ist mir dicht auf den Fersen, krachend bricht es durchs Unterholz. Ich drehe mich um, und als ich wieder loslaufen will, bleibt mein Fuß an einem Ast hängen und ich stürze. Schnee füllt meinen Mund und in meiner Kehle steckt ein Schrei, der niemals kommt.

Ich riss die Augen auf. Um mich herum war alles schwarz und in der Dunkelheit sammelte sich Schmerz. Er brannte auf meiner Zunge und auf meiner Stirn, bohrte sich in meine Schulter und tobte in meinem Oberschenkel – mein ganzer Körper war ein Wirrwarr aus Schmerzen. Ich war allein, gefangen in Finsternis. Hörte das wilde Pochen meines Herzens und kämpfte gegen die Angst, die mich in der Kehle würgte. Keine Ahnung, ob ich wach war oder noch träumte.

Endlich kam ein trockenes Stöhnen aus meinem Inneren und dicht neben mir bewegte sich etwas. Ein Streichholz wurde angerissen. Gleich darauf erhellte das warme Licht der Campinglampe den Raum und Kimi beugte sich über mich. Ihre dunklen Augen blickten mitfühlend und besorgt – also musste es ein Traum sein. Doch dann legte sie ihre Hand an meine Wange und vor Erleichterung, dass Kimi echt war, hätte ich heulen können. Ihre Hand fühlte sich eiskalt an.

»Du hast Fieber«, flüsterte sie. Ihre Hand glitt hinter meinen Nacken und stützte meinen Kopf. »Trink. Du musst viel trinken.«

Meine Kehle brannte. Es war wieder dieser scheußlich riechende Tee, den Kimi mir einflößte. Aber ich hätte einen ganzen Eimer davon austrinken können, wenn ich nicht jetzt schon fürchtete, die Kontrolle über meine Blase zu verlieren. Ich bezweifelte, dass es in dieser Trapperhütte eine Toilette gab. Das leidige Problem zu lösen, konnte also nur auf irgendeine Art demütigend für mich sein, deshalb wollte ich es so lange wie möglich hinauszögern.

»Danke«, murmelte ich. *»Meegwetch.«*

Ich hörte tapsende Schritte. Die Eisentür des Holzofens quietschte und Kimi fütterte das Feuer mit neuen Scheiten. Als sie das Licht löschen wollte, überkam mich Panik.

»Nicht weggehen. Bitte geh nicht weg.«

Sie setzte sich neben mich. Ich betrachtete den unförmigen Fleecepyjama, den sie trug, in den zwei von ihrer Größe hineingepasst hätten.

»Werde ich sterben?« Ich wollte das gar nicht laut aussprechen, aber da Kimi mir antwortete, musste ich es wohl getan haben.

»Mona, nein. Nicht wenn du es nicht willst. Du hast Schmerzen, aber die bringen dich nicht um, auch wenn es sich im Augenblick so anfühlen mag.«

»Es fühlt sich so an«, gab ich zu und hoffte auf ein bisschen Mitleid.

»Ich hole dir noch zwei von den Schmerztabletten.«

Kein Mitleid also, aber Schmerztabletten waren auch okay.

Nachdem ich die Tabletten geschluckt hatte, hielt ich Kimi am Arm fest. »Kimi …«

»So schnell stirbt es sich nicht«, sagte sie. »Du wirst schon wieder. *Ni-pa.* Versuch zu schlafen, okay?«

»Ich … ich kann nicht.« Resigniert seufzte ich. »Verdammt, ich … ich muss dringend mal pinkeln.«

Kimi verdrehte die Augen zur Decke. »Warum sagst du das denn nicht gleich?« Sie ging nach nebenan und kam mit einem Blecheimer zurück, von dem sie den Deckel abnahm.

Ich schloss stöhnend die Augen. *So in der Art hatte ich mir das gedacht.*

»Nun komm schon. Mir ist kalt und ich will wieder in mein Bett.«

Aufstehen war eine Tortur. Es *war* kalt, obwohl das Feuer im Ofen jetzt losbullerte. Mein Körper, der sich anfühlte, als wäre er übel verprügelt worden, schien vergessen zu haben, wie man Arme und Beine bewegt.

Ich nahm meinen ganzen Willen zusammen, richtete mich fluchend auf und schob langsam ein Bein nach dem anderen vom Bett. Als ich mich am Bettpfosten hochzog, begann der Raum sich um mich herum zu drehen und kippte zur Seite weg. Aber ich hielt mich aufrecht. Bei jeder kleinen Muskelbewegung schossen Feuerpfeile durch meinen Körper. Schließlich stand ich auf wackligen Beinen, mit meiner gesunden Schulter gegen die Wand gelehnt.

Ich warf Kimi, die immer noch den Eimer hielt, einen flehenden Blick zu in der Hoffnung, sie würde sich nach nebenan verziehen, bevor ich meine Hosen runterließ.

»Deinen kleinen Jacob musst du schon selber halten«, meinte sie, ein schalkhaftes Grinsen im Gesicht.

Meinen kleinen Jacob? Obwohl ich bereits glühte vom Fieber, schoss mir Hitze in die Wangen und am liebsten wäre ich im Boden versunken. »Stell den Eimer hin, okay.«

Kimi stellte den Eimer zu meinen Füßen, doch bevor sie sich endlich abwandte, drohte sie: »Wehe, du zielst nicht richtig.«

Dieses Mädchen riss mein letztes Fitzelchen Stolz in Stücke, aber was sollte ich dagegen tun? Fluchend befreite ich meinen *kleinen Jacob* und erst mal kam nichts, so sehr hatte ich es unterdrückt. Als es endlich laut im Eimer plätscherte, war es eine himmlische Erleichterung. Doch mein Strahl wollte und wollte nicht aufhören. Das Ganze war mit Abstand das Peinlichste, was mir bisher in meinem Leben passiert war.

»Na, das war ja höchste Eisenbahn«, bemerkte Kimi, um die Demütigung perfekt zu machen.

Seltsamerweise war mir das piepegal. Die Hoffnung, diesem Mädchen gegenüber meine Würde zu bewahren, hatte ich soeben aufgegeben. Ich war einfach nur froh, endlich den Druck auf meine Blase loszuwerden. Gleich ging es mir besser. *Viel besser.* Das Schmerzmittel begann zu wirken und sogar mein Albtraum rückte von mir fort.

Kimi brachte den Eimer nach nebenan. Ich quälte mich zurück ins Bett und kroch unter meine flauschige, warme Decke. Als Kimi wiederkam, löschte sie das Licht. Erst als ich ihre Bewegungen auf der anderen Seite des Bettes spürte, wurde mir bewusst, dass sie die ganze Zeit dicht neben mir gelegen hatte. Natürlich, es war schließlich ihr Bett.

Kimi starrte in die Dunkelheit. Wie verwirrend nah Jacob ihr war. Ihrem Körper, ihrem Leben, ihren Gedanken und Gefühlen. In den vergangenen beiden Jahren hatte sich um ihr wundes Herz eine harte Schale gebildet und darunter war es unberührbar und taub geworden. Doch nun bekam die Schale Risse. Sie spürte wieder etwas. Das war verstörend. Schlimmer noch: Es weckte Hoffnungen in ihr. Irrationale, blödsinnige Hoffnungen.

Hatte ihr Herz sich so sehr nach Liebe gesehnt, dass ihr Wunsch sich in Jacob manifestiert hatte, einem *man-tay-o?* Sie musste sich ihrem Traum stellen, sonst würde das Chaos noch größer werden.

Immerhin, inzwischen wusste sie ein wenig mehr über Jacob, den Jungen in ihrem Bett. Er war Isaac Cheechoos Enkelsohn und Alex' Halbbruder. Vierzehn Jahre lang hatte er in Deutschland, einem kleinen Land in Europa, gelebt, ohne zu wissen, wo er herkam. War zwei Tage allein durch die winterliche Wildnis geirrt und hatte wie durch ein Wunder überlebt. Dann hatte der Bär ihn angegriffen und alles war so gekommen wie in ihrem Traum.

Jacob hatte Fieber bekommen (Bärenzähne waren voller Keime) und sein Körper kämpfte gegen die Entzündung. Es ging ihm schlecht und morgen würde es ihm noch schlechter gehen. In seinem Albtraum hatte er nach seinem Dad gerufen. Es war ihr schwergefallen, Jacob nicht zu wecken, doch Träume soll man nicht unterbrechen, weil sie einen zur Wahrheit führen können.

Jacob musste sich seinem Traum stellen, so wie sie sich dem ihren. Allerdings war Jacob Tausende Kilometer entfernt von der Welt seiner Vorfahren aufgewachsen und er schien nichts über Lieder, Geister und Träume zu wissen. *Nichts.* Sie konnte sich nicht vorstellen, wie sich das für Jacob angefühlt haben musste, so viele Jahre abgeschnitten von seinem Ursprung gelebt zu haben. Vielleicht brauchte er ja ein wenig Hilfe.

»Kannst du nicht schlafen?«, fragte sie in die Dunkelheit.

»Nein. Es geht mir ziemlich mies.«

»Erzählst du mir von deinem Traum?«

Es war so still, dass Kimi hörte, wie Jacob hart schluckte.

»Habe ich geredet im Schlaf?«

»Ja. Du hast nach deinem Vater gerufen.«

Fluchend murmelte er etwas in seiner Sprache und es klang nicht so, als ob er sich ihr anvertrauen wollte.

»Wenn du mit jemandem über deinen schlimmen Traum sprichst, kannst du seine Macht brechen«, versicherte sie. »Ich kenne mich ein bisschen mit Träumen aus.« Das zu behaupten, war ganz schön vermessen, schließlich war sie erst siebzehn. Aber Anak hatte ihr einiges über die Macht der Träume beigebracht.

Kimi spürte, wie Jacob mit sich rang. Sie wünschte, er würde ihr vertrauen, aber sie hatte es ihm mit ihrer schroffen Art bisher nicht gerade leicht gemacht.

»Also gut«, sagte er, als sie schon dachte, er würde gar nichts mehr sagen. »Aber du darfst mich nicht auslachen.«

»Ich lache nicht, versprochen.«

Wieder schwieg er eine ganze Weile, nur das Knacken des Holzes im Ofen unterbrach die Stille.

»Dieser verfluchte Traum verfolgt mich, solange ich denken kann.« Jacobs Stimme kam aus der Dunkelheit, weich wie ein Pelz. Er erzählte ihr, wie er als kleiner Junge in einer Schneenacht durch den Wald lief, verfolgt von einem monströsen, schnaufenden Ungeheuer. Wie er vergeblich um Hilfe rief und das Ungeheuer ihn schließlich einholte. Dass er furchtbare Angst hatte, aber nicht schreien konnte, weil Schnee ihm den Mund verstopfte.

»An diesem Punkt wache ich jedes Mal schweißgebadet auf.«

Kimi schwieg eine Weile, bevor sie fragte: »Hast du … hast du das Ungeheuer jemals gesehen?«

»Ja, aber nur kurz. Es ist riesig, dunkel und zottig und macht schreckliche Geräusche.«

Kimi rutschte ein Stück an Jacob heran. »Du hast von etwas geträumt, dass die Alten *whe-tiko* nennen, Menschenfresser. Der *whe-tiko* ist das gefrorene Herz des Bösen. Vor langer Zeit haben die Alten dem Hunger und der Grausamkeit eine Gestalt gegeben. Über die Jahre ist sie zu einer Legende geworden, die Eltern noch heute ihren Kindern erzählen, um sie zu erziehen und von nächtlichen Alleingängen in den Busch abzuhalten.«

»*Whe-tiko*«, murmelte Jacob, »der Name kommt mir bekannt vor. Vielleicht hat mein Vater mir von diesem Wesen erzählt, als ich klein war. Aber ich erinnere mich nicht mehr daran.«

»Träume sind auch eine Art Erinnerung«, sagte Kimi. »Willst du die Geschichte vom Kannibalen mit dem Eisherzen hören? Geschichten helfen gegen Dunkelheit und Schmerz«, fügte sie aufmunternd hinzu.

Nachdem Jacob ein zögerliches »Okay« von sich gegeben hatte, rückte Kimi noch ein Stück an ihn heran, damit sie leiser sprechen konnte. Vielleicht aber auch, um ihm noch ein bisschen näher zu sein.

»Es war vor langer Zeit in einem eisig kalten Winter«, begann sie im Flüsterton. »Schon seit Tagen streifte ein junger Cree-Jäger durch den Busch, auf der Suche nach Wild, das er töten konnte, um seinen nagenden Hunger zu stillen und seine Frau und sein kleines Kind mit Fleisch zu versorgen. Doch die Tiere hatten sich verkrochen, denn es war schon zu lange zu kalt und die Schneekruste hart wie Glas. Als der junge Mann nach tagelanger vergeblicher Suche nach Beute unverrichteter Dinge und halb verrückt vor Kälte und Hunger heimkehrte, lagen seine Frau und sein Kind steif gefroren im Tipi.«

Jacob gab einen mitfühlenden Laut von sich, darüber musste Kimi lächeln. »Der Jäger entfachte das erloschene Feuer und saß eine ganze Nacht hungrig und voller Trauer bei ihnen. Am nächsten Morgen konnte er sie nicht begraben, denn die Erde war frosthart. Also wickelte er sie in Felle und band sie weit oben in den Ästen eines Baumes fest, damit die wilden Tiere sie nicht erreichen konnten.«

Kimi hörte, wie Jacob tief Luft holte, doch sie redete weiter.

»In der darauffolgenden Nacht hörte der junge Mann auf einmal von draußen die Stimmen seiner Frau und seines Kindes, die ihn riefen. Verrückt vor Trauer verließ er das Tipi und lief in den Busch, immer ihren Stimmen nach. Schon bald merkte der Mann, dass er verfolgt wurde. Hörte knirschende Schritte im Schnee und wandte sich um. Da sah er eine wilde Kreatur zwischen den Bäumen, die am ganzen Körper behaart war. Sie hatte gelbe Reißzähne und leuchtende Augen und er wusste, das war der *whe-tiko,* das Ungeheuer mit dem Eisherzen, das Jagd auf Menschen machte. Da wurde auch sein Herz zu Eis. Und von diesem Tag an war er unfähig, menschliche Gefühle zu empfinden. Jeden Winter ist er in den Wäldern unterwegs, auf der Suche nach neuen Opfern«, endete Kimi.

Jacob sagte nichts, er schien nicht einmal mehr zu atmen. War er etwa eingeschlafen, während sie versucht hatte, ihm eine spannende Geschichte zu erzählen?

»Hey, bist du noch wach?«

»Oh ja. Hat er etwa von seiner Frau und seinem Kind … *gegessen?«*

»Du kennst die Geschichte ja doch«, sagte sie.

»Vielleicht nicht genau so, aber ja, ich glaube, mein Vater hat mir vom *whe-tiko* erzählt.«

»Früher«, sagte Kimi, »als unsere Leute noch in Clans im *muskeg* umherzogen, nannte man diese Gegend auch ›Land des Hungers‹. Leute verhungerten und erfroren und es soll vorgekommen sein, dass ihre Liebsten verrückt wurden und von ihrem Fleisch aßen, um zu überleben. Wenn sich jedoch herausstellte, dass jemand zum *whe-tiko* geworden war, musste er getötet werden, bevor er größeres Unheil anrichten konnte.«

»Wie?«, wollte Jacob wissen. »Wie kann man einen *whe-tiko* töten, einen Geist?«

»Nur große Schamanen besaßen die Macht dazu«, erklärte ihm Kimi. »Und übrigens: Wer Schnee isst, dessen Herz kann auch zu Eis werden.« Jacob gab einen keuchenden Laut von sich und sie lächelte in die Dunkelheit. »Keine Angst, ich höre dein Herz schlagen. Du hast noch einmal Glück gehabt.«

»Da bin ich aber froh.«

»Und ich erst.«

»Mein Traum … weißt du, was er bedeutet?«

»Nein. Aber lass dir von ihm keine Angst mehr einjagen. Eines Tages kommst du dahinter, warum du ihn hast.«

Kimi zog den Schlafsack um ihre Schultern und schloss die Augen. Als sie an Jacobs gleichmäßigem Atem hörte, dass er eingeschlafen war, erzählte sie ihm flüsternd noch eine ganz andere Geschichte. Damit sie schon mal im Schlaf in ihn einsickern konnte.

8

FIEBERGEISTER

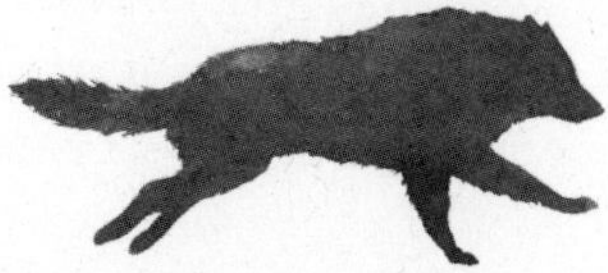

Am nächsten Morgen erwachte ich mit pelziger Zunge und fühlte mich hundeelend. Alles tat mir weh. Die Wunden pochten und die Wundnähte ziepten. Etwas schien mich von innen heraus zu verbrennen. Ich schwitzte und fror, manchmal beides zugleich.

Der Ofen bullerte in der Ecke. Im Ofenrohr tobten wilde Geister und ich hörte Kimi nebenan mit ihrem Großvater in Cree reden. Ich lauschte dem Klang ihrer Worte, die mir vertraut vorkamen, deren Bedeutung mir jedoch verborgen blieb. Wer war Kimi, halb Mädchen, halb Geheimnis? Lebte sie wirklich ganz allein hier draußen mit dem Alten? Und wo war sie hergekommen, als sie auf freier Strecke in den Eisbärenexpress gestiegen war?

Ich hatte viele Fragen, aber meine Blase drückte mal wieder und das war im Augenblick mein größtes Problem. Als ich mich aufrichten wollte, musste ich die Zähne zusammenbeißen, um nicht wie ein Tier zu heulen. Wacklig auf den Beinen, aber darauf bedacht, keinen Laut über meine Lippen kommen zu lassen, tappte ich zum Eimer, der neben dem Durchgang stand. Ich schaffte es sogar, ohne zu klappern den Deckel abzunehmen. Doch als mein Strahl in den Eimer plätscherte, verstummten die Stimmen nebenan. *Verflixt!*

Immerhin, Kimi schien mir heute ein wenig mehr Privatsphäre zuzugestehen, denn sie kam erst, als ich bereits wieder im Bett unter meiner warmen Decke lag. Im Zwielicht der Hütte sah ihr Gesicht weich aus, als sie ihre Hand an meine Wange legte und ihre dunklen Augen mich besorgt musterten.

»Du hast immer noch Fieber, das ist nicht gut. Anak wird sich deine Verletzungen ansehen, bevor ich sie neu verbinde.«

Kimi zündete die Lampe an und schlug die Decke zur Seite. Vorsichtig wickelte sie den Verband von meinem Bein.

Ihr Großvater, er trug Jeans mit breiten Hosenträgern und ein rot kariertes Flanellhemd, begrüßte mich mit einem herzlichen »*Wachay,* Jacob. Wie geht es dir?«.

»Ich atme noch«, antwortete ich. »Danke für mein Leben, Mister.«

Der alte Mann lächelte. »Nenn mich Anak oder Großvater, mein Junge.« Mit dem Gesicht beugte er sich dicht über die Fäden, die mein Fleisch zusammenhielten, und schnupperte daran. Ich konnte seinen warmen Atem auf meiner wunden Haut spüren.

»Das sieht gut aus«, befand er, »die Wunden heilen.«

Erleichtert atmete ich auf.

Als Nächstes war meine Schulter dran. Kimi half mir aus dem Hemd und ich keuchte leise auf. Mein ganzer Körper war von blauen Flecken und dunklen Prellungen übersät. Der Verband klebte auf den Wunden und ich zuckte, als Kimi ihn löste. Die beiden Bisslöcher hatten sich entzündet, ich sah es und ich roch es. Als Kimis Finger vorsichtig auf die geschwollenen Wundränder drückten, blieb mir die Luft weg. Ich konnte weder schreien noch atmen, so mordsmäßig weh tat es. Blutig gelbe Flüssigkeit trat aus. Mir wurde schwarz vor Augen und ich sah funkelnde Sterne tanzen.

Anak sagte etwas in Cree und Kimi antwortete. Dann verließ er die Kammer.

»Tut mir leid«, entschuldigte sich Kimi. »Ich habe versucht, vorsichtig zu sein.«

War sie über Nacht eine andere geworden?

»Was ist los?«, fragte ich, erleichtert, dass der Schmerz allmählich nachließ. »Was hat er gesagt?«

»Die Entzündung ist der Grund für dein Fieber. Anak kennt ein Heilmittel und wird dir helfen.«

»Wie denn?« Meine Fantasie spielte sogleich verrückt, weil ich an die in alten Western übliche Methode dachte. »Will er die Wunden ausbrennen?«

»Du solltest nicht so viel Fernsehen gucken«, meinte Kimi mit einem amüsierten Grinsen. »Ich sagte: *Heilmittel.* Einen Brei aus zerstoßenen Kiefernnadeln und Bovistpulver. Anak holt draußen frische Zweige.«

»Was, wenn es nicht funktioniert?«

»Tja«, sie zuckte die Achseln, »dann bleibt nur das glühende Messer.«

Stöhnend schloss ich die Augen. Kimi war immer noch Kimi. »Danke für deine Anteilnahme.«

»Hey, es funktioniert seit Hunderten von Jahren, mach dir also keine Sorgen.«

Die machte ich mir aber. »Ich steh mehr auf Antibiotika.«

»Die bekommst du natürlich auch.« Sie hatte die Pillen und den scheußlichen Tee schon in der Hand.

»Was ist das eigentlich für ein widerliches Gebräu?«, fragte ich, als ich die Pillen geschluckt hatte.

»Labradortee. Natürliches Aspirin.«

Kimi ging nach nebenan. Als sie mit einer Blechschüssel voll dampfendem Wasser zurückkam, die sie auf dem Hocker abstellte, startete ich einen letzten Versuch, professionelle Hilfe zu bekommen. »Warum könnt ihr mich nicht einfach ins Krankenhaus nach Moose Factory bringen?«

Kimi stieß einen genervten Seufzer aus. »Weißt du eigentlich, dass das *Weeneebayko General Hospital* in Moose Factory das älteste unrenovierte Krankenhaus in ganz Kanada ist?« Ich biss die Zähne zusammen, während Kimi die verkrusteten Wunden mit einem warmen Sud auswusch. »Sie haben es 1950 als Tuberkulose-Klinik für Indianer und Inuit auf die Insel gebaut, weil die Kranken dort so schön isoliert waren.«

Ich rechnete nach: Die Bude war fast siebzig Jahre alt. Wollte Kimi mich auf den Arm nehmen? »Das ist nicht dein Ernst.«

Kimi sah mich mit dem üblichen Spott an. »Ich wusste doch, dass du dort nicht mehr hinwillst, wenn du erst die Wahrheit weißt. Glaub mir, bei Anak und mir bist du in den besten Händen.«

Na fantastisch! Vielleicht war ich ja in eine Zeitfalle geraten. Eichhörncheneintopf, ein siebzig Jahre altes Krankenhaus, ein Mädchen, das ohne mit der Wimper zu zucken meine Haut mit Zahnseide flickt und dann noch behauptet, ich hätte von einem menschenfressenden Ungeheuer mit einem Eisherzen geträumt. Das konnte einfach keine Realität sein.

Aber mein Schmerz war es. Kimi spülte die Wunde sorgfältig aus und gab sich dabei wirklich große Mühe, vorsichtig zu sein. Ab und zu schenkte sie mir ein Lächeln, um mir Mut zu machen, und ich lächelte zurück. Zumindest versuchte ich es.

Anak hielt die Blechschüssel und Kimi verteilte den warmen grünen Brei mit den Fingern auf Jacobs Wunden. Sie sah, wie er mit dem Schmerz kämpfte. Jacob lächelte tapfer, doch in seinen Augen sammelten sich Tränen. Es war herzerweichend. Schließlich legte er den rechten Unterarm auf sein Gesicht wie ein Kind, das sich schämte.

Kimi hoffte, die Antibiotika und der desinfizierende Brei würden helfen, die Entzündung zu stoppen, damit sie Jacob nicht noch einmal so wehtun musste. Der Gedanke, dass sie sich ihm als Schmerzensmädchen ins Gedächtnis brannte, gefiel ihr überhaupt nicht. Sie wollte, dass er sie mochte.

Nachdem sie seine Verletzungen neu verbunden und Jacob etwas Porridge gelöffelt hatte, nickte er weg.

Was noch an diesem Tag geschah, ist mir als glühender Fiebertraum in Erinnerung geblieben. Kimi und Anak holten mich aus dem Bett. Ich war schweißnass und schlotterte am ganzen Körper. Sie wickelten mich in eine Decke, zogen mir irgendwelche Stiefel an und brachten mich aus dem Haus. Ich protestierte nicht, dazu hatte ich gar keine Kraft. Außerdem wusste ich, dass sie es gut meinten, was immer sie auch mit mir vorhatten.

Draußen traf mich die Kälte wie ein Schock und frostige Luft biss mir bei jedem Atemzug in die Lungen. Es schneite, das war alles, was ich mitbekam. Die Umgebung des Hauses blieb ein Schemen. Ich hing an Anak wie ein nasser Sack, den rechten Arm auf seiner Schulter. Er hatte einen Arm um meine Hüfte gelegt und ich merkte, wie kraftlos mein Körper war und wie stark der alte Mann.

Obwohl Anak mich beinahe trug, verursachte mir jeder Schritt durch den Schnee Schmerzen. Ich registrierte noch, dass wir vor einem kleinen, verschneiten Tipi standen, als mir auf einmal feuchte Hitze entgegenschlug. Ich bekam keine Luft mehr und sackte in mich zusammen.

Als ich wieder zu mir kam, hörte ich direkt neben mir den dumpfen Schlag einer Trommel und der aromatische Geruch von Salbei stieg mir in die Nase. Schweiß drang mir aus allen Poren, so heiß war es. Ich öffnete die Augen, doch beißender Rauch hüllte mich ein, sodass ich die konisch zulaufenden Tipistangen über mir nur verschwommen sah.

Der Widerschein von Flammen flackerte auf der Zeltwand. Ich lag – nackt bis auf meine Verbände und die Boxershorts – auf einem Fell. Neben mir brannte ein Feuer, und die Steine, mit denen es eingefasst war, gaben eine ungeheure Hitze ab.

Die Trommel schlug leise, ein Fächer aus gestreiften Federn schwang vor meinen Augen hin und her und ich hörte Gesang.

»Wey-ya-hey-hey-hey-yo.« Das war Anak, er sang auf Cree. Durch den Fiebernebel gelangten nur einzelne Worte in mein Bewusstsein, die ich verstand. *Kitche Manitu* und *na-pay-shish* und *ti-pi-ska-kay.* Großer Geist. Junge. Heute Nacht.

Die Töne der Trommel drangen in mein Inneres, auf eine beschwörende und beruhigende Art. Anak beugte sich mit freiem Oberkörper über mich und wedelte mir mit seinem Federfächer unermüdlich Rauch über Brust und Gesicht. Schweiß perlte von meiner Stirn und ich hatte immer noch Schwierigkeiten zu atmen. Ein paarmal öffnete ich die Augen einen Spalt, doch was ich sah, schien nicht von dieser Welt zu sein.

»Deine Wunden werden dich immer daran erinnern, dass du mit einem Bären, dem mächtigsten Tier des Waldes, Kontakt hattest«, murmelte Anak. »Aber nun dürfen sie heilen. Lass die Fiebergeister gehen und deine Hitze mitnehmen, damit du gesund wirst und deinen Vater wiedersehen kannst.«

Keine Ahnung, wie lange die Austreibung der Fiebergeister dauerte, denn ich hatte jegliches Zeitgefühl verloren. Irgendwann konnte ich wieder freier atmen. Ich spürte, wie mir jemand vorsichtig mit warmem Wasser den Schweiß vom Körper wusch, und dann gab es Arznei-Tee.

Daran, wie ich wieder ins Haus und in Kimis Bett gekommen war, konnte ich mich nur vage erinnern. Es war stockfinster draußen, ich trug warme Stiefel und eine Decke umhüllte meinen bloßen Körper.

Als ich in der Nacht aus meinem *whe-tiko*-Traum schreckte, hielt Kimi meine Hand.

Am nächsten Morgen erwachte ich mit klarem Kopf, voller Blase und knurrendem Magen. Ein paar Minuten lauschte ich in die Stille. Tageslicht sickerte durch das kleine Fenster, Kimis Schlafplatz neben mir war leer. Hatte sie in der Nacht wirklich meine Hand gehalten?

Ein Rest Fieber steckte noch in mir, aber ich fühlte mich besser, ohne Zweifel. Ob Nadelbrei, Sauna mit Salbeirauch, Antibiotika oder Anaks Heilzeremonie – alles zusammen hatte offenbar gewirkt.

Ich setzte mich auf und schob die Beine aus dem Bett. Ich hatte ein sauberes T-Shirt an und trug filzige Wollsocken. Am Fußende des Bettes hatte Kimi eine schwarze Trainingshose für mich bereitgelegt.

Als ich in den Eimer pinkelte, sah ich meine Tasche in der Ecke stehen. Den grauen Stoff meiner Boxershorts zierten dunkle Streifen getrockneten Blutes, also durchsuchte ich meine Klamotten nach einer frischen Unterhose. Kurz dachte ich daran, saubere Jeans statt der ausgebeulten Trainingshosen anzuziehen, doch ich entschied mich dagegen. Letztere waren mit Sicherheit bequemer.

Nachdem ich mich in saubere Boxershorts und die Hose gequält hatte, kam ich mir wieder etwas mehr wie ich selbst vor. Vollständig bekleidet und halbwegs klar im Kopf.

Keine Ahnung, wie spät es war und wo Anak und Kimi abgeblieben waren, aber ich wollte die Gelegenheit nutzen, mich ein wenig umzusehen im Haus. Gestern hatten die beiden mich zweimal durch den angrenzenden Raum geführt, doch ich erinnerte mich nur dunkel daran, was ich gesehen hatte.

Offenbar diente der Hauptraum gleichzeitig als Küche, Wohnzimmer und Werkstatt sowie als Schlafraum für Anak. Die Holzverkleidung war alt und die Bretter waren dunkel. Durch zwei kleine Fenster links und rechts neben der Tür drang diffuses Tageslicht.

Schlafecke und Werkstatt boten ein unglaubliches Chaos, während der Küchenteil ordentlich aufgeräumt war. Über dem Herd hingen Töpfe und Pfannen mit rußschwarzen Böden, Schnappgläser mit verschiedenem Inhalt standen in einem grob gezimmerten Holzregal. Unter der Arbeitsfläche mit einem angeschlagenen Emaillespülbecken stapelten sich große Blechkisten, in denen ich Lebensmittel vermutete.

Auf Anaks schmalem Bett lag ein speckiger blauer Daunenschlafsack, an der Wand darüber hingen längliche Schneeschuhe, zwei Gewehre, Angeln, Drahtrollen, Fallen und diverse Werkzeuge. Auch eine Handtrommel zierte die Wand, ein einfacher Holzrahmen, bespannt mit Tierhaut. War das die Trommel, deren magischer Klang Anaks Heilzeremonie begleitet hatte?

Mich fröstelte, was kein Wunder war, denn das Feuer im gemauerten Kamin war fast heruntergebrannt. Vorsichtig baute ich neue Scheite auf die Glut und das Holz begann schnell zu brennen. Helle Flammen, die wohlige Wärme verbreiteten.

Ich humpelte im Hauptraum herum und sah mir alles an. Über der Spüle entdeckte ich einen gesprungenen Spiegel und erschrak über meinen eigenen Anblick. Meine Haut war grau, ich hatte dunkle Ringe unter den Augen und die Wangenknochen standen noch mehr hervor als sonst. Ich sah aus wie ein indianischer Geist. Der Sprung im Spiegel teilte mein Gesicht, sodass ich mir vorkam, als bestünde ich aus zwei Hälften.

Vorsichtig löste ich das große Pflaster von meinem Kopf, um die Stirnwunde zu begutachten, die Kimi mit vier Stichen genäht hatte. Die Naht war sauber, die Stiche eng gesetzt, doch eine Narbe würde mir bleiben. Ein sichtbares Andenken an meinen Zusammenstoß mit dem mächtigsten Tier des Waldes.

Tatsächlich hatte ich Glück gehabt. Ich kannte kein Mädchen, das so etwas getan hätte. Verbinden, ja. Aber zerrissene Haut zusammennähen … Ich konnte es kaum erwarten, Ben und Rashad die ganze Geschichte zu erzählen. Sie würden mir bestimmt nicht glauben, aber meine Narben bezeugten die Wahrheit.

Plötzlich spürte ich einen dicken Kloß in der Kehle. Verdammt, ich wünschte mich heim. *Auf der Stelle.* Weg aus dieser engen Trapperhütte, nach Hause in meine gewohnte Welt. Mit den Jungs im Keller die neuen Songs proben, die ich geschrieben hatte. In Bens chaotischem Zimmer chillen. Im Bett sitzen und eine *Netflix*-Serie schauen. Dämonen, Abenteuer und Grusel hinter der Mattscheibe und nicht so verdammt nah.

Ich spähte durch eines der kleinen Fenster. Alles war tief verschneit, aber ich wollte wissen, wie es da draußen aussah. Wo das Tipi stand, in das Kimi und Anak mich gestern gebracht hatten. Mit meiner rechten Hand drehte ich am Türknauf und versuchte, die aus einfachen Bohlen zusammengefügte Tür zu öffnen. Doch sie rührte sich nicht. Ich drückte mit meiner gesunden Schulter dagegen, vergeblich. Die Tür war verschlossen. *Fuck! Fuck! Fuck!*

Warum, zum Teufel, hatte Kimi mich eingesperrt? Damit ich nicht weglaufen konnte? Zu deinem Besten, redete ich mir ein. *Nur zu deinem Besten.* Aber wo waren Kimi und Anak? Im großen Da-Draußen? Ich dachte an den verwundeten Bären und daran, dass er gefährlich war. Dachte an Crazy Mike.

Plötzlich begann mein Herz zu rasen bei der Vorstellung, Kimi und dem Alten könnte etwas passiert sein. Ich lehnte mich mit dem Rücken gegen die Tür, schloss die Augen und versuchte, meine Panik niederzukämpfen, denn ich wollte keinen neuerlichen Anfall riskieren.

Diese Anfälle hatte ich in meiner Kindheit oft gehabt. Krampfartige Verrenkungen von Armen und Beinen, ein unkontrolliertes Zittern und Zucken. Und wenn es dann vorbei war, blieben mir nur bruchstückhafte Erinnerungen an die vergangenen Minuten. Anfangs vermuteten die Ärzte Epilepsie, doch sie konnten keine neurologische Störung feststellen. Die Diagnose lautete: psychogene Krampfanfälle. Keine neurologische Störung, sondern eine emotionale. Mit anderen Worten: Ich hatte einen Sprung in der Schüssel.

Nach einem Jahr regelmäßiger Sitzungen bei Dr. Borowski, meinem Psychoheini, setzte er mich an eine Trommel und von da an klopfte ich auf allem herum, was sich anbot: umgedrehte Kochtöpfe, Mülleimer und Blechdosen. Die Anfälle wurden seltener, und nachdem ich angefangen hatte, regelmäßig Sport zu treiben, blieben sie schließlich irgendwann ganz aus. Bis zu meinem Zusammenstoß mit dem übellaunigen Bären.

Vor drei Jahren hatten Ben und ich dann angefangen, zusammen Musik zu machen. Ich an den Drums, er mit der Konzertgitarre. Inzwischen waren wir zu dritt, es war noch Rashad am Keyboard dazugekommen. Er war schwarz wie die Nacht und stammte aus dem Sudan. Rashad hatte eine klangvolle Stimme und die Mädchen lagen ihm zu Füßen, wenn er sang. Wir nannten uns *Dead Spot* und seit einem Jahr traten wir auch auf. Hatten hier und da mal einen Gig auf einem Dorffest oder spielten als Vorband von Bands, die am Aufsteigen waren. Letzten September hatten wir beim *Local Heroes Song Contest* in Erfurt den dritten Platz geholt und sparten nun auf unsere erste CD.

Mein Blick fiel erneut auf die Handtrommel an der Wand über Anaks Bett. Sie war flach und hatte einen Durchmesser von rund dreißig Zentimetern. Ich hätte sie mir gerne genauer angesehen, vor allem ihre Unterseite. Es juckte mich in den Fingern, sie anzuschlagen und ihr diese dunklen, tragenden Töne zu entlocken, die ich gestern im Fieber gehört hatte. Aber mein Respekt vor der Trommel und dem alten Mann hielt mich davon ab.

Um mich vom Eingesperrtsein abzulenken, legte ich noch zwei Scheite auf das Feuer im Kamin, zog einen der Stühle heran und setzte mich direkt davor. Meine Sinne waren hellwach und ich nahm die Wärme, die von den Flammen ausging, überdeutlich wahr. Ich hörte das Klopfen meines Herzens, hörte meine Angst darin. Versuchte, sie nicht übermächtig werden zu lassen und meine Gedanken in vernünftige Bahnen zu lenken. *Du bist hier in Sicherheit, Jacob. Kimi und der Alte werden wiederkommen. Alles wird gut.* – Verflucht, ich war zu alt, um noch zu glauben, dass alles gut würde.

Eine ganze Weile saß ich da und tat nichts, außer in die Flammen zu starren, deren orangefarbene Zungen am trockenen Holz leckten und es knacken ließen. Als es auf der Veranda polterte, schrak ich hoch. Die Tür flog auf und Kimi kam herein, sie brachte Schneeluft mit. Ihre Wangen waren gerötet von der Kälte. Als sie mich sah, huschte ein Anflug von Erleichterung über ihr Gesicht.

»Du bist ja auf«, sagte sie. »Geht es dir besser?«

Statt ihr zu antworten, rief ich vorwurfsvoll: »Wo warst du? Und wieso hast du mich hier eingesperrt wie einen Gefangenen?«

Zuerst starrte Kimi mich mit gerunzelter Stirn an, dann platzte schallendes Gelächter aus ihr heraus. »Ich habe dich nicht eingesperrt, Jacob Cheechoo. Die Tür klemmt und man muss sie ein wenig anheben, um sie aufzubekommen.«

Fuck, dachte ich. *Wie bescheuert bist du eigentlich?*

Kimi musterte mich angriffslustig. »Du fragst, wo ich war?« Sie hielt mir ein nasses Fellbündel unter die Nase. »Meine Fallenstrecke ablaufen. KFC hat heute leider Ruhetag.«

Ich zog den Kopf zurück. »Was ist das?«

»*Wacask.* Bisamratte. Unser Mittagessen.«

Kimi zog ihre Wintersachen aus und hängte sie zum Trocknen auf die Stangen über dem Kamin. Dann breitete sie eine alte Wachstuchdecke auf dem Tisch aus und setzte sich, um das tote Tier zu häuten und auszunehmen. Unendlich froh darüber, nicht mehr allein und eingesperrt zu sein, schob ich meinen Stuhl an den Tisch und zwang mich, ihr dabei zuzusehen.

Mit einem scharfen Messer schlitzte Kimi das Fell der Bisamratte von der Leiste bis zur Brust auf und wiederholte dasselbe mit der unter der Haut liegenden Membran. Sie leerte die Eingeweide, ein bläulich schimmerndes, glitschiges Knäuel, auf einen Blechteller aus, reinigte den Bauchraum und zerrte die Lungen heraus. Die Innereien stanken widerlich. Mein Magen verknotete sich, aber ich beschloss, cool zu sein und gegen den Brechreiz anzukämpfen.

Mit präzisen Handgriffen balgte Kimi dem toten Tier das Fell ab. Schnitt um den Kopf herum, drehte ihn von der Wirbelsäule und legte ihn zu den Innereien. Das Fell stülpte sie verkehrtherum über einen Holzpfahl wie ein überdimensionales Kondom. Dabei trafen sich unsere Blicke und Hitze stieg mir ins Gesicht. Aber Kimi, das Waldmädchen, kannte offenbar keine schmutzigen Gedanken.

Das rosa Fleisch der Bisamratte glänzte. Ich starrte auf Kimis blutige Finger, als sie das magere Tier mit einem scharfen Messer zerteilte. Es knirschte, wenn sie mit der Klinge auf Knochen und Knorpel traf. Gekonnte Schnitte, die ein vor Kurzem noch lebendiges Wesen mit schlagendem Herzen in ein rohes Stück Fleisch verwandelten.

Auf einmal hielt Kimi inne und musterte mich aus schmalen Augen. »Was starrst du denn so? Stimmt was nicht?«

»Ich … ich bin Vegetarier«, stieß ich hervor.

Ein belustigtes Aufblitzen in ihren Augen, dann drückte Kimi einen Handrücken auf ihren Mund und prustete zum zweiten Mal los. Wenn sie lachte, veränderte sich ihr Gesicht völlig. Ihre Augen strahlten und ihre weißen Zähne blitzten. Als würde ein Sonnenstrahl in den dämmrigen Raum fallen. Sie war wunderschön.

»Yeah«, schnaubte sie, »mein Beileid.«

Ich schwieg. War sauer. Doch egal, was Kimi von mir hielt, ich würde meine Überzeugungen nicht verleugnen, auch wenn es mir ihr gegenüber verdammt schwerfiel.

»Mal ehrlich«, sie musterte mich mit gerunzelter Stirn, »du isst kein Fleisch? *Warum?*«

»Weil auch Tiere eine Seele haben.« Der abgedroschenste Vegetarierspruch, aber was anderes fiel mir nicht ein.

Kimis Lachen erstarb und eine dunkle Wolke glitt über ihr Gesicht. »Das musst du mir nicht erzählen, Jacob aus Deutschland. Jedes Tier da draußen ist wie ein Bruder für mich.«

Jetzt lachte ich. »Aber du tötest sie.«

»Weil ich Fleisch essen muss, wenn ich im Busch leben will. Weil ich ihren Pelz brauche, um mich zu kleiden, oder um von dem Geld, dass ich dafür bekomme, Mehl, Bohnen, Nudeln und Reis kaufen zu können. Kleidung, Antibiotika, Öl für die Lampen, Munition und neue Fallen. Wir Cree sind Jäger, Jacob. Am Anbeginn der Zeit haben wir einen Handel mit den Tieren geschlossen. Sie geben ihr Leben für unseres, damit unser Volk weiterexistieren kann.«

»Einen Handel mit den Tieren?«, fragte ich zweifelnd. »Wer da draußen hat denn den Vertrag unterzeichnet? Der Bär? Oder vielleicht das Eichhörnchen?«

Kimi verdrehte die Augen. »Du machst dich lustig über etwas, das du nicht verstehst, Jacob. Es ist nämlich verdammt schwer, nach den alten Regeln zu leben, wenn jeder ein Smartphone hat und man sich über *Facebook* weitergibt, wo die besten Bäume für Tipistangen wachsen. Wenn Fallensteller sich mit dem Helikopter raus zu ihrer *trapline* fliegen lassen und man ohne Skidoo als Ewiggestriger gilt. Aber Anak und ich versuchen, so gut es uns möglich ist, auf die alte Art zu leben. Denn wenn die verloren geht, dann ist alles verloren.«

Sie betrachtete mich ohne Zorn, eher mit Bedauern, und augenblicklich wurde mir klar, wie selbstgefällig meine spöttisch gemeinten Worte geklungen hatten. Nichts lag mir ferner, als Kimi gegen mich aufzubringen. Womöglich schickte sie mich dann in Schnee und Wildnis zurück. Schon allein aus Respekt vor ihr würde ich *Wacask* essen – und alles andere auch, was dieses bemerkenswerte Mädchen von draußen hereinschleppte.

»Ich sage ja nicht, dass *du* kein Fleisch essen sollst«, lenkte ich ein. »Aber ich habe vor drei Jahren entschieden, es nicht mehr zu tun.«

»Einfach so?«

»Nein. Es gibt einen Grund.«

»Verrätst du ihn mir?« Fragend sah Kimi mich an. Ohne Spott in den Augen. Also erzählte ich ihr von meinem Stiefvater und seiner Schweinemastanlage.

»Das erste Mal war ich für ein Schulprojekt in einem seiner Ställe. Obwohl alles so weit sauber und in Ordnung war, hat mich das Schicksal der Mutterschweine in ihren superengen Boxen und das der kleinen rosa Ferkel, die ohne Betäubung kastriert wurden, in meinen Träumen verfolgt.«

Kimi verzog schmerzvoll das Gesicht. Das taten alle, Jungen wie Mädchen, wenn sie von den kleinen gequälten Ferkeln hörten.

»Ein paar Wochen später, da war ich mit meiner Mutter noch mal dort, unangekündigt«, erzählte ich weiter. »Während meine Mum und Stefan in seinem Büro etwas zu klären hatten, bin ich rumgelaufen. Eine Stalltür stand offen, ich war neugierig, also bin ich rein. Der Gestank hat mich bald umgehauen. Die Schweine standen zentimeterhoch im Kotschlamm in ihren Boxen und die Futterrinnen waren total verdreckt. Okay, es sind Schweine, aber das war sogar schweineunwürdig. Das Trinkwasser war verunreinigt und einige Tiere hatten gar keins. Verendete Ferkel lagen zwischen den lebenden und manche Sauen hatten offene Wunden und Geschwüre.«

Mir wurde übel, wenn ich nur daran dachte. Das kleine Häuflein Gedärme vor mir auf dem Blechteller war Fliegendreck dagegen.

»Jedenfalls begriff ich, dass dies der normale Zustand in Stefans Ställen war. Ich fing an, mich über Massentierhaltung schlauzumachen, und habe aufgehört, Fleisch zu essen.«

Kimi schwieg. Die rosafarbenen Fleischbrocken landeten zusammen mit Wasser und Kräutern in einem gusseisernen Topf, den sie auf den Herd stellte. Ich hoffte, dass sie mir zuhörte, weil ich wollte, dass sie mich verstand. Also redete ich weiter.

»Stefan füttert seine Schweine mit Antibiotika, um sie unter diesen unwürdigen Bedingungen bis zur Schlachtung am Leben zu erhalten. Und das alles nur, damit die Leute in Deutschland das billigste Schweinefleisch der Welt kaufen können. Aber Tiere sind keine Steaks auf vier Beinen«, sagte ich leidenschaftlich. »Sie haben die gleichen fünf Sinne wie wir. Wusstest du, dass die DNA von Schweinen zu neunzig Prozent mit der von uns Menschen übereinstimmt? Schweine sind in der Lage zu lügen. Siebzig Prozent ihrer Zeit verbringen sie mit Nahrungssuche, Körperpflege und Spielen. Der Orgasmus eines Schweins dauert eine halbe Stunde.«

Auf meinen letzten Satz hin gab Kimi ein leises Schnauben von sich, und bevor sie sich abwandte, sah ich Röte in ihre Wangen steigen. Aber das hinderte mich nicht daran fortzufahren.

»Unseretwegen verbringen diese Schweine, Kühe und Hühner ihr ganzes Leben in dunklen, dreckigen Käfigen und am Ende werden sie im Akkord geschlachtet«, fuhr ich fort. »Ich finde, Tiere sollten das Recht haben, auf ihre eigene Art und Weise zu leben. Und zu sterben«, fügte ich mit Blick auf die kläglichen Überreste der Bisamratte hinzu. Auch wenn das schon wieder selbstgefällig klang.

Kimi öffnete eine Luke im Bretterboden und holte ein paar Kartoffeln und Karotten hervor. Sie schälte sie und schnitt sie in grobe Stücke, die ebenfalls im Kochtopf landeten.

»Bist du jetzt fertig?«, fragte sie ungehalten.

»Wenn ich dich langweile, kannst du es mir ruhig sagen.« Frustriert starrte ich auf den langen, schimmernden Zopf auf ihrem Rücken.

Kimi drehte sich um und musterte mich mit zusammengezogenen Augenbrauen. »Bist du jemals hungrig gewesen, Jacob? Und ich meine *hungrig* nicht in dem Sinne, dass im Restaurant dein bestelltes Essen zu spät kommt, sondern so hungrig, dass der Schmerz in deinen Eingeweiden wühlt wie ein böses Tier?«

Ich musste an die Geschichte vom *whe-tiko* denken und dass es hier oben im Norden vor nicht allzu langer Zeit eine Art Hunger gab, der Menschen zu Kannibalen gemacht hatte. Der *whe-tiko* war nur eine alte Legende, aber die meisten solcher Geschichten hatten einen wahren Ursprung.

»Ja«, erwiderte ich störrisch. »Ich war so hungrig, dass ich gefrorene Beeren, Flechten und zuletzt sogar ein Eichhörnchen gegessen habe.«

Kimi schüttelte den Kopf. »Das mit dem Eichhörnchen konntest du nicht wissen.«

»Es war ein Tier, Kimi. Ich bin Vegetarier, aber nicht blöd.«

In Kimis Gesicht stahl sich ein koboldhaftes Grinsen. »Weißt du, wie man bei uns Cree einen Vegetarier nennt?«

Missmutig sah ich sie an. Wartete auf den Witz auf meine Kosten.

»Einen schlechten Jäger.«

Gegen meinen Willen musste ich lachen, aber dabei tat mein ganzer Brustkorb weh und deshalb klang es mehr wie ein trockenes Husten.

»Ich verstehe, dass du kein Fleisch essen willst, das von gequälten Tieren stammt.« Kimis Blick wurde weicher. »Aber solange du hier bei uns bist, Jacob, kannst du kein Vegetarier sein, okay? Du brauchst die Energie von Fleisch und Fett, um gesund zu werden und dich von innen warm zu halten. Sei unbesorgt, die Tiere da draußen im Busch haben dieselben Rechte wie wir. Bevor wir sie töten, erbitten wir dafür ihr Einverständnis, und sie opfern ihr Leben für unseres. Dafür erweisen wir ihnen auf verschiedene Art unseren Respekt.«

Dieses mysteriöse Einverständnis hielt ich für einen Mythos, das mit dem Respekt war eine andere Sache. Was Kimi und Anak taten, konnte man nicht mit dem vergleichen, was in unseren Schlachthäusern passierte. Trotzdem wurde ein fühlendes Leben ausgelöscht. Ich verkniff mir jedoch einen Kommentar und stellte stattdessen die Frage, die mir auf den Nägeln brannte: »Wie lange werde ich denn noch hier sein?«

»Ich weiß nicht«, antwortete Kimi, ohne mich dabei anzusehen. »In ein paar Tagen kommt Darrell mit seinem Schneemobil, bringt frische Lebensmittel und nimmt unsere letzten Felle mit nach Moose Factory. Er kann dich vielleicht mitnehmen.«

»Vielleicht?« Wollte sie mich kirre machen?

»Wenn das Eis auf dem Fluss noch sicher ist.«

Mist! »Habt ihr denn hier kein Schneemobil?«

Kimi schüttelte den Kopf. »Anak hält nichts von Motorschlitten. Sie sind zu laut, verjagen die Tiere. Und meine *Yamaha* hat vor ein paar Wochen den Geist aufgegeben, ein Ski ist gebrochen. Deshalb hat Darrell mich auch vom Zug abgeholt und hergebracht.«

»Aber es muss doch eine Möglichkeit für mich geben, von hier wegzukommen«, rief ich entgeistert. »Habt ihr kein Funktelefon?« Ich war schließlich hier, um meinen Vater zu treffen, und nicht, um Winterurlaub zu machen.

Kimi, sichtlich überrascht von meinem Ausbruch, schüttelte den Kopf. »Nein, Anak hat kein Telefon. Ich habe schon einige Male versucht, ihn zu überreden, dass er sich eins anschaffen soll, falls mal ein Notfall eintritt. Aber er behauptete dann immer, er wäre sein ganzes Leben ohne ausgekommen. Außerdem sind die Dinger rasend teuer und er kann sich keins leisten.«

Das durfte einfach nicht wahr sein.

»Okay, dieser Darrell kommt also in ein paar Tagen. Wie viele Tage genau?« Ich dachte an mein Zugticket für den Eisbärenexpress, an mein Flugticket zurück nach Hause und dass ich mir kein neues leisten konnte. Der Gedanke, länger an diesem einsamen Ort festzustecken, löste Panik in mir aus.

Kimi zuckte die Achseln. »Mittwoch oder Donnerstag vielleicht. Seine und unsere Felle müssen verschickt werden, damit sie noch rechtzeitig zur Auktion in Toronto sind.«

Mittwoch oder Donnerstag? »Welcher Tag ist heute?«

»Samstag, glaube ich. Warum?«

Verdammt, dachte ich. Dann wäre ich erst in vier oder fünf Tagen wieder in Moosonee. *Bestenfalls.* Am kommenden Freitag musste ich um siebzehn Uhr in den Zug nach Cochrane steigen, um Samstag rechtzeitig in Timmins zu sein und meinen Flieger nach Hause noch zu erwischen. Wenn mein Vater bis dahin aus seinem Jagdcamp zurückgekehrt war, konnte ich ihm noch schnell Hallo sagen und das war's. Vielleicht würde ich ihn aber auch gar nicht sehen. So hatte ich mir diese Reise nicht vorgestellt, für die meine gesamten Ersparnisse draufgegangen waren.

»Das Jagdcamp meines Vaters, ist das wirklich hier in der Nähe? Oder hat mich Mike von Anfang an belogen?«

»Ungefähr dreißig Kilometer, hat Anak gesagt. Aber ich war nie dort und weiß auch nicht, wo es ist.«

»Kann dein Großvater mich nicht zu ihm bringen?«

Kimi schüttelte den Kopf. »Du hast immer noch Fieber und kannst nicht laufen. Außerdem wird es noch mehr Schnee geben und der Weg durch den *muskeg* ist inzwischen zu gefährlich für Fußmärsche.«

»Den *muskeg?«*

»Das Land der kleinen Hölzer, wie wir *mushkegowuk* unser Land nennen.« Sie verdrehte leicht die Augen. *»Mushkegowuk* bedeutet Sumpf-Cree. Weiß deine Cree-Hälfte denn gar nichts über dein Volk?«

»Nein, verdammt. Aber ich habe eine weite Reise gemacht, um nach vierzehn Jahren endlich meinen Vater zu sehen und von ihm etwas über mein Volk zu lernen.«

Kimi musterte mich mit einem ärgerlichen Blick und schüttelte den Kopf. »Dann kommt es doch jetzt auf eine Woche mehr oder weniger nicht an, oder? Statt *Kitche Manitu* dankbar zu sein, dass du lebst, satt bist und es warm hast, nervst du rum und willst wieder da raus zu den hungrigen Bären.«

»Ich bin dankbar«, protestierte ich und merkte selbst, wie hohl das klang.

»Davon merke ich nichts.«

»Kimi, ich *muss* meinen Vater sehen.«

»Das wirst du. Nur eben nicht heute und nicht morgen.«

Ich seufzte. »Ich habe ein Rückflugticket von Timmins für Samstag in einer Woche, also muss ich Freitag den Zug nehmen. Die Osterferien sind dann vorbei, verstehst du? Am darauffolgenden Montag fängt in Deutschland die Schule wieder an.«

Kimi zog eine Augenbraue nach oben. »Ein Streber bist du also auch.«

Sowie ich den Mund aufmachte, schien ich ihr Munition zu liefern, die sie gegen mich verschießen konnte. »Ich bin kein Streber«, erwiderte ich missmutig, »aber mitten in den Abschlussprüfungen für mein Abitur. Wenn ich die nicht mache, kann ich die Uni in den Wind schreiben.«

Aus dem amüsierten Grinsen in Kimis Gesicht schloss ich, dass man »in den Wind schreiben« nicht wortwörtlich übersetzen konnte.

»Was willst du denn studieren?«

Ich sah zu, wie Kimi am Herd hantierte und Holz nachlegte.

Misstrauisch verfolgte ich ihre Mimik. Zeigte Kimi ehrliches Interesse oder suchte sie nur nach einer weiteren Gelegenheit, mich wie einen Idioten dastehen zu lassen. Langsam ärgerte es mich, dass ich ihr ständig Gelegenheit bot, sich über mich lustig zu machen.

»Englisch und Musik«, antwortete ich nach einigem Zögern.

»Man kann Musik studieren?« Jetzt lachte sie richtig. »Ich dachte, Musik *macht* man.«

Kimis Lachen brachte mich endgültig aus dem Konzept, denn wenn sie lachte, war sie so lebendig und schön, dass ich vergaß, wie oft sie mich schon verspottet hatte und wie dämlich ich mich jedes Mal dabei fühlte.

»Ich spiele in einer Band«, brummte ich. »Ich will Lehrer werden, später die Fächer Musik und Englisch unterrichten. Und es ist von existenzieller Bedeutung für mich, dass ich meinen Abschluss mache, damit ich endlich wegkann von zu Hause. Weg von Stefan, meinem Stiefvater.«

»Na ja, ich würde sagen, du bist gerade ziemlich weit weg von zu Hause, Jacob aus Deutschland.« Kimis Augen funkelten.

»Danke, das hilft ungemein«, erwiderte ich finster.

»Tja«, meinte sie mit einem Schulterzucken, »offenbar hat Anak recht. Er behauptet, Deutsche haben keinen Humor.« Ihre schönen Augen blitzten.

»Ich bin nur zur Hälfte deutsch«, erinnerte ich sie.

»Du bist wie ein Apfel, Jacob, außen rot und innen weiß. Siehst aus wie einer von uns, aber dein ganzes Wesen ist deutsch.«

Das war unfair. Kimi wusste, dass ich bis vor ein paar Tagen nichts von meiner Herkunft geahnt hatte, aber das schien kein Kriterium für sie zu sein.

»Und du bist ein stachliger Kaktus mit wunderschönen Augen«, erwiderte ich ärgerlich.

Kimi wandte den Blick ab und kümmerte sich um ihren Bisamratteneintopf. Lange Zeit sagte sie nichts mehr, vermutlich konnte sie mit Komplimenten nicht umgehen. Endlich hatte ich einen wunden Punkt gefunden, um es ihr heimzuzahlen.

Den Eintopf löffelten wir schweigend.

9
BÄRENHERZ

Nach dem Essen verkroch ich mich wieder ins Bett. Mein Körper kämpfte, Fieber und Schmerzen machten ihm immer noch zu schaffen. Sofort fiel ich in eine Art Dämmerzustand und hätte am liebsten den ganzen restlichen Tag durchgeschlafen. Doch irgendwann wurde ich wach, weil Kimi meine Stirn befühlte. Ihre sanfte Berührung machte, dass mein Herz schneller schlug und ich mir mehr davon wünschte.

»Wach auf, Jacob«, sagte sie. »Anak hat den Bären getötet und er will, dass du etwas davon isst.«

Der Geruch von gebratenem Fleisch zog in meine Nase. Verflogen das Herzklopfen und das Gefühl von Nähe. Ich schnaubte ungläubig. »Warum hast du ihm nicht gesagt, dass ich kein Fleisch esse?«

»Bitte, Jacob, es ist wichtig. Es hat etwas mit dem Geist des Bären und mit dir zu tun.«

Ich seufzte. Der alte Mann hatte mir das Leben gerettet. Und dass Kimi mich als Apfelindianer bezeichnet hatte, saß wie ein Stachel in mir, der bei jedem Gedanken pikte. Um meinen guten Willen zu zeigen, quälte ich mich also von meinem Krankenlager und setzte ich mich zu den beiden an den Tisch.

Anak hatte das Herz des Bären aufgeschnitten und in einer gusseisernen Pfanne gebraten. Nun trennte er vor unseren Augen ein Stück mit dem Messer ab, stand auf und warf es zusammen mit etwas Tabak ins Kaminfeuer, wo es zischend verbrannte.

»Mit dem Rauch kehrt der Geist von *ma-skwa* in den Busch zurück«, raunte mir Kimi zu.

Der alte Indianer setzte sich wieder und schnitt nun ein großes Stück vom Bärenherzen ab. Mit feierlicher Miene legte er es mir auf den angeschlagenen Emailleteller mit Rosenmuster, der vor mir stand. Ich schluckte. Der Geruch des gebratenen Bärenherzens verschloss meine Kehle.

»Tut mir leid«, sagte ich, »aber ich tue mich echt schwer damit, Fleisch von einem Tier zu essen, das meinetwegen sterben musste.«

»Dann wäre es dir also lieber gewesen, *ma-skwa* hätte dich gefressen?«, spottete Kimi.

»Nein. Aber ich bin, ohne es zu wissen, in sein Territorium eingedrungen. Wenn ich gewusst hätte, wie ich mich verhalten soll, dann hätte der Bär sich vielleicht nicht opfern müssen.«

»Alles war vorherbestimmt«, sagte Anak. »Du hast nichts falsch gemacht.«

Vorherbestimmt? Ich wusste nicht, was ich darauf erwidern sollte. Sogar Kimi warf Anak einen verwunderten Blick zu.

»Dieser Bär war unser Bruder, Jacob, das kraftvollste Tier des Waldes. *Ma-skwa* ist gestorben, damit du leben kannst, und dafür solltest du ihm deinen Respekt erweisen. Wenn du vom Herz des Bären isst, wird etwas von seiner Kraft auf dich übergehen. Du brauchst diese Kraft, um gesund zu werden, mein Junge.«

Wenn der alte Mann *mein Junge* zu mir sagte, schnürte sich mein Herz zusammen. Hilflos blickte ich Kimi an und sie nickte mir aufmunternd und mit Nachdruck zu. Kein Spott in ihren

Augen. Diesmal nicht. Keine Ahnung, wo ich in alldem hingehörte, aber ich musste Bärenherz essen, es war wichtig.

Das Fleisch war gut durchgebraten, wenigstens das. Also überwand ich mich. Ich tat es aus Dankbarkeit und Respekt. Und – auch wenn es schwerfiel, mir das einzugestehen – ein Stück weit tat ich es auch für mich. Weil ich zu meines Vaters Volk gehören wollte, ein Teil von Kimi und Anak sein. Ein *mushkegowuk,* wenigstens ein halber.

Mit Todesverachtung schob ich mir den ersten Bissen vom gebratenen Muskelfleisch in den Mund und stellte fest, dass es gar nicht übel schmeckte. Vielleicht lag das an meinen Genen, den *Ureinwohner-Genen.* Dinge, die in meine DNA graviert waren und von denen ich bisher nichts gewusst hatte.

Nachdem wir alle unseren Anteil am Herzen des Bären verspeist hatten, stand Kimi auf und öffnete eine Dose Pfirsiche. Dankbar löffelte ich den fruchtig-süßen Nachtisch und merkte erst nach einer Weile, wie mich beide amüsiert dabei beobachteten. Zwischen dem Alten und seiner Enkeltochter herrschte ein tiefes Einverständnis. Sie brauchten nicht zu sprechen und wussten doch immer, was der andere meinte oder wollte. Ich hingegen hatte nach wie vor Mühe zu verstehen, was sie über mich dachten oder von mir erwarteten.

Auf einmal begann Anak zu lachen und seine Augen wurden zu kleinen Halbmonden. Ich sah seine Zahnlücke. Mir gefiel, dass er über mich lachte. Es war weitaus besser, als wenn er sich über mich ärgerte oder enttäuscht von mir war. Im Gegensatz zu Kimi lachte der alte Mann mich nicht aus, er freute sich für mich. Und schließlich lachte ich mit. Es war das erste Mal seit langer Zeit, dass ich über mich selber lachte. Und auch wenn mir dabei alles wehtat: Es fühlte sich verdammt gut an.

Kimi bedachte mich mit einem seltsamen Blick, den ich nicht zu deuten wusste. War mir etwas entgangen?

Schließlich holte Anak die flache Handtrommel von der Wand und begann, sie langsam mit dem Hirschlederschlägel anzuschlagen. Ich spürte die Resonanz der Trommelschläge in meiner Brust, ganz anders, als wenn ich selber an den Drums spielte. Anaks Rhythmus rührte etwas an, das in meinem Inneren verborgen lag. Für ihn war die Trommel kein Musikinstrument, sondern Teil seines Lebens, ob Heilung oder Jagd oder Beschwörung der Geister.

»Mit der Trommel bringt der Jäger das Herz des Bären wieder zum Schlagen«, flüsterte Kimi mir zu. »Auf diese Weise wird die Ordnung wiederhergestellt.«

So einfach war das also.

Nachdem der Rhythmus der Trommel verklungen war, begann der Alte zu erzählen, dass die Vorfahren der Cree seit der letzten Eiszeit in den Wäldern des Nordens siedelten und unser Volk noch bis vor etwa siebzig Jahren jeden Winter in kleinen Gruppen durchs Land gezogen war, wo es jagte, fischte und Fallen stellte.

»*Nitao* ist unser Ausdruck für diese drei Tätigkeiten, der sie in einem Wort zusammenfasst«, erklärte er. »Unsere Vorfahren sammelten Nüsse, Früchte, Wurzeln und Heilpflanzen. Wir besaßen nicht viel, aber was wir hatten, teilten wir. Das Leben war hart, aber gut, Jacob, bis die Weißen in unser Land kamen und uns Geld boten für unsere Felle. Da geriet unsere Welt aus den Fugen.

Viele von uns töteten nicht mehr nur, um zu essen, sondern für Geld. Das Gleichgewicht des *muskeg* wurde gestört, weil wir den Tieren keine Zeit gaben, sich zu erholen. Es dauerte sehr lange, bis sie uns verziehen.«

Gleichgewicht, dachte ich. Für meine Vorfahren gehörte das Töten zum Gleichgewicht und daran hatte sich bis heute nichts geändert.

»Ein guter Cree-Jäger nimmt seine Verantwortung den Tieren gegenüber sehr ernst, mein Junge. Haben wir getötet, verarbeiten wir immer das ganze Tier und nehmen nicht nur die Trophäe mit, wie viele der weißen Sonntagsjäger das tun, die nach Moosonee kommen.«

Was sollte ich darauf sagen? Seit ich hier war, versuchten Anak und Kimi mir begreiflich zu machen, dass sie das Richtige taten, wenn sie töteten. Ich begriff es auch. Aber es konnte niemals richtig sein für mich.

»Isst du eigentlich Fisch?«, wollte Kimi wissen.

»Ja«, sagte ich. »Manchmal.«

»Dann haben Fische also keine Seele?«

»Doch, haben sie«, erwiderte ich genervt, weil ich ihr schon wieder in die Falle gegangen war. »Jedes Tier empfindet Schmerz, auch Fische. Aber Ben, mein bester Freund, ist leidenschaftlicher Angler und ich esse Fische, die er fängt.«

»Weil Fische kein weiches Fell und keine schwarzen Kulleraugen haben?«

»Weil die Fische, die Ben im See fängt, nicht aus einer Fischfarm stammen, also nicht mit Mais, Soja und Antibiotika gefüttert werden und nicht in ihrer eigenen Scheiße schwimmen«, konterte ich.

Ich warf Anak einen entschuldigenden Blick zu. Er nickte und sagte: »Kimi hat mir erzählt, warum du kein Fleisch mehr isst, Jacob. Dein Stiefvater hat große Schuld auf sich geladen und ich hoffe, die Geister der Tiere werden ihn für das bestrafen, was er ihnen angetan hat.«

Ich erzählte Anak und Kimi, wie ich bei Stefans Bestrafung nachgeholfen hatte. Vor ein paar Wochen hatte Stefan eine Gallenkolik und musste ins Krankenhaus. Als Mum in seinem Büro im Betrieb ein paar Dinge mit seinen Angestellten klären musste, bot sich mir die Gelegenheit, auf die ich schon so lange gewartet hatte. »Ich habe die Zustände im Stall heimlich gefilmt und fotografiert. Das Material habe ich an PETA, eine Tierschutzorganisation, geschickt. Daraufhin bekam mein Stiefvater eine Anzeige vom Veterinäramt.«

»Du hast deinen Stiefvater angezeigt?« Kimi wirkte beeindruckt.

»Nein, das hat PETA für mich erledigt, ich habe das Ganze bloß ins Rollen gebracht. Stefan hat getobt vor Wut. Und weil er es mir heimzahlen wollte, hat er das Geheimnis meiner Mum preisgegeben und mir offenbart, dass mein richtiger Vater ein indianischer Jäger ist. Ein Jäger und ein Säufer.«

Anak schwieg. Er holte seine Pfeife und stopfte sie. Dann zündete er sie an, rauchte und musterte mich durch die blauen Rauschschwaden mit seinen dunklen Augen.

»Greg Cheechoo ist ein guter Jäger«, sagte er schließlich. »Und ein Säufer kann kein guter Jäger sein, denn die Tiere halten sich von ihm fern. Zur Jagd braucht man ein sauberes Herz und einen sauberen Geist, Jacob.«

»Ich verstehe nichts von der Jagd«, erwiderte ich. »Aber meine Mutter hat Moosonee damals mit mir verlassen, weil mein Vater betrunken mit mir in sein Auto gestiegen ist und einen Unfall gebaut hat. Ich lag drei Tage im Koma und kann mich seither an nichts mehr erinnern, was vor dem Unfall war.«

Eine neuerliche Rauchwolke hüllte Anaks Gesicht wie einen Schleier ein. »Was damals passiert ist, darüber musst du mit deinem Vater reden, denn nur er kennt die Wahrheit.«

»Das würde ich ja gerne«, bemerkte ich mit leiser Verzweiflung in der Stimme. »Stattdessen sitze ich hier fest.«

Kimi verdrehte die Augen und wollte etwas erwidern, aber der Alte schüttelte den Kopf und sie schwieg.

»Was dir widerfahren ist, mein Junge, geschah nicht ohne Grund. Dass du hier bei uns gelandet bist, dient einem bestimmten Zweck.«

»Einem bestimmten Zweck? Ich verstehe nicht.« Entgeistert sah ich sie an.

»Bald wirst du es verstehen, Jacob. Aber jetzt sollten wir schlafen gehen. Es ist spät.«

Als Kimi das Licht gelöscht hatte und von nebenan Anaks Schnarchen zu uns herüberdrang, hielt ich es nicht länger aus.

»Kimi?«

»Hm?«

»Darf ich dich mal was fragen?«

»Ja, klar.«

»Hast du meinen Bruder Alex eigentlich gut gekannt?«

Mir schien, als hätte Kimi aufgehört zu atmen. Es dauerte lange, bis ich eine Antwort bekam.

»So gut, wie man sich eben kennt, wenn man in Moosonee oder Moose Factory lebt. Alex war so alt wie ich und manchmal hingen wir zusammen ab.«

»Er war so alt wie du?« Das überraschte mich, denn ich hatte angenommen, Alex wäre nach mir gezeugt. *Als Ersatz.*

»Ja. Er ist in Moose Factory aufgewachsen, im Reservat auf

der Insel. Wenn du dich wieder an dein Leben in Moosonee erinnern könntest, würdest du dich vielleicht auch an ihn erinnern.«

Ich brauchte einen Moment, bis ich diese Information verarbeitet hatte, die ein völlig neues Licht auf meinen Vater warf. »War Alex mein jüngerer oder mein älterer Bruder?«

»Du bist der Erstgeborene. Mehr weiß ich auch nicht.«

Ein schwerer Klumpen bildete sich in meinem Magen. Hatte ich meiner Mutter Unrecht getan? Hatte mein Vater sie geheiratet und dann etwas mit einer anderen Frau angefangen, einer Einheimischen? Jetzt bereute ich meinen Zorn und dass ich ihr keine Zeit gegeben hatte, mir mehr über Greg und ihr Leben in Moosonee zu erzählen.

»Wie … wie sah mein Bruder aus? Sehe ich ihm ähnlich?«

Wieder dauerte es eine Ewigkeit, bis Kimi antwortete.

»*Mona,* nein. Na ja, jedenfalls nicht sehr. Alex war kleiner als du und stämmiger, aber ihr hattet dieselben Augen. Er war … er konnte witzig sein, aber meistens war er den anderen nicht ganz geheuer. Er war ein guter Jäger wie sein Vater. Und er kannte sich aus mit unseren alten Geschichten und Legenden, da machte ihm so schnell keiner was vor.«

Ein guter Jäger wie sein Vater. Ich fühlte einen heißen Stich in der linken Brust: *Eifersucht.* Und gleichzeitig überkam mich eine tiefe Traurigkeit. Ich hatte nie die Chance gehabt, meinen Bruder Alex kennenzulernen. Weder er noch ich konnten etwas dafür, dass unser Vater solchen Mist gebaut hatte. In diesem Moment empfand ich den Verlust von jemandem, der unwiederbringlich fort war, und erneut flammte Zorn in mir auf. Denn meine Eltern hatten einfach so entschieden, dass ich in völliger Ahnungslosigkeit aufgewachsen war.

»Was ist mit Alex passiert? Du hast gesagt, er wäre in einem Feuer gestorben.«

Neben mir holte Kimi geräuschvoll Luft: »Ja, zusammen mit noch drei anderen. Es war ein leer stehendes Haus in Moosonee, ein Stück weg von den letzten Häusern des Ortes, draußen in Richtung Bay. Sie trafen sich da, um zu reden, zu trinken und … nun, du weißt schon.«

Ich *wusste* nicht, aber ich ahnte es. Auch Lucas, Kimis Freund und mein vergessener Kumpel aus Kindertagen, war in einem Feuer gestorben und ich vermutete, dass er eines der drei Opfer war. Kein Wunder, dass es ihr so schwerfiel, darüber zu reden. Aber ich brauchte ein paar Antworten.

»Kimi, bitte, es ist wichtig für mich. Erzähl mir, was passiert ist.«

»Wieso ist das wichtig?«

»Weil ich nicht wusste, dass ich einen Bruder hatte. Weil ich ihn nie kennenlernen werde. Weil du mir helfen kannst, das alles ein wenig besser zu verstehen.«

»Frag deinen Vater, Jacob.«

»Aber der ist nicht hier. Und wer weiß, ob ich ihn überhaupt treffe, bevor ich wieder nach Deutschland fliege. Komm schon«, drängte ich sie. »Gib dir einen Ruck.«

»Also gut«, sagte Kimi schließlich. Doch es dauerte noch einmal eine ganze Weile, bevor sie endlich zu erzählen begann.

»Der Winter vor zwei Jahren war bitterkalt. Die Temperaturen waren unter minus dreißig Grad gesunken und die Leute in Moosonee und Moose Factory gingen kaum noch auf die Straße. In einem Raum in diesem Haus stand ein alter Holzofen und vermutlich brannten überall Kerzen, denn Strom gab es nicht.«

Kimis Stimme wurde leiser und bekam einen rauen Ton. Ich wagte kaum zu atmen, um auch jedes Wort zu verstehen.

»Die Polizei ging davon aus, dass alle im Haus von Alkohol und Drogen zugedröhnt waren und schliefen, als das Feuer ausbrach. Greg … dein Dad, er fuhr damals im Ort herum und suchte nach seinem Sohn, weil er fürchtete, Alex stellte wieder Unsinn an, wie so oft. Er entdeckte das Feuer als Erster, aber er kam zu spät und konnte niemandem mehr helfen. Alex, Lucas und noch zwei Mädchen waren tot. Vier Leben auf einen Schlag ausgelöscht. Es war eine Tragödie für den Ort.«

»Das ist eine grauenvolle Geschichte.« Ich dachte an meinen Vater, der bei diesem Unglück seinen zweiten Sohn verloren hatte, und an Louise Koostachins Tränen.

»Lucas und ich, wir waren Kumpel, als wir klein waren«, sagte ich. »Wir hatten unsere *Walking-out*-Zeremonie zusammen.«

Von Kimis Seite kam ein leises Schnauben. *»Du* hattest eine *Walking-out*-Zeremonie?«

»Ja. Louise hat mir ein Foto davon gezeigt.«

»Dann wird ja vielleicht doch noch ein richtiger Cree aus dir.«

»Du machst dich schon wieder über mich lustig.«

»Jacob«, sagte sie, »ich bin müde und muss schlafen. Mach dir keine Gedanken, okay? Dein Dad wird glücklich sein, dich zu sehen.«

Aber ich konnte nicht schlafen. Wenn ich die Augen schloss, sah ich die Flammenhölle vor mir und meinen Vater, der zu spät kam, um seinen Sohn, Lucas oder die beiden Mädchen lebend aus dem brennenden Haus zu retten. Ich fühlte Mitleid mit ihm. Ich fühlte Mitleid mit meiner Mum. Und im gleichen Atemzug war ich schon wieder wütend auf sie beide.

Irgendwann, ich war schließlich doch halb weggedämmert,

hörte ich neben mir ein schreckliches Schluckgeräusch. Darauf folgten leise, verzweifelte Laute und ich begriff, dass Kimi weinte.

Vielleicht hatte die Erinnerung an Lucas und Alex und ihren schrecklichen Tod sie eingeholt und das war meine Schuld. Ich wollte sie in den Arm nehmen und trösten, aber jede Bewegung verursachte mir Schmerzen. Abgesehen davon hatte ich auch nicht den Mumm dazu, denn ich war mir sicher, dass Kimi nicht getröstet werden wollte. *Nicht von mir.*

Kimi kämpfte mit Tränen und Erinnerungen, versuchte beides hinunterzuschlucken. Sie lag da und starrte ins Dunkel. In Gedanken stocherte sie in alten Wunden. Alex, Lucas, Viola und ihre Freundin Niska. Das Feuer. Tränen strömten ihr über das Gesicht. Die Dinge entglitten ihr.

Jacobs Zuneigung zu spüren, war ein warmes, intensives Gefühl. Er kam ihr zu nah, viel zu nah, schien es jedoch nicht zu merken. Ihn auf Abstand zu halten, war das Schwerste, was sie ihrem Herzen in den vergangenen Monaten abverlangt hatte.

Dieser große Junge mit dem schönen Körper und den perfekten Zähnen. Seine kräftigen Hände mit der weichen Haut. Die grünbraunen Augen, sein schutzloser Blick. Kimi wehrte sich gegen das, was sie zu ihm hinzog. Aber das half auch nichts. Ein Teil von ihr wollte sich auf keinen anderen Menschen einlassen, der andere Teil sehnte sich danach.

Kimi wollte nicht, dass jemals wieder jemand solche Macht über sie hatte wie Alex Cheechoo. Und dass Jacob Alex' Halbbruder war, machte es nicht einfacher für sie. Jacob glaubte, Lucas wäre ihr Freund gewesen. Doch damals, als das Feuer ausbrach, war er es schon nicht mehr. Sie hatte Alex' Worten und seinem Charme nicht widerstehen können. Seinen Plänen, etwas Großes aufzuziehen. Ein Camp in der Wildnis, wo Kinder, die ohne Eltern waren, gemeinsam leben konnten. Leben auf die alte Art.

Vielleicht hätte Alex es geschafft, wenn er nicht dauernd so schrecklich wütend auf seinen Vater gewesen wäre. Vielleicht hätten sie es gemeinsam geschafft. Doch Alex war seit zwei Jahren tot. Und Kimi konnte immer noch nicht glauben, dass sein Halbbruder Jacob aus Deutschland gekommen war, auf der Suche nach seinem Vater, der davon keine Ahnung hatte.

Als sie ein leises, rhythmisches Klopfen vernahm, meinte Kimi zuerst, einer Sinnestäuschung erlegen zu sein. Doch dann begriff sie, dass Jacob mit seinen Fingern gegen die Bretterverkleidung am Kopfende des Bettes trommelte. Er begann erst zu summen und schließlich leise zu singen.

»Wey-ah-hey-hey-hey-yoh, weho-he-weho-he, wey-ah-hey-hey-hey-yoh.« Seine Art, sie zu trösten, ohne sie zu berühren.

Kimi schloss die Augen und lauschte auf seine schöne Stimme, die direkt zu ihrem Herzen vordrang.

10

WOLFSAUGEN

Das Heulen einer Motorsäge weckte mich und es dauerte einen Augenblick, bis ich darauf klarkam. Funktelefon und Motorschlitten: *nein.* Motorsäge: *ja.*

Als Anak sich wenig später über meine Wunden beugte, roch ich den harzig frischen Duft von Nadelholz, der von seiner Kleidung ausging.

»Deine Verletzungen heilen und du hast kein Fieber mehr«, bemerkte der Alte zufrieden. »Bald wird es dir wieder gut gehen, mein Junge.«

Tatsächlich fühlte ich mich sehr viel besser als gestern, das hatte ich Anak und Kimi zu verdanken. Vielleicht ja auch dem Herzen des Bären, dessen Kräfte ich mir einverleibt hatte. Wer wusste das schon?

Nachdem Kimi mich neu verbunden hatte, gab es Kaffee und Pfannkuchen mit Honig und Blaubeermarmelade zum Frühstück. Ich aß mit großem Appetit und bedankte mich für alles, was die beiden für mich getan hatten.

»Ihr habt mir das Leben gerettet und ich möchte gerne etwas tun«, sagte ich. »Helfen.«

Anak nickte. »Das ehrt dich, Junge. Aber du solltest dich noch ein paar Tage ausruhen.«

Ein paar Tage? Heute war schon Sonntag und die Chancen, meinen Vater zu treffen und Zeit mit ihm zu verbringen, schwanden mit jedem neuen Tag, den ich mich hier ausruhte.

Nach dem Frühstück machte der Alte sich fertig für die Jagd und verließ mit seinem Gewehr und einer Thermoskanne mit Tee im Rucksack die Hütte. Ich räumte den Tisch ab, und da ich am Abend gesehen hatte, wie Kimi es machte, kümmerte ich mich wortlos um den Abwasch. Kimi sah mir einen Moment dabei zu, dann verschwand sie in der Kammer. Kurz darauf kam sie in Parka und Schneehosen wieder heraus. Ihre Fellmütze mit den Ohrenklappen hatte sie tief ins Gesicht gezogen.

»Wo willst du denn hin?« Ich trocknete meine Hände am Geschirrtuch ab.

»Ich muss nach meinen Fallen im Umkreis sehen, aber das wird nicht lange dauern. In zwei, spätestens drei Stunden bin ich zurück.«

Es gefiel mir nicht, dass sie ging, denn ich wollte nicht alleine bleiben im Haus. Aber ich würde mich hüten, das vor ihr zuzugeben.

»Wo ist eigentlich euer Klo?« In der Nacht hatte ich wieder den Eimer benutzt, was nicht schön, aber noch okay war, solange es sich um das kleine Geschäft handelte.

Kimi deutete auf den Eimer neben der Tür.

»Nein.« Ich schüttelte vehement den Kopf. Damit war endgültig Schluss. Es ging mir besser. Ich konnte laufen, war nicht mehr völlig hilflos. »Bitte, Kimi.«

»Das Klohäuschen ist die Bretterbude neben dem Holzstapel«, sagte sie. »Es sind ein paar Meter, ich begleite dich.«

»Das ist nicht notwendig. Ich schaffe das. Ich bin okay.«

Kimi blickte skeptisch, meinte dann aber: »Also gut.« In der Tür drehte sie sich noch einmal um. »Zieh dich warm an, wenn du die Hütte verlässt, okay! Und pass auf deinen kleinen Jacob auf, dass er dir da draußen nicht abfriert.«

Ich konnte mir nicht helfen, aber dieses Mädchen schien mich irgendwie zu mögen. Als sie fort war, musste ich lachen. Ihr Spott begann, mir ans Herz zu wachsen.

Mich warm anzuziehen und zum stillen Örtchen zu laufen, würde meine ganze Kraft kosten, so viel war klar. Deshalb beschloss ich, erst zu gehen, wenn es wirklich notwendig war.

Ich legte neue Scheite auf das Feuer im Kamin, fütterte den Holzofen in der Kammer und zündete die Campinglampe an. Wahllos zog ich ein Buch aus Kimis kleiner Bibliothek und legte mich damit wieder ins Bett unter meine warme Hasendecke.

Ich hatte Kimi gefragt, woraus dieser wolkenartige Flausch gemacht war, und sie hatte es mir erklärt: Feine Streifen Schneehasenfell werden zu Zöpfen verflochten und diese Zöpfe dann aneinandergenäht. Seither beschäftigte mich die Frage, wie viele Langohren dafür sterben mussten. Aber gleichgültig, wie die Antwort lautete: Ich liebte diese Decke inniglich. Sie gab mir ein Gefühl von Geborgenheit und Wärme. Den Gedanken, dass Kimi vor mir darin geschlafen hatte, mochte ich auch.

Ich betrachtete das rote Buch in meinen Händen, es waren gesammelte Cree-Geschichten und -Legenden. Ich schlug das Inhaltsverzeichnis auf und entschied mich für die Legende von der Waldfrau. Irgendwie passend, fand ich.

Zuerst erfuhr ich etwas über Traumreisen. Dass manche Leute während einer solchen Reise auf übernatürliche Wesen in der Natur trafen, die kraftvoll und angsteinflößend waren. Einen Donnervogel, einen Windmacher oder den *whe-tiko.* Eines dieser unheimlichen Wesen war *Wilderness Woman.* Sie roch gut, war furchterregend und gleichzeitig wunderschön.

Diese unbeschreiblich schöne Frau war in der Lage, jeden Mann an jeden Ort zu bringen, an dem er zu sein wünschte. Sie konnte ihm Dinge zeigen, die er noch nie in seinem Leben gesehen hatte. Und sie konnte ihn sehr glücklich machen, indem sie ihm ungeahnte Erfahrungen bereitete.

Krass, dachte ich und las neugierig weiter.

Männer, die der Waldfrau auf einer ihrer Traumreisen begegnet waren, berichteten, dass sie, bevor sie diese schöne Frau sahen, den herrlichen Duft von Blumen gerochen hatten. Die Frau bot ihnen an, sie in ihre Welt zu führen, und keiner der Männer konnte ihrem Lockruf widerstehen. Was sie ihnen dann schenkte, war mehr als körperliches Vergnügen. Die Waldfrau konnte einen glückselig machen. *Wow.*

Ich nahm mir vor, es auch mal mit so einer Traumreise zu versuchen. Am besten gleich, da ich ohnehin nichts anderes zu tun hatte. Doch dieser unvergleichlichen Frau im Traum zu begegnen, erforderte einiges an Fähigkeiten. Klar, auch in der Traumwelt gab es nichts umsonst.

Man musste, so stand es hier geschrieben, unter zwanzig Jahren sein. *Prima, das passt,* dachte ich. Man sollte darin geübt sein, Traumreisen zu praktizieren. *Mist.* Ich war nur geübt in meinem Albtraum vom *whe-tiko,* aber vielleicht war das besser als nichts. Man musste in den Busch gehen, fasten und vielen Dingen aus der wirklichen Welt entsagen. *Voraussetzung erfüllt, hatte ich tagelang getan.*

Zu einer Traumreise in die Arme von *Wilderness Woman* sollte man nur in Begleitung eines erfahrenen Älteren aufbrechen. Trat jemand Unerfahrenes diese Reise allein an, konnte der Kontakt zur Waldfrau gefährlich werden, denn sie war in der Lage, einem den Verstand zu rauben. Dann vergaß man das wirkliche Leben, vergaß seine Familie und Freunde und wollte nur noch im Busch bleiben – bei ihr. Und jedes Mal, wenn man versuchte, in die Realität zurückzukehren, kam sie und lockte einen zurück in die Wildnis.

Obwohl die Geschichte auch ein bisschen unheimlich war, mochte ich sie. Die Idee, sich nur mit der Kraft seiner Gedanken in eine andere Welt zu versetzen und dort mit einer unerreichbaren schönen Frau wilden Sex zu haben, gefiel mir außerordentlich. Erstaunlich, was meinen Cree-Vorfahren so alles im Kopf herumgeschwirrt war …

Ich klappte das Buch zu, löschte das Licht und schloss die Augen. Versuchte, mir eine wunderschöne nackte junge Frau in der Wildnis vorzustellen. Und tatsächlich sah ich sie, das war gar nicht so schwer. Sie hatte leicht schräge dunkle Augen mit einem silbernen Schimmer und eine weiße Strähne im kohlschwarzen Haar. Leider war sie nicht nackt. Sie trug einen beige karierten Fleecepyjama, der ihr zwei Nummern zu groß war und ihre Rundungen verbarg.

Keine Ahnung, wie lange ich geschlafen hatte, jedenfalls duldete der Gang zum stillen Örtchen nun keinen Aufschub mehr. Ich entschied, in Trainingshosen zu gehen, auf den paar Metern würde ich mir meinen kleinen Jacob schon nicht gleich abfrieren.

Es war eine ziemliche Herausforderung, in meine Jacke zu kriechen, die nun an der Schulter mit *Duck Tape* geflickt war. Ich konnte den linken Arm zwar beugen, aber wenn ich die Schulter bewegte, tat es mörderisch weh. Deshalb war ich froh, dass Kimi mir nicht beim Anziehen zusah und nicht hören konnte, wie ich wimmerte und ächzte. Schließlich hatte ich es geschafft und stieg in meine *mukluks.* Mit der rechten Hand hob ich die Tür ein wenig an und trat ins Freie.

Das Blockhaus aus geschälten Baumstämmen hatte eine überdachte und auf beiden Seiten geschlossene Veranda, auf der links und rechts an den Wänden mannshoch Holzscheite gestapelt waren. Eine mit Moos ausgepolsterte Hundehütte stand in der Ecke und ich erinnerte mich wieder daran, dass Anak mit einem Hund unterwegs gewesen war, als er mich vor dem Bären gerettet hatte. Wahrscheinlich waren die beiden immer zusammen unterwegs.

Ich stieg von der Veranda und ließ meinen Blick über die verschneite Wildnis schweifen, die das Blockhaus umgab. Ich erkannte Schwarzfichten, Lärchen, Birken und Erlengestrüpp. Dünne Stämme neigten sich schneebeladen. Ein paar Schritte vom Haus entfernt stand das Rinden-Tipi, in dem Anak meine Fiebergeister ausgetrieben hatte. Daneben lag ein Berg frisch gesägter Holzstücke. Von einer Stange, die in den Astgabeln zweier Bäume lag, hingen Tierfelle, aufgespannt in ovalen Rahmen aus dünnen Ästen.

Rechter Hand schimmerte die weite weiße Fläche des Flusses durch die Baumstämme und vor mir entdeckte ich den Trampelpfad, der bis zum schätzungsweise vierzig Meter entfernten Plumpsklo führte.

Na dann mal los, Jacob!

Schon nach wenigen Schritten kam mir die Entfernung auf einmal ungeheuerlich vor. Jede Bewegung kostete mich Überwindung, denn meine Wunden und Prellungen machten sich schmerzhaft bemerkbar. Ich hatte den Reißverschluss meiner

Jacke nicht zugezogen und merkte, wie die Wärme meines Körpers rasend schnell verpuffte. Um die wenigen Meter bis zum Klohäuschen zurückzulegen, brauchte ich eine gefühlte halbe Stunde. Als ich es endlich erreicht hatte, schlotterte ich vor Kälte und war völlig erledigt. Trotzdem kam es mir vor wie ein kleiner Sieg. Kein demütigender Eimer mehr! Jedenfalls nicht bei Tag. Dieser Akt der Selbstständigkeit hob meine Stimmung gewaltig.

Der Weg zurück kam mir seltsamerweise weniger beschwerlich vor. Beim Haus angelangt (in Gedanken lag ich schon wieder im Bett unter der warmen Hasendecke), sah ich, dass an die linke Hauswand ein Schuppen gebaut war. Nicht weit davon entfernt, ein Stück in Richtung Fluss, hingen in einem Birkenstamm Schädelknochen und zusammengeschnürte Gebeine verschiedener Tiere. Genau wie dort, wo der Bär mich angegriffen hatte. Neugierig tappte ich zur Birke und betrachtete die bleichen Knochen. Ein Schauder zog durch meinen Körper, denn ich dachte an die Geschichte vom *whe-tiko* und von den Menschenknochen im Baum. Sobald Kimi zurück war, würde ich sie danach fragen.

Vor Anstrengung war ich ins Schwitzen geraten und nun, da ich mich nicht mehr bewegte, fror ich. Dazu begann es auch noch zu schneien. Auf einmal fielen dicke Flocken schnell und dicht vom Himmel. Vor dem Schuppen, dessen Tür nur mit einem einfachen Holzriegel verschlossen war, machte ich halt. Vielleicht stand ja ein funktionstüchtiges Schneemobil darin. Ich wusste, dieser Gedanke war lächerlich, dennoch wollte ich Gewissheit. Um sicherzugehen, dass Kimi oder Anak mich nicht beim Herumstöbern erwischten, drehte ich mich um und … mir gefror das Blut in den Adern.

Nur wenige Meter vor mir stand ein Wolf.

Knapp achtzig Zentimeter Schulterhöhe, ein großes graubraunes Tier mit breitem Gesicht, schwarzen Ohren und langer schwarzer Schnauze. Seine hellen Augen fixierten mich. Der Wolf sah mich an, wie mich noch nie zuvor ein Tier angesehen hatte.

Mein Herz schlug in meinem Hals und hämmerte in meinen Ohren. »Nicht wegrennen, *reden!*«, hatte Kimi mir eingeschärft. Galt das nur für Bären oder auch für Wölfe?

Bist du real?, fragte ich den Wolf stumm, denn meine Stimme versagte kläglich.

Beantworte dir die Frage selbst, schien sein Blick zu sagen.

Verdammt! Überlegte er gerade, ob ich als Mittagessen taugte? Ich war nicht wild darauf, noch einmal Kimis Nähkünste in Anspruch zu nehmen. Überhaupt nicht.

Verschwinde!, dachte ich mit aller Kraft. Doch der Wolf rührte sich nicht von der Stelle. Langsam hatte ich das Gefühl, er sah mich nicht nur an, sondern in mich hinein. Sah, dass ich mich vor ihm fürchtete. Und vor allem anderen hier draußen auch.

Bist du hungrig oder willst du nur spielen?

Witzbold, sagten seine Bernsteinaugen.

Da ich fand, er hatte durchaus etwas Hungriges im Blick, bewegte ich mich während unserer stummen Konversation kaum merklich rückwärts, bis ich mit dem Rücken zur Schuppentür stand. Dabei schwitzte ich Blut und Wasser. Vorsichtig schob ich den rechten Arm hinter meinen Rücken und öffnete den Riegel, der glücklicherweise nicht klemmte.

Der Wolf war ungefähr fünf oder sechs Meter von mir entfernt, und wenn ich schnell war, schaffte ich es vielleicht ins Innere des Schuppens, bevor er mir mit seinen Reißzähnen die

Kehle zerfetzte. Die Zähne des Wolfes waren geschaffen, um Muskeln zu durchdringen und Fleisch zu zerreißen. Um Knochen zu brechen und zu zermalmen.

Dank Ben wusste ich ein bisschen was über die Wölfe in Deutschland. Dass sie sehr scheu waren und Menschen nicht auf ihrem Speiseplan standen. Doch das hier war ein kanadischer Wolf. *Riesig.* Ich hatte keine Ahnung, wie der Bursche drauf war. Scheu schien er jedenfalls nicht zu sein.

Ich räusperte mich und versuchte echte Worte. »Hey«, sagte ich im lockersten Ton, den ich zustande brachte, »ich bin hier nur zu Besuch, okay? Ich will dir nichts tun und es wäre grandios, wenn du mir auch nichts tust. Ich mag Wölfe, ehrlich. Und du, du siehst so aus, als hättest du es gar nicht nötig, jemanden wie mich zu fressen. Hier gibt es doch bestimmt irgendwo ein leckeres Reh. Fleisch ohne Jacke und Stiefel.«

Oh Mann. Während ich all diesen Unsinn redete, schob ich mich Zentimeter für Zentimeter zur Seite. Als ich endlich neben der Tür stand, riss ich sie auf, warf mich in den Schuppen und zog sie hinter mir zu. Das Dämmerdunkel stank nach verdorbenem Fleisch und etwas noch viel Schlimmerem, das mir augenblicklich Brechreiz verursachte. Reflexartig atmete ich durch den Mund. War es dieser Geruch, der den Wolf angelockt hatte? Saß ich jetzt in der Falle?

Verdammt, gab es denn keine Möglichkeit, die Tür von innen zu verschließen? Da war ein eiserner Haken, aber in der Dunkelheit konnte ich nicht erkennen, wo er eingehakt wurde. Ich musste die Tür also festhalten und schon bald wurden die Finger meiner rechten Hand von der Kälte taub.

Ich spähte durch ein Astloch nach draußen und wollte es nicht glauben: Der Wolf war verschwunden. Was nicht hieß, dass er wirklich *weg* war. Vielleicht lauerte er um die Ecke, wartete geduldig, bis ich mich wieder hervorwagte.

Ich wandte mich um und versuchte, im Inneren des Schuppens etwas auszumachen. Langsam gewöhnten sich meine Augen an die Dunkelheit und ich sah, dass sich an den Wänden Kanister und Blechboxen stapelten. Direkt hinter mir war das Fell des getöteten Bären straff auf einen großen Holzrahmen gespannt und verströmte einen strengen Wildgeruch. Schräg hinter dem Rahmen auf einem Holzklotz entdeckte ich eine langstielige Axt.

Ich atmete dreimal tief durch, ließ die Tür los und machte drei Schritte rückwärts, um nach der Axt zu greifen und gleichzeitig den Schuppeneingang im Auge zu behalten. Plötzlich stieß ich mit dem Kopf gegen etwas Nacktes, Kaltes, das von der Decke baumelte. Erschrocken fuhr ich herum und aus dem Dämmerdunkel des Schuppens schälten sich die Umrisse einer menschlichen Gestalt, die leicht hin und her pendelte.

Entsetzt schrie ich auf und stolperte mit den Armen rudernd rückwärts. Ich griff ins Leere und riss bei meinem Sturz mit dem verletzten Bein ein paar Blechkanister um, die mit lautem Getöse zu Boden fielen. Ein irrsinniger Schmerz jagte bis in mein Hirn, als ich zwischen den Kanistern hart auf dem Boden landete.

Unter meiner Schädeldecke war ein hässliches Summen und Pochen, dann begann das Zittern in meinen Gliedmaßen. Ich krümmte mich, es war, als würden Stromstöße durch meinen Körper fließen. Arme und Beine zuckten unkontrolliert, ich konnte nichts dagegen tun. Keine Ahnung, wie lange es dauerte und ich nicht ganz da war. Bis mein Atem flacher wurde und die Zuckungen abebbten. Ich schlang die Arme um meinen Kopf.

Mein Herz raste und ich kämpfte gegen Panik, Verwirrung und Angst.

»Was zur Hölle machst du denn hier?«

Kimi, dachte ich. *Gott sei Dank.*

Sie überschüttete mich mit zornigen Worten, von denen ich keins verstand. Vorsichtig hob ich die Arme vom Gesicht. Kimi hockte vor mir, ihre Augen glänzten im Halbdunkel. Kopfschüttelnd reichte sie mir eine Hand und half mir auf die Beine.

»Kimi … was … was ist das?«, stammelte ich zutiefst verstört und deutete, ohne hinzusehen, auf das nackte Ding, das von der Decke baumelte.

»Das ist *ma-skwa,* dein Bär«, sagte sie und klang nun etwas sanfter. »Ohne sein Fell sieht ein Bär aus wie ein Mensch. Deshalb fühlen wir uns *ma-skwa* so nah.«

Ich hob den Kopf, brauchte eine Weile, um mich von dem Schreck und meinem Anfall zu erholen. Endlich wagte ich noch einen Blick auf den abgehäuteten Bären. Die fehlende Tatze.

»Was hast du denn geglaubt?«, fragte Kimi mit einem Stirnrunzeln.

»Nichts.« Ich schüttelte den Kopf. »Ich habe mich bloß mörderisch erschreckt.«

»Ma-cha«, sagte sie. »Geh!«

Einen furchtbaren Moment lang dachte ich, sie würde mich wegschicken, zurück in die Winterwildnis, in die Fänge des großen Wolfes. Doch dann schob sie mich aus dem Schuppen, verschloss ihn wieder, nahm mich am Arm und zog mich bis ins Haus. Drinnen stemmte Kimi die Hände in die Hüften und sah mich ärgerlich an.

»Was hattest du im Schuppen zu suchen, Jacob? Wolltest du herumschnüffeln?«

»Nein«, erwiderte ich kleinlaut. »Ich war auf dem Klo und habe mich bloß ein bisschen umgesehen, da stand plötzlich ein riesiger Wolf vor mir. Ich habe mich in letzter Sekunde in den Schuppen retten können und nach etwas gesucht, womit ich mich verteidigen konnte. Da war die Axt und ich …« Ich hörte auf zu reden, weil Kimi glucksend anfing zu lachen. Verwirrt starrte ich sie an.

»Das war doch bloß Shadow«, sagte sie, als sie wieder sprechen konnte. »Er gehört zu uns.«

Vehement schüttelte ich den Kopf. »Das war ein Wolf, ich schwöre dir …«

Kimi nickte. »Shadows Vater ist ein Wolf. Und sein Großvater war auch einer.«

Ziemlich viel Wolf, dachte ich.

»Im Übrigen war es Shadow, der dein Leben gerettet hat. Er hat Anak zu dir und dem Bären geführt.«

Wollte Kimi mich auf den Arm nehmen? Nein, sie blickte vollkommen ernst. »Wie meinst du das?«, fragte ich.

»Lass es dir von Anak erklären.«

»Und dieser Wolf … er ist wirklich zahm?«, fragte ich skeptisch.

»Nicht immer«, bemerkte Kimi. »Aber ich glaube, dich mag er«, fügte sie spöttisch hinzu, bevor sie sich dem Feuer im Kamin zuwandte.

Ich zog meine Jacke aus und ließ mich erschöpft auf einen Stuhl sinken. Was ich gerade erlebt hatte, steckte mir tief in den Knochen und meine Knie fühlten sich an, als wären sie aus Gummi. Auch Kimi schälte sich aus ihrer Winterkluft. Sie schürte das Feuer im Herd, setzte Wasser auf und warf eine Handvoll Teeblätter hinein. Sie war ständig in Bewegung, tat etwas Sinnvolles, und alles sah bei ihr ganz leicht aus. Dabei war sie so klein und zierlich.

»Kimi?« Ich rieb mir das Gesicht mit den Händen.

Sie setzte sich zu mir und sah mich nachsichtig an.

»Was stinkt so entsetzlich in diesem Schuppen?«

»Anaks Fuchsköder.« Kimis Augen funkelten. »Er gewinnt das Zeug aus den Drüsen des Skunks und anderen Beigaben. Die genaue Zusammensetzung der Beigaben ist sein großes Geheimnis.«

»Verstehe.« Ich nickte. »Und die Schädel und Knochen an den Bäumen, stammen die von euch?«

»Ja. Warum fragst du?«

»Sie sind ein bisschen unheimlich«, gab ich zu.

»Daran ist nichts Unheimliches«, entgegnete Kimi. »Die Knochen eines Tieres sind der Wohnort seines Geistes«, erklärte sie mir und ich war froh, dass sie von Tierknochen sprach. »Indem wir sie in die Bäume hängen, zollen wir den Knochengeistern Respekt. Tun wir das nicht, wird die nächste Jagd erfolglos bleiben, weil die Tiere uns zürnen und sich tiefer in den Busch zurückziehen.«

Wieder nickte ich, als wäre das eine einleuchtende Erklärung für mich. War es nicht. Doch der Gedanke gefiel mir und die Knochen verloren ihren Schrecken. Ich bewunderte, welche Mühe sich Anak und Kimi mit den Überresten der getöteten Tiere machten, um ihren Geist nicht zu verärgern. Ich musste an die Tierfabriken und die Schlachthäuser in Deutschland und auf dem ganzen Globus denken, die voller erzürnter Tiergeister waren, und auf welche Weise sie Rache an uns nahmen. Indem wir Menschen durch ihr Fleisch immun gegen Antibiotika wurden und uns der Fluch böser Keime und Krankheiten ereilte.

»Jacob?« Kimi sah mich mit schmalen Augen fragend an. »Ist alles in Ordnung mit dir?«

Nein. Nichts war in Ordnung. Aber das würde ich vor ihr nicht zugeben. »Ja, wieso fragst du?« Hatte Kimi meinen Anfall mit angesehen? Ich schämte mich für meine Hilflosigkeit und wollte nicht darüber sprechen.

»Du siehst … na ja, nicht gut aus.«

»Oh, danke für das Kompliment.« Ich bemühte mich um ein Lächeln. »Es ist alles in Ordnung mit mir. Ich bin nur sehr müde.«

»Du hättest nicht rausgehen dürfen«, meinte Kimi kopfschüttelnd, »es war zu früh. Leg dich wieder hin, du musst dich ausruhen. Ich koche uns Spaghetti.«

Ich gehorchte ihr nur zu gern und kroch unter die weiche Hasendecke. Mit den Gedanken an Spaghetti schlief ich ein.

Als die Spaghetti und die fleischlose Tomatensoße mit zwei Tellern auf dem Tisch standen, schlief Jacob tief und fest. Kimi setzte sich zu ihm auf die Bettkante, und während sie ihn betrachtete, durchströmte sie ein warmes Gefühl der Zuneigung. Wie gerne sie Jacob ansah.

Längst wünschte Kimi, er würde bei ihr und Anak bleiben, damit sie ihn immerzu ansehen konnte. Jacob war dafür verantwortlich, dass ihr Herz nun wieder bloß und schutzlos in ihrer Brust schlug. Eine jähe Welle des Begehrens jagte durch ihren Körper. Sie wollte Jacob nicht nur ansehen, sondern auch berühren. Aber das musste bis zum nächsten Morgen warten, wenn sie seine Verbände wechselte. Dann konnte sie mit den Fingerkuppen über seine glatte, weiche Haut streichen, ohne sich dadurch zu verraten.

Draußen im Schuppen hatte Jacob einen merkwürdigen Anfall gehabt. War er krank? Wenn ja, warum redete er nicht mit ihr darüber? Schämte er sich? Er war schnell wieder zu sich gekommen, trotzdem machte Kimi sich Sorgen um ihn. In seiner Tasche – sie hatte sie gleich am ersten Abend gründlich durchsucht – hatte sie so dies und das gefunden, was einigen Aufschluss über Jacob gab. Aber keine Tabletten.

Sie wünschte, er würde sich ihr anvertrauen. Aber vielleicht hatte sie Jacob ja einmal zu oft verspottet, sodass ihm kein Vertrauen mehr möglich war.

11
TÜR ZUR VERGANGENHEIT

Zum Abendessen gab es aufgewärmte Spaghetti und sie schmeckten köstlich. Ich warf Kimi, die seltsam still war, einen dankbaren Blick zu. Der Schlaf hatte Wunder gewirkt bei mir, ich fühlte mich gestärkt und ausgeruht. Als Anak mit Sorgfalt seine Pfeife stopfte und sie anzündete, war ich ganz Ohr. *Bereit für Geschichten.*

»Dieser Bär, er ist dir gefolgt, mein Junge«, begann er. »Und Shadow hat über dich gewacht.«

Ich bedachte Kimi mit einem frustrierten Seitenblick. War ja klar, dass sie ihrem Großvater von meinem ersten Freigang und seinem unrühmlichen Ende im Schuppen erzählt hatte. Aber Anak lachte mich nicht aus und ich war ihm dankbar dafür. Ich dachte an das Wolfsheulen in meiner zweiten einsamen Nacht im Busch, als ich in meiner kalten Schneehöhle gelegen hatte. War das Shadow gewesen? Vermutlich.

»Der Feind, Jacob, lauert oftmals nicht im Gebüsch, sondern im eigenen Kopf.« Anak tippte sich mit dem Pfeifenstiel gegen die Stirn. »Das Amulett, das du um den Hals trägst …«

Ich zog den geschnitzten Wolf unter meinem T-Shirt hervor. »Ich habe es von Greg, meinem Vater.«

Der Alte nickte. »Und der hatte es von seinem Vater, Isaac Cheechoo, deinem *moshum.*«

Überrascht sah ich den alten Mann an. »Du hast meinen Großvater gekannt?« Die Schrecknisse des Tages waren schlagartig vergessen und für einen Moment war mein Kopf wie leer gefegt.

Anak nickte und zog an seiner Pfeife. »Ich habe ihn sehr lange gekannt, mein Junge. Und sehr gut. Isaac war mein bester Freund und ich war dabei, als er dieses Amulett schnitzte.«

War, dachte ich enttäuscht. Also lebte mein Großvater nicht mehr. Aber vor mir saß ein Mann, der ihn gekannt hatte. Warum rückte Anak erst jetzt damit heraus?

»Du gehörst zum Wolfsclan, Jacob, wusstest du das? Und in Shadow lebt der Geist deines Großvaters Isaac. Er hat dich auf deinem Weg durch den Busch beschützt. Du hast die Vergangenheit im Blut, mein Junge, ob du nun willst oder nicht.«

Ich verstand kein Wort von dem, was der Alte da sagte, aber es war wichtig, das spürte ich körperlich. Also hörte ich zu, hörte sehr genau zu, als Anak die Tür zur Vergangenheit öffnete.

»Ich bin auf der Insel geboren«, begann er, »in Moose Factory. Die katholischen Priester und Nonnen holten mich und meine Schwester im Jahr 1954, als ich vier und meine Schwester Sally sieben Jahre alt war. Sie rissen uns aus den Armen unserer Eltern, um uns mit anderen Kindern nach Fort Albany zu bringen, in die *St. Anne's Missionsschule.*

Wir schrien, denn wir wollten nicht fort und wussten nicht, wie lange wir bleiben mussten. Unseren Eltern sagte man, wir kämen in die Schule, um dort etwas Ordentliches zu lernen und auf das Leben vorbereitet zu werden. Aber diese *Residential Schools,* das waren keine Schulen, Jacob, das waren Gefängnisse. Und die weißen Priester und Nonnen waren die Aufseher.«

Anak erzählte, dass Jungen und Mädchen zwar in nebeneinanderliegenden Gebäuden untergebracht waren, die Priester und Nonnen von *St. Anne's* jedoch jegliche Begegnungen unterbanden.

»Ich sah Sally manchmal aus der Ferne, konnte aber nie mit ihr sprechen. Die Nonnen wollten nicht, dass wir Kinder einander Trost spendeten und halfen, so wie es uns Cree eigen ist«, sagte er. »Sie wollten uns brechen, Jacob. Sie sagten, unsere Art zu beten wäre falsch. Unsere Art zu leben wäre falsch. Ihr Ziel war es, unser altes Leben, unsere Sprache und unsere Bräuche zu vernichten. Wir Indianerkinder an den Missionsschulen bekamen nicht die gleiche Bildung wie andere Kinder in Kanada. Wir mussten putzen, Holz machen, in der Küche schuften und im Garten.«

Anaks Pfeife war ausgegangen und er steckte sie wieder an. Eine Rauchwolke hüllte ihn ein und für einen Moment schien es, als würde ein Geist sprechen, als er weitererzählte.

»Zwei Wochen später kam ein neuer Trupp Kinder an. Um zum Schulgebäude zu kommen, mussten sie über eine schmale Holzbrücke laufen. Diese Jungen und Mädchen, Jacob, sie hielten ihre Köpfe gesenkt. Sie lachten nicht und unterhielten sich nicht. Es schien, als wüssten sie bereits, was sie erwartete. Dass sie sich, als sie über diese Brücke schritten, an einen dunklen, trostlosen Ort begaben, an dem sie alle Freude und Menschlichkeit hinter sich lassen würden.«

Die Szene, die Anak schilderte, stand mir lebhaft vor Augen und ich spürte, wie es mir mehr und mehr das Herz zusammenschnürte.

»Dein Großvater Isaac stammte aus Peawanuck, einem kleinen Indianerdorf am Winisk River, weiter oben im Norden«, fuhr der Alte fort. »Er kam mit dem neuen Trupp nach *St. Anne's.*

Wir Jungen schliefen in einem Schlafsaal mit über hundert Betten und er bekam das Bett neben meinem. Ich hatte schnell gelernt in den vergangenen beiden Wochen, hatte kapiert, wie es läuft in diesem Gefängnis für Indianerkinder. Aber Isaac war einsam und verängstigt. In der ersten Nacht, da weinte er und versuchte mit aller Macht, seinen Kummer zu unterdrücken.«

Der alte Mann schloss die Augen, atmete tief durch und sagte mit einem Beben in der Stimme: »Nie zuvor und nie nachher habe ich so traurige Geräusche gehört. Ich versuchte, Isaac zu beruhigen. Dachte: Sei doch bloß still, Junge, sei endlich still. Doch es nützte nichts. Eine Nonne auf ihrem Rundgang hörte sein Schluchzen und schlug ihn grün und blau.« Anak öffnete seine Augen und starrte auf die Tischplatte. »Isaac, dein *moshum* hat nie wieder geweint, solange er in *St. Anne's* war. Erst später habe ich ihn noch einmal weinen sehen. Aber das ist eine andere Geschichte.«

Die anfängliche Beklemmung in meinem Herzen wurde zu einem festen Ring um meinen Brustkorb, der mir das Atmen immer schwerer machte, je länger ich Anaks Worten lauschte.

»Sie schlugen uns bei jeder Gelegenheit«, fuhr er fort, »ließen uns hungern, sperrten uns in den dunklen Keller – und wir hassten sie dafür.« Anak schwieg.

»Aber habt ihr denn euren Eltern nichts davon erzählt?«, platzte es aus mir heraus. »Sie hätten doch bestimmt nicht zugelassen, dass man ihre Kinder so behandelt.«

Anak zog an seiner Pfeife und betrachtete mich mit nachsichtigem Blick. »Anfangs erzählte man unseren Eltern, niemand würde mehr ihre Felle abnehmen und ihnen Lebensmittel dafür geben, wenn sie ihre Kinder nicht hergaben. Später drohte man ihnen mit Gefängnis.«

Ich erfuhr, dass in den Sommermonaten nur wenige Kinder in ihre Dörfer zurückkehrten und ihre Mütter und Väter wiedersahen. »Trotz der Drohungen der Priester flüchteten einige Eltern mit ihren Kindern in den Busch und die Schule sah sie nie wieder. Lieber wollten sie im Winter hungern, als ihre Kinder zurück in diese Hölle schicken. Doch die meisten von uns begegneten ihren Eltern erst wieder, nachdem sie die Schule als Jugendliche verlassen hatten.«

Wie betäubt saß ich da und versuchte zu verarbeiten, was ich gehört hatte. Auf einmal gab es eine Geschichte aus der Vergangenheit, die zu mir gehörte. Eine Geschichte, die unter die Haut ging wie ein scharfer Splitter.

»Du hast nichts davon gewusst, oder?« Kimi fragte vorsichtig und ohne jeden Unterton in der Stimme.

Ich schüttelte den Kopf. Mir war klar geworden, wie viel ich über meines Vaters Volk und seine Geschichte noch zu lernen hatte, wenn ich wirklich ein Teil dieser Welt sein wollte.

»Die *St. Anne's Missionsschule* in Albany war kein Einzelfall, Jacob«, klärte Kimi mich auf. »*Indian Residential Schools* gab es in ganz Kanada. Was die Priester und Nonnen den Kindern antaten, waren Kidnapping, Gehirnwäsche und Misshandlungen. Viele starben während der Schulzeit. Oder das Trauma, das sie erlebt hatten, tötete sie Jahre später. Die Übriggebliebenen nennen sich *Überlebende.«*

Ich schluckte, doch meine Kehle war trocken. War es das, wovor meine Mum mich schützen wollte, indem sie mich von hier fortgeholt hatte? Nicht vor meinem betrunkenen Vater, sondern vor der Geschichte seines Volkes und seiner Familie? *Meiner Familie?*

»Ich weiß überhaupt nicht mehr, wer ich bin und wonach ich

hier suche«, gab ich zu. Nicht dass ich es je gewusst hätte, doch im Augenblick war ich so verwirrt wie nie zuvor in meinem Leben. Die Leere in meinem Inneren, die ich in den vergangenen Jahren so oft gespürt hatte, füllte sich nach und nach. Doch sie füllte sich mit Geschichten und Bildern, die ich mir nicht ausgemalt hatte.

»Ich glaube, wir alle suchen nach etwas, das uns zeigt, wer wir sind«, sagte Anak. »Und manchmal ist es schwierig, seinen Weg zu finden. Die meisten wagen es nicht, weit genug zu gehen, doch du bist hier, Jacob. Es braucht Mut, hier oben in den Norden zu kommen, wenn man in einer Stadt in einem anderen Land gelebt hat und nichts über den *muskeg* weiß. Mit der Zeit wirst du lernen, die Dinge wie ein Cree zu sehen und nicht wie ein *man-tay-o.«*

Mit der Zeit? *Was für Zeit?* Ich hatte keine Zeit. Ich wollte meinen Vater treffen und ich hatte ein Rückflugticket in meine sichere Welt, die mir im Augenblick sehr verlockend erschien.

Der alte Mann erhob sich und legte eine Hand auf meine rechte Schulter, bevor er seine Jacke anzog und sich auf seinen abendlichen Gang zum Klohäuschen machte.

Meine Zeit in dieser Hütte lief ab, aber ich wollte mehr wissen über meinen Großvater und seinen Freund Anak. Wie war es mit den beiden weitergegangen? Doch wenn Anak zurückkam, würde er sich bettfertig machen, wie jeden Abend um diese Zeit. Der Alte stand morgens zeitig auf, um Feuer im Kamin und im Holzherd zu machen. Vor dem Frühstück hackte er Holz, danach lief er seine Fallenstrecke ab und jagte. Jeden Tag dasselbe.

»Was ist ein *man-tay-o?«*, fragte ich Kimi.

»Ein Fremdling«, antwortete sie, »oder jemand, der lange Zeit woanders gelebt hat.«

Als Kimi das Geschirr abwusch, half ich ihr abtrocknen. Was Anak über diese *Residential Schools* erzählt hatte, ließ mich nicht mehr los. »Ich habe Fragen«, sagte ich. »Zu diesen Schulen.«

»Ja, ich weiß. Aber von diesen Dingen zu erzählen, kostet Großvater sehr viel Kraft. Eigentlich wollte er nie mehr darüber sprechen. Dass er es heute doch getan hat, zeigt, wie sehr er dich mag, Jacob, und wie wichtig du ihm bist. Aber du musst ihm Zeit lassen.«

Ich hatte, verdammt noch mal, keine Zeit. Trotzdem sagte ich: »Verstehe.«

Ich zog meine Jacke an, um noch einmal mit der Taschenlampe zum Klohäuschen zu gehen. Dass mir nicht wohl dabei war, stand mir vermutlich in Leuchtbuchstaben auf die Stirn geschrieben.

»Soll ich mitkommen?« Da war es wieder, das spöttische Funkeln in Kimis Blick.

Ja, dachte ich. *Bitte.* Ich zuckte mit meiner gesunden Schulter.

»Warum gibst du mir nicht einfach eine Antwort?«

»Du hältst mich für einen Feigling, stimmt's?«

»Du hast Angst, da rauszugehen, Jacob.«

»Ja, verdammt, die habe ich. Der Busch ist Feindesland für mich. Wenn du in Berlin bei Nacht durch dunkle Straßen laufen müsstest, hättest du auch Angst, Kimi. Oder fürchtest du dich vor gar nichts?«

Sie sah mich an, mit dieser Frage hatte sie nicht gerechnet. Weil sie nicht antwortete, wusste ich, dass es etwas gab, wovor dieses mutige Mädchen sich fürchtete.

»Warum bist du so, Kimi? So hart.«

Sie legte das Geschirrtuch beiseite und setzte zu einer Antwort an. Da kam Anak ins Haus zurück und Kimi sagte: »Na dann mal los, gehen wir. *Ashtum.*«

Ich folgte ihr nach draußen und merkte gleich, dass es spürbar kälter geworden war. Doch der Schauer, der mir über den Rücken rann, kam nicht von der Kälte. Shadow saß am Ende der Veranda und heulte den Mond an.

Kimi hatte eine Taschenlampe dabei, aber die brauchten wir nicht. Die Umgebung des Hauses war in unwirkliches Licht getaucht und im ersten Moment wusste ich nicht, was überhaupt los war. Landete gerade ein Ufo über Anaks Blockhütte? Mich hätte es kaum verwundert.

Ich legte den Kopf in den Nacken, sah weiß und geistergrün schimmernde Lichtfahnen, die sich flackernd über den nördlichen Nachthimmel zogen. Es brauchte eine Weile, bis ich schnallte, was ich da sah: Polarlichter. Noch nie in meinem Leben hatte ich etwas so Unirdisches gesehen. Es war ein mystischer Tanz leuchtender Schleier, am Boden reflektiert vom Schnee.

Voller Staunen starrte ich auf das magische Spiel des Lichts. Für Kimi offenbar nichts Ungewöhnliches, denn ich hörte den Schnee unter ihren Füßen knirschen, als sie weiterlief. Ich folgte ihr zum Klohäuschen, wachsam wie meine Ahnen im tiefen Winter des Nordens, wenn böse Geister ihre Zelte umschlichen.

»Ladies first«, sagte ich, als wir beide davorstanden.

Als Kimi wieder herauskam, reichte sie mir die Taschenlampe und ich schloss die Tür hinter mir.

»Ich zieh dich doch bloß auf, Jacob«, hörte ich sie draußen sagen. »Ich meine es nicht so.«

Ich musste lächeln über ihre späte Antwort auf meine Frage.

Als ich fertig war, liefen wir zurück zum Haus.

»Ein Sturm wird kommen«, prophezeite Kimi, als ich kurz vor der Veranda stehen blieb und noch einmal den Kopf in den Nacken legte, um die Polarlichter zu bestaunen.

»Wie kommst du darauf?«

»Wenn die Nordlichter besonders heftig flackern, kommt ein Sturm. Nicht heute, vielleicht auch nicht morgen, aber er wird kommen.«

Kurz dachte ich, dass ich wohl nie mehr von hier fortkommen würde, aber in diesem Moment störte es mich nicht. Ich merkte ja nicht einmal, wie sehr ich fror. Das war Magie.

Shadow saß immer noch an derselben Stelle. Er winselte und kläffte und schickte schließlich erneut sein durchdringendes Heulen in den Nachthimmel.

»Was hat er denn?«, fragte ich Kimi. »Er müsste doch daran gewöhnt sein.«

»Wir Cree glauben, dass die Nordlichter die Geister unserer verstorbenen Liebsten sind, die auf diese Weise versuchen, mit uns zu kommunizieren«, erklärte sie. »Wenn Wölfe die Lichter anheulen, dann erkennen sie darin ihre Verwandten, die nicht mehr da sind.«

Tatsächlich war es nicht schwer, in den Schleiern und Lichtfetzen irgendwelche Figuren zu erkennen, ob nun Menschen, Tiere oder irgendwelche Fabelwesen.

»Dieser Gedanke gefällt mir«, bemerkte ich leise.

Anak schlief bereits, als wir zurückkamen. Ich putzte Zähne und verzog mich in die Kammer, wo ich die Campinglampe anzündete und drei Scheite in den Holzofen stopfte, sodass es bald darauf im Ofenrohr zu knistern begann.

Mit dem Fellkissen im Rücken saß ich gegen das Kopfende

des Bettes gelehnt, als Kimi in die Kammer kam. Sie trug ihren Flanellschlafanzug und wollene Socken. Ihr offenes Haar schimmerte wie ein Vorhang aus schwarzer Seide. Zum ersten Mal befiel mich Verlegenheit, als sie neben mir ins Bett stieg und in ihren warmen Schlafsack schlüpfte. Deshalb wusste ich nicht, wo ich hinsehen sollte.

»Ist was?«, fragte sie.

Nichts, außer dass wir hier liegen wie ein Ehepaar und mir die Vorstellung gefällt. Ich schüttelte den Kopf.

»Was macht dein Arm?«

»Ist noch dran.« Ich grinste.

»Hast du Schmerzen?«

Hatte ich. Mein Fleisch war von Bärenkrallen aufgerissen und mit siebenundzwanzig Stichen genäht worden (inzwischen hatte ich sie gezählt). Das vergaß der Körper nicht so schnell. Aber meine Wunden heilten gut und der Schmerz war auszuhalten. Meistens jedenfalls. Jetzt, nachdem Kimi mich dran erinnert hatte, spürte ich ihn wieder.

Doch es war eine ganz andere Art Schmerz, die mir das Atmen schwer machte. Nach allem, was ich von Anak an diesem Abend gehört hatte, begann ich zu ahnen, dass meine Wurzeln weiter zurückreichten als bis zu Greg Cheechoo, meinem Vater. Dass ich auf dieser Reise mehr zurückbekommen würde als das, wonach ich suchte. Und ich war mir nicht sicher, ob ich das auch wollte.

»Ich weiß nicht«, sagte ich. »Seit ich hier bin, kommt es mir so vor, als hätte mein eigentliches Leben noch gar nicht angefangen.« Ich schüttelte den Kopf. »Meine Mum, sie hätte das nicht tun dürfen. Sie hätte mich nicht belügen dürfen. Ich habe ihr vertraut. Sie war der wichtigste Mensch in meinem Leben, denn ich hatte nur sie. Das glaubte ich jedenfalls eine lange Zeit. Doch jetzt ist alles anders. Ich bin völlig durcheinander. Ich weiß nicht, wie ich ihr begegnen soll, wenn ich wieder zu Hause bin. Und Stefan … nach dem, was ich getan habe, wird er mich für den Rest seines Lebens hassen.«

Kimi drehte sich auf die Seite und stützte den Kopf in die rechte Hand. »Ich glaube, du hast Heimweh«, sagte sie. »Du bist wütend auf deine Mutter, weil sie dich belogen hat. Und dein Stiefvater ist ein Riesenarschloch. Trotzdem zwickt dich das Heimweh.«

Heimweh, das war etwas für Mädchen und nichts für richtige Kerle. Aber in Kimis Augen war ich ja ohnehin keiner. »Ich habe einen kleinen Stiefbruder«, erzählte ich ihr, »er heißt Jonas und ist neun. Ihn vermisse ich. Und meinen Freund Ben.« Ich zeigte Kimi die kleine weiße Narbe an meinem rechten Handballen. »Wir sind Blutsbrüder und er ist eindeutig der bessere Indianer als ich.«

Kimi grinste. »Und deine Freundin, die vermisst du nicht?«

»Welche Freundin?«, fragte ich.

»Du hast keine Freundin?« Kimi setzte sich in ihrem Schlafsack auf. Sie schien ehrlich verblüfft zu sein.

»Im Augenblick nicht«, sagte ich, statt einfach nur Nein zu sagen. Erst vor ein paar Wochen hatte ich mit Luzia Schluss gemacht. Und davor mit Sarah, Emma und Mia. Bei keinem Mädchen hatte ich je das gefühlt, was Ben wie eine Aura umhüllte, wenn er von seiner Freundin Leyla erzählte oder ich die beiden zusammen sah. Was sie miteinander verband, schien ein Geheimnis zu sein, das mir verschlossen blieb. Und immer wieder fragte ich mich, was verdammt noch mal war es eigentlich, was ich *nicht* fühlte?

Jedes Mal, wenn ich mit einem Mädchen zusammen war, glaubte ich, mich ernsthaft verliebt zu haben. Jedes Mal hoffte ich, diesmal würde es funktionieren und etwas in meinem Herzen in Bewegung kommen. Etwas Tiefes, Überwältigendes, Dauerhaftes. Aber wenn sie begannen, mehr Zeit mit mir verbringen zu wollen, und mich über meine Gefühle ausfragten, kippte so eine Art Schalter in mir um und ich tat irgendetwas Bescheuertes, das sie verletzte. Sie wollten darüber reden, ich nicht. Wenn es dann aus war, machte ich einfach weiter. Sah mich nach einem neuen Mädchen um und alles begann wieder von vorn.

Eine peinliche Stille entstand. Ich erwartete Kimis Spott und wunderte mich, als er ausblieb. Ich wandte den Kopf und sah sie an. Wollte gerade einräumen, dass ich nicht besonders gut war, was Beziehungen anging. Vielleicht hatten die Polarlichter mich in diese Stimmung versetzt, Dinge zu beichten, die ich sonst niemals zugeben würde.

Da fragte Kimi unvermutet: »Wie ist Deutschland denn so? Ist es da schön?«

Ihre Frage überrumpelte mich. »Willst du das wirklich wissen?«

»Ja. Wie lebt man in einem Land, das so klein ist? Hast du dich dort jemals frei gefühlt?«

Frei? Nein, wahrscheinlich nicht. Aber das lag nicht am Land, sondern an Stefan und meiner Mutter.

»Ich weiß nicht«, eierte ich herum. »Ich bin gerade erst achtzehn geworden und ich bin hier, in Kanada, mitten im Schuljahr. Das ist wohl eine Art Freiheit.«

Kimi erwiderte nichts, sah mich nur abwartend an.

»In Deutschland ist jetzt Frühling«, sagte ich. »Warme Sonnenstrahlen und Vogelgezwitscher. Die ersten Blumen. Es sind Osterferien. An den Sträuchern hängen bemalte Ostereier und in den Läden stehen etwa eine Million Schokoladenosterhasen.«

Heimweh, dachte ich. Ich hatte dickes, fettes Heimweh.

12
SCHNEETÄNZER

Als Kimi am nächsten Morgen meine Verbände wechselte, wirkte sie auf einmal verlegen, das war eine ganz neue Seite an ihr. Wieso? Weil sie nun wusste, dass ich keine Freundin hatte? Weil sie in mir nicht mehr nur einen *man-tay-o*, einen Fremdling, sah, der in ihr Leben eingedrungen war? War das so? Wünschte ich es mir?

Als sie meine Schulter neu verband, war sie mir so nah, dass ich ihren Duft einatmen konnte. Kein Parfüm, keine Körperlotion. Kimi duftete nach Tannennadeln und Mehl, was ich unheimlich sexy fand.

Verdammt, sie war mir auch zuvor schon nah gewesen beim Verbinden, warum war das auf einmal anders? Warum nahm ich ihren Duft auf einmal so deutlich wahr? Was hatte sich zwischen uns verändert und warum?

»Für einen halben Cree bist du ziemlich tapfer«, bemerkte sie, ohne mich dabei anzusehen.

Meinte sie das ernst? »Ich gebe mir Mühe.«

»Bin ich wirklich so schlimm?«

Ich zuckte mit meiner gesunden Schulter. »Zugegeben, anfangs hatte ich Angst vor dir.«

Kimi sah mich an. Sie lächelte. Ich mochte den Schimmer in ihren Augen. Ich mochte das ganze Mädchen.

»Es ist schön, wie du lachst.«

Sie wich meinem Blick wieder aus und ich fragte mich, woran sie gerade gedacht hatte.

Woher wusste man, was mit einem geschah? Fühlte ich in Kimis Nähe, wonach ich mich immer gesehnt hatte? Keine Ahnung. Ich wusste nur, dass ich gerne meine Hand an ihre glatte Wange gelegt hätte, um ihr zu sagen, dass sie gar nicht so furchtbar war. Dass ich endlich begriffen hatte, warum sie manchmal so widerborstig war, und es deshalb nicht mehr dieselbe Wirkung hatte wie noch vor drei Tagen. Und dass dieses Wissen es nicht besser, sondern schlimmer machte.

In diesem Moment kam Anak vom Holzhacken herein und wir hörten ihn nebenan stöhnen und ächzen. Der Moment war vorüber. Kimi stand auf und ging zu ihrem Großvater. Ich zog mich an, um für uns drei den Frühstückstisch zu decken.

Diesmal gab es Rosinenbrötchen, die Kimi in Ermangelung eines Backofens in der Pfanne buk. Dankbar stürzte ich mich darauf, ich mochte diese Dinger tatsächlich. Doch die Stimmung war bedrückt. Anak schien Schmerzen im Kreuz zu haben, er saß schief und stieß hin und wieder ein Ächzen aus. Als er vom Tisch aufstand, lief er gebeugt. Trotzdem verschwand er wie jeden Morgen nach dem Frühstück, um seine Fallenstrecke abzulaufen. Es nicht zu tun, erklärte mir Kimi, würde Unglück bringen. Also mummte auch sie sich ein und zog los.

Mich ließen die beiden im warmen Haus zurück und auf einmal war das ein unbefriedigendes Gefühl. Doch auch wenn ich allmählich wieder zu Kräften kam, ich war noch nicht so weit wiederhergestellt, dass ich einen von ihnen begleiten konnte.

Also machte ich die leichte Hausarbeit: wusch ab, trocknete ab, legte Holz nach, fegte die Hütte – und dann gab es nichts mehr zu tun. Falsch … es gab mit Sicherheit eine Menge zu tun, nur eben nichts, was ich hätte erledigen können. Von den meisten Dingen, die hier täglich getan werden mussten, hatte ich keine Ahnung. Zum ersten Mal störte mich das.

Ich hätte mich ins Bett legen und in den Cree-Legenden weiterschmökern können, aber ich war voller Unruhe und außerdem war das die Gelegenheit, mich endlich mal gründlich zu waschen. Beim Sport oder beim Fahrradfahren kam ich immer ordentlich ins Schwitzen und war es gewohnt, jeden Tag mindestens einmal zu duschen. Zweimal hatte Kimi mir eine Art Katzenwäsche verpasst, zuletzt im Tipi, aber ich hatte meinen eigenen ungewaschenen Geruch ständig in der Nase und dem wollte ich Abhilfe schaffen.

In einem Eimer holte ich Schnee herein, ließ ihn in einem Topf schmelzen und schüttete das warme Wasser in eine Zinkschüssel. Das Ganze war eine unerwartet langwierige Angelegenheit, denn ein voller Eimer Schnee ergab am Ende immer nur ein Pfützchen Wasser. Was für eine Mühe es machen musste, im Winter das Wasser für den Abwasch, für unser Trink- oder Kochwasser beizubringen – das wurde mir jetzt erst klar.

Ich sperrte die Tür von innen ab und wusch mich von Kopf bis Fuß in einer Schüssel, mit einem Waschlappen, den ich in der Kammer bei den Handtüchern gefunden hatte, und meinem *Dark Temptation*-Duschbad. Die Prellungen und blauen Flecke hatten sich lila und gelblich gefärbt.

Ich zog frische Unterwäsche an, ein neues T-Shirt und meine Jeans. Dann wusch ich meine Klamotten in einer trüben *Dark Temptation*-Brühe, spülte sie mit klarem Wasser aus und hängte sie auf die Stange über dem Kamin. Danach fühlte ich mich um einiges wohler und nahm mir eine weitere Cree-Legende vor.

Ich entschied mich für die Geschichte von *Weesakeyjack* und den *Shut Eye Dancers.* Weesakeyjack, der kanadische Häher, lud sämtliche Wasservögel zu einem Fest ein. Er lockte die neugierigen Vögel, indem er verschiedene Lieder in seinem Rucksack versteckte. Dann bat er sie, die Augen zu schließen und nach den Liedern, die er wieder aus seinem Rucksack holte, zu tanzen.

Dabei drehte er einem Vogel nach dem anderen mit den Worten »Es wird ein schönes Fest geben, nicht wahr?« den Hals um. Doch eine misstrauische Ente öffnete die Augen und warnte die übrigen Vögel. Sie flogen auf und davon.

Als ich das Buch zuschlug, merkte ich, dass mein Gesicht nass war. Ich hatte mich plötzlich an diese Geschichte von Weesakeyjack, dem Trickster, erinnert. Wieder und wieder hatte mein Vater sie mir erzählen müssen. Während des Lesens hatte ich deutlich seine Stimme gehört, wie schon im Zug.

Mein Vater hatte mich geliebt, daran bestand kein Zweifel mehr. Ich musste ihn unbedingt finden.

Später machte ich mich auf den Weg zum Plumpsklo, und als ich es wieder verließ, stand Shadow vor mir. Insgeheim hatte ich gehofft, dass der Wolf den alten Indianer auf seiner Fallenstrecke begleitete. Aber da stand er und betrachtete mich aufmerksam mit seinen schrägen hellen Augen. Ich wusste, er würde mir nichts tun, trotzdem schlug mein Herz schneller.

»*Wachay,* Shadow«, sagte ich und machte einen tapferen Schritt auf ihn zu.

Der Wolf bewegte sich nicht. *Hallo Witzbold,* schien er zu sagen. Wahrscheinlich nahm er mich auch nicht ernst, so wie Kimi. Es hätte mir egal sein können, ob dieser Wolf oder Kimi mich ernst nahmen oder nicht. War es aber nicht. Ich war ein *man-tay-o,* einer, der in der Fremde gelebt hatte. Aber vor langer Zeit hatte ich einmal dazugehört. Und ich wollte, dass es wieder so war. Ich wollte dazugehören.

Als ich einen Meter vor Shadow stand, kniete ich mich mit meinem verletzten Bein in den Schnee und streckte die offene Hand nach ihm aus. Der Wolf war groß und sein Fell wunderschön gezeichnet. Mein Herz bebte. Es schien, als wüsste der Wolf etwas über mich, das nicht einmal ich selbst wusste.

Glaubst du nun, dass ich real bin?, fragte er.

»Ja«, flüsterte ich. *»Meegwetch,* Shadow. Danke, dass du auf mich aufgepasst hast.«

Shadow schnüffelte an meiner Hand und leckte sie mit rauer Zunge. Ob er mein Herz pochen hörte? Diesmal war es keine Angst, die es schneller schlagen ließ, sondern Aufregung und Freude über seine Nähe. Shadow ließ sich von mir hinter den weichen Ohren kraulen und über den Hals streichen. Sein Winterfell war dicht und rau. Wildheit pulsierte darunter und eine uralte Fähigkeit zur Freundschaft.

Von Shadow begleitet, ging ich zurück zum Haus. Das Gefühl, Seite an Seite mit einem Wolf zu laufen, war so magisch, dass ich noch nicht ins Haus zurückwollte. Deshalb schlug ich den Pfad zum Fluss ein, von dem ich inzwischen wusste, dass es der Moose River war. Ich brauchte mich bloß nach rechts zu wenden und loszulaufen, dann würde ich irgendwann in Moosonee ankommen und meinen Vater treffen. Wenn Shadow tatsächlich mein Beschützer war, vielleicht würde er mich ja bis dorthin begleiten.

In mir kämpften der *man-tay-o* und die Welt, in der ich gelebt hatte, mit meinen Cree-Genen und den ersten vier Jahren meines Lebens, die mir ihren Stempel aufgedrückt hatten. *Du hast die Vergangenheit im Blut, ob du nun willst oder nicht,* hatte Anak gesagt.

Eine unnatürliche Stille umgab mich, als wäre die Zeit für einen Moment stehen geblieben. Nur Shadow und ich, der Dreiviertelwolf und der halbe Cree am Ufer dieses stillen weißen Flusses, in dessen Eis die Zeit eingefroren schien.

Ich versuchte, mir vorzustellen, dass dieser Wolf eine Verbindung zu meinem Großvater Isaac war. Zu diesem Jungen, der so furchtbar gelitten hatte unter der Trennung von seiner Familie während der Zeit in diesem grauenvollen Internat. Eine Verbindung zu dem Mann, der vor vielen Jahren das Wolfsamulett geschnitzt hatte, das nun glatt und warm auf meiner Brust lag. Die Geschichte meines Großvaters ließ mich einfach nicht mehr los.

Während ich, in Gedanken versunken, schon bald vor Kälte zu schlottern begann, saß Shadow neben mir im Schnee und fühlte sich offenbar wölfisch gut. Er war eindeutig besser für dieses raue Leben ausgestattet als ich. Gedankenverloren legte ich meine Hand zwischen seine Ohren, spürte die tiefe Verbindung, die zwischen uns bestand.

Als ich hinter mir knirschende Schritte im Schnee hörte, wandte ich mich um. Es war Kimi. In ihrer linken Hand hielt sie einen Draht, an dem vier funkelnde große Fische hingen. In ihrer Rechten ein Beil. Shadow begann, leise zu fiepen und um sie herumzuspringen. Kimi löste einen der Fische vom Draht und überließ ihn dem Wolf, der ihn gierig verschlang.

»Was machst du denn hier draußen?«, fragte sie, eine steile Falte auf der Stirn. »Du siehst ganz erfroren aus.«

Sie macht sich Sorgen um mich, dachte ich. Bedeutete das etwas?

»Ich habe den Indianer in mir entdeckt und mich ein bisschen mit Shadow angefreundet«, erwiderte ich. »Wir reden miteinander.« Über Kimis skeptisches Gesicht musste ich lächeln. »Wo hast du die Fische her?«

»Aus einem See, nicht weit von hier.« Sie nahm das Beil wieder auf und wir gingen zusammen ins Haus zurück. Ich fragte Kimi, warum Shadow Anak heute nicht begleitet hatte.

»Er ist ein Wolf und macht, was er will. Mitunter bleibt er zwei, drei Tage unsichtbar und jagt irgendwo. Vielleicht hat er ja auch eine Freundin.«

Ich sah Kimi zu, wie sie die Fische abschuppte und ausnahm. Mit der Spitze ihres Messers stach sie unter den Kiemen in den Rücken und führte den Schnitt das Rückgrat entlang bis zum Schwanz. Danach setzte sie das Messer erneut an, schob es unter den Rückengräten entlang und trennte ein sauberes Filetstück ab.

Als die Fischfilets im heißen Fett in der Pfanne brutzelten, lief mir das Wasser im Mund zusammen. Kimi kochte Reis dazu und es gab Erbsen aus der Dose. Die Erbsen schmeckten genauso tot, wie sie aussahen, aber ich verkniff mir einen Kommentar. Der Fisch war köstlich. Unter Kimis undeutbaren Blicken verschlang ich das Mittagessen mit großem Appetit.

»Danke, dass du den Fisch für mich gefangen hast«, sagte ich.

»Das bedeutet nicht, dass ich dich mag«, ließ sie mich wissen.

»Okay«, sagte ich und musste lächeln. »Trotzdem: *meegwetch.*«

Nach dem Essen ging Kimi nach draußen, um Holz zu hacken. Eine Weile beobachtete ich durch das kleine Fenster neben der Spüle, wie sie die langstielige Axt hob, die Klinge fallen ließ und die Scheite in zwei Hälften zerfielen. Es sah ganz leicht aus. Kimi war klein, aber schnell und stark. Ich bewunderte sie, weil sie ihr Leben auf eigene, auf besondere Weise lebte. Unabhängig und ohne all die Dinge, auf die die Mädchen in der Stadt nicht verzichten konnten.

Kimi verbrachte die meiste Zeit des Tages mit *nitao* und den anderen Dingen, die hier draußen fürs Überleben notwendig waren. Holz hacken, Wasser heranholen und Felle bearbeiten. Schwere Arbeit. Aber sie war auch eine wunderschöne junge Frau. Ich kapierte einfach nicht, wie das zusammenpasste. Und noch weniger kapierte ich, was mit mir passierte.

Ich versuchte, mir darüber klar zu werden, was ich fühlte. Ob ich etwas für Kimi empfand, das über Dankbarkeit hinausging. Doch in meinem Inneren herrschte das totale Chaos. War ich dabei, mein Herz an dieses Mädchen zu verlieren? War es das, was ich noch nie gespürt hatte? Diesen Sog, dem man sich nicht entziehen konnte? Die unentrinnbare Kraft der Liebe?

Schließlich zog ich mich an und ging nach draußen, um Kimi zu helfen. Das Thermometer an der Veranda zeigte minus zehn Grad, doch während ich das gespaltene Holz in einen Korb sammelte, wurde mir warm. War der Korb voll, trugen wir ihn zusammen auf die Veranda, wo ich das Holz stapelte. Dabei redeten wir kein Wort.

Manchmal sah Kimi mich an – seit gestern hatte sie eine seltsame Art, mich anzusehen. Als ob sie etwas von mir erhoffte. Etwas, das mich innerlich aufwühlte und in Panik versetzte.

Meine Wunden spürte ich bei jeder Bewegung. Die Nähte in meinem Oberschenkel ziepten, wenn ich in die Hocke ging, und es stach in meiner linken Schulter, wenn ich den Arm benutzte. Aber der Schmerz füllte mich nicht mehr aus und etwas zu tun, lenkte mich von meinen verwirrenden Gedanken ab.

Nach getaner Arbeit musste ich ein frisches T-Shirt anziehen, denn das alte war vollkommen durchgeschwitzt. Als ich mit nacktem Oberkörper in der Kammer stand und mich mit dem neuen Shirt abmühte, spürte ich Blickpfeile in meinem Rücken und drehte mich um. Kimi stand im Türrahmen, unsere Blicke trafen sich.

Zuerst sah es so aus, als wollte sie wieder irgendeine spöttische Bemerkung von sich geben, aber dann ging sie mit gesenktem Kopf an mir vorbei. Sie holte eine Box mit Nähzeug und einen kleinen Ballen gegerbtes Leder aus der Truhe. Was hatte ihr die Lust am Spotten verschlagen? Mein nackter Oberkörper wohl kaum. Den hatte sie gesehen und betastet, noch bevor ich wusste, wo ich war und wessen Hände mich berührten. Und doch, da war etwas in ihrem Blick gewesen. Zärtlichkeit? Verlangen? *Beides?*

Als ich wieder nach nebenan ging, saß Kimi mit ihrer Omabrille auf der Nase im Schein der Campinglampe am Tisch und nähte. Ich setzte mich ihr gegenüber, aber sie sah nicht von ihrer Arbeit auf. Säuberlich setzte sie Stich um Stich, so fein, wie sie meine Wunden genäht hatte. Ich biss mir auf die Lippen, denn für einen Moment kam es mir so vor, als wäre das Leder meine Haut und ich würde erneut jeden Stich spüren.

»Was wird das?«

»Eine Hose.«

Wow.

Kimi hatte ihr langes, glattes Haar zu einem Zopf geflochten, der ihr auf die Brust hing, und ich starrte auf die weiße Strähne. Ich kannte Kimi jetzt vier Tage und wusste, dass es kein modisches Accessoire war.

»Kimi?«

Sie hob den Kopf und ihre dunklen Augen blickten mich über den Brillenrand hinweg an.

»Darf ich dich was fragen?«

»Nur zu«, meinte sie achselzuckend, aber es klang mehr wie: »Wenn es sein muss.«

»Wo bist du eigentlich hergekommen, als du auf freier Strecke in den Zug gestiegen bist?«

»Aus Camp Ajuawak. Pauline, die Freundin deines Vaters, hat es zusammen mit ihm aufgebaut. Dort können Kinder und Jugendliche, die Probleme haben, lernen, wie man in der Wildnis überlebt.«

»Nitao?«, fragte ich lächelnd.

Sie nickte. »Dein Vater ist ein großartiger Lehrer. Er ist geduldig und kann gut mit den Kids. Für sie ist er ein Held. Und sie lieben Pauline.«

»Du kamst also direkt von meinem Vater?« Entgeistert sah ich ihr in die Augen.

»Nein, Greg war auf seiner Fallenstrecke im Busch, deshalb hatte Pauline mich für ein paar Tage engagiert, um mit den Kids zu arbeiten. So konnte ich ein paar Dollar verdienen. Ich muss meinen Skidoo reparieren lassen und die Felle bringen kaum noch etwas ein. Es gibt einfach zu viele Tierschützer in Europa.«

Ich sah Kimi an. Manchmal wusste ich echt nicht, ob sie sich über mich lustig machte oder es ernst meinte.

»Wenn sich das Ganze nicht mal lohnt, warum lebst du dann ganz allein hier draußen mit deinem Großvater, fernab von allem?«

»Weil jeder Tag mit ihm ein Privileg ist.«

»Fühlst du dich nicht einsam … manchmal?«

»Ich habe Anak und Shadow und jede Menge zu tun«, antwortete sie, ohne den Kopf zu heben.

»Na ja, andere Mädchen hängen mit ihren Freunden ab, gehen ins Kino. Tanzen.«

»Wer sagt, dass ich nicht tanze?« Endlich sah sie mich an, ein Funkeln in den Augen.

»Mit Anak?«

Kimi ließ ihre Näharbeit sinken. »Wann hörst du damit auf, mir solche Fragen zu stellen, Jacob Cheechoo?«

»Wenn du aufhörst, so geheimnisvoll zu sein.«

Kimi schüttelte den Kopf, doch ihre Augen lächelten, bevor sie ihren Blick wieder auf die Nadel senkte.

»Willst du denn keine Familie haben oder Kinder, irgendwann?«

»Ich bin noch nicht mal achtzehn«, erwiderte sie. »Meinst du nicht, das hat Zeit?«

Obwohl Kimi gelassen und spöttisch wie immer wirkte, merkte ich doch, dass ihr dieses Thema nicht behagte.

»Ja, klar, aber du bist ein sehr hübsches Mädchen und hier draußen gibt es nichts als Bären, Wölfe und Bäume ... Willst du denn keinen Freund?«

Kimi hielt in ihrer Arbeit inne. »Ich bin zufrieden mit meinem Leben, so wie es ist, Jacob. Ich will niemandem gehören als diesem Land. Hier draußen fühle ich mich geborgen, das Land hat mich zu dem gemacht, was ich bin. Es hat mich nie enttäuscht«, fügte sie hinzu.

»Verstehe«, murmelte ich, aber das stimmte nicht. Ich kapierte gar nichts. Die Orte Moosonee und Moose Factory lagen völlig abgeschieden. Schon dort war man auf verlorenem Posten, wenn man jung war und die Welt sehen und etwas erleben wollte. Doch hier, in diesem Blockhaus in der Wildnis? Als Gesellschaft nur ihr *moshum* und ein halbzahmer Wolf?

Schweigend richtete Kimi ihre unergründlichen Augen auf mich. *Diese Wahnsinnsaugen.* Ich ahnte, dass es einen Grund gab, warum sie hier draußen lebte, und dass er etwas mit der weißen Strähne in ihrem Haar zu tun hatte. Doch ich würde ihn nie erfahren. Bisher kannte ich nur Mädchen, die gerne redeten. Die ihre Gefühle vor mir ausbreiteten, in der Hoffnung, ich würde ihnen daraufhin meine offenbaren. Kimi würde mich, den *man-tay-o,* niemals in ihr Herz blicken lassen.

Ob sie meine Enttäuschung bemerkte? Vermutlich nicht.

Jacob roch gut. Besser als jeder Junge, den sie bisher so nah an sich herankommen lassen hatte. Kimi musterte ihn kurz, bevor sie sich wieder ihrer Näharbeit zuwandte. Jacob Cheechoo hatte ein warmes Lächeln und sanfte Augen. Keine Spur von männlichem Tapferkeitsgehabe. Er wollte kein Krieger sein wie all die anderen jungen Cree-Männer entlang der Hudson Bay. Von denen sagte keiner: »Ich habe Angst.« Oder: »Ich weiß es nicht.«

Jacob hatte es mehrfach getan. Im Eingeständnis seiner Furcht sah sie auch eine Art Tapferkeit, eine, die sie so von einem Jungen noch nicht kannte. Obwohl sie von Anfang an versucht hatte, ihn mit ihrem Spott auf Abstand zu halten, mochte er sie. Kimi merkte es nicht daran, wie Jacob sie ansah, sondern wie er manchmal wegsah. Sie hörte es aus den Fragen, die er ihr stellte.

Doch was würde er mit seinem Wissen über sie anfangen? Wenn Darrell kam, würde er ihn mit sich nehmen, den Jungen aus ihrem Traum. Und dann war sie wieder allein mit dem Alten und dem Wolf. Nicht einsam, aber ohne Jacobs Blicke, seine Gedanken, seine Fragen. Ohne seine Zuneigung, die ihn selbst genauso verwirrte wie sie. Viel zu schnell hatte Kimi sich an Jacob gewöhnt. An den nächtlichen Rhythmus seines Atems neben ihr. An seine Stimme, seine Albträume, seine Ängste und sein Lächeln.

Ein Teil von ihr sehnte sich danach, sich auf diesen Jungen einzulassen, der ihr im Traum erschienen war. Ein anderer Teil warnte sie davor. Dieser warnende Teil war verantwortlich für ihren Spott und ihre verletzenden Worte, etwas, worauf sie nicht stolz war. Doch es war besser für sie beide, wenn sie ihn auf Abstand hielt. *Vernünftiger.*

Jacob war gekommen, um seinen Vater zu treffen, und nicht, um in Moosonee zu bleiben. Und sosehr Kimi auch seine ehrliche Art gefiel, sie konnte nur hier und nirgendwo anders leben. Der *muskeg*, das waren ihr Herz und ihre Seele. Deutschland war ein weißer Fleck mit Blumen und Schokoladenosterhasen.

Wenn ihr Herz es jemals wieder zuließ, sich in einen jungen Mann zu verlieben, dann in einen, der ein guter Jäger war. Der sich auskannte in der Wildnis und den immer gegenwärtigen Gefahren, die in ihr lauerten. Vermutlich würde er schlechte Zähne haben und raue Hände vom Holzhacken und von der Kälte. Er würde sich mit Skidoos und Außenbordmotoren auskennen und die meiste Zeit in Tarnkleidung und Stiefeln herumlaufen. Und er würde niemals so gut riechen wie Jacob Cheechoo.

Anak kam zurück, ich hörte, wie er auf der Veranda den Schnee von seinen Stiefeln klopfte. Er hatte zwei Kaninchen in seinen Schlingen gefangen, und als er sie Kimi übergab, damit sie sie häuten und ausnehmen konnte, erzählte er, dass er außerdem einen Marder und einen Skunk in seinen Fallen gefangen hatte.

Anak ging in den Schuppen, um die Tiere bei Lampenlicht zu häuten und die Felle auf Hölzer oder Rahmen zu spannen.

Mit schnellen, geübten Handgriffen häutete Kimi die Kaninchen und bereitete aus ihrem Fleisch einen Schmortopf zu. Ich half ihr, Kartoffeln und Karotten zu schälen und zu schneiden, und so stand das Essen eine Stunde später auf dem Tisch.

Während wir aßen, merkte ich, dass Anak immer mal wieder schmerzhaft das Gesicht verzog. Auch Kimi musterte ihn besorgt. Aber nachdem der Alte seine Pfeife geraucht hatte, holte er zu meiner Überraschung die zerschrammte Hülle einer Geige unter seinem Bett hervor. Er setzte die ebenso zerschrammte Fiedel an seinen faltigen Hals und begann einen schottischen Jig zu spielen.

Die muntere Melodie riss mich mit. Ganz automatisch wippten meine Füße im Takt und meine Hände trommelten auf der Tischplatte. Kimi rutschte unruhig auf ihrem Stuhl hin und her. Es haute mich echt um, als sie aufstand und anfing zu tanzen. Kimi vollführte eine Art Stepptanz. Ihr Zopf hüpfte, ihre Füße klopften auf die Bodenbretter, sie schwang ihre Hüften im Takt und klatschte in die Hände. War das dieselbe Kimi? Ich konnte es kaum glauben.

Meine Beine zuckten. Anaks Bogen flog nur so über die Saiten, ein Lied ging in das nächste über. Grinsend zeigte der Alte seine Zahnlücke im Oberkiefer und fiedelte immer leidenschaftlicher. Obwohl ich wusste, dass ich meine Verletzungen zu spüren bekommen würde, stellte ich mich neben Kimi und begann ebenfalls zu tanzen. Ich versuchte, ihre schnellen Beinbewegungen nachzumachen, was ihr ein glucksendes Lachen entlockte.

Für einen Moment war die Welt für mich dieses einsame Blockhaus in der Wildnis: Kimi und ihre vibrierende Lebendigkeit. Der alte Mann und seine Fiedel. Ich und meine verwirrenden Gefühle. Und sonst nichts.

Als Kimi und ich später gemeinsam zum Klohäuschen gingen, hatte ich immer noch Musik und kribbelnde Erregung im Blut. Es hatte wieder begonnen zu schneien und die wild tanzenden Flocken ließen mich übermütig werden. Ich nahm Kimi an der Hüfte und wirbelte drei Runden mit ihr durch den Schnee. Kalte Schneekristalle tauten auf unseren Gesichtern. Kimi lachte, dass ihre weißen Zähne blitzten. Was für ein unglaublich schönes Gefühl das war, so mit ihr durch den Schnee zu tanzen. In diesem Moment gab es keinen Ort auf der Welt, an dem ich jetzt lieber sein wollte.

Als ich Kimi an mich zog, um sie zu küssen, dachte ich nicht an gestern und nicht an morgen, spürte nur diesen einmaligen Moment. Doch Kimi rieb bloß kurz ihre Nase an meiner, dann duckte sie sich weg, entwand sich meinem Griff und lief mir lachend davon. Mein Herz spielte verrückt, und als ich vor dem Klohäuschen stand, war ich fix und fertig. Ich wollte nicht, dass dieses schöne Gefühl wieder verging, und wusste nicht, wie ich es behalten sollte.

Zurück liefen wir schweigend und diesmal löschte Kimi gleich das Licht, als wir im Bett lagen. Ich wollte etwas sagen, konnte es jedoch nicht. Was auch? Dass ich dabei war, mich in sie zu verlieben? Nein, besser, ich behielt das für mich.

»Das war ein schöner Abend«, sagte ich. »Schlaf gut.«

»Du auch, Jacob.«

Neben Kimi zu liegen, so schrecklich nah, ließ mich kein Auge zumachen. Schlief sie? Vermutlich, denn ihre Atemzüge waren gleichmäßig. Sie konnte schlafen, weil sie kein einziges Mal auf diese Art an mich gedacht hatte. *Oder doch?* Warum sonst hatte sie mich heute so angesehen, als ich mein T-Shirt gewechselt hatte?

Ich würde es niemals erfahren, denn meine Abreise rückte näher. Ich würde auf Darrells Motorschlitten steigen und über den zugefrorenen Fluss nach Moosonee brettern. Dort wartete, so hoffte ich, mein Vater auf mich. Und am Samstag ging mein Flieger zurück nach Hause.

Nach Hause? Wenn ich an mein Leben in Jena zurückdachte, erschien mir vieles, was bisher meinen Alltag bestimmt hatte, farblos und blass: die Schule, Stefan, der Sport, die Band, die Mädchen. Das Lebendige war hier und jetzt. Wie konnte das bloß sein, nach so kurzer Zeit?

Unruhig wälzte ich mich auf dem Bett, bis ich dicht bei Kimi lag. Ihr Körper war umschlossen von einem Mumienschlafsack, trotzdem roch ich den Balsamtannenduft ihrer Haare. Ich dachte an *Wilderness Woman* und dass man nicht mehr derselbe war, wenn man mit ihr geschlafen hatte. Ich war längst nicht mehr derselbe, obwohl ich bloß *neben* ihr schlief.

13
VERWIRRENDE GEFÜHLE

Am nächsten Morgen ging es mir deutlich besser. Meine Schulter tat zwar immer noch weh, war aber wieder einigermaßen beweglich, seit ich keinen festen Verband mehr brauchte, nur noch Pflaster. Auch die Risse in meinem Oberschenkel heilten und diesmal bestand ich darauf, den Verband selbst zu wechseln. Es machte mich zunehmend nervös, wenn Kimi mir zu nahe kam.

»Die Fäden in deiner Stirn«, sagte sie, »die können raus.«

»Okay. Hast du eine scharfe Schere?«

Kimi reichte mir eine kleine Schere und eine Pinzette. »Wie du meinst«, sagte sie, mit Verwunderung in der Stimme.

Ich stellte mich vor den kaputten Spiegel und versuchte vorsichtig, mit der Schere den ersten Faden zu durchtrennen. Aber die Naht saß straff und es war nicht so leicht, wie ich geglaubt hatte. Außerdem fehlte Licht.

Schweißperlen bildeten sich auf meiner Stirn und ich fluchte leise, als ich mir mit der spitzen Schere die Haut ritzte. Ein dunkelroter Blutstropfen quoll hervor.

»Lass mich das machen, okay?« Kimi stand hinter mir. »Wäre schade um dein hübsches Gesicht.«

Mit roten Ohren folgte ich Kimi an den Tisch, wo ich mich setzte. Sie zündete die Lampe an, die über dem Tisch hing. Dann legte sie zwei Finger unter mein Kinn und schob meinen Kopf ein Stück nach hinten. Vorsichtig durchtrennte sie mit der Schere die Fäden und zog sie mit der Pinzette heraus. Ich hatte meine Augen geschlossen, spürte Kimis warmen Atem an meinem Gesicht. Mein Herz klopfte einen wilden Rhythmus und ich wusste, dass alles anders war seit gestern, seit wir getanzt hatten und gelacht. Seit sie vor meinem Kuss davongelaufen war. Am liebsten hätte ich meine Arme um Kimi geschlungen und sie fest an mich gedrückt. Aber ich rührte mich nicht, bis sie fertig war.

»Okay«, sagte sie und ich öffnete die Augen. »Eine Narbe wird zurückbleiben, aber sie wird mit der Zeit verblassen. Und ohnehin: Narben erhöhen deine Chancen bei den Mädchen um ein Vielfaches.« Sie lächelte, aber es war ein aufgesetztes Lächeln.

»Kimi …« Ich hielt sie am Arm fest.

Sie schüttelte den Kopf und entzog sich mir. Anak kam vom Holzhacken herein und Kimi goss Tee in seine Thermoskanne. Ich seufzte. Was war nur los mit mir?

Wie jeden Morgen griff Anak nach Gewehr und Axt, um auf die Jagd zu gehen oder seine Fallenstrecke abzulaufen oder was auch immer er den ganzen Tag da draußen im Busch machte. Zum Glück schien es ihm wieder besser zu gehen. Vielleicht hatte er sich ja beim Holzhacken verhoben – er war schließlich kein junger Mann mehr.

Kimi sagte etwas zu ihrem Großvater auf Cree und er antwortete lachend, bevor er ging.

»Was hat er gesagt?«, wollte ich wissen.

»Ich habe ihm gesagt, dass du versuchst, mich anzubaggern, indem du abtrocknest und den Boden fegst. Daraufhin hat er gemeint, dass das Frauenarbeit ist und du keine gute Partie für ein Cree-Mädchen bist, weil du nichts über Waffen, die Jagd und den Busch weißt. Du kannst keine Gans töten, keinen Mokassin nähen und in der Wildnis keine drei Tage überleben.«

Na toll! Immerhin hatte ich zwei Tage in der Wildnis überlebt, was in meinen Augen für den Anfang gar nicht so übel war. Für einen Moment stand ich völlig perplex mit dem Abtrockentuch in der Hand da. Ich hatte versucht, mich im Rahmen meiner Möglichkeiten nützlich zu machen, aber für Kimi zählten andere Dinge. Ein Tier töten. In der Wildnis überleben. Einen Mokassin nähen – Anak hatte höchstens zwei kurze Sätze gesagt. Also stammte das meiste von Kimi.

»Okay, ich bin kein Lederstrumpf.« Beleidigt warf ich das Handtuch auf das restliche Geschirr. »Aber so ein hoffnungsloser Fall bin ich nun auch nicht. All diese Dinge muss ich in meiner Welt nicht wissen oder können, um zu überleben. Was ich brauche, kann ich in einem Laden kaufen, dafür muss ich nicht töten oder nähen oder mein Leben riskieren.«

Kimi hörte auf zu grinsen und stieß Luft durch die Zähne. »Na schön, Jacob Cheechoo, vielleicht musst du all diese Dinge in deiner Welt nicht können. Aber was kannst du dann?«

»Was ich kann?« Entgeistert starrte ich sie an.

»Ja.«

Zugegeben, im ersten Moment fiel mir nichts ein, womit ich bei Kimi Eindruck machen konnte. Was konnte ich gut? Nichts Vergleichbares mit *fucking nitao.*

»Ich kann Dinge reparieren«, sagte ich schließlich. »Ein Fahrrad oder einen Computer.«

Unbeeindruckt musterte Kimi mich und mein ohnehin schon angeschlagenes Ich fühlte sich in die Enge gedrängt. Was hatte ich denn bisher schon Nennenswertes zustande gebracht, außer zur Schule zu gehen und halbwegs passable Noten nach Hause zu bringen?

Ich hob die Schultern. »Keine Ahnung, Sport ist mein Ding. Schwimmen, Rad fahren, laufen. Und ich mache Musik, schreibe Songs.«

Schon während ich es sagte, wurde mir klar, dass ich mit diesen Dingen vielleicht bei den Mädchen aus meiner Welt punkten konnte, aber nicht bei Kimi. Sie zog eine Augenbraue nach oben, ihr Blick sprach Bände. In ihren Augen war ich uncool und sterbenslangweilig. Doch ich weigerte mich, beleidigt zu sein.

»Es muss doch irgendetwas Nützliches geben, worin du gut bist«, insistierte Kimi weiter.

»Musik ist nützlich«, behauptete ich, »sie macht die Menschen glücklich. Gestern Abend, als wir getanzt haben, da hast du gelacht und warst wunderschön.«

Kimi wandte sich von mir ab, aber ich hatte gesehen, wie die Röte ihr Gesicht überzog. Sie zog Jacke und Stiefel an und nahm eins der Gewehre von der Wand.

»Jeder macht eben das, was er am besten kann«, sagte ich. »Jedenfalls dort, wo ich herkomme.«

In der offenen Tür drehte sich Kimi noch einmal zu mir um und sagte: »Schade, dass du vergessen hast, wo du wirklich herkommst.« Dann machte sie die Tür hinter sich zu.

Verdammt. Was sollte das denn? Kimi zog einfach los und ließ mich hier zurück? Diesmal nicht. Heute fühlte ich mich stark genug für einen Marsch. Also stieg ich in meine *mukluks* und schlüpfte in meine Jacke. Ich schnappte mir Mütze und Handschuhe und lief ihr hinterher.

Eine Zeit lang tat Kimi so, als würde sie nicht bemerken, dass ich ihr folgte. Aber dann drosselte sie ihr Tempo ein wenig, wofür ich ihr dankbar war. Wir liefen einen schmalen, festgetretenen Pfad in den Busch. Hin und wieder raschelte es vor uns oder hinter uns im Gesträuch, doch Kimi ließ sich durch kein Geräusch aus der Ruhe bringen.

Sie nannte mir die Namen der Bäume. *Black Spruce, White Spruce, Balsam Fir, Jack Pine, Tamarack.*

Im Schnee kreuzten sich viele Wildspuren und ich versuchte zu erraten, wer vor uns über den Pfad gegangen war.

»Die Trittsiegel des Fuchses sind kleiner als die des Wolfs und seine Schrittlänge ist kürzer«, sagte Kimi. »Schneehasen und Marder leben in dichten Büschen. Die Tiere wissen, dass wir da sind, noch bevor wir ihre Anwesenheit auch nur erahnen.«

Eine Schneeeule, die auf einem Ast saß, starrte mich mit weit aufgerissenen Augen an »Wer bist du denn?«, schien sie zu fragen.

Jacob Cheechoo, antwortete ich lautlos.

Nach einer Weile wurden meine Schritte langsamer. Immer wieder blieb ich stehen, um zu verschnaufen. Plötzlich flatterte über mir etwas auf und ich riss erschrocken die Arme hoch. Aber es war zu spät, ich bekam eine ordentliche Ladung Schnee auf Kopf und Schultern.

Kimi drehte sich um und lachte, als ich den Schnee abschüttelte. Es war ein unterdrücktes Glucksen und zum ersten Mal kam mir in den Sinn, dass sie, war ich erst fort, nur noch wenig zu lachen haben würde. Als könne Kimi meine Gedanken lesen, wurde sie auf einmal ernst.

»Du musst deine Umgebung im Blick haben«, schärfte sie mir ein. »Immer. Und die Ohren offen halten.«

Der Marder steckte zwischen den tödlichen Eisen, die Metallbügel hatten ihm das Genick zerschlagen. Seine Augen waren blinde Flecken, von Frost überzogen. Ich sah dunkles, geronnenes Blut zwischen seinen spitzen Zähnen. Das seidige Fell war schneebestäubt.

Kimi kniete sich neben die Falle und löste den Sicherungsdraht vom Baum. Dann befreite sie das tote Tier. Handgriffe, die sie schon unzählige Male ausgeführt hatte. Für sie handelte es sich um alltägliche Arbeit, doch ich würde den Anblick dieses toten Marders nie vergessen, das Blut an seinen spitzen Zähnen.

»Meegwetch«, murmelte sie. »Danke für dein Leben und dein schönes Fell.« Kimi steckte das steife Tier in ihren Umhängebeutel. Sie versah die Falle mit einem neuen Köder und tarnte sie mit Schnee.

Immer wenn Kimi in den Busch ging, war ihr Ziel, etwas zu töten. Oder etwas Totes in einer ihrer Fallen zu finden. Berührte sie das Sterben der Tiere denn überhaupt nicht? Hatte sie irgendwann einmal über Alternativen nachgedacht?

Kimi erhob sich und klopfte den Schnee von ihrer Hose. Unsere Blicke trafen sich und sie musterte mich sekundenlang mit ihrem seltsamen Blick. Dann sagte sie: »Okay. Weiter geht's.«

Keine Ahnung, wie weit wir inzwischen gegangen waren, aber die Wildpfade wurden schmaler, der Schnee tiefer und ich immer erschöpfter. Wenn wir noch weit liefen, würde der Rückweg ein ernsthaftes Problem für mich werden.

»Kimi, ich …«

Sie blieb stehen, drehte sich zu mir herum und legte einen Finger auf den Mund. Mein Herz schlug schneller, als Kimi das

Gewehr von der Schulter nahm. Nicht noch ein totes Tier, hoffte ich und versuchte zu erkennen, worauf Kimi schießen wollte. Sie legte das Gewehr an ihre Wange und zielte.

Erst als ich genauer hinschaute, sah ich sie: Ein paar Meter vor uns saßen hühnergroße Vögel in den kahlen Zweigen eines Strauches und pickten Knospen. Sie waren schneeweiß, deshalb hatte ich sie zuerst gar nicht wahrgenommen.

Ein ohrenbetäubender Knall ließ mich zusammenfahren, gleich drauf peitschte ein zweiter Schuss durch die Luft. Die übrigen Schneehühner flatterten mit wildem Geschrei aus den Zweigen und flogen davon. Kimi verließ den Pfad und lief zu dem Strauch, auf dem sie eben noch fröhlich gesessen und gepickt hatten.

Keine Ahnung, warum ich ihr folgte, warum ich überhaupt mit ihr gegangen war. Vielleicht, weil ich mich mehr und mehr in sie verliebte und mir das solche Angst machte, dass ich nach einem Grund suchte, der mir dieses Gefühl wieder austrieb.

Eines der beiden Hühner war tot, das andere nur angeschossen. Ein Flügel flatterte und ich sah hellrotes Blut im Schnee. Das Huhn wandte mir still den Kopf zu, sein Auge war eine winzige schwarze Murmel. Kimi bückte sich. Mit einer schnellen Bewegung griff sie nach dem Tier und brach ihm den Halswirbel. Ein Knacken, das mir durch Mark und Bein ging. Das Schlagen hörte auf.

War es das, was ich sehen wollte? Fühlte ich mich jetzt abgestoßen? *Ja und nein.* Es war abstoßend und faszinierend zugleich, diesem Mädchen dabei zuzusehen, wie es für unsere Mahlzeiten sorgte. Der ganze Prozess, vom Losgehen über das Töten und Häuten bis zum Ausnehmen, Zerteilen und Zubereiten. In meiner Welt verschwendeten die meisten Menschen kaum einen Gedanken daran, wer das Steak, der Fleischklops oder die Salami früher einmal gewesen war.

Das Knacken des Halswirbels hatte ich noch im Ohr, als wir längst wieder zu Hause waren und Kimi den beiden Vögeln die Federn ausrupfte. Weiße Flaumfedern hatten sich in ihrem Haar verfangen und sie sah aus wie Schneewittchen.

Betrachtete Kimi die Tiere wirklich nur mit dem kalten Auge der Jägerin? Nein, ich wusste es besser. Sie fühlte sich ihnen verbunden, war eine Jägerin mit Seele. Das Töten und Essen von wilden Tieren war für das Volk meines Vaters eine spirituelle Angelegenheit. Darin lag nichts Abstoßendes, weil es in Achtung vor dem Geist des Erjagten geschah.

Trotzdem hatte ich ein Problem damit. Denn für mich war die Jagd etwas Altes, Vergangenes, Überholtes. Etwas, das nicht mehr unbedingt notwendig war.

In Gedanken versunken nahm Kimi die Schneehühner aus. Jacob hatte sich in die Kammer verzogen. Der Marsch durch den Busch hatte ihn angestrengt, das war zu erwarten gewesen. Sein geschwächter Körper war noch nicht bereit für längere Fußmärsche durch Kälte und Schnee.

Aber es war nicht nur seine Erschöpfung. Kimi ahnte, dass Jacob allein sein musste, weil er sich über etwas klar werden wollte. Sie dachte an seinen entsetzten Blick, als sie dem angeschossenen Schneehuhn den Hals umgedreht hatte. Für sie war das eine ganz normale Angelegenheit, ein Akt der Gnade, denn es gab nichts Schlimmeres, als ein Tier nur zu verletzen, statt es zu töten.

Kimi erwartete nicht, dass Jacob, der *man-tay-o*, gleich alles verstand, sie respektierte sogar seinen tiefen Widerwillen gegen das Töten. Aber es kam ihr so vor, als würde er sie dafür verurteilen, dass sie es tat. Damit traf er einen wunden Punkt in ihrem Inneren. Anak tötete ohne Bedauern, denn er kannte es nicht anders. Doch Kimi hatte sich schon oft gefragt, ob es sein musste. Wie lange sie noch mit dem Alten hier draußen leben würde, auf die alte Art.

Das Fallenstellen lohnte nicht mehr. Proteste von Umweltschützern hatten die Preise ins Bodenlose fallen lassen, Preise, die die Mühe und den Tod nicht wert waren. Doch was dann? Diese Frage trieb Kimi schon seit einer Weile um und Jacob, mit seiner Abneigung gegen das Töten, hatte ihren inneren Konflikt wieder aufflammen lassen. Aber je mehr Argumente er gegen die Jagd und das Fallenstellen vorbrachte, umso mehr sah sie sich genötigt, die alte Lebensweise zu verteidigen.

Kimi fühlte sich von Tag zu Tag mehr zu Jacob hingezogen. Er tat ihr so gut, wie ihr lange nichts mehr gutgetan hatte. Ihm zuliebe wäre sie sogar bereit, Kompromisse zu machen. Doch wenn Darrell mit seinem Skidoo kam, würde Jacob aus ihrem Leben verschwinden, das war so sicher wie das Brechen des Eises im Frühling.

Trotzdem hoffte ihr Herz. Insgeheim wünschte Kimi, Jacob würde sich gut verstehen mit seinem Vater. Vielleicht kam er dann schon bald zurück nach Moosonee, um mit Greg Cheechoo zusammen zu sein und mehr über das Volk der Cree zu lernen. Dann bekamen vielleicht auch sie beide noch eine Chance, sich besser kennenzulernen.

Als ich wieder nach nebenan kam, schmorte Hühnerfleisch in der Pfanne und Kimi hantierte am Herd. Ich hatte Hunger. Na ja, keinen *echten* Hunger, aber es grummelte ziemlich laut in meinem Magen. Kurz musste ich an den vollen Kühlschrank in Stefans Küche denken, an dem ich mich nur zu bedienen brauchte.

Ich setzte mich auf die Bank neben Anaks Bett. Meine rechte Hand strich über ein seidenweiches Fell mit einem dunklen Kreuz, das zuoberst auf einem Stapel Felle lag, die der Alte für seinen Neffen zurechtgelegt hatte. Meine Gedanken wanderten zu dem Fuchs, der darin gejagt, geschlafen und gespielt hatte.

»Tut mir leid«, sagte ich. »Normalerweise jage ich im Supermarkt, Kimi. Ich … ich hab's nicht so mit dem Töten.«

»Warum bist du dann mitgekommen?«

»Weil ich wissen wollte, wie es ist.«

»Leben geht nicht ohne den Tod, Jacob«, sagte sie. »Nirgendwo auf der Welt.«

»Das klingt ja so, als wäre der Tod dieser Tiere etwas Notwendiges, Kimi. Aber du und Anak, ihr müsst nicht hier draußen leben. Ihr könntet nach Moosonee oder Moose Factory ziehen. Im *Northern Store* gibt es das ganze Jahr über Reis und Gemüse zu kaufen. Brot und Käse und Mehl.«

»Und wo sollen wir dort leben? Wovon sollen wir Gemüse und Brot kaufen?«

»Du könntest arbeiten. Und Anak bekommt bestimmt eine Rente.«

»Eine Rente?« Kimi lachte. »Wo soll ich denn arbeiten? An der Kasse im *Northern?* Kannst du dir das vorstellen? *Ich nicht.*«

Ich auch nicht. Eins zu null für Kimi. Keine Ahnung, was es sonst noch für Jobs gab in den beiden Orten, aber bestimmt boten sich auch in Moosonee Möglichkeiten, Geld zu verdienen.

»Du hast recht«, räumte Kimi ein. »Jagen, fischen und Fallen stellen wird nicht mehr gebraucht, um zu überleben. Aber für die meisten von uns gehört es zum Alltag, regelmäßig Zeit im Busch zu verbringen. Darauf beruhten unsere Kultur und unser ganzes Sein, Jacob. Wenn niemand mehr jagt, ist die Kultur im Eimer und nichts bleibt mehr übrig.«

Darauf wusste ich nichts zu erwidern, denn ich begriff, dass sie recht hatte. Und schlimmer noch: Kimi verteidigte mir gegenüber etwas, das auch zu mir gehören sollte. In diesem Moment fühlte ich mich zerrissener als je zuvor. Meine Cree-Herkunft nahm auf einmal so viel Raum ein und verdrängte, was bisher mein Leben bestimmt hatte: Vegetarier zu sein, Stefan zu hassen, Tierleid anzuprangern, Sport zu treiben, Musik zu machen. Und einen Plan für die Zukunft zu haben, der vor allem darin bestand, Abstand zwischen mich und meine Familie zu bringen.

Doch nun saß ich seit Tagen hier in diesem Blockhaus fest, mitten in der Wildnis, wo Menschen und Tiere auf uralte Weise miteinander verknüpft zu sein schienen. Ich lebte das Leben, aus dem Mum mich vor vierzehn Jahren unfreiwillig herausgerissen hatte. Die Wildnis da draußen forderte etwas von mir, etwas, das zweifellos in mir angelegt, jedoch viele Jahre im Verborgenen geblieben war. Wollte ich wirklich, dass es wieder zum Vorschein kam?

Die Welt meiner Cree-Vorfahren war machtvoll. Ein ganzer Kosmos von tragischen Geschichten, von Ritualen und altem Wissen tat sich vor mir auf, in so rasender Geschwindigkeit, dass mir davon ganz schwindelig wurde. Ich versuchte, rational zu sein und Herr über das Chaos zu werden. Doch es gelang mir nicht.

»An was denkst du?« Kimi sah mich an, fragend und traurig.

Ich schüttelte den Kopf.

»Du hättest mir nicht hinterherlaufen sollen.«

»Nein, nein, Kimi. Es ist nur …«

»Versuch nicht, immer gleich alles zu verstehen, Jacob«, sagte sie. »Geh es langsam an und gib der anderen Hälfte in dir eine Chance.«

Ich nickte. Sagen konnte ich nichts.

Am Abend, nach dem Essen, goss Kimi jedem von uns einen Becher Tee ein. Anak stopfte seine Pfeife und nahm das Thema Missionsschule wieder auf. Begierig, mehr über meinen Großvater Isaac zu erfahren, war ich ganz Ohr, denn vielleicht war es die letzte Gelegenheit. Mit etwas Glück würde Darrell am nächsten Tag kommen und mich zu meinem Vater nach Moosonee bringen.

Doch Anak begann von seiner Schwester Sally zu erzählen, die mit ihm zusammen in die *St. Anne's Residential School* gebracht worden war. »Meine Schwester war drei Jahre älter als ich und war im Mädchentrakt untergebracht«, sagte er. »In den ganzen Jahren habe ich sie nur zweimal von Weitem gesehen und nie mit ihr sprechen können. Später erfuhr ich, dass einer der Priester Sally vergewaltigt hatte, als sie dreizehn war. Sie schoben meiner Schwester die Schuld in die Schuhe und nahmen ihr das Kind weg. Sally wurde später zur Alkoholikerin und starb, als sie noch nicht einmal vierzig war.«

Meine Kehle wurde eng. Nach und nach wurde mir klar, warum Anak zwei Tage gebraucht hatte, bevor er weitererzählen konnte. Er vermochte diese schrecklichen Dinge nur Stück für Stück zu offenbaren, sonst überwältigten sie ihn. Auf diese Weise bekam auch ich Zeit, um das Gehörte zu verarbeiten.

Schließlich erfuhr ich doch noch etwas über meinen Großvater. »Dreimal versuchten dein *moshum* und ich, aus *St. Anne's* zu fliehen«, offenbarte Anak mit brüchiger Stimme. »Zweimal holten sie uns zurück, schlugen uns, sperrten uns in den kalten Keller und ließen uns hungern. Als ich sechzehn war und Isaac siebzehn, versuchten wir es erneut. Und diesmal schafften wir es. Wir schlugen uns im Herbst durch die Wälder und den *muskeg,* mehrere Wochen lang. Bis wir mit dem ersten Schnee auf eine Jagdhütte stießen und die Familie uns aufnahm. – Meine Mutter und meinen Vater«, sagte er, »die sah ich erst wieder, als ich so alt war wie du, Jacob.«

Anak erzählte, dass seine Eltern Fremde für ihn geworden waren, die eine Sprache sprachen, die er nicht mehr verstand. Er verließ seine Leute und versuchte sein Glück in den Städten, genauso wie Isaac, mein Großvater.

»Ruhelos zog ich von Stadt zu Stadt, als wäre mir jemand auf den Fersen«, erinnerte sich Anak. »Irgendwann dachte ich, ich wäre verrückt. Erst als ich bei einem Besuch in Moose Factory meine Frau Mary kennenlernte, wurde das anders. Eines Tages sah sie mich an und fragte mich: Vor wem fliehst du eigentlich, Anak Sutherland?

Ich erzählte ihr alles und sie rettete mich, denn endlich begriff ich, was mir angetan worden war. Ohne Mary hätte ich es nicht geschafft. Ohne sie und dieses Haus hier, das ich damals baute, um immer mal wieder für Wochen im Busch zu verschwinden und mit mir und meinen Dämonen allein zu sein.«

Letztendlich erfuhr ich, dass Tausende Kinder der Ureinwohner das Schicksal von Anak und meinem Großvater geteilt hatten. Viele von ihnen waren verhungert, hatten sich das Leben genommen oder waren auf der Flucht aus den verhassten Missionsschulen gestorben. Kimi nannte eine Zahl: *dreitausend.*

»Man nimmt an, dass es weitaus mehr waren«, sagte sie. »Im Umkreis ehemaliger Missionsschulen werden immer noch Gräber gefunden.«

Anak sah mich an. »Und viele Überlebende wurden als Erwachsene Opfer von Alkohol und Selbstzerstörung. Das Trauma, das sie erlebt hatten, tötete sie erst Jahre später. So wie Sally, meine Schwester. Und deinen *moshum*, Jacob.«

»Was wurde denn aus ihm?«, fragte ich mit belegter Stimme. »Wann habt ihr euch wiedergesehen?«

»Eines Tages tauchte Isaac in Moose Factory auf. Er war sechsundzwanzig und er trank. Er wollte es verbergen, doch ich sah es ihm an. Isaac brauchte Hilfe, das war offensichtlich, also ließ ich ihn eine Weile bei uns wohnen. Doch Mary wurde der schwierige Gast bald zu viel und so legte ich meinem Freund schweren Herzens nahe, dass er sich eine andere Bleibe suchen musste.

Zwei Monate später heiratete er Alice Nakogee, deine *kookum*, und zog in ihr Haus in Moosonee. Im Jahr darauf wurde dein Vater geboren.

Anfangs trafen wir uns noch öfter, gingen gemeinsam fischen oder auf die Gänsejagd. Verheiratet und Vater zu sein, schien Isaac gutzutun. Er arbeitete in einer Diamantenmine, verdiente gutes Geld und kümmerte sich um seine Familie.

Doch im Laufe der Jahre wurden unsere Treffen weniger und weniger.« Anak starrte in seinen Teebecher. »Ich hörte, dass Isaac andere Frauen hatte, wieder trank und Alice und seinen Sohn schlug. Als ich ihn zur Rede stellte, war seine Scham so mächtig, dass ich beschloss, ihm noch einmal zu helfen. Ich holte meinen alten Freund hierher, in dieses Blockhaus, in der Hoffnung, dass die Wildnis ihn heilen würde. So wie mich.

Und eine ganze Zeit sah es auch so aus, als würde es funktionieren. Isaac schrie und weinte, wenn der Durst nach Schnaps ihm die Adern verbrannte. Doch er hielt durch. Trank Tee und Flusswasser. Er erkannte, dass sie in der Missionsschule seine Seele zerstört hatten – und dass er im Begriff war, seiner Frau und seinem Sohn dasselbe anzutun.«

Anak schien mit seinen Gedanken weit weg zu sein. Seine Miene war düster. Mir graute vor dem, was er mir noch erzählen würde.

»Eines Tages ging Isaac in den Busch und kehrte nicht mehr zurück. Ich suchte nach ihm und fand das Wolfsamulett, das er vor meinen Augen geschnitzt hatte. Deinen *moshum*, Jacob, habe ich nie wiedergesehen.«

Was? *Das war alles?* Mein Großvater war einfach verschwunden?

»Aber …« Ich konnte meine Enttäuschung nicht verbergen.

Anak schüttelte den Kopf. »Das ist alles. Mehr habe ich nicht zu sagen, mein Junge. Wenn du mehr über deinen Großvater wissen willst, musst du mit deinem Vater sprechen.«

Verdammt, wenn ich das nur endlich könnte!, dachte ich.

14

BLUTIGER SCHNEE

Wie jeden Morgen vor dem Frühstück untersuchte Kimi die Nähte an meinem Bein. Ihr Gesicht schwebte so dicht über meinem Oberschenkel, dass ich ihren warmen Atem auf meiner Haut spüren konnte und eine bestimmte Stelle meines Körpers anfing, verrückt zu spielen. Glücklicherweise blieb das Drama unter der aufgeworfenen Hasendecke verborgen, auf die ich nun ganz unauffällig meine Hände legte.

»Tut das noch weh?«

»Wenn du nicht darauf herumdrückst, nein.«

»Alles ist gut verheilt«, sagte sie. »Ich kann die Fäden ziehen.«

»Jetzt?«, stieß ich erschrocken hervor.

»Ja, warum nicht? Ist bestimmt angenehmer ohne.«

»Später, okay?«

»Keine Angst, ich bin vorsichtig.«

»Ja, weiß ich. Aber mir ist einfach lieber, die Fäden halten alles noch ein bisschen zusammen.«

»Okay«, murmelte Kimi. »Wie du meinst.«

Nachdem Anak gegangen war, machte ich mich auf den Weg zum Klohäuschen. Ich vermisste mein tägliches Gespräch mit Shadow, der den Alten diesmal begleitete auf seiner *trapline.* In diesem Moment wurde mir schmerzhaft klar, wie sehr ich sie alle drei vermissen würde, wenn ich erst wieder in Deutschland war. Shadow, den Dreiviertelwolf, Anak, den alten Indianer, der wie ein Ersatzgroßvater für mich geworden war. Und natürlich Kimi, die Jägerin und Heilerin, die längst so viel mehr war für mich.

Der Himmel war grau und wolkenverhangen, Schnee lag in der Luft. Aber das hatte Kimi ja vorausgesagt. Als ich zum Haus zurückkam, holte sie gerade eine längliche gelbe Plastikwanne aus dem Schuppen und ich erkannte den Schlitten, in dem Anak mich nach dem Bärenangriff zum Haus transportiert hatte. Dann sah ich das Gewehr, das am Schuppen lehnte.

»Du willst wieder los?« Keine Ahnung, warum ich so enttäuscht reagierte. Kimi tat schließlich bloß, was sie bisher jeden Tag getan hatte.

»Anak und ich brauchen Fleisch, Jacob. Allein von Schneehühnern und Schneehasen können wir nicht überleben.«

»Wieso nicht?«

»Weil das Fleisch der kleinen Tiere kaum Fett speichert und nicht genug Energie gibt. Ernährst du dich über längere Zeit nur von mageren kleinen Tieren, bekommst du Durchfall und Kopfschmerzen. Du frierst und wirst immer schwächer. Wir nennen es Kaninchenhunger.«

Kaninchenhunger? Wollte sie mich auf den Arm nehmen?

»Was … was willst du denn jagen?«, fragte ich mit Blick auf die Schlittenwanne. Kimi schien fest entschlossen zu sein, heute etwas Größeres zu erbeuten als ein Schneehuhn oder einen Hasen.

Sie presste die Lippen zusammen und schüttelte den Kopf. »Das kann ich dir nicht sagen, Jacob. Es ist ein Geheimnis zwischen mir und dem Tier.«

Ein Geheimnis? Das machte mich neugierig und ich vergaß,

dass ich eigentlich auf Darrell wartete. »Ich möchte mitkommen.«

Kimis Blick schien mich von meinem Vorhaben abhalten zu wollen. Sie runzelte die Stirn, holte Luft, sagte dann aber doch nichts. Zehn Minuten später stapfte ich, den Plastikschlitten hinter mir herziehend, den festgetretenen Pfad zum See entlang. Es war ein lang gezogener, schmaler See mit Gestrüpp und dichten Baumreihen am Ufer. Nachdem wir ihn halb umrundet hatten, stieß Kimi auf Spuren mit gespaltenen Hufen im verharschten Schnee.

»Athik«, sagte sie leise, »ein Waldkaribu.« Mit gedämpfter Stimme erzählte sie mir, dass Waldkaribus in kleinen Gruppen oder allein lebten. Dieses Tier war offenbar allein unterwegs. Kimi deutete auf die Spuren. Sie nahm das Gewehr von der Schulter in die rechte Hand. Das Jagdfieber hatte sie gepackt, ich sah es an ihren Augen, erkannte es in ihren Bewegungen. Fanden wir dieses Karibu, war sein Schicksal besiegelt.

Kimi bedeutete mir, die Schlittenwanne zurückzulassen und ihr so leise wie möglich zu folgen. Die Karibuspuren führten uns um das Uferdickicht herum. Plötzlich blieb Kimi stehen und gab mir hinter ihrem Rücken mit der Hand ein Zeichen, dass ich bleiben sollte, wo ich war. Schließlich drehte sie sich halb zu mir um und legte einen Finger auf die Lippen.

Etwa dreißig Meter von uns entfernt stand das Karibu und zupfte an den Flechten eines Baumes. Es war ein langbeiniges Tier mit hohem, schaufelartigem Geweih. Sein graubraunes Fell, das am Rücken dunkler war, schimmerte zwischen den dünnen Birkenstämmen hindurch.

Ich beobachtete, wie Kimi das Gewehr an die Schulter hob und den hölzernen Schaft an ihre Wange drückte. Mit dem Auge nahm sie Maß durch das Zielfernrohr und murmelte etwas auf Cree. Vermutlich bat sie darum, den Tod des Tieres leicht und schnell zu machen. Schließlich atmete sie ein, und als sie wieder ausatmete, drückte sie ab. Der Schuss krachte, das Karibu brach zusammen. Erst jetzt merkte ich, dass ich die ganze Zeit die Luft angehalten hatte.

Wir liefen zu dem getroffenen Tier. Obwohl Kimi lange und sorgfältig gezielt hatte, war es nicht tot. Das Karibu hob immer wieder den Kopf und rollte mit den Augen. Es versuchte aufzustehen und schlug mit den Vorderläufen. Ich sah hin, sah mir sein Sterben an, trotz meines Entsetzens. Notgedrungen hatte ich mich in den letzten Tagen an den Anblick toter Tiere gewöhnt. Doch dieser sterbende, noch warme Körper, der wilde Blick, das gab mir den Rest. Der Geruch von Fell, Schweiß, Blut und Angst stieg mir in die Nase und drehte mir den Magen um.

Kimi schoss ein zweites Mal. Das Schlagen der Beine hörte auf, ein letztes Zucken ging durch den Körper. Das Karibu verendete mit einem Röcheln und das Licht in seinen Augen erlosch. Ich konnte zusehen, wie sie glasig wurden. Daran, und an alles davor und danach, würde ich mich den Rest meines Lebens erinnern.

Kimi setzte einen Schnitt an die Kehle des Tieres und Blut, glänzend und heiß, ergoss sich in den Schnee. Es war so rot wie meines. Erneut dachte ich, ich müsste mich übergeben, doch ich wandte mich nur ab und schloss die Augen. Zwang mich, an etwas anderes zu denken. Das half ein bisschen, aber nicht viel.

Die grauenvollste Erfahrung bisher in meinem Leben war Stefans Schweinestall gewesen. Was sich hier am Seeufer abspielte, war hässlich, blutig und verstörend. Doch ich versuchte, mich auf die ersten vier Jahre meines Lebens zu besinnen, auf die *Walking-out*-Zeremonie, und wieder zu jemandem zu werden, der besser mit dem hier klarkam. Ich wollte mich vor Kimi bewähren.

Kimi ließ das Karibu ausbluten und verstreute Tabak über seinem Kopf. Sie erklärte dem Tier, warum sie es töten musste. Dass sie sein Fleisch brauchte, seine Haut und seine Knochen. Sie dankte ihm und dann tat sie, was an blutigen Dingen getan werden musste.

Ihre Messerklinge durchtrennte Fell, Fleisch und Sehnen. Sie weidete das Tier aus und jede ihrer Bewegungen verriet, dass sie genau wusste, was sie tat. Ich sah, wie die Knochen eines Wesens zum Vorschein kamen, das gerade noch lebendig gewesen war, und atmete den strengen Geruch der dampfenden Innereien.

Kimi sah mich nur ein einziges Mal an und ihr Blick verriet, dass sie Hilfe brauchen konnte.

»Was soll ich tun?«, fragte ich automatisch.

»Hol den Schlitten und breite die Plane aus.«

Auf dem Weg zum Schlitten atmete ich mehrmals tief durch. *Aus mir wird niemals ein Jäger werden,* dachte ich. Denn wenn ich Tiere tötete, würde ich zu jemandem werden, der ich nicht sein wollte.

Doch als wir das zerlegte, in Plane gepackte Karibu auf dem Schlitten nach Hause zogen, beschloss ich, kein Problem mehr damit zu haben, dass Kimi es tat.

Zum späten Mittagessen gab es Bannock, in der Pfanne gebackenes Gerstenbrot, und Karibusteaks. Ich kam klar damit. Es schien, als würde ich die Energie tatsächlich spüren, die das Fleisch des Karibus meinem Körper spendete.

Am frühen Nachmittag kehrte Anak mit leeren Händen heim und seine Augen leuchteten, als er von Kimis Jagderfolg erfuhr. Er aß ein kaltes Steak mit Bannock und trank zwei Tassen starken Tee mit viel Zucker. Schließlich sagte er etwas auf Cree zu Kimi und verschwand wieder nach draußen.

»Geht er etwa noch mal los?«

»Nein.« Kimi schüttelte den Kopf. »Anak will einen Teil des Karibus im Tipi zu Trockenfleisch verarbeiten.«

»Braucht er Hilfe?«

»Ich glaube, er möchte allein sein. Aber geh ruhig und frag ihn.«

Ich spähte aus dem Fenster. Es hatte mal wieder begonnen zu schneien und aus dem Abzugsloch des Tipis stieg eine Rauchwolke auf. Ich machte mir Sorgen um Anak. Obwohl der Alte versuchte, es zu verbergen: Es ging ihm nicht gut. Kimi sorgte sich ebenfalls um ihren Großvater, das spürte ich. Also zog ich meine Jacke über und lief durch den Flockenwirbel zum Tipi. Shadow lag vor dem Eingang und war dabei, ein paar blutige Innereien des Karibus zu verschlingen.

»Anak?«, rief ich. Die Holztür öffnete sich und ich blickte in das dunkle Gesicht des Alten. »Brauchst du Hilfe, *moshum?*«

Er schüttelte den Kopf. »Geh wieder zu Kimiwan, Jacob. Diese Arbeit erledige ich gerne allein.«

Also gut, dachte ich erleichtert, denn ich war nicht wild auf Fleisch und Blut und Knochen.

Als ich ins Haus zurückkam, saß Kimi mit ihrer Brille auf der Nase am Tisch und war mit einer Perlenarbeit beschäftigt. Vor ihr standen sechs kleine flache weiße Emailleteller und auf jedem lagen Perlen in verschiedenen Farben. Grün, Rot, Weiß, Gelb, Schwarz und Blau.

»Ich weiß auch nicht«, sagte ich, »aber ich habe das Gefühl, es geht ihm nicht gut und er will allein sein, damit wir es nicht bemerken.« Ich setzte mich zu ihr an den Tisch.

Kimi nickte. In ihren schwarzen Augen stand ein feuchter Schimmer.

»Ist alles in Ordnung mit dir?«

»Ich bin okay«, antwortete sie. Doch das Beben in ihrer Stimme sagte etwas anderes.

Kimi blinzelte die Tränen weg, die ihr in die Augen gestiegen waren. Mit einer feinen Nadel spießte sie Perle um Perle auf und befestigte sie auf dem hell gegerbten Leder. Schließlich hielt sie abrupt inne.

»Du hältst mich für grausam, nicht wahr?«, stieß sie hervor. »Weil ich töte, um zu überleben.« Jacob fixierte schweigend den Teller mit den blutroten Perlen. Sie sahen aus wie winzige Blutstropfen im Schnee. »Du glaubst, dass du ein besserer Mensch bist als ich, weil du nicht tötest und kein Fleisch isst.«

Jacob schüttelte den Kopf und schließlich hob er den Blick und sah sie an. »Nein, Kimi, das glaube ich nicht. Aber ich kann den Wunsch, einem Tier das Leben zu nehmen, einfach nicht nachvollziehen.«

»Ich töte nicht zum Spaß, Jacob.«

»Das weiß ich, Kimi. Nur … ich … ich habe noch nie ein so großes Tier sterben sehen. Seine dunklen Augen, sie waren voller Schmerz, und ich habe diesen Schmerz in mir drin gefühlt. Ich hasse es, wenn Tiere leiden müssen.«

Jacobs Worte kamen aus seiner Seele und das berührte eine Stelle tief in ihrem Inneren. Wie kein anderer Junge, den sie kannte, fühlte er mit den lebenden Wesen.

»Ich hasse es auch, Jacob«, stieß sie hervor. »Aber es ist mein Leben.«

Er nickte, ohne sie dabei anzusehen. »Ich wollte auch nicht, dass du zweifelst an dem, was du tust … an deinem Leben.«

Doch das tat sie.

Und in diesem Moment hasste Kimi Jacob dafür, dass er sie dazu gebracht hatte zu zweifeln. Denn von nun an würde sie nie mehr ein Tier töten können, ohne an Jacobs Blick und seine Worte zu denken.

Auf einmal wirkte Kimi verletzlich und zart. Unter ihren Händen wurden die verschiedenfarbigen Perlen zu Blütenblättern. Hellblau und Dunkelgrün. Wunderschön. Vielleicht konnte sie ja Perlenarbeiten verkaufen, um Geld zu verdienen. In Moose Factory gab es das Cree-Cultural Interpretive Centre. Ob Kimi diese Möglichkeit schon einmal in Betracht gezogen hatte?

Sie schien nicht mehr reden zu wollen. Vielleicht war Kimi zu der Erkenntnis gekommen, dass ich es der Mühe nicht wert war. Ben hatte immer behauptet, dank meines fremdartigen Aussehens und meiner Trommelkünste hätte ich es zu einfach bei den Mädchen. Keine Ahnung, vielleicht traf das ja auf die deutschen Mädchen zu. Bei Kimi konnte ich mit meinem Aussehen ganz gewiss nicht punkten und mit meiner Fremdartigkeit und den Trommelkünsten auch nicht.

Außen rot und innen weiß. Kein echter Kerl, weil das ganze *nitao* nicht mein Ding war. Weil ich den Schmerz der Tiere sah und nicht die Notwendigkeit ihres Todes.

Aber die Wahrheit war: Ich hatte keine Ahnung, was in Kimi vorging. Vielleicht mochte sie mich ja trotzdem. Vielleicht passierte mit ihr gerade dasselbe wie mit mir – so unwahrscheinlich das auch schien. Dieser Gedanke machte mir Angst. So viel Angst, dass ich mich anzog und nach draußen flüchtete.

Kimi hatte nicht einmal aufgesehen. Vermutlich war sie froh, dass ich ging. Für einen Moment stand ich in der kühlen Winterluft und wusste nicht, wohin mit mir. Dann sah ich den Holzstapel und die langstielige Axt, die in einem kurzen Hackklotz steckte. Vielleicht war Holz hacken eine gute Sache, wenn man von ungekannten Gefühlen überwältigt wurde.

Ich hatte noch nie Holz hacken müssen, aber so schwer konnte das schließlich nicht sein. Meinem linken Arm fehlte zwar noch die Kraft, trotzdem versuchte ich es und stellte ein Stück gesägtes Rundholz auf den Hackblock.

Die Axt wog schwer in meinen Händen. Ich hob sie über den Kopf und ließ sie mit Wucht niedersausen. Die Klinge traf das Rundholz zu weit rechts. Es kippte und flog vom Hackblock in den Schnee. Über mir ertönte das Hohngelächter von *Weesakeyjack,* einem Blauhäher.

Verflixt, dachte ich, *ist wohl doch nicht so einfach.*

Außerdem stach es in meiner linken Schulter. Trotzdem stellte ich das Holzscheit wieder auf und wiederholte das Ganze. Diesmal steckte die Klinge im Holz, spaltete es aber bloß zu einem Drittel. Ich hob die Axt samt Holzklotz an, was mich enorme Kraft kostete, und als ich sie diesmal niederfallen ließ, flogen die zwei gespaltenen Hälften in den Schnee.

Das Gelächter des Blauhähers mischte sich mit Kimis spöttischem Prusten. Ich drehte mich um, sie stand hinter mir. Vermutlich hatte sie die Axtschläge gehört und wollte sich das Spektakel nicht entgehen lassen.

»Jetzt habe ich endlich einen Indianernamen für dich: *Junge, der nicht Holz hacken kann.*«

Mein Grinsen versteckte ich im Kragen meiner Jacke. Ich war so froh, dass Kimi wieder mit mir redete.

»Ich mache mich mal wieder lächerlich«, sagte ich. »Na und? Ich habe es nie gelernt, weil ich zu Hause immer bloß die Heizung aufdrehen brauchte. Aber du könntest es mir beibringen. Damit ich endlich etwas Nützliches kann.«

Kimi ignorierte meinen Sarkasmus und stellte ein neues Holzscheit auf den Hackklotz. Sie nahm mir die Axt aus der Hand, holte elegant aus und schlug zu. Die Klinge der Axt traf krachend auf die Mitte des Holzstückes und die beiden Hälften fielen auseinander. Ein neues Scheit, die Klinge sauste nieder und die beiden Hälften fielen links und rechts neben dem Hackklotz in den Schnee.

»Es ist keine Frage der Stärke, sondern der Schwerkraft«, ließ sie mich wissen. »Siehst du? So.« Kimi korrigierte meinen Griff am Schaft der Axt.

Ich probierte es erneut und irgendwann hatte ich den Bogen raus. Schon bald hing der Duft von frisch geschlagenem Holz in der Luft und neben dem Hackklotz häuften sich die Scheite. Kimi sammelte sie in den Korb und half mir, das Feuerholz unter dem Dach der Veranda zu stapeln.

Als es anfing zu schneien und zu stürmen, zogen wir die Plane wieder über den Holzhaufen. Wind fegte durch die Zweige der Büsche und Bäume und fauchte wie ein Tier. Schnee wirbelte umher. Während wir mit eiskalten Fingern die Plane festbanden, kam es mir so vor, als würde ich im Brausen des Windes Anaks Fiedel hören. Die Welt um das Blockhaus schien nach einer wilden Melodie zu tanzen.

War das der Schneesturm, den Kimi vorhergesagt hatte? Ich hoffte, er würde sich heute Nacht austoben und Kimis Cousin

Darrell nicht davon abhalten, morgen zu kommen. Donnerstag. Die letzte Chance, wenigstens einen Abend mit meinem Vater zu verbringen.

Als Anak ins Haus zurückkam, roch er nach Holzrauch und geräuchertem Fleisch. Beim Abendessen war er einsilbig und legte sich gleich danach ins Bett. Kimi und ich verzogen uns in die Kammer, um ihn nicht zu stören.

»Was ist mit ihm?«, fragte ich.

»Es geht ihm überhaupt nicht gut«, sagte Kimi im Flüsterton. »Und ich fürchte, es ist etwas Ernstes.«

15
EINE BITTERE LEKTION

Am nächsten Morgen erwachte ich mit einer Erektion und brauchte eine Weile, bis ich aufstehen konnte.

Es schneite nicht mehr und auch der Sturm hatte sich gelegt. Überall türmten sich hohe Schneeverwehungen und es lagen unter der Last des Schnees gebrochene Äste herum. Auf dem Weg zum Klohäuschen sank ich an mehreren Stellen bis zu den Knien ein. Schon nach wenigen Metern kam ich mir vor wie auf einer Polarexpedition.

Ich holte eine Schaufel aus dem Schuppen und machte mich gleich daran, den Platz vor dem Haus und den Weg zum stillen Örtchen freizuschaufeln. Eine Woche war jetzt seit dem Bärenangriff vergangen und natürlich spürte ich meine linke Schulter beim Schneeschaufeln, aber das Stechen war auszuhalten.

Anak verließ sein Bett erst, als das Frühstück auf dem Tisch stand. Für jeden eine Schüssel Porridge mit ein paar Nüssen und Trockenfrüchten. Dazu schwarzer Tee mit Milchpulver. Vegetarierfrühstück. Geht doch, dachte ich.

Nach dem Frühstück fragte Kimi Anak etwas auf Cree. Er schüttelte den Kopf und meinte, dass er bei diesen Verwehungen besser darauf verzichte, seine Fallenstrecke abzulaufen. Aber ich vermutete noch etwas anderes dahinter: Seine Schmerzen waren schlimmer geworden. Ich sah, wie der alte

Mann das Gesicht verzog, wenn er sich unbeobachtet fühlte. Es ging ihm sehr schlecht, aber er wollte kein Aufhebens davon machen.

Sein Zustand beunruhigte mich zunehmend, und nichts tun zu können, außer auf diesen Darrell zu warten, machte mich ganz verrückt. Ich redete mir ein, dass Kimi und ihr Cousin Anaks Familie waren und sie schon wissen würden, wie sie mit der Situation umzugehen hatten.

Kimi setzte sich wieder an ihre Perlenarbeit. Anak breitete auf der anderen Seite des Tisches ein Wachstuch aus und begann, eines der Gewehre auseinanderzunehmen. Er musste immerzu etwas tun, ausruhen gab es für ihn nicht.

Ich packte meine Siebensachen zusammen. Wenn Darrell kam, war ich bereit. Bereit, die Flucht zu ergreifen vor der Wildnis. Vor Kimi und meinen Gefühlen für sie, die ich bisher nur meinem Textbuch in Form eines neuen Songs anvertraut hatte.

In der vergangenen Nacht hatte ich im Traum mit Kimi geschlafen, was eindeutig schöner gewesen war, als vom *whe-tiko* durch Schnee und Finsternis gejagt zu werden. Aber an meinen Albtraum war ich gewöhnt, ich dachte nicht mehr über ihn nach am nächsten Morgen. Was ich von meinem Kimi-Traum nicht behaupten konnte.

»Kann sein, Darrell kommt nicht bei diesem Wetter«, eröffnete mir Kimi vorsichtig, als ich zum wiederholten Male aus dem kleinen Fenster starrte.

»Was?« Ich drehte mich um. »Es schneit ja nicht mal.«

»Wird es aber bald.«

Verdammt, das durfte nicht wahr sein! »Ich muss morgen den Zug kriegen.« Ich sah Anak, der mit einem Öllappen sein Gewehr reinigte, fragend an, doch er schüttelte nur den Kopf.

»Dann laufe ich eben jetzt los«, sagte ich entschlossen. »Es geht mir gut, ich kann es bis heute Abend schaffen.«

»Ich fürchte, das ist keine gute Idee«, wandte Kimi ein.

»Ihr könnt mich hier nicht festhalten.«

Kimi und ihr Großvater wechselten Blicke. Der Alte schüttelte noch einmal verständnislos den Kopf und wandte sich wieder seiner Arbeit zu.

In meinem Inneren tobten die Gefühle. Ein Anflug von Panik befiel mich bei dem Gedanken, meinen Zug und den Flieger zu verpassen. Doch viel schlimmer schien mir die Möglichkeit, dass der alte Mann ernsthaft krank war und hier draußen sterben könnte, nur weil sein Neffe nicht wie verabredet erschien.

Anak gehörte in ein Krankenhaus. Kimi konnte Verletzungen nähen, Breiumschläge machen und bitteren Tee kochen. Aber der alte Mann brauchte dringend einen Arzt. Ich musste Hilfe holen. Allerdings würde Anak mich nicht gehen lassen, wenn er wusste, dass es seinetwegen geschah.

»Ich muss nach Moosonee«, sagte ich. »Mit Sicherheit weiß mein Vater inzwischen, dass ich auf dem Weg zu ihm war, und er wird sich fragen, wo ich bleibe. Meine Mutter hat seit Tagen keine Nachricht mehr von mir bekommen und wird vor Sorge durchdrehen. Ich kann nicht mehr länger warten, ich muss gehen.«

»Also gut«, lenkte Kimi überraschend schnell ein. »Dann begleite ich dich. Zieh dich warm an. Ich packe uns etwas zu essen für unterwegs ein.«

»Bei diesem Wetter so weit zu laufen, ist verrückt«, wandte sich Anak an mich. »Du bist noch nicht fit genug für eine so weite Strecke.«

»Aber das Wetter ist okay«, widersprach ich. »Und auf dem Fluss werden die Schneewehen nicht so hoch sein.«

»Lass ihn, *moshum«,* erwiderte Kimi. »Er wird nicht lockerlassen.«

Wollte sie, dass ich mich schlecht fühle? Ich fühlte mich schlecht, aber das hielt mich nicht davon ab, mich anzuziehen. Lange Unterhosen, die winddichte Hose, mein Fleece, die Jacke.

»Kimi muss nicht mit mir kommen«, sagte ich. »Ich schaffe es auch alleine.«

»Du überschätzt dich, Jacob.« Anaks Augen verengten sich.

Kimi zog sich ebenfalls an. Mir gefiel der Gedanke nicht, den alten Mann allein zu lassen. Doch wenn wir es heute bis nach Moose Factory schafften, konnte morgen früh ein Hubschrauber hier sein, um Kimis Großvater ins Krankenhaus zu bringen.

Anak nahm die Hand, die ich ihm reichte. Doch er konnte mir kaum in die Augen sehen, als ich mich von ihm verabschiedete. Er schüttelte nur den Kopf. Ich weiß nicht, ob er mir übel nahm, dass ich ging, oder ob es ihm leidtat.

Draußen ließ Kimi zwei Schneeschuhe vor meine Füße fallen.

»Was soll das?«

»Ohne die kommst du nicht vorwärts.«

»Aber ich bin noch nie mit solchen Dingern gelaufen«, protestierte ich.

»Dann wirst du es jetzt lernen.«

Kimi half mir, die Schneeschuhe an meinen *mukluks* zu befestigen, dann schlüpfte sie in ihre eigenen und sagte: »Schau einfach, wie ich es mache.«

Mit leicht gespreizten Beinen lief sie eine kleine Runde und ich versuchte, es ihr nachzumachen. Doch so einfach es bei Kimi auch aussah, das war es nicht. Die Dinger fühlten sich sperrig an und ich hatte Mühe, beim Gehen das Gleichgewicht zu halten. Es dauerte eine ganze Weile, ehe ich den Dreh endlich raushatte und mich nicht mehr bei jedem Schritt selbst behinderte.

Die ersten Kilometer kamen wir gut voran. Auf dem Fluss gab es zwar auch Schneewehen, doch sie ließen sich einfach umgehen. Der Schnee knirschte unter unseren Schritten. Kimi trug nur einen kleinen Rucksack und lief schnell.

Schon bald begann ich zu schwitzen und unter dem Gewicht meiner Sporttasche zu ächzen. Als wir losgelaufen waren, hatte sich die Sonne hin und wieder als matte weiße Scheibe am Himmel gezeigt. Aber nun begann es auf einmal wieder zu schneien und Wind kam auf, der aus Richtung Bay wehte.

Kimi drehte sich hin und wieder zu mir um und ich erwartete einen Hab-ich-es-dir-nicht-gesagt-Blick, doch da war nur große Besorgnis in ihren Augen. Der Wind pfiff uns um die Ohren, Schnee flog mir ins Gesicht und verstopfte meine Nasenlöcher. Jeder Atemzug brannte im Hals. Schon nach wenigen Metern begriff ich, dass wir bei diesem Wetter nur elend langsam vorankommen würden, höchstens zwei oder drei Kilometer pro Stunde. Es war Wahnsinn, bis Moosonee laufen zu wollen.

Ich hätte Kimi bitten können umzukehren. Das wäre logisch und vernünftig gewesen, doch ich tat es nicht. Ich wollte mithalten, ihr zeigen, dass ich ein ganzer Kerl war. Verdrossen stapfte ich ihr hinterher, hatte Mühe, mich ihrer Geschwindigkeit anzupassen. Manchmal sah ich ihre Umrisse nicht mehr, so dicht war das Schneetreiben geworden.

Meine Wunden begannen wieder zu schmerzen und inzwischen war ich schweißgebadet. Was nicht gut war. Sowie ich stehen blieb, merkte ich, wie rasend schnell mein Körper auskühlte. Die Hafergrütze lieferte nicht genug Energie. Um die Wärme zu halten, hätte ich ein fettes Karibusteak zum Frühstück essen müssen.

Es war Leichtsinn, nein: *Irrsinn.* Ich würde es nicht schaffen. Wir würden es nicht schaffen.

»Okay«, rief ich schließlich. »Ich gebe mich geschlagen. Lass uns umkehren.«

Keine Antwort. Kimi war verschwunden.

»Kimi!«, brüllte ich. »Verdammt, das ist nicht lustig.«

Als sich endlich ihre Umrisse aus dem Weiß schälten, atmete ich erleichtert auf.

»Was ist denn los?«, rief sie durch den Sturm.

Innerlich fluchte ich und ärgerte mich, dass ich ihr diesen neuerlichen Triumph durch meine Sturheit verschafft hatte. Doch ich gestand es ein.

»Lass uns bitte umkehren. Anak hat recht, ich bin noch nicht fit genug. Ich schaffe das nicht.« Ich stand da und mir war zum Heulen zumute. Ich war am Ende meiner Kräfte, mein ganzer Körper schmerzte und meine Knie zitterten.

Keine Ahnung, wie ich es zur Hütte zurückschaffen sollte, aber ich musste es versuchen. Umdrehen mit Schneeschuhen war nicht so einfach. Ich verhakte mich und wäre beinahe umgefallen. Also ganz langsam, damit ich mir nicht selbst ins Gehege kam.

Nachdem ich die Hundertachtzig-Grad-Drehung beendet hatte, folgte ich unseren Spuren im Schnee, die jedoch bald von neuem Schnee zugedeckt wurden.

Hinter mir rief Kimi: »Warte!«

Ich blieb stehen, bis sie mich eingeholt hatte.

»Gib mir deine Tasche, Jacob.«

»Nein«, sagte ich. Das wäre das endgültige Eingeständnis

meiner Dummheit und meiner Schwäche gewesen. »Ich habe uns das eingebrockt, also trage ich meine Sachen auch nach Hause.« Hatte ich wirklich *»nach Hause«* gesagt?

Ich lief weiter, bekam aber plötzlich von Kimi einen heftigen Stoß in den Rücken und der Boden kam so schnell auf mich zu, dass ich mich nicht mehr abfangen konnte. Ich stürzte mit dem Gesicht zuerst in den Schnee.

Kimi zerrte mir den Gurt der Tasche über den Kopf. Dann drehte sie mich um.

»Ich kann nicht mehr«, keuchte ich. »Lass mich hier liegen, ich hab's verdient.«

»Ka-ma-che«, blaffte sie mich an. »Gib mir deine Hand und steh gefälligst auf, du Idiot!«

Kimi zerrte panisch an meinem gesunden Arm und ich rappelte mich irgendwie auf die Beine, was mit den Schneeschuhen gar nicht so einfach war. Sie hängte sich meine Tasche über die Schulter. *»A-was«*, sagte sie. »Beweg deinen Hintern!«

Irgendwann tauchte Shadow wie ein Geist im Schneegestöber auf und die Freude, ihn an meiner Seite zu haben, trieb mir Tränen in die Augen.

Da hast du aber ganz schönen Bockmist gebaut, tadelte er mich.

Ich weiß.

Wolltest du den Alten retten oder dich?

Uns beide. Anak geht es schlecht.

Er will nicht ins Krankenhaus, weil in diesem Krankenhaus seine Frau gestorben ist.

Das wusste ich nicht.

Es gibt noch so vieles, das du nicht weißt.

Keine Ahnung, wie wir den Rückweg schafften. Schritt für Schritt arbeitete ich mich voran, Shadow blieb an meiner Seite und ich liebte ihn dafür. Dass er da war, gab mir die nötige Kraft, um durchzuhalten. Ich wollte ihm zeigen, dass ich es wert war, zu seinem Clan zu gehören.

Nachdem wir das Blockhaus erreicht hatten, stolperte ich wortlos an Anak vorbei, der schlafend auf seinem Bett lag. In der Kammer quälte ich mich aus meinen eisverkrusteten Sachen und kroch ins Bett. Keine Ahnung, wie lange wir unterwegs gewesen waren, aber es konnten nicht mehr als drei Stunden gewesen sein. Ich war völlig erschöpft. Und der irrationale Gedanke, für immer in dieser Hütte in der Wildnis festzustecken, umgeben von Bären und Wölfen, dazu gezwungen, zu töten und Fleisch zu essen, überwältigte mich. Ich rollte mich zusammen wie ein Tier und versuchte, an nichts mehr zu denken.

Als ich die Augen öffnete, waren meine Sachen säuberlich zum Trocknen aufgehängt, das Ofenrohr knisterte und die Seitenwände des Ofens glühten. Ich war in meine Hasendecke gerollt und in diesem Moment schien es keinen besseren Ort zu geben als dieses Bett. Ich würde einfach so liegen bleiben, bis der Winter vorbei war und ich nach Moosonee schwimmen konnte.

Kimi schaute herein. »Ich habe Suppe heiß gemacht und Tee gekocht«, sagte sie. »Kannst du aufstehen?«

»Ja«, brummte ich. »Aber ich will nicht.«

»Kann ich irgendetwas für dich tun?«

»Nein.«

»Hey«, sie setzte sich zu mir auf die Bettkante, »sieh es doch mal positiv. Du hast noch ein paar Tage die Gelegenheit, ein richtiger Cree zu werden. Du hast gelernt, Holz zu hacken und mit Schneeschuhen zu laufen. Morgen könnte ich dir beibringen, wie man einen Mokassin näht.«

Ein paar Tage? Das konnte nur ein Kimi-Scherz sein. Ich setzte mich auf. »Dein Großvater hat Schmerzen, Kimi. Er braucht einen Arzt.«

Sie senkte den Kopf. »Ich weiß.«

»Ich dachte, ich schaffe es nicht mehr zurück. Dieser verfluchte Sturm. Wenn Shadow nicht gewesen wäre …«

Ihre schönen schwarzen Augen sahen mich reumütig an. »Ich habe dir gesagt, dass der Sturm kommt.«

»Aber wieso bist du dann mit mir gegangen?«

»Weil du eine Lektion lernen musstest. Und weder Anak noch ich wollten, dass sie tödlich endet.«

»Du musst mich für einen totalen Vollidioten halten«, sagte ich kleinlaut.

Kopfschüttelnd meinte Kimi: »Insgeheim habe ich gehofft, dass wir es zusammen schaffen.«

»Es ist meine Schuld«, gestand ich ein. »Meinetwegen musstest du umkehren.«

»Nein, Jacob. Auch allein hätte ich die sechzig Kilometer bis Moosonee bei diesem Wetter nicht geschafft. Der Sturm war zu heftig. Hier draußen bestimmt das Wetter, was du tun kannst und was nicht.«

»Aber was geschieht mit Anak, wenn Darrell nicht rechtzeitig kommt?«

»Er wird kommen«, sagte sie. »Der Sturm hat sich gelegt. Vielleicht kommt er sogar noch heute.«

Darrell kam nicht.

Aber am späten Nachmittag schien es Anak wieder besser zu

gehen, denn er begleitete Kimi zum Eisfischen am See. Vielleicht hielt es der Alte auch einfach nicht länger als ein paar Stunden in einem geschlossenen Raum aus.

Ich wusch ab und fegte die Hütte. Dann setzte ich mich an den Tisch und schrieb einen Brief an die beiden.

Liebe Kimi, lieber Anak,

ich möchte euch noch einmal von ganzem Herzen für alles danken. Für mein Leben, für eure Gastfreundschaft und all das, was ich in den wenigen Tagen bei euch gelernt habe. Das war eine Menge, mehr, als ihr euch vorstellen könnt. Ich bin nicht mehr derselbe, fühle mich im Inneren nicht mehr ganz so weiß – und das ist ein gutes Gefühl.

Ich werde im Sommer wiederkommen, um meinen Vater zu treffen, und hoffe, dann auch euch beide wiederzusehen.

Meegwetch Jacob Cheechoo

Ich faltete den Zettel zusammen und steckte ihn in meine Tasche. Wollte ihn morgen auf den Tisch legen, wenn ich ging.

Noch drei Tage und ich würde zurückkehren in mein altes Leben in Jena. Zu meiner Mum, die mich belogen hatte, zu Stefan, der mich hasste, und zu Jonas, der mich liebte. Zu meinen fleischlosen Mahlzeiten und meinen lieblosen Beziehungen. Aber auch zu Ben und Rashad und unserer Musik, die ich vermisste.

Ich dachte daran, wie ich vor ein paar Tagen mit blutiger Lippe in Bens Bad gesessen hatte, zitternd vor Wut und Enttäuschung. Ben hätte Stefan am liebsten gleich noch wegen Körperverletzung angezeigt. Nur mit Mühe hatte ich ihn davon abhalten können.

Das schien Jahre her zu sein. Als ich zu dieser Reise ins Indianerland aufgebrochen war, konnte ich nicht ahnen, dass ich in der Wildnis landen würde, mitten im Nirgendwo. Dass ich Teil dieser kleinen Gemeinschaft werden würde und Erfahrungen machen, die mein Leben umkrempeln sollten. Ich hatte gelernt, die einfachen Dinge zu schätzen. Ein wärmendes Feuer und einen vollen Bauch. Anaks Geschichten und Shadows Freundschaft.

Und ich hatte mein Herz an ein Mädchen verloren, das meinen Blick auf mich selbst und alles um mich herum verändert hatte.

16
EISWASSER

Ein wildes Kratzen auf der Veranda holte mich aus meinen Gedanken. Gleich darauf vernahm ich ein schrilles Jaulen. *Shadow.* War Darrell doch noch gekommen? Aber ich hatte gar keinen Motorschlitten gehört. Und was, zum Teufel, war mit Shadow los?

Mit einem Satz war ich an der Tür und riss sie auf. Kaum dass der Wolf mich sah, zerrte er auch schon wild an meinem Fleecehemd. Hoffentlich war Kimis Cousin nichts passiert, dachte ich panisch, als ich in meine Stiefel stieg und meine Jacke überzog.

Shadow rannte mit langen Sätzen los. Doch er lief nicht zum Fluss, sondern in Richtung See. *Anak,* dachte ich. So schnell ich konnte, folgte ich dem Wolf auf dem Pfad zwischen den Bäumen. Es waren nur knapp dreihundert Meter, doch sie kamen mir endlos vor. Wieso hatte der Alte nicht einfach in seinem Bett bleiben können, wenn es ihm so schlecht ging?

Als ich das Seeufer endlich erreichte, sah ich Anak auf dem Rücken im Schnee liegen. Shadow zerrte schwanzwedelnd an seiner Jacke und winselte. Der alte Mann rührte sich nicht und ich hatte nicht den leisesten Schimmer, was passiert war.

Wo war Kimi?

Sofort glitt mein Blick auf die Eisfläche des Sees und mein Herzschlag setzte einen Moment aus. In einem Eisloch, nur ein paar Meter vom Ufer entfernt, sah ich Kimis Kopf und ihre dunklen Hände, die vergeblich versuchten, sich am Eisrand festzuklammern.

Mir entfuhr ein Aufschrei. »Ich bin gleich bei dir, Kimi!«, rief ich ihr zu. »Halte durch!«

Ohne zu zögern, betrat ich das Eis und bewegte mich mit vorsichtig tastenden Schritten auf Kimi zu. Instinktiv suchten meine Füße die Stellen weißen Eises und es trug mich, auch wenn es unter meinem Körpergewicht beängstigend knisterte und knackte. Shadow folgte mir auf den zugefrorenen See und sprang jaulend um das Eisloch herum. Der See konnte hier nicht so furchtbar tief sein, aber Kimis Finger fanden am dicken Eisrand keinen Halt. Keine Ahnung, wie lange sie schon im eiskalten Wasser kämpfte. Ihre schwarzen Augen waren aufgerissen und wild.

Vor dem Eisloch ging ich auf die Knie und legte mich mit gespreizten Beinen flach aufs Eis, um mein Gewicht zu verteilen. »Deine Hand«, sagte ich. »Gib mir deine Hand.«

Als ich nach ihrer Hand griff, entglitt sie mir. Reflexartig packte ich Kimis Handgelenk und zog. Kimi war schwer, weil sich ihre Sachen voll Wasser gesogen hatten. Doch meine Angst um sie verlieh mir ungeahnte Kräfte und endlich erwischte ich auch ihr anderes Handgelenk. Langsam zog ich und arbeitete mich mit Ellenbogen, Knien und Füßen Stück für Stück vom Eisloch weg.

Wir sahen einander dabei unverwandt in die Augen. Wortlos. Nur unser Keuchen und Ächzen und unsere Angst. Als ich Kimi bis zur Hüfte aufs Eis gezogen hatte, sah ich, wie sich unter ihr plötzlich ein Riss abzeichnete. Auch Kimi hatte das feine Knacken gehört und stieß einen Laut aus, der nicht Sprache war.

Ich nahm all meine Kraft zusammen, zog sie mit einem Ruck aus dem Wasser und rollte mich mit ihr zur Seite, weg vom Eisloch, während unter ihren Beinen die Eiskante abbrach.

Kimi lag auf dem Rücken und keuchte. Ihr Atem dampfte. Ich beugte mich über sie und strich ihr mit zitternden Fingern das nasse, kalte Haar aus dem Gesicht. »Wir müssen runter vom Eis.«

Auf allen vieren krochen wir über Schnee und Eis bis zum sicheren Ufer. »Anak«, stieß Kimi kraftlos hervor und versuchte aufzustehen, was ihr nicht gelang.

Ich kniete mich neben den alten Mann, der inzwischen zu sich gekommen war. »Er lebt«, rief ich erleichtert und dachte im selben Moment: *Was jetzt?*, weil ich nicht beiden gleichzeitig helfen konnte.

»Kimi ist ins Eis eingebrochen und nass bis auf die Knochen«, sagte ich zu Anak, der sich leise stöhnend aus eigener Kraft aufsetzte. »Ich muss sie so schnell wie möglich ins Warme bringen. Dann komme ich und hole dich.«

»Kümmere dich um sie.« Anak legte eine Hand auf meine Schulter. »Ich schaffe es alleine.«

»Okay.« Jetzt hieß es, keine Zeit zu verlieren. Ich zog Kimi auf die Beine, doch schon nach wenigen Schritten knickten sie unter ihr weg. Also hob ich sie auf meine Arme und trug sie den Weg zurück zum Haus. Unser Marsch vom Vormittag steckte mir noch in den Knochen. Der Schmerz in meiner linken Schulter war furchtbar, aber Kimi hatte die Arme um meinen Hals gelegt und das half mir durchzuhalten.

Keuchend und mit letzter Kraft setzte ich Kimi auf einen Stuhl vor dem Kamin. Als ich Shadow gefolgt war, hatte ich die Tür nicht geschlossen und der Raum war ausgekühlt. Ich legte

Anbrennholz und drei dicke Scheite auf die Glut im Kamin und hoffte, dass das Feuer wieder angehen würde. Dann schälte ich Kimi, so schnell ich konnte, aus ihren nassen Sachen: Daunenjacke, verschnürte Lederstiefel, Hose. Unter dem Stuhl bildete sich eine *nasse* Pfütze auf dem Holzboden.

»Kimi«, fragte ich, als ich mit klammen Fingern ihr Hemd aufknöpfte. »Was ist passiert?«

»Anak … ich … ich …« Kimis Zähne klapperten so heftig, dass sie kein vernünftiges Wort über die blauen Lippen brachte. Sie schlotterte und zuckte, dass mir angst und bange wurde, während ich sie weiter aus ihren Klamotten pellte.

Schließlich trug Kimi nur noch ihren Slip und ein gelbes T-Shirt am Leib. »Das Hemd muss auch noch runter, okay? Heb die Arme.«

Kimi schüttelte vehement den Kopf. Ich war froh, dass sie den Kopf schüttelte, denn das bewies, dass ihr Kampfgeist nicht erloschen war. Das T-Shirt klebte ihr am Körper wie eine zweite Haut, sodass ich ohnehin alles sah, was es zu sehen gab. Kleine runde Brüste mit dunklen Höfen.

»Kimi«, sagte ich, »das war keine Bitte, das war ein Befehl.«

Ihre Augen waren viel zu groß für ihr Gesicht, doch ihren Blick, den konnte ich wie immer nicht deuten. Ich griff mit beiden Händen nach dem Saum ihres T-Shirts und zog. Aber Kimis Arme hingen bleischwer an ihren Seiten herab und verhinderten, dass ich ihr das nasse Ding ausziehen konnte.

»Was soll das?«, fragte ich grimmig. »Du bist ganz bestimmt nicht das erste Mädchen, das ich nackt sehe, und du willst doch keine Lungenentzündung riskieren.« *Wenn es dafür nicht schon zu spät war.*

»Hii…lf mmir.« Kimis Zähne schlugen so laut aufeinander,

dass ich zuerst nicht merkte, dass sie etwas zu mir sagte. Dann sah ich sie an. »Was hast du gesagt?«

»Ich … kkkann mmmeine Arme nnnicht heben.«

»Okay.« Ich hob sie vom Stuhl und trug sie nach nebenan auf das Bett. Wie bei einer Gliederpuppe streckte ich ihr die Arme über den Kopf und befreite sie von ihrem nassen T-Shirt. Ich erstarrte, als ich ihren bloßen Körper sah. Ich hatte nämlich unter dem dünnen Stoff doch nicht *alles* gesehen, was es zu sehen gab.

Helle, wulstige Brandnarben zogen sich wie ein Netz über den halben Bauch und ihre rechte Hüfte. Wilde Muster in sonst makelloser brauner Haut. *Das Feuer!*, schoss es mir durch den Kopf. Die weiße Strähne in ihrem Haar, die Brandnarben: Kimi musste bei diesem Brand, bei dem mein Halbbruder Alex und mein Kumpel Lucas gestorben waren, mit im Haus gewesen sein.

Ein wimmernder Klagelaut kam aus Kimis Kehle und riss mich aus meinen Gedanken. »Tut mir leid«, murmelte ich, als ich die Tränen in ihren Augen sah. Ich legte ihre Arme an ihren Körper zurück und wickelte sie fest in die weiche Hasenfelldecke. Dann fütterte ich den Holzofen, bis ein Höllenfeuer darin brannte und die Seitenwände zu glühen begannen.

Mit einem trockenen Handtuch rubbelte ich Kimis Haar notdürftig trocken. Sah ihr dabei in die Augen und dann wieder weg. Meine Gedanken wirbelten durcheinander wie die Schneeflocken auf dem Fluss. Versteckte sich Kimi deshalb hier draußen in der Wildnis? Wegen dieser Narben? Weil sie überlebt hatte? Steckte noch mehr dahinter? Aber für Fragen war keine Zeit. Zuerst musste ich mich um Anak kümmern, ihn ins Warme holen.

»Ich hole jetzt deinen Großvater, okay? Bin gleich wieder da.«

Kimi schloss die Augen und nickte zähneklappernd.

Der Alte kam mir auf halbem Wege wankend entgegen. »Wie geht es Kimi?«, fragte er als Erstes.

»Ich habe sie ins Bett gepackt und ordentlich eingeheizt. Aber was ist mit dir, *moshum?* Was ist überhaupt passiert am See?«

Anak ächzte. »Ich fürchte, mein Blinddarm ist entzündet. Schon seit Tagen habe ich immer mal wieder diese Schmerzen. Sie kommen und gehen, aber am See waren sie plötzlich so stark, dass mir schwarz vor Augen wurde und ich umgefallen bin.«

Vermutlich wollte Kimi ihm zu Hilfe eilen und war dabei ins Eis eingebrochen. Anak hatte also mit großer Wahrscheinlichkeit einen seit Tagen entzündeten Blinddarm. Und Kimi lag unterkühlt in ihrem Bett. Wenn Darrell kam, würde er sie beide nach Moose Factory ins Krankenhaus mitnehmen müssen, das war Fakt. Und mir blieb nichts anderes übrig, als allein im Blockhaus zurückzubleiben. Das nennt man wohl Ironie des Schicksals.

Gleich zweimal an diesem Tag hatte die Natur mir gezeigt, dass Leichtsinn hier draußen tödlich sein konnte. Ohne Shadow wären beide Aktionen vielleicht weniger glimpflich ausgegangen. Ich legte Anaks linken Arm um meine Schulter, und so auf mich gestützt, brachte ich ihn zum Haus. Alle drei, vier Meter blieben wir kurz stehen und er krümmte sich vor Schmerz. Aber dann holte er tief Luft und lief weiter.

Im Haus ließ er sich stöhnend auf sein Bett sinken. »Kümmere dich um Kimiwan«, sagte er, »ich koche Tee.«

Das Feuer brannte jetzt ordentlich im Kamin und in der Kammer war es warm wie in einer Sauna. Doch Kimi zitterte immer noch. Ihr Zähneklappern klang beängstigend, das große Bett schien zu beben.

Eine von Bens unzähligen Outdoor-Lektionen war, dass es in

so einem Fall nur zwei wirksame Möglichkeiten gab: ein heißes Bad oder die Wärme eines menschlichen Körpers. An ein heißes Bad war nicht zu denken, also blieb nur, mich neben Kimi zu legen und sie zu wärmen.

»Tut mir leid«, entschuldigte ich mich im Voraus, »aber ich muss dich irgendwie warm kriegen.«

Ich zog mich bis auf meine Boxershorts aus, was Kimi mit einem bestürzten Blick quittierte. Ihr Zähneklappern klang jetzt panisch. Zum ersten Mal waren die Rollen vertauscht: Sie war hilflos und brauchte mich, das gefiel ihr ganz und gar nicht. Aber mir blieb keine andere Wahl und das wusste niemand besser als sie.

»Ich werde mich jetzt zu dir legen, okay?«

Ohne ihre Zustimmung abzuwarten, schlüpfte ich zu Kimi unter die Decke und zog sie an meinen Körper. Der Schock der Berührung durchfuhr mich wie ein Blitz und Kimi ging es vermutlich nicht anders. Mit einem hilflosen Laut drehte sie sich von mir weg, aber davon ließ ich mich nicht beirren. Ich schob einen Arm unter ihren Kopf, drückte mich fest an ihren Rücken und umschlang sie mit meinen Armen.

Kimis Körper fühlte sich an wie ein kaltes Stück Holz, doch durch meine Adern strömte plötzlich eine gewaltige Hitze. Unsere Haut war keine Grenze mehr. Meine Wärme trieb die Starre aus ihrem Körper und ich spürte, wie das ganze Mädchen mir dabei unaufhaltsam in Fleisch und Blut überging.

Es fühlte sich an, als würden die Zellen in meinem Inneren ausgetauscht und durch neue ersetzt. Dort, wo unsere Körper sich berührten, pulste eine wilde Energie. Mit dem Verstand versuchte ich zu ignorieren, worauf meine Handflächen lagen: weiche Haut und vernarbte Haut, nur ein paar Zentimeter von Kimis kleinen runden Brüsten entfernt. Meine Finger begannen, Rippen zu zählen, doch gegen das, was mich bestürmte, war ich machtlos.

Nach einer Weile hörte Kimi auf zu zittern und irgendwann ließ die Anspannung in ihrem Körper nach. Sie befreite sich aus meiner festen Umarmung und drehte sich zu mir um. Dabei war sie immer noch verflucht nah und sehr nackt. Keine Ahnung, was ich erwartete, auf jeden Fall war ich nicht darauf gefasst, dass Kimi ihre Hände nach mir ausstrecken und mich berühren würde. Ihre immer noch kalten Fingerkuppen strichen über meine Wange bis zu den Lippen. Ich schluckte trocken und mein Herz wummerte so laut, dass sie es hören musste.

»*Meegwetch*, Jacob«, flüsterte Kimi und schob ihre kalten Finger in meine warmen Achselhöhlen.

Das machte mich total fertig.

Wir sahen einander in die Augen, Kimis Gesicht war nur zwei Handbreit von meinem entfernt. Wir redeten nicht, es gab nichts zu sagen. Der Schreck saß uns beiden noch in den Gliedern.

Bisher hatte ich nur vage Vorstellungen davon gehabt, wie Liebe sich anfühlen könnte, doch nun begriff ich, welche Macht sie hatte. In diesem Augenblick spürte ich es mit der ganzen Wucht seiner Ausweglosigkeit: Ich liebte Kimi, das Mädchen aus der Wildnis. Es war kein flüchtiges Gefühl, wie ich es bei den anderen Mädchen empfunden hatte. Das hier war schön und beängstigend zugleich. Es erfüllte mich bis in den letzten Winkel meines Herzens und es tat verdammt weh. Schlimmer als die Zähne und Klauen eines Bären.

Mein Herz wurde zu einem harten Knoten in meiner Brust. Ich musste hier weg. Musste raus aus dieser Hütte, weg von Kimi, bevor dieses neue Gefühl mich Dinge tun ließ, die ich später bereuen würde.

Ich zog mich zurück und hörte Kimi enttäuscht seufzen. In diesem Moment kam Anak mit einem dampfenden Becher Tee herein und erlöste mich aus meinem Dilemma.

»Wie geht es ihr?«, fragte Anak.

Kimi roch den Tee, den er am Kopfende des Bettes abstellte.

»Besser«, antwortete Jacob. Sie hörte, wie er in seine Klamotten schlüpfte, wie er vor ihr floh.

Offenbar konnte er nicht schnell genug von ihr wegkommen, weg von ihren hässlichen Narben. Nun hatte Jacob die Spuren der Zerstörung gesehen, die das Feuer auf ihrem Körper hinterlassen hatte. Ein Stück geschmolzene Plastikverkleidung, die von der Decke auf sie gefallen war, als sie bewusstlos vor dem verschlossenen Fenster gelegen hatte. Wäre Greg Cheechoo nicht Sekunden später über das Dach gekommen, hätte das Fenster eingeschlagen und sie herausgeholt, sie wäre jetzt tot wie die anderen.

Für einen Moment hatte Kimi geglaubt, Jacob würde dasselbe empfinden wie sie, als er an ihren Körper gepresst unter der Hasendecke gelegen hatte, seine großen, warmen Hände auf ihren Rippen. Sie dachte an Jacobs Atem in ihrem feuchten Haar, sein wild pochendes Herz in ihrem Rücken und diese Gedanken machten sie ganz verrückt.

Kimi richtete sich auf und zog die Felldecke um ihre Schultern. »Hört auf über mich zu reden, als wäre ich nicht da«, beschwerte sie sich und gab sich große Mühe, ihre Stimme fest klingen zu lassen.

Anak setzte sich zu ihr auf die Bettkante und reichte ihr den Becher mit dem Tee. Seine Hand zitterte. »Trink das, mein Mädchen. Es sind drei Löffel Zucker drin, das wird dir guttun.«

Kimi trank den süßen Tee. Ihr Körper war wieder warm, doch ihr Herz fror immer noch. Jacob stand in der Tür zum Hauptraum und hielt sich seine linke Schulter. Sie aus dem Eisloch zu zerren und zum Haus zu tragen, hatte seiner Verletzung sicher nicht gutgetan.

Als ihre Blicke sich trafen, wandte er sich ab und ging nach nebenan.

»Leg dich auf dein Bett, *moshum*«, sagte Kimi zu Anak. »Ich ziehe mir schnell etwas an und dann zeigst du mir, wo du Schmerzen hast.«

Als der Alte gegangen war, suchte Kimi ein paar frische Sachen aus ihrem Schrank und schlüpfte hinein. Sie fühlte sich müde, aber sonst fehlte ihr nichts. Jacob hatte das Schlimmste verhindert. Er hatte alles richtig gemacht. Sie wischte sich ein paar Tränen weg. *Fast alles.*

Vorsichtig betastete Kimi die Stelle in Anaks Unterleib, die er ihr zeigte. »Sieht so aus, als wäre dein Blinddarm entzündet«, sagte sie mit besorgter Stimme. »Du musst ins Krankenhaus, *moshum.* Hoffen wir, dass Darrell morgen kommt. Und jetzt bleibst du einfach liegen und ich mache dir einen Umschlag.«

Kimi bat Jacob, Schnee hereinzuholen. Sie setzte Wasser auf und machte dem Alten warme Umschläge mit Rizinusöl um Rücken und Unterleib. Außerdem kochte sie literweise Ingwertee, den er in regelmäßigen Abständen trinken musste. Kimi hoffte, damit den gereizten Blinddarm zu beruhigen.

Als Jacob Anak mit großer Geduld den Tee einflößte, flüchtete sie nach draußen. Sie konnte jetzt nicht mit ihm in einem Raum sein.

17
BRANDMALE

Nachdem er seinen Tee getrunken hatte, schlief Anak ein. Ich dachte, Kimi wäre zum Klohäuschen gegangen, doch als ich von draußen ein rhythmisches Klopfgeräusch vernahm, wurde mir das Herz schwer vor Scham. Kimi hackte Holz. Ich konnte mich kaum noch auf den Beinen halten, wie erschöpft musste sie da erst sein. Außerdem wurde es langsam dunkel.

Ich zog meine Jacke über, stieg in meine *mukluks* und ging nach draußen. Kimi schwang die Axt und ließ sie auf ein Holzscheit niedersausen. Sie hatte ihr Haar nicht wie sonst zu einem Zopf geflochten und es hing ihr wild ins Gesicht. Sie stellte ein neues Holzstück auf den Hackklotz und holte aus.

»Kimi.« Ich stand direkt vor ihr, aber sie schien mich weder zu hören noch zu sehen. »Kimi!«, wiederholte ich ihren Namen.

Sie sah auf und ließ die Axt sinken. Ihr Gesicht war tränenüberströmt.

»Wein doch nicht.« Ich machte ein paar Schritte auf sie zu, nahm ihr die Axt aus der Hand und schloss sie in meine Arme. »Lass uns wieder reingehen, okay? Gleich wird es dunkel.«

Wir sammelten die Scheite in einen Korb und trugen das Holz ins Haus. Um Anak nicht zu stören, gingen wir nach nebenan und Kimi hängte die Decke vor die Türöffnung. Dann setzte sie sich aufs Bett, zog die Beine an den Körper und schlang ihre Arme darum. Ich kümmerte mich um den Holzofen, dann setzte ich mich zu ihr.

»Verrätst du es mir?«, fragte ich.

»Was?«

»Woher deine Brandnarben kommen, Kimi? Warst du auch in diesem Haus?«

Sie presste die Lippen zusammen und nickte.

»Erzähl mir davon.«

»Wozu?«

»Ich möchte dein Freund sein, okay? Ich weiß, das ist keine große Leistung, aber ich kann zuhören. Lass mich dir zuhören, Kimi ... bitte.«

Sie sah mich lange wortlos an, dann von mir weg. »Es ist eine schlimme Geschichte.« Sie schniefte und wischte sich mit dem Ärmel über die Augen.

»Ich will sie trotzdem hören.«

»Es war einmal ein Mädchen aus Moose Factory, das gerne lachte«, begann Kimi leise. »In der Schule war sie ziemlich gut und ihre Eltern hatten ihr eine Menge beigebracht über das Leben in der Wildnis. Über die Tiere, die Pflanzen und das Wetter. Sie kannte die alten Geschichten und Verhaltensregeln. Doch dann wurde der Vater des Mädchens sehr krank und starb.«

Kimi schwieg einen Moment, dann holte sie tief Luft, bevor sie weiterredete. »Es dauerte nicht lange und die Mutter des Mädchens heiratete wieder, denn sie konnte nicht allein sein. Der neue Ehemann war kein guter Mann. Er trank und schlug seine Frau und manchmal auch das Mädchen.«

Meine Kehle schnürte sich bei jedem Wort, das Kimi in die

zunehmende Dunkelheit entließ, mehr zusammen. »Das tut mir so leid«, flüsterte ich.

»Sag nichts, okay? Hör einfach weiter zu.«

»Okay.«

»Ich ging nicht mehr in die Schule und traf mich mit ein paar anderen Kids in diesem leer stehenden Haus«, fuhr Kimi fort. Ihre Kehle bebte und ich spürte, wie schwer es ihr fiel, über sich selbst zu sprechen. »Wir alle hatten Probleme und versuchten, sie zu vergessen, indem wir Alkohol tranken, Pillen schluckten oder uns einfach nur Geschichten erzählten. Aber dann brach in dieser kalten Winternacht vor zwei Jahren ein Feuer aus.«

»Du warst die einzige Überlebende«, flüsterte ich. »Und seitdem hast du diese weiße Strähne in deinem Haar.«

Die Pause zum nächsten Satz war lang.

»Ja, Jacob.« Kimis nächster Atemzug klang wie ein Schluchzer. »Ich wurde wach, weil ich Schreie hörte. Lucas und ich waren nach oben gegangen zum Schlafen. Die anderen lagen unten am Ofen. Es rauchte und Flammen schlugen zur halb offenen Tür herein. Die Treppe brannte bereits lichterloh, der Fluchtweg war abgeschnitten. Ich … ich versuchte, Lucas zu wecken, doch er rührte sich nicht. Das Fenster klemmte … ich habe es einfach nicht aufbekommen. Das Letzte, was ich sah, waren ein paar Autoscheinwerfer, die draußen in der Dunkelheit aufleuchteten.« Kimis Stimme versagte mehrmals und zuletzt konnte ich sie kaum noch verstehen.

»Als ich wieder zu mir kam, lag ich im Schnee und eisige Luft brannte in meinen Lungen. Mein Bauch fühlte sich an, als würde er in Flammen stehen. Ich war halb wahnsinnig vor Schmerz, trotzdem wollte ich zurück ins Haus und den anderen helfen.« Kimi schüttelte den Kopf. »Das war wohl der Schock. Ich sah die Flammen im Haus, sah eine Gestalt, die versuchte, über das Dach eines Pick-ups erneut auf das Vordach zu steigen. Plötzlich zerplatzte eine Fensterscheibe mit lautem Knall und ich hörte einen furchtbaren Schrei.«

»Großer Gott«, murmelte ich. In meinem Kopf lief eine Reihe schrecklicher Szenen ab.

»Es war dein Dad, der schrie, Jacob«, flüsterte Kimi unter Tränen. »Er hatte das Fenster eingeschlagen und mich rausgeholt. Als er wieder zurück ins Haus wollte, ist drinnen etwas explodiert und die obere Etage stürzte ein. Greg wurde vom Dach seines Pick-ups geschleudert. Den Rest kennst du.«

Ich stierte ins Leere. Inzwischen war es so dunkel geworden, dass Kimi aufstand und die Lampe anzündete. Ich hörte das Quietschen der Ofenklappe, als sie Holz nachlegte.

Wie musste es für meinen Vater gewesen sein, dieses Haus in Flammen aufgehen zu sehen und zu wissen, dass sein eigener Sohn darin verbrannte? Kimi hatte mich gewarnt. Die furchtbaren Bilder in meinem Kopf würde ich wohl nie mehr loswerden.

Kimi setzte sich mir im Schneidersitz gegenüber. Ihr langes, schimmerndes Haar fiel ihr bis in den Schoß. »Mike Meenish hat in dem Feuer seine Tochter verloren, Jacob. Sie hieß Viola und ich war mit ihr befreundet. Ihr Vater hat das Ganze nie verwunden. Er warf deinem Dad vor, sein missratener Sohn sei schuld daran, dass seine Tochter in diesem Haus gewesen war. Alex hätte Viola dazu gebracht, Drogen zu nehmen.«

Schlagartig dämmerte mir, was das bedeutete. Dass der Grund, warum Crazy Mike mich im Busch ausgesetzt hatte, vermutlich Rache war.

»Meinst du, Mike hat mich deshalb allein da draußen zurückgelassen?«, fragte ich. »Um sich an Greg für etwas zu rächen, das sein anderer Sohn getan hat?«

»Ich weiß es nicht«, erwiderte Kimi. »Aber warum sonst sollte er so etwas Grausames tun? Die Leute sagen, Mike hat den Verstand verloren, als Viola starb. Er hatte seine Zukunft verloren und brauchte einen Schuldigen. Ihm lief die Frau weg, weil er nur noch an Rache dachte. Sie vergiftete seine Seele.«

»Aber er wirkte ganz normal, als er mich mit seinem Skidoo-Taxi über den Fluss brachte«, sagte ich. »Sonst wäre ich doch nicht auf sein Angebot eingegangen.«

»Nachdem seine Frau ihn verlassen hatte, ging Mike für eine Weile in den Süden. Und als er im vergangenen Herbst nach Moose Factory zurückkehrte, war er wieder in der Spur. Na ja«, Kimi hob die Schultern, »zumindest wirkte er wieder völlig normal.«

»Hallo, der Typ ist krank.« Ich schüttelte den Kopf. »Er hat mich den Bären zum Fraß vorgeworfen, weil jemand, von dem ich nicht mal wusste, dass er existierte, seiner Tochter Drogen verkauft hat.« Auf einmal ergab Mikes Verhalten einen verdrehten Sinn. Gregs verlorener Sohn war zurückgekehrt, diese Möglichkeit des Neuanfangs war ihm, der mit seinem entsetzlichen Verlust niemals fertiggeworden war, ein Stachel in der Brust gewesen.

»Hatte Mike recht?« Ich sah Kimi fragend an. »Hat mein Bruder Drogen an Viola verkauft?«

»Alex, er war …« Sie brach ab und senkte den Blick.

»Bitte, Kimi. Erzähl mir von meinem Bruder.«

»Er war innerlich zerrissen, Jacob. Greg hat sich wirklich um ihn gekümmert, aber Alex hat mir mal gesagt, er würde immer spüren, wie sehr sein Dad seinem anderen Sohn nachtrauert, der irgendwo in Deutschland lebt.«

Schockiert schloss ich die Augen. Das war ein ziemlicher Hammer.

»Jacob«, fragte Kimi mit unsicherer Stimme. »Alles in Ordnung?«

Nein, nichts war in Ordnung. »Ich habe meinem Bruder das Leben vermiest, obwohl ich nicht einmal wusste, dass er überhaupt existiert.«

»Dafür kannst du doch nichts.«

»So fühlt es sich aber nicht an.«

»Anak sagt, jeder ist für sein Leben selbst verantwortlich«, erwiderte Kimi. »Dein Bruder nahm Drogen und das war schlimm für deinen Dad. Aber als Alex anfing, die Kids von Moosonee damit zu versorgen, drohte er ihm, zur Polizei zu gehen.«

»Und dann brannte das Haus.«

Kimi nickte.

Meine Gedanken folgten den verschlungenen Wegen, die mich bis zu Kimi und Anak in dieses Blockhaus geführt hatten. Vermutlich begriff man immer erst später, wo und wann die Dinge ihren Anfang hatten. Schließlich fasste ich mir ein Herz. Ich streckte die Hand aus und nahm Kimis Hand.

»Nach dem Feuer, Kimi, wie ging es mit dir weiter? Wie kommt es, dass du mit dem alten Mann hier draußen in der Einsamkeit lebst?«

Kimi zog ihre Hand zurück. »Weil der Busch der einzige Ort für mich ist, wo niemand mir wehtut.«

Eine Weile sagte sie nichts, schien zu überlegen, ob sie mir den Rest auch noch erzählen sollte oder besser nicht. Schließlich sagte sie: »Als sie mich aus dem Krankenhaus entließen, kehrte ich nicht nach Moosonee zurück. Ich war die einzige Überlebende dieser schrecklichen Tragödie und ich fühlte mich schuldig. Lucas war tot. Alex war tot. Meine Freundinnen Niska und Viola waren tot. Ich fürchtete die Geister der Toten, also blieb ich in Timmins in einem Internat, holte Unterricht nach und es sah so aus, als würde ich meinen Schulabschluss schaffen.«

»Es sah so aus?«, hakte ich nach.

»Ich habe mich verliebt.« Kimi holte tief Luft und die Worte kamen jetzt schwer aus ihrem Mund. »Thomas war weiß und ging in meine Klasse. Ich war so naiv und dachte, er würde mich ebenso mögen wie ich ihn. Doch als er mich so weit hatte, dass ich mich vor ihm auszog, begriff ich, dass ich einem Irrtum erlegen war. Thomas hatte mit seinen Freunden gewettet, dass er das verschüchterte Indianermädchen ins Bett kriegen würde.«

Sie seufzte. »Aber er hatte nicht mit meinen Narben gerechnet. Sie stießen ihn derart ab, dass er mich auslachte. Ich war gerade erst sechzehn und der Abscheu im Blick dieses Jungen, den ich so sehr mochte, zog mir den Boden unter den Füßen weg.«

Für einen Moment wurde Kimi still. Tränen traten ihr in die Augen, aber sie wischte sie weg, holte Luft und redete weiter. »Es blieb nicht bei seinem Blick, Jacob. Er machte sich in der Schule vor allen lustig über mich, nannte mich *Feuerhexe* und *Burning Kimi.«*

Mit zusammengepressten Lippen hörte ich zu. Ich konnte keiner Fliege etwas zuleide tun, aber wenn dieses Arschloch jetzt zur Tür hereingekommen wäre, ich hätte ihm ein paar Zähne ausgeschlagen.

»Alles begann wieder von vorn«, sagte Kimi. »Ich habe die Schule vernachlässigt und mich herumgetrieben. Ein paarmal hat mich die Polizei aufgegriffen und irgendwann drohte Jugendarrest. Ich war erledigt, Jacob.« Sie strich mit der Hand über die Hasenfelldecke, als würde der warme Körper eines

Tieres darunter atmen. »Sie schickten mich nach Moosonee zurück, zu meiner Mutter und ihrem Typen. Aber die beiden hatten inzwischen ein Baby und im Ort konnte mir keiner mehr richtig in die Augen sehen. Es war, als wäre es meine Schuld, dass die anderen tot waren und ich lebte. Irgendwann konnte ich einfach nicht mehr.«

Unhörbar atmete ich aus. Diesmal unterbrach ich Kimi mit keinem Wort, keiner Zwischenfrage. Ich hielt still, in der Hoffnung, dass sie weiterredete.

»Ich habe noch niemandem erzählt, was ich dir jetzt erzähle, Jacob.« Es fiel Kimi schwer, mich anzusehen. »Ich ging in den Busch«, sagte sie mit gesenktem Kopf, »dorthin, wo ich mit meinem Vater am glücklichsten gewesen war. Mehrere Tage lang streifte ich durch die Wildnis und suchte den Tod. Doch er lief mir davon. Meine Fähigkeiten, alles, was mein Dad mir beigebracht hatte, waren noch da. Ein paar Wochen lebte ich da draußen wie ein Tier, aber dann wurde es Herbst und die Nächte kalt. Ich hungerte und fror. Eines Tages begegnete ich einem großen grauen Wolf und dachte: *Endlich!*«

»Shadow«, murmelte ich im Flüsterton.

Kimi nickte. »So fand mich Anak. Ich war völlig abgemagert. Meine Nägel waren zu Klauen geworden und mein Haar verfilzt. Anak brachte mich in dieses Haus und kümmerte sich um mich. Er wusch mich und schnitt meine Nägel. Er pflückte Zweige und Blätter aus meinem Haar und kämmte es. Er fütterte mich. Wenn er seine *trapline* ablief oder jagen ging, begleitete ich ihn und lernte. Hier draußen, weit weg von allem, ist das Leben wieder in meinen Körper zurückgekehrt. Shadow und Anak haben mich gerettet.«

»Der Alte ... er ist gar nicht dein Großvater«, stellte ich fest und schlagartig wurde mir klar: Dann ist Darrell auch nicht ihr Cousin. Ich spürte einen heißen Stich in der Magengegend. War das etwa Eifersucht?

»Anak ist mein *moshum*«, erwiderte Kimi. »Aber wir sind nicht blutsverwandt. Unsere Verwandtschaft ist das gemeinsame Überleben hier draußen.«

Vier Stunden später lag Kimi immer noch wach und lauschte auf Jacobs Atem. Nie hätte sie gedacht, dass es so befreiend sein würde, ihm alles zu erzählen. Sie hatte etwas von ihrer Last auf seine Schultern gehoben. Alex' Geschichte hatte Jacob sehr mitgenommen, obwohl er sich gar nicht an seinen Bruder erinnern konnte.

Jacob wälzte sich auf den Rücken. Nein, auch er schlief nicht. Woran dachte er? An Alex? Seinen Vater? An den morgigen Abschied? An *Wilderness Woman*?

Als Jacob zum Klohäuschen gegangen war, hatte sie das Büchlein gefunden, in das er ab und zu schrieb. Sie hatte nicht widerstehen können und darin geblättert. Jacob hatte sich darin Notizen gemacht, aus denen zwei Songtexte entstanden waren. Einer hieß *Whiteout* und einer *Schneetänzer.* Letzterer hatte ihr Herz höher schlagen lassen, denn er erzählte vom Schneetänzer und von seiner Liebe zu *Wilderness Woman.*

If I never see you again, Wilderness Woman, I want to let you know, I will always carry you inside me.
I am the snow dancer, Lost in nothing, I am the snow dancer
And you are far away from me.

Wie sehr hatte Kimi sich nach jemandem wie Jacob gesehnt. Mit ihren Träumen hatte sie ihn aus seinem fernen Land bis in dieses alte Blockhaus geholt und ihr Herz an ihn verloren.

Aber Jacob hatte das mühsam erlangte Gleichgewicht in ihrem Inneren durcheinandergebracht. Ihre Seele war in Aufruhr und ihr Körper ein Verräter. Denn sie wollte mehr für Jacob sein als nur jemand, den er vermisste. Wenn er in das ferne kleine Land zurückflog, sollte er sich so schmerzvoll nach ihr sehnen, dass er gar nicht anders konnte, als zu ihr zurückkehren.

Und um ihm diese Sehnsucht einzupflanzen, gab es nur noch diese eine Nacht.

Als Kimi unter meine Decke kroch, wähnte ich mich in einem meiner Wunschträume von *Wilderness Woman,* in denen meine Fantasie mir herrliche Streiche spielte. Aber es war kein Traum. Ich spürte Kimis warmen, festen Körper an meinem.

Völlig überrumpelt von ihrer plötzlichen Nähe, blieb beinahe mein Herz stehen. Jetzt war ich es, der dalag wie ein Stück Holz. Mit angehaltenem Atem verfolgte ich den Weg von Kimis Hand unter mein Unterzeug und keuchte leise, als ihre rauen Finger nackte Haut fanden.

»Was machst du?«, stieß ich flüsternd hervor und griff nach ihrem Handgelenk.

Kimi ließ ihre Hand noch ein paar Sekunden bewegungslos unter meinem Bauchnabel liegen, dann zog sie sie aus meinem Griff.

Verdammt, Jacob, wie blöd bist du eigentlich? Dieses wunderschöne, stolze Mädchen liegt in deinen Armen und zeigt dir mehr als deutlich, was sie will. Und dir fällt nichts Besseres ein, als zu fragen: *Was machst du?*

Kimi lag ganz still – ich hörte nicht einmal ihren Atem. Normalerweise war ich allzeit bereit, sogar dann noch, wenn ich zu viel Alkohol getrunken hatte. Doch jetzt rührte sich gar nichts und am liebsten hätte ich mich in Luft aufgelöst vor Scham. Ich fragte mich, ob das hier unwiderruflich das Ende unserer Geschichte war.

Eine Antwort hatte ich nicht, aber die Frage jagte mir eine solche Angst ein, dass ich vollkommen blockiert war.

»Kimi, ich ... morgen bin ich weg und ...«

»Deshalb muss es jetzt sein.«

»Ich halte das für keine gute Idee.« Oh verflucht, war das wirklich ich, der da redete?

»Verstehe.« Ihre Stimme klang so wund, dass ich mich innerlich krümmte vor Scham.

»Nein, du verstehst es falsch. Du bist das schönste und mutigste Mädchen, das ich kenne, und das hier, das hat nichts mit deinen Narben zu tun. Morgen gehe ich weg. Und ich glaube, es würde uns beiden zu sehr wehtun, wenn wir ... ach verdammt, mach es mir doch nicht so schwer, Kimi.«

»Schon okay«, murmelte sie in die Dunkelheit, doch ihre raue Stimme verriet ihre Enttäuschung.

»Dreh dich mal zur anderen Seite, ja?«, sagte ich.

Kimi drehte sich von mir weg. Ich schmiegte mich an ihren Rücken und nahm sie in meine Arme, so wie am Nachmittag, als ich sie gewärmt hatte. Die Liebe zu Kimi schmerzte in meiner Brust und vor unerwarteter Erregung wurde mir ganz flau. Im selben Augenblick stieß Anak nebenan einen lauten Schnarcher aus und erstickte jeden aufkommenden Gedanken an Sex im Keim.

18

EINE ENTSCHEIDUNG

Trotz des Ingwertees und der Rizinuswickel hatten Anaks Schmerzen über Nacht zugenommen. Draußen schneite es und Kimi gab zu, dass es ungewöhnlich viel Schnee war für Ende April.

»Was machen wir, wenn Darrell heute auch nicht kommt?«, fragte ich sie im Flüsterton. »Wenn Anaks Blinddarm platzt, kann er sterben.«

»Darrell wird kommen«, bemerkte Kimi ebenso leise.

»Ist er dein Freund?« Verdammt, das ging mich nichts an, nicht nach letzter Nacht.

»Er wäre es gerne.«

Wir konnten einander kaum in die Augen sehen. Ich wurde das Gefühl nicht los, Kimi schämte sich, weil sie annahm, ich hätte sie verschmäht. Die Situation war verworren. Und auch wenn ich heute fortging – ich musste das klären. Ich wusste nur noch nicht, wie.

Als Kimi nach draußen ging, um auf dem Fluss nach Darrell Ausschau zu halten, lief ich ihr nach.

»Kimi, warte doch mal!«

Sie reagierte nicht. Erst am Flussufer blieb sie stehen. Ich nahm sie an der Schulter und drehte sie zu mir herum.

»Kimi«, sagte ich. »Sieh mich an.«

Sie hob den Kopf, weiße Atemwolken schwebten zwischen uns. Ihr dunkler Blick traf mich mitten ins Herz.

»Verdammt, Kimi, ich mag dich jetzt schon so sehr, dass ich nicht weiß, wie ich damit klarkommen soll.« Mit zitternden Fingern schob ich ihr eine Haarsträhne aus dem Gesicht. »Ich weiß nicht, wie ich mit alldem klarkommen soll, was in den letzten Tagen mit mir passiert ist. Was mit dir und mir passiert ist.«

Ihre Augen füllten sich mit Tränen. »Dass … dass du mich nicht wolltest …«

»Ich wollte dich«, rief ich. »Aber ich …«

»Aber *was,* Jacob?«

»Ich hatte Angst.«

Kimi lachte ungläubig. Eine Träne lief über ihre Wange und dann noch eine. Sie schüttelte den Kopf. »Ich glaube dir, dass du dich vor Bären fürchtest, vor Kälte, Hunger und Geistern.« Sie schniefte und wischte sich mit dem Ärmel über das Gesicht. »Aber dass du Angst vor Sex hast, das kaufe ich dir nicht ab, Jacob Cheechoo.«

Verflucht. Hitze schoss mir in die Wangen und meine Ohren glühten. »Nicht Angst vor Sex, Kimi.«

»Wovor dann, Jacob?«

Vor der Liebe, dachte ich, doch ich bekam den Mund nicht auf. Statt einer Antwort nahm ich ihr Gesicht in beide Hände und küsste sie. Kimi war ein wenig überrumpelt, doch sie öffnete ihre Lippen und ließ diesen Kuss zu. Ich schloss die Augen, verlor mich in ihrem weichen, warmen Mund, schmeckte sie, wollte sie so sehr.

Doch ich löste meine Lippen von ihren und sah sie an. »Kimi, ich …« *Komm mit mir nach Deutschland,* wollte ich sagen, doch ich wusste, dass das unmöglich war. Ich stockte. »Ich will nicht, dass du allein hier draußen bleibst.«

Enttäuschung im Blick, schenkte sie mir ein müdes Lächeln. »Dann musst du hierbleiben, Jacob, denn Darrell kann nur zwei Leute mitnehmen. Anak im Schlitten und dich auf dem Sozius.«

Kimi legte eine Hand an meine Wange. »Mach dir keine Gedanken, okay? Ich habe ja Shadow. Er wird auf mich aufpassen.«

Kimis Stimme klang belegt und in ihren schönen Augen sah ich, dass sie dasselbe für mich fühlte wie ich für sie. Es hatte uns mächtig erwischt, obwohl wir so verschieden waren.

Ich war kurz davor, sie noch einmal zu küssen und damit alles noch schlimmer zu machen, als es ohnehin schon war. Doch dann hörte ich ein näher kommendes Brummen. Kimi wandte sich um und lief auf das Eis.

»Er kommt«, rief sie. »Darrell ist da!«

Ich atmete aus, konnte an nichts anderes denken als an den Abschied von Kimi. Denn wie verabschiedet man sich von jemandem, ohne den man nicht mehr sein will?

Kimi war froh und traurig zugleich, als sie Darrell mit einer Umarmung begrüßte. Anaks Neffe versorgte sie und den alten Mann regelmäßig mit Lebensmitteln und Kimi wusste schon seit einiger Zeit, dass er ein Auge auf sie geworfen hatte. Darrell war fünfundzwanzig, alt genug, um eine Familie zu gründen.

Er staunte nicht schlecht, als er Jacob sah.

»Jacob Cheechoo«, stellte Jacob sich vor und gab dem verdutzten Darrell mit finsterem Blick die Hand.

Kimi seufzte in sich hinein, denn auf ihren Lippen lag der Geschmack von Jacobs Kuss. Noch nie war sie so geküsst worden. *Noch nie.* So voller Verlangen, voller Liebe, voller Abschied.

»Ah, dann bist du also der verlorene Sohn. Louise Koostachin ist ganz verrückt vor Sorge nach dir. Wie bist du denn hier draußen bei Kimi und meinem Onkel gelandet?« In Darrells Stimme schwang Eifersucht, aber die konnte nur sie heraushören.

»Das ist eine lange Geschichte«, mischte Kimi sich ein, »und dafür haben wir jetzt keine Zeit, Darrell. Deinem Onkel geht es schlecht. Anak hat mit ziemlicher Sicherheit einen vereiterten Blinddarm und muss so schnell wie möglich ins Krankenhaus.«

Darrell fuhr den Skidoo mit dem voll beladenen Schlitten direkt vor die Veranda des Blockhauses und sie verteilten die Lebensmittel im Schuppen und im Haus. Darrell bekam einen heißen Tee und eine halbe Stunde, um sich vor dem Kamin aufzuwärmen. Unterdessen halfen Kimi und Jacob dem Alten in seine Winterklamotten.

Kimi merkte, wie Darrell und Jacob einander immer wieder verstohlen musterten. Sie spürte die knisternde Rivalität zwischen beiden. Doch das machte sie noch unglücklicher, als sie ohnehin schon war. Sie mochte Darrell, sehr sogar, aber sie liebte ihn nicht. Und Jacob? Vielleicht würde sie ihn nie wiedersehen. Sie musste eine Entscheidung treffen – schon bald.

Darrell sorgte sich um seinen alten Onkel und wollte so schnell wie möglich wieder los. Der Schlitten, ein einfacher Toboggan ohne Kufen, war nicht für den Transport von Menschen gedacht, aber es blieb keine andere Möglichkeit, denn eine neue Schneefront war im Anzug.

»Während eines Schneesturms fliegen die Helikopter nicht«, erinnerte Darrell. »Wir müssen es mit dem Skidoo und dem Schlitten versuchen.«

Inzwischen war Kimi in finstere Gedanken von Sehnsucht

und Einsamkeit versunken. Als ihr Blick zufällig auf Jacobs Tasche fiel, die am Boden stand, entsann sie sich einer alten Cree-Weisheit, von der Anak ihr in einer langen Winternacht erzählt hatte: dass eine Frau Macht über einen Mann bekam, wenn sie über etwas hinwegstieg, das ihm gehörte.

Ohne groß nachzudenken, tat sie es: Sie stieg über Jacobs Tasche. Und als sie sich, ein wenig schuldbewusst umdrehte, merkte sie, dass Anak es gesehen hatte und ihr – so schlecht es ihm auch ging – verschwörerisch zuzwinkerte.

Aus ihrem Bündel kostbarer Felle baute Darrell eine weiche Unterlage auf seinem Schlitten, auf die sie Anak vorsichtig betteten. Sie mummten ihn in seinen Daunenschlafsack und banden ihn auf dem Schlitten fest.

Kimi konnte Jacob nicht ansehen, als er seine Tasche nach draußen brachte, wo Darrell sie auf dem Gepäckträger festschnürte. Sie hatte versucht, ihn zu halten, unter Einsatz ihres Körpers, zuletzt sogar mit Magie. Doch er hatte sich entschieden fortzugehen. Das tat weh.

Sie verabschiedete sich von Anak. Darrell stieg auf sein Schneemobil, zog an der Starterleine und warf den Motor an. Jacob nahm sie in seine Arme, doch er brachte kein einziges Wort des Abschieds hervor. Etwas in ihrer Brust wollte schreien, ihre Hände wollten ihn festhalten. Stattdessen stand sie einfach nur da.

Jacob stieg hinter Darrell auf den Motorschlitten und der gab Gas. Das Gefährt mit der kostbaren Fracht setzte sich in Bewegung. Darrell winkte ihr noch einmal, bevor der Skidoo samt Schlitten aus ihrem Blickfeld verschwand.

Kimi presste die Hände auf ihre Brust, damit ihr das Herz nicht zersprang.

Als vor ein paar Tagen der Bär auf mich zurannte, war mir klar gewesen, dass ich nicht mit heiler Haut davonkommen würde. Genauso und schlimmer fühlte ich mich jetzt, wo ich im dichter werdenden Schneegestöber auf Darrells Motorschlitten über den zugefrorenen Fluss holperte.

Das Eis war an manchen Stellen mürbe geworden und wir rauschten durch Wasserlachen, die zwanzig Zentimeter tief waren. Die Gummikette des Schneemobils rasselte im Matsch und das ganze Unterfangen kam mir auf einmal völlig absurd vor. Ein Himmelfahrtskommando. Wir würden einbrechen und sterben. *Alle drei.*

Seltsamerweise kümmerte mich das wenig. Ertrinken in eiskaltem Wasser war ein schneller Tod, weniger grausam, als von einem Bären verspeist zu werden. Ich würde weg sein und mir um nichts mehr Gedanken machen müssen. Keine Entscheidungen mehr treffen, keine Schmerzen mehr aushalten, keine Antworten mehr suchen und mich nie mehr mit Stefan abgeben müssen. Nicht an Kimi denken und unseren Kuss.

Mit dem alten Mann auf dem Schlitten konnte Darrell nicht schneller als vierzig Stundenkilometer fahren und manchmal wurde er noch langsamer. Ein kleiner Schneehügel ruckte und zerrte an der Kette und das Laufband drehte durch. Darrell ging vom Gas, es rüttelte uns durch und dann machten wir einen Satz nach vorn und knallten aufs Eis. Der Schlitten kam ins Schlingern und ich hörte Darrells Flüche durch den Motorenlärm.

Ich fragte mich, für wen er sein Leben aufs Spiel setzte. Für seinen alten kranken Onkel? Oder doch eher für Kimi? Natürlich war mir nicht entgangen, wie er sie angesehen hatte. Nun, Darrell war gut aussehend und zweifellos ein ganzer Kerl. Er beherrschte seinen Motorschlitten wie ein wildes Pferd und die seichten Stellen auf dem Fluss schienen ihm keine Angst zu machen.

Im Gegensatz zu mir. Das Adrenalin tobte in meinen Adern und ich murmelte ein Mantra in Darrells Rücken. *Lass es uns lebend überstehen. Lass es uns überstehen. Bitte, lass es uns überstehen.* Welche Macht ich da anflehte? *Kitche Manitou* natürlich. Schließlich war er für diese Region zuständig.

Nein, ich wollte nicht in eisigen Fluten versinken. Ich wollte meine Mum wiedersehen, meinen Vater kennenlernen und Kimi davon überzeugen, dass Darrell nicht der Richtige war für sie.

Als er erneut durch den Matsch pflügte, blieb mir beinahe das Herz stehen, so tief sackten wir ab. Aber schon Sekunden später glitten wir wieder über festen Untergrund.

Wir brauchten kaum mehr als zwei Stunden bis nach Moose Factory, doch es kam mir vor wie eine halbe Ewigkeit. Darrell verließ den zugefrorenen Fluss direkt hinter dem Krankenhaus, einem verwinkelten Betonkasten mit hellblau gestrichenem Erdgeschoss. Von dort waren es nur noch wenige Meter bis zum Haupteingang, über dem die kanadische Flagge wehte.

Eine Frau, die draußen stand und rauchte, rannte sofort nach drinnen, als sie Anak auf dem Schlitten sah. Darrell und ich waren noch nicht richtig abgestiegen, als der Alte auch schon von Pflegern aus seiner Verpackung befreit und auf eine fahrbare Liege gehoben wurde. Er stöhnte. Die zweistündige Fahrt über die abenteuerliche Piste musste eine Tortur für ihn gewesen sein.

Wir folgten den Pflegern in den Empfangsbereich.

»Jacob«, murmelte Anak.

Ich beugte mich über ihn und nahm seine Hand. Es ging ihm gar nicht gut. In meiner Kehle saß ein dicker Kloß. »Wir haben es geschafft, *moshum*. Du bist im Krankenhaus. Gleich werden sie dir helfen.«

Anak wollte noch etwas sagen, aber jemand tippte mir auf die Schulter. Es war ein Arzt, der wissen wollte, was dem Alten fehlte. Ich erzählte ihm alles, und als ich mich wieder umdrehte, war Anak weg. Vermutlich schon auf dem Weg in den OP.

Erst jetzt nahm ich meine Umgebung wahr. Die mit weißer Ölfarbe gestrichenen Wände, die alten Rohrleitungen, die durch die Gänge und an der Decke entlangliefen. Ich musste daran denken, was Kimi mir erzählt hatte. Das *Weeneebayko General Hospital* war das älteste unrenovierte Krankenhaus Kanadas, und genauso sah es auch aus.

Wut stieg in mir auf. Darüber, dass der sture alte Mann tagelang mit einem entzündeten Blinddarm herumgelaufen war und so getan hatte, als wäre nichts. Darüber, dass er diese furchtbare Fahrt durchstehen musste und nun in einem Krankenhaus operiert wurde, dass so alt war wie er selbst. Da ich nicht wusste, gegen wen ich meinen Zorn richten sollte, überkam mich eine furchtbare Hilflosigkeit. Doch nachdem Anak nun in der Obhut der Ärzte war, gab es für mich hier nichts mehr zu tun.

Darrell hatte zwei Cola aus dem Automaten gezogen und reichte mir eine.

»Danke, Mann«, sagte ich. »Das war eine irre Fahrt.«

Darrell grinste. »Hab schon Schlimmeres hinter mir. Ich hoffe, Onkelchen wird wieder.«

»Ja«, sagte ich. »Das hoffe ich auch.«

Darrell nickte mit dem Kopf zur Uhr an der Wand. »Wenn du deinen Zug noch kriegen willst, müssen wir los.«

Klar, dachte ich, er will sicher sein, dass du fort bist und ihm bei Kimi nicht in die Quere kommst. Und vielleicht war das ja auch die vernünftigste Lösung. Kimi würde mir vielleicht noch eine Weile nachtrauern, aber irgendwann einsehen, dass ich nicht sein konnte, was Darrell war: ein richtiger Cree. Einer, der *nitao* beherrschte und all dem hier draußen gewachsen war.

Ich starrte auf die Zeiger. Zehn Minuten nach vier. Ich war hergekommen, um meinen Vater zu sehen, doch dafür blieb nun keine Zeit mehr. Noch konnte ich meinen Zug erreichen und übermorgen wieder zu Hause sein. Wieso machte mir diese Aussicht auf einmal solche Angst? Weil ich mich verliebt hatte. Und kein bisschen daran zweifelte, dass es diesmal anders war als sonst, dass es nicht einfach so vorübergehen würde. Denn es tat so weh, dass ich nicht sprechen konnte.

Alles in mir sträubte sich dagegen, auf Darrells Skidoo zu steigen, aber mir blieb nichts anderes übrig. Ich musste diesen Zug kriegen.

»Okay«, sagte ich schließlich.

Es war ein Wettlauf mit der Zeit.

Ohne Schlitten fuhr Darrell wie der Teufel die drei Kilometer über den Fluss, aber dichte Schneeschauer nahmen ihm immer wieder die Sicht. Durch das Schneetreiben sah ich andere Skidoo-Taxis und fragte mich, ob einer von ihnen Crazy Mike war.

Auf der anderen Seite stieg ich ab, nass und frierend.

»Du musst ein Taxi zum Bahnhof nehmen«, sagte Darrell. »Ich kann mit dem Skidoo nicht auf der Straße fahren.«

»Krieg ich deine Handynummer?«, bat ich ihn. »Ich würde gerne wissen, wie es Anak geht.«

»Schick mir auf *Facebook* eine Freundschaftsanfrage, dann halte ich dich auf dem Laufenden.«

»Okay. Aber wie ist dein Nachname?«

»Sutherland, so wie Anak.«

»*Meegwetch,* Darrell.«

»Gern geschehen. Alles Gute für dich, Bro.«

Bro? Gegen meinen Willen musste ich lachen.

»Jacob?«

»Ja?«

»Kimi und du, war da was?«

Ich griff nach meiner Sporttasche. Es dauerte, bis ich mich so weit gefasst hatte, dass ich ihm in die Augen sehen konnte. Und den Kopf schütteln.

»*Wa-che-eh«,* sagte er grinsend. »Gute Reise, Kumpel.«

Nachdem ich ein paar Meter mit eingezogenem Kopf die unbefestigte Uferstraße entlanggelaufen war, hielt ein Taxi neben mir und ich stieg ein. Im Auto war es warm und trocken, aber ich kam mir vor, als würde ich mich auf einer dieser großen Wasserrutschen in einem Schwimmbad befinden. Ich hatte mich abgestoßen und nun gab es kein Halten mehr, bis ich am Ende in Jena ankommen würde, bei Mum, Jonas und Stefan.

Der Taxifahrer erzählte einen Witz, aber ich war mit meinen Gedanken ganz woanders. Vor dem Bahnhof zahlte ich fünf Dollar, die Flatrate für alle Taxifahrten in Moosonee. Sieben Minuten vor Abfahrt des *Polar Bear Express* stand ich mit meiner Tasche auf dem Bahnsteig vor dem blauen Waggon mit dem Logo, das eine fliegende Kanadagans zeigte. Ich hatte es geschafft. Es war so gut wie aussichtslos gewesen, doch hier war ich und brauchte bloß noch einzusteigen. Schnee stöberte über den Bahnsteig, auf dem niemand sich aufhielt außer dem Schaffner. Sämtliche Fahrgäste saßen schon auf ihren Plätzen im Warmen und hatten die Oma-Fußstützen ausgeklappt.

Ich blickte auf die große Uhr. *Noch sechs Minuten.*

Kälte drang in meine nassen Klamotten, doch das nahm ich kaum wahr.

Der Schaffner klopfte mir auf die Schulter. »Nun, mein Junge, wenn du mitwillst, dann solltest du jetzt einsteigen.«

Als ich nicht reagierte, schloss er kopfschüttelnd die Tür, vor der ich stand.

Noch vier Minuten.

Ein Teil von mir wollte einsteigen, wollte zurück in mein altes Leben. Doch ein anderer, neuer Teil, wollte hierbleiben und herausfinden, wer ich war und wo mein Platz auf dieser Welt war. Ich war da draußen im Busch an meine Grenzen gestoßen und hatte sie überwunden. Und jetzt? Aufgeben, nur wegen eines Flugtickets und der blöden Abiprüfungen? War ich machtlos, bloß weil die Umstände gegen mich waren?

Nein, dachte ich. *Nein.*

Auf einmal schien es mir undenkbar, nach Hause zu fliegen, ohne meinen Vater getroffen zu haben. Ich wollte in seine Augen sehen, wenn ich ihm meine Fragen stellte. Ich wollte spüren, ob es noch eine Verbindung zwischen uns gab. Und ich musste Kimi sagen, was ich für sie empfand.

Noch zwei Minuten.

Die Diesellok stieß eine schwarze Qualmwolke in den Winterhimmel. Der durchdringende Pfiff ließ mich zusammenzucken. Ich begriff, dass ich zwar in diesen Zug steigen konnte, es aber kein Zurück in mein altes Leben gab. Vor vierzehn Jahren hatte meine Mutter darüber entschieden, was gut und richtig für mich ist. Jetzt würde ich das selbst tun. Es war nicht so, dass ich alles vergessen wollte, was bisher mein Leben ausgemacht hatte. Es war eher so, dass auf vieles, was im Dunkeln gewesen war, jetzt Licht fiel. Und das ermöglichte mir, auf eine neue Art zu sehen.

Noch drei Sekunden.

Punkt fünf setzte sich der Eisbärenexpress in Bewegung. *Ich hatte es getan.* Mein Herz hämmerte wie verrückt gegen meine Rippen. Ich hatte es wirklich getan. Für ein paar Sekunden fühlte ich mich wie betäubt. Regungslos sah ich dem Zug nach, bis seine Rücklichter im Schneegestöber verschwanden.

Endlich holte ich tief Luft und dachte: *Auf ein Neues, Jacob.* Aufregung durchflutete mich. Mein Ziel war Louise Koostachins Haus. Dort konnte ich endlich meine feuchten Klamotten loswerden und mein Handy aufladen. Ich würde etwas zu essen bekommen und mit etwas Glück meinen Vater anrufen können.

Als ich mich umdrehte, stand nur ein paar Meter vor mir ein Mann im Flockenwirbel und starrte mich an. Fellmütze, offener Parka, Jeans und Gummistiefel. Vierzehn Jahre hatte ich mein Leben gelebt und er seins. Er hatte von mir gewusst, aber ich nicht von ihm. Jetzt stand er vor mir und ich dachte: mein Vater. *Mein Vater.*

Nie würde ich den Ausdruck fassungsloser Freude auf seinem dunklen Gesicht vergessen. Sekundenlang sahen wir einander wortlos an, die Zeit schien stillzustehen. Dann macht Greg zwei große Schritte auf mich zu, riss mich in seine Arme und drückte so fest zu, dass ich kaum noch Luft bekam.

»Du hast ja lange Haare, *nkosis*«, sagte er.

19
VATERLIEBE

Es schien, als wollte Greg mich gar nicht mehr loslassen. Er bebte am ganzen Körper. Mein Vater war also in mein Leben zurückgekehrt.

»Ashtum«, sagte er, »lass uns nach Hause fahren, Jacob. Du bist ja ganz nass und durchgefroren.«

Nach Hause, dachte ich. Wo ist das jetzt eigentlich?

Auf der Fahrt zu seinem Haus erzählte mir Greg, wie es gelaufen war. Darrell hatte, nachdem er mich am Ufer des Moose River abgesetzt hatte, alles brühwarm auf *Facebook* gepostet. Greg hatte über den Messenger eine Nachricht bekommen und war sofort zum Bahnhof gefahren, wo er zwei Minuten vor Abfahrt des Zuges ankam. Zu spät, um durch die beiden Passagierwaggons zu laufen und nach mir zu suchen.

»Ich wusste sofort, dass du es bist, der da stand.« Greg lenkte den Wagen durch das Schneegestöber aus dem Ort heraus auf die Quarry Road.

»Du hast nicht versucht, mich am Einsteigen zu hindern«, stellte ich fest.

»Das brauchte ich ja auch nicht«, erwiderte er lächelnd. »Du machst dir keine Vorstellung, was es für mich bedeutet, dass du nicht eingestiegen bist.«

Nach zwei Wochen, die mir wie ein halbes Leben vorkamen, stand ich nun wieder vor dem Haus meines Vaters. Drinnen schob er mich als Erstes ins Badezimmer. »Nimm ein heißes Bad und zieh dir trockene Sachen an. So viel Zeit muss sein. Wenn du was brauchst, dann lass es mich wissen.«

Das ließ ich mir nicht zweimal sagen. In die heiße Badewanne zu steigen, war ein grandioses Gefühl. Ich tauchte unter und wusch meine Haare. Begutachtete bei elektrischem Licht die Blessuren, die der Bär mir zugefügt hatte. Alles war gut verheilt. Später würde ich Greg um eine Schere bitten, damit ich Kimis Zahnseide aus meinem Oberschenkel entfernen konnte.

Noch stundenlang hätte ich so in der Badewanne liegen können, wenn da draußen nicht der Mann auf mich gewartet hätte, den ich vierzehn Jahre lang vermisst hatte. Ich war Greg dankbar für das heiße Bad und die halbe Stunde für mich allein. Vielleicht ahnte er ja, dass ich Zeit brauchte, mich wieder an ihn und das Haus zu gewöhnen.

Als ich in meinem letzten sauberen T-Shirt und Jeans aus dem Badezimmer kam, musterte mich Greg von oben bis unten. »Du bist groß geworden, *nkosis«*, sagte er mit bebender Stimme. »Als ich dich das letzte Mal sah, hattest du ein hellblaues *Mickey-Mouse*-T-Shirt an.«

Nkosis. Mein Sohn.

Greg trug sein Haar in der Mitte gescheitelt. Es war kürzer als meins, aber von derselben Beschaffenheit. Die Ähnlichkeit zwischen uns war nicht auf den ersten Blick erkennbar, beim genaueren Hinsehen schon.

Verlegenheit machte sich breit zwischen uns. Offenbar war Greg ebenso nervös wie ich. Erschüttert stellte ich fest, dass ich keine Ahnung hatte, wie alt mein Vater eigentlich war. Ich schätzte ihn auf Anfang vierzig und nahm mir vor, ihn zu fragen. Natürlich nicht gleich.

»In Deutschland ist jetzt Mitternacht«, sagte er, »aber du solltest trotzdem deine Mum anrufen und ihr sagen, dass du okay bist. Ich habe gestern mit Christine telefoniert, sie macht sich schreckliche Sorgen um dich.«

Ich nickte. »Ja, das sollte ich tun. Aber mein Akku ist leer. Hast du einen Laptop, in den ich das Ding einstöpseln kann?«

»Aber klar.«

Ich folgte ihm ins Wohnzimmer und er deutete auf den aufgeklappten Laptop, der auf einem Schreibtisch am Fenster stand. Ich stöpselte das Ladekabel ein, aber Greg meinte, dass es mit einer Telefonkarte billiger wäre, nach Deutschland zu telefonieren.

Er wählte eine endlos lange Nummer von einer Karte und hielt mir den Hörer seines Festnetztelefons hin. Es klingelte nur einmal, dann hörte ich die aufgelöste Stimme meiner Mutter: »Greg? Hast du ihn gefunden? Geht es Jacob gut? Bitte sag mir, dass es ihm gut geht.«

»Ich bin's Mum«, sagte ich und schob mir eine Hand in den Nacken. »Mir geht es gut. Mach dir keine Sorgen.«

»Jacob, Gott sei Dank«, rief sie, »ich habe solche Angst um dich gehabt! Wo warst du denn die ganze Zeit?«

»Das ist eine lange Geschichte, Mum, die muss ich dir in Ruhe erzählen. Ich war in einem Blockhaus in der Wildnis bei sehr netten Menschen und kam nicht von dort weg, weil es so geschneit hat.« Meine Mutter begann wieder zu reden. »Mum … Mum … ich wollte dir nur sagen, dass ich gerade meinen Zug verpasst habe und deshalb auch morgen den Flieger in Timmins nicht kriegen werde.«

Eine Weile war es still am anderen Ende der Leitung. Schließlich sagte sie: »Das ist doch nicht schlimm, Jacob.« Ich hörte, dass sie weinte. »Dann kommst du eben mit dem nächsten Flieger. Hauptsache, dir geht es gut. Ich kann es kaum erwarten, dass du nach Hause kommst. Jonas vermisst dich auch.« Kein Wort über Stefan und was nach der Anzeige von PETA passiert war. Fragen wollte ich allerdings auch nicht, denn im Augenblick war mir Stefans Schicksal herzlich egal.

»Mum?«

»Ist auch wirklich alles in Ordnung, Jacob?«

»Ja, ist es. Nur werde ich nicht den nächsten Flieger nehmen. Ich will meinen Vater kennenlernen, bevor ich zurückkomme. Dazu hatte ich bisher nicht die Gelegenheit.«

Wie vermutet stieß diese Nachricht bei meiner Mutter auf wenig Verständnis. Sie flehte mich an, so schnell wie möglich nach Hause zu kommen. »Du bist mitten im Abitur, Jacob.«

»Das weiß ich, Mum. Aber ich bin jetzt hier und ich will ein paar Tage mit meinem Vater verbringen. Wozu gibt es Nachprüfungen?«

Mum wetterte los. Ich musste mir all die Dinge anhören, die Stefan und meine Mutter mir schon vor meiner Abreise angedroht hatten: Wenn du das Abi verhaust, Jacob, musst du eine Lehre anfangen. Wir finanzieren kein Faulenzertum. Bla, bla, bla. Nur dass mir all diese Dinge nicht mehr wichtig erschienen. Wichtig waren die Fragen, die ich meinem Vater stellen wollte. Wichtig war dieses vertraute Gefühl, das ich zwischen uns gespürt hatte. Ich ließ Mums Tirade beinahe wortlos über mich ergehen.

Greg verfolgte unser sehr einseitiges Gespräch. Keine Ahnung, wie viel er von meinen wenigen Worten verstand, aber er sah, wie ich die Augen verdrehte, und gab mir ein Zeichen, ihm den Hörer zu reichen, wenn ich so weit war.

»Greg will dich sprechen«, sagte ich mitten in den Redeschwall meiner Mutter und gab ihm den Hörer.

In ruhigem Ton erklärte er meiner Mutter, dass ich erwachsen war und tun und lassen konnte, was ich wollte. Dass es meine Entscheidung war, noch ein paar Tage länger bei ihm in Moosonee zu bleiben. Dass er für meinen Flug bezahlen würde und wie glücklich er sei, dass ich hier war, bei ihm.

»Gleich morgen versuche ich, einen günstigen Rückflug für ihn zu finden, Christine. Mach dir keine Sorgen, du bekommst unseren Sohn wieder.« Schließlich legte Greg auf und meinte mit einem Augenzwinkern: »Sie hat sich nicht verändert, deine Mum.«

»Danke, dass du mein Ticket bezahlst«, sagte ich. »Ich bin nämlich so gut wie pleite.«

Greg schüttelte lächelnd den Kopf, um mir zu zeigen, dass das selbstverständlich für ihn war.

»Ich kann immer noch nicht glauben, dass du hier bist, Jacob. All die Jahre dachte ich, du hättest mich einfach vergessen. Ich hatte ja keine Ahnung, dass du seit dem Unfall keine Erinnerung mehr an mich und dein Leben in Moosonee hattest.«

Ich war nahe dran, Greg von meinem *whe-tiko*-Traum zu erzählen, doch ich sagte nur: »Mit der Erinnerung habe ich immer noch meine Schwierigkeiten.«

»Das kommt noch«, versicherte er mir. »Warte mal ab.« Er betrachtete mich voller Zuneigung. »Du musst mir alles erzählen, Jacob, *alles.* Aber zuerst koche ich uns etwas, ja? Bestimmt bist du hungrig.«

Ich nickte. Und ob ich hungrig war! Seit dem Frühstück hatte ich nichts mehr gegessen und bei dem Gedanken an einen ordentlichen Veggie-Burger lief mir das Wasser im Mund zusammen. Doch mein Vater kam geradewegs aus seinem Jagdcamp, also würde es wohl auf irgendeine Art Steak hinauslaufen. Aber das war mir egal. Ich würde ihn bitten, es gut durchzubraten für mich.

»Louise hat mir erzählt, dass du Vegetarier bist, also habe ich ein bisschen was besorgt. Wie wäre es mit Pasta?«

Nun war ich wirklich baff. »Das klingt gut.«

Bevor Greg zu kochen begann, zeigte er mir, wo ich schlafen würde. Es war ein geräumiges Zimmer mit Blick auf den Fluss. Helle, selbst gebaute Holzmöbel, gelbe Wände, ein frisch bezogenes Bett mit bunter Bettwäsche. Im Regal an der Wand ein paar Bücher, ein Traumfänger über dem Kopfende des Bettes und eine Reihe Tierfiguren aus Holz.

Ich trat näher, betrachtete die Holzfiguren, die liebevoll von Hand geschnitzt und bemalt waren, und nahm einen großen Timberwolf in die Hand.

»Ma-hee-kan«, flüsterte ich. *Wolf.* »Hast du die geschnitzt?«

»Ja. Und deine Mum hat sie bemalt. Gestern habe ich nach den Figuren gesucht und sie zum Glück auch gleich gefunden«, sagte Greg lächelnd. »Schön, dass du wieder zu Hause bist, Jacob.«

Ich musste schlucken.

»Ich bin in der Küche. Sag mir, wenn du etwas brauchst.«

Im Haus meines Vaters sah es nicht aus wie in einer Junggesellenbude. Die Zimmer waren einfach, aber gemütlich eingerichtet. Das Haus war geräumiger, als es von außen den Eindruck machte, und erst jetzt wurde mir bewusst, auf welch engem Raum ich mit Anak und Kimi in den vergangenen Tagen im Blockhaus gelebt hatte.

Mein Smartphone lud und kurz überlegte ich, meine eingegangenen Nachrichten zu checken, aber ich verschob es auf später und ging zu Greg in die Küche. Er schnippelte Gemüse und es roch bereits köstlich nach Knoblauch und gebratenen Zwiebeln. In einem Topf kochten die Nudeln.

»Du kannst den Tisch decken«, sagte er. »Ich trinke Wasser, aber für dich steht ein Bier im Kühlschrank, wenn du willst.«

Ich wollte. Einfach, weil es so schön normal war: sich ein Bier aus dem Kühlschrank zu nehmen. Ich öffnete die Dose, trank einen Schluck und stellte sie auf den Tisch.

Gleich beim ersten Versuch öffnete ich die richtige Schranktür, hinter der die großen Teller standen. Greg quittierte es mit einem Lächeln. Als ich die beiden Teller auf den Tisch stellte, hielt ich inne und mein Herz schlug schneller. Der obere Teller hatte ein einfaches Blättermuster, doch der darunter war einzigartig. *Free Food,* stand um den Rand geschrieben. Von der Mitte des Tellers sprangen mir ein gemalter Fisch, eine Gans, ein Biber, ein Hase und ein Elch entgegen.

»Ni-ska«, sagte ich. Und dann: *»Na-mess, wa-push, moose, a-misk.«*

Greg hörte auf zu schnippeln und hob den Kopf. Ihm war anzusehen, wie die Rührung ihn übermannte. Vielleicht, weil ich nicht sehen sollte, wie ihm die Tränen in die Augen stiegen, wandte er sich ab und warf Tomatenstücke und klein geschnittene Zucchini in die Pfanne.

Ni-ska, die Kanadagans, *na-mess,* der Fisch, *wa-push,* der Hase, *moose,* der Elch, und *a-misk,* der Biber. Jedes Mal, bevor Mum das Essen auf meinen Teller tat, hatte mein Vater mit mir die Cree-Worte geübt. Die Erinnerung war so plötzlich gekommen, dass ich einen Moment brauchte, um damit fertigzuwerden.

Greg war ein guter Pasta-Koch und ich haute mächtig rein. »Das war superlecker, danke«, sagte ich nach der zweiten Portion und hielt mir den Bauch. »Bei Kimi und Anak bestand so gut wie jede Mahlzeit aus Fleisch.«

Greg nickte. »Im Busch musst du Fleisch essen, Jacob, vor allem im Winter. Der Körper braucht das Fett, es wärmt einen von innen. Mit Nudeln und Gemüse allein überlebst du nicht.«

»Ich weiß.« Das hatte ich auf sehr eindrückliche Art am eigenen Leib erfahren. »Stört es dich eigentlich, dass ich Vegetarier bin?«, fragte ich.

Mein Vater lachte. »Mensch, Jacob. Nach vierzehn Jahren hast du endlich zu mir gefunden und du fragst, ob es mich stört, dass du Vegetarier bist?«

Ich zuckte die Achseln. »Kimi hat gesagt, das Cree-Wort für Vegetarier bedeute ›schlechter Jäger‹. Und du bist offenbar hier oben eine Jäger-Legende.«

»Hat Kimi dir das erzählt?« Greg schüttelte schmunzelnd den Kopf. »Kimiwan Hunter ist schon ein sehr spezielles Mädchen.«

Ich trank einen Schluck von meinem Bier. »Ihr Nachname ist Hunter?« Das passte ja prima.

»Ja.« Greg lehnte sich zurück. »Kimi ist eine hervorragende Jägerin. Sie hat als Kind viel von ihrem Vater gelernt und auch Anak hat sie in einige Geheimnisse eingeweiht. Ihre große Stärke ist ihre tiefe Verbindung zum *muskeg* und zu den Tieren. Sie ist eine Jägerin mit Seele, davon gibt es heute nicht mehr viele.«

Greg fischte sich eine Nudel aus dem Topf und schob sie in seinen Mund. »Pauline, meine Freundin, betreibt im Busch ein Camp für Jugendliche, die mit ihrem Leben nicht klarkommen. Sie lernen bei ihr die alte Lebensweise und die Fertigkeiten unserer Vorfahren, die die meisten von uns längst vergessen haben.

Kimi hat schon zweimal in Camp Ajuawak gearbeitet. Die Kids mögen sie, Kimi hat einen besonderen Draht zu ihnen.«

Ich musste lächeln, denn Kimi hatte von meinem Vater genau dasselbe gesagt.

»Pauline möchte Kimi gerne dauerhaft einstellen, aber Anak will sein Blockhaus und seinen Wolf nicht verlassen. Und Kimi will den Alten nicht verlassen.«

»Ich mache mir große Sorgen um Anak«, sagte ich. »Es ging ihm wirklich schlecht und die Schlittenfahrt muss die Hölle für ihn gewesen sein. Kannst du im Krankenhaus anrufen und fragen, wie die OP gelaufen ist?«

Greg rief sofort im *Weeneebayko General Hospital* an. Tatsächlich war Anaks Blinddarm geplatzt, kurz bevor er auf dem OP-Tisch gelandet war. Aber die Operation war gut verlaufen und ich war ungemein erleichtert, das zu hören. Ich hatte befürchtet, die Schlittenfahrt hätte den alten Mann umgebracht.

»Ich soll morgen noch mal anrufen«, sagte Greg. »Dann sagen sie uns, wann wir ihn besuchen können.«

»Gut. *Meegwetch.*«

»Na komm.« Greg stand auf und räumte den Tisch ab. »Gehen wir nach drüben, dort ist es gemütlicher.«

Er fütterte den Kaminofen und wir setzten uns in die beiden dunkelbraunen Ledersessel.

»Louise hat gesagt, du verbringst nicht mehr viel Zeit hier in deinem Haus.«

»Das stimmt. Ich bin lieber draußen bei Pauline im Camp. Sie ist eine tolle Frau und sie braucht jede Hilfe, die sie kriegen kann.«

»Wäre denn dort auch Platz für Anak und Shadow?«

»Aber natürlich.« Greg lächelte. »Anak ist ein begnadeter

Geschichtenerzähler und die Kinder wären mehr als begeistert von Shadow.«

»Okay.« Das war gut. Es war eine Möglichkeit. Ich war froh. *Erleichtert.* Aber auch ein bisschen sauer auf Kimi, weil sie so getan hatte, als wäre ihre einzige Alternative ein Job als Kassiererin im Supermarkt.

»Jacob?«

Ich hob den Kopf und sah meinen Vater an.

»Als ich vor zwei Tagen von meiner Fallenstrecke zurückkam, erfuhr ich von Pauline, dass mein Sohn, den ich vierzehn Jahre nicht gesehen habe, nach Moosonee gekommen ist, um mich zu besuchen. Ich rief Louise Koostachin an und sie erzählte mir, dass Tony Loon dich zu uns rausbringen wollte, ins Camp. Aber Tony war wegen des schlechten Wetters gar nicht losgefahren. Er sagte, er hätte dich nie getroffen. Ich habe versucht, dich anzurufen, und bin sofort nach Moosonee gefahren, um nach dir zu suchen. Aber du warst wie vom Erdboden verschwunden. Erzählst du mir, was dir passiert ist, nachdem Louise dich am Fluss abgesetzt hat? Wie du bei Kimi und Anak gelandet bist und warum du eine frische Narbe auf der Stirn hast? Darrell hat etwas von einem Bärenangriff gepostet.«

Die ganze Zeit, während ich Greg von Crazy Mike erzählte, starrte ich ins Feuer. Mein Vater hörte zu, und als ich an den Punkt kam, wo Mike mich im Busch zurückgelassen hatte, sprang er aus seinem Sessel und begann auf und ab zu laufen. Wütend murmelte er etwas in Cree vor sich hin.

Schließlich blieb er stehen und fragte: »Hat Kimi dir erzählt, wer Mike Meenish ist?«

»Ja. Ich weiß von dem Feuer. Und von meinem Bruder.«

Greg setzte sich wieder. Nervös ließ er seine Finger knacken.

»Es tut mir leid, dass du in diese Geschichte mit hineingezogen wurdest, Jacob. Wenn ich gewusst hätte, dass du kommst, dann hätte ich dich vom Zug abgeholt und das wäre alles nicht passiert.«

»Ja, ich weiß. Aber dann wäre ich Kimi und Anak niemals begegnet.« In der nächsten halben Stunde erzählte ich Greg von meiner zweitägigen Odyssee durch den winterlichen *muskeg* und wie sie geendet hatte. Dabei konnte ich zusehen, wie mein Vater blass wurde unter seiner dunklen Haut und seine Lippen zu einem dünnen Strich wurden. Als ich ihm von Kimi und der Zahnseide erzählte, schloss er sekundenlang die Augen. Nachdem ich geendet hatte, brauchte Greg eine Weile, bis er wieder etwas sagen konnte.

Er atmete tief ein und sah mir in die Augen. »Du hättest sterben können, Jacob.«

»Stimmt. Und ein paarmal dachte ich tatsächlich, dass mein letztes Stündlein geschlagen hat. Aber ich habe es jedes Mal geschafft. Zuerst aus eigener Kraft und dann mit Shadows, Anaks und Kimis Hilfe.«

Greg sah mich an, das Licht des Feuers spiegelte sich in seinen Augen. »Du hast ja keine Ahnung, wie stolz ich auf dich bin, mein Sohn.«

Ein warmes Gefühl sammelte sich in meiner Brust und das Loch, das ich jahrelang mit mir herumgetragen hatte, schloss sich. Ich atmete tief ein.

»Ist es denn wahr, dass du dich nicht mehr an mich erinnert hast?«, fragte mein Vater, seiner Stimme kaum mächtig. »Louise hat mir davon erzählt, aber ich kriege es nicht in meinen Kopf. All die Jahre dachte ich, du willst nichts mehr von mir wissen.«

»Das hast du von Louise?«, fragte ich entgeistert. »Hat Mum

dir denn nicht erzählt, was ich getan habe? Warum ich in den Flieger nach Kanada gestiegen bin, ohne vorher mit dir zu sprechen?«

»Christine hat mir etwas von Schweinen, einer Anzeige und deinem wütenden Stiefvater erzählt. Dass du mich plötzlich kennenlernen wolltest und ohne ihr Einverständnis nach Kanada geflogen bist. Sie war total aufgelöst und wohl auch ein bisschen betrunken. Ich konnte kein vernünftiges Wort mit ihr sprechen.«

Ungläubig schüttelte ich den Kopf. Mum war tatsächlich zu feige gewesen, meinem Vater die Wahrheit zu sagen. Dass sie mir seine Existenz vierzehn Jahre lang verschwiegen hatte.

Ich erzählte Greg von meiner Amnesie nach dem Unfall, von Mums One-Night-Stand-Geschichte mit dem südostasiatischen Studenten, von Stefan und seinen gequälten Schweinen und meinen Fotos und Videos, die ich an PETA geschickt hatte.

»Stefan war so wütend, dass er Mums Geheimnis verraten hat. Er wollte mich damit treffen, mir wehtun.« Ich schluckte und starrte auf das halb volle Wasserglas, das vor Greg auf dem kleinen Tisch stand. *Vielleicht hat er sich ja längst totgesoffen.* Stefans Worte kamen mir wieder in den Sinn.

Nein, hat er nicht. Greg sah nicht aus wie ein Säufer und ich fühlte mich wohl in seiner Gegenwart, seinem Haus. Angekommen. *Zu Hause.* Wie war das nur möglich, obwohl nichts geklärt war? Obwohl ich noch keine Antworten auf meine Fragen hatte? Vierzehn lange Jahre und nur ein paar Erinnerungsbruchstücke, und doch war sie da, die Vertrautheit. Umsonst hatte ich befürchtet, dass Greg sich meiner schämte, weil ich kein Fleisch aß und aus mir trotz *Walking-out*-Zeremonie kein Jäger geworden war. Umsonst meine Angst, dass mein Vater ein Säufer war oder nichts mehr mit mir zu tun haben wollte.

Greg sah mich an, sein Kiefer mahlte. Ich ahnte, wie sehr er bereute, was er damals getan hatte. Und wie sehr ihn verletzte, wie Mum sich verhalten hatte.

»Ich kann immer noch nicht glauben, dass Christine das getan hat«, sagte er schließlich, »dich vierzehn Jahre lang belügen.« Er seufzte und schwieg eine Weile. Dann fragte er: »Was weißt du eigentlich über deine Mutter und mich und Moosonee?«

Ich zuckte die Achseln. »So gut wie nichts. Ich habe Mum kaum Gelegenheit gegeben, mir etwas zu erzählen, abgesehen von dem Unfall und seinen Folgen. Ich war so verdammt wütend auf sie. Irgendwie habe ich ihr nicht mehr getraut. Ich hatte Angst, sie würde mir einfach ein neues Märchen erzählen.«

Greg stand auf. »Noch ein Bier?«, fragte er. »Oder trinkst du auch einen Tee?«

»Tee klingt gut.« Mir war lieber, das Thema Alkohol fürs Erste zu umgehen.

Greg ging in die Küche und kam nach ein paar Minuten mit einem Tablett zurück, das er auf dem Couchtisch abstellte. Zwei Becher mit schwarzem Tee, ein Tetrapack Milch und ein Glas Honig standen darauf. Er reichte mir einen Becher.

»Jahrelang habe ich diesen Moment herbeigesehnt und ihn mir ausgemalt«, sagte er, als er sich wieder setzte. »Und nun, da du tatsächlich hier bist, in meinem Wohnzimmer, weiß ich nicht, wo ich anfangen soll.« Er goss Milch in seinen Tee und süßte ihn mit einem Löffel Honig. »Ich will alles über dich wissen, Jacob. Aber vermutlich hast du auch eine Menge Fragen an mich. Ich werde versuchen, dir Antworten zu geben.«

Ich nickte. Ich wollte sie hören, die Geschichte meiner Eltern. »Erzähl mir, wie du Mum kennengelernt hast.«

Mein Vater trank einen Schluck von seinem Tee und wischte sich mit dem Handrücken über die Lippen. An seinen Augen sah ich, wie er neunzehn Jahre in der Zeit zurückging, bis er wieder dort war, wo alles angefangen hatte.

»Deine Mum kam damals als Touristin nach Moosonee. Wie die meisten Fremden, die hier landen, wollte sie nur zwei, drei Tage bleiben, sich das Culture-Centre auf der Insel ansehen und eine Bootstour zur Bay mitmachen. Zu der Zeit fuhr ich Wasser-Taxi und habe solche Touren angeboten. Christine landete also in meinem Boot. Ich war sofort fasziniert von ihr und habe versucht, die Tour für sie zum unvergesslichen Erlebnis zu machen. Vier Wochen später war sie immer noch da, deine Mum.« Sein Lächeln war voller Traurigkeit und für einen Moment schien er irgendwie verloren.

»Weißt du, Jacob, ich habe ziemlich viel getrunken, bevor ich deine Mum kennenlernte. Aber damit war nun Schluss. Christine war so fröhlich, Funken sprühend und besonders. Ich war überzeugt davon, mit ihr zusammen alles meistern zu können.«

Fröhlich, Funken sprühend und besonders? Sprach er wirklich von Mum?

»Wir schmiedeten Heiratspläne, wollten gemeinsam ein Camp für Touristen aufbauen. Ihr deutscher Geschäftssinn und mein indianisches Wissen.« Er lachte kopfschüttelnd, schien wieder in der Erinnerung versunken. »Doch dann war Christines Visum abgelaufen und sie musste zurück nach Deutschland. Deine Mum wollte drüben alles regeln, ihre Papiere besorgen und zurückkommen. Wir haben täglich telefoniert, aber von einem Tag auf den anderen rief sie nicht mehr an und meldete sich auch nicht mehr, wenn ich es tat.«

»Da hatte sie vermutlich erfahren, dass sie schwanger war«, brachte ich mühsam heraus.

Greg nickte und trank von seinem Tee.

»Mum hat gesagt, sie wollte dich vergessen. Sie konnte sich nicht vorstellen, an einem Ort wie Moosonee zu leben. Und du konntest nirgendwo anders leben, das habe sie in den vier Wochen begriffen.«

»Ja. So war es.« Greg nickte. »Es war schlimm, wirklich schlimm. Ich vermisste Christine ganz furchtbar und fing wieder an zu trinken. Aber dann, nach Monaten, bekam ich einen Anruf von einer Frau. Sie hieß Sonja und war eine Freundin deiner Mutter. Ich erfuhr von Christines Schwangerschaft, kratzte mein letztes Geld zusammen und flog sofort nach Deutschland. Du warst gerade geboren, Jacob. Ich werde niemals vergessen, was ich empfand, als ich dich das erste Mal in meinen Armen hielt.«

Ich saß da, einen dicken Kloß im Hals, und versuchte, mich von meinen Gefühlen nicht überwältigen zu lassen. Alles war so, wie ich es mir ausgemalt und erhofft hatte. Das machte mich froh, aber auch furchtbar wütend.

»Ich bin zusammen mit dir und deiner Mum nach Moosonee zurückgekehrt«, fuhr Greg fort. »Wir heirateten. Es ging uns gut und wir waren glücklich. Aber das Glück, es war nicht von Dauer.«

»Wegen dieser anderen Frau und deinem anderen Sohn?«, fragte ich und merkte selbst, wie zornig meine Stimme klang.

»Ja. Damals hatte ich gedacht, ich würde deine Mutter niemals wiedersehen, Jacob. Über Wochen und Monate hatte ich versucht, sie zu finden, aber sie war wie vom Erdboden verschwunden. Ich war jung, gerade erst vierundzwanzig. Mein Herz war gebrochen und ich war einsam.«

Ich rechnete schnell. Mein Vater war also zweiundvierzig.

Und nein, ich konnte ihm keinen Vorwurf daraus machen, dass er bei einer anderen Frau Trost gesucht hatte. Trotzdem tat ich es.

»Nora hatte eine Weile in Timmins gelebt«, erzählte Greg, »und war kurz zuvor wieder nach Moose Factory zurückgekehrt. Wir begegneten uns bei einem Tanzabend in der *Arena* und eins kam zum anderen. Wir waren nie ein Paar und ich liebte sie nicht.«

Greg sagte nicht: *Das musst du mir glauben, Jacob.* Ich sah in seinen Augen, dass er mir die Wahrheit erzählte. *Fuck!* Es war kompliziert. Aber was hatte ich auch erwartet?

»Als Sonjas Anruf aus Deutschland kam, wusste ich schon, dass Nora schwanger war. Doch ich liebte Christine immer noch. Sie war es, mit der ich zusammen sein wollte. Mit ihr und unserem Kind.«

Was für ein Schlamassel, dachte ich. Zwei junge Frauen, die mit Verhütung nichts am Hut hatten und Söhne bekamen. Das Drama nahm seinen Lauf und bestimmte unser aller Leben.

Der Zeiger der Wanduhr zeigte einundzwanzig Uhr und ich merkte, wie die Skidoo-Flussfahrt und die Achterbahn der Gefühle, die ich durchmachte, ihren Tribut forderten. Ich trank meinen Tee aus, in der Hoffnung, dass er mich noch eine Weile wach halten würde.

Da erzählte Greg auch schon weiter.

»Damals habe ich als Hubschrauberpilot gearbeitet, weil das ein gut bezahlter Job war und ich mit dem Geld für meine beiden Söhne sorgen konnte. Aber dadurch war Christine oft allein, und wenn ich nicht da war, machte Nora ihr das Leben schwer. Das war eine große Belastung für deine Mum. Aber wie sehr ihr das alles zusetzte, habe ich damals noch nicht begriffen.« Greg beugte sich nach vorn; die Ellenbogen auf seine Oberschenkel gestützt, drehte er den Teebecher zwischen seinen Händen. »Irgendwann merkte ich, dass wir uns fremd geworden waren, deine Mum und ich. Keiner wusste mehr vom anderen, was er dachte oder fühlte. Ich spürte, dass ich Christine verlor, aber ich hatte keine Ahnung, was ich dagegen tun sollte. Ich arbeitete zu viel, weil ich für euch sorgen musste. Für meine Familie und für Nora und Alex. Ich habe versucht, auch für Alex ein Vater zu sein, aber die Fronten zwischen deiner Mum und Nora verhärteten sich mehr und mehr. Und dann passierte der Unfall.« Greg starrte in seine Teetasse.

Ich wollte etwas sagen, etwas von dem, was ich mir zurechtgelegt hatte. Dass seine Verantwortungslosigkeit unsere Familie zerstört hatte und wie beschissen es war, mit einer Lüge und ohne Vater aufzuwachsen.

Doch ich konnte es nicht, denn ich mochte ihn. Seit dem Moment, als mein Vater mir auf dem Bahnsteig gegenübergestanden hatte, mochte ich ihn. Ich hatte damit gerechnet, einem Fremden zu begegnen, aber das war er nicht. In der Zeit, die wir inzwischen miteinander verbracht hatten, hatte er nichts falsch gemacht. *Nichts.* Und ich wusste nicht, wie ich mit dieser Tatsache umgehen sollte. Dass er sich verhielt, als hätte er vierzehn Jahre auf diesen Augenblick gewartet. Dass er mich gegenüber meiner Mutter am Telefon verteidigt hatte. Dass er für mich vegetarisch gekocht und mir gesagt hatte, dass er stolz auf mich war.

Ich mochte ihn. *Verdammt!* Und weil ich ihn mochte, war ich wütend auf ihn. Weil es für mich so viel einfacher gewesen wäre, wenn er mich distanziert behandelt hätte. Wenn ich ihm egal wäre. Wenn er ein Alkoholiker wäre und sein Haus ein Saustall.

Nun wusste ich nicht, wohin mit meinen unangenehmen Fragen. Wusste nicht, wohin mit meiner aufkeimenden Zuneigung für ihn und der Tatsache, dass sich mein wahres Leben auch weiterhin ohne ihn abspielen würde.

Ich stand auf und ging zum Fenster. Draußen schien der Mond auf den zugefrorenen, schneebedeckten Fluss. »Du hast mich aufgegeben« war alles, was ich herausbrachte.

»Nein, Jacob, das darfst du nicht denken.« Greg trat neben mich und nahm mich fest an der linken Schulter. Mit einem Schmerzenslaut zuckte ich zusammen und zog mich zurück. Erschrocken sah er mich an.

»Der Bär«, sagte ich mit einem schiefen Lächeln.

Auf Gregs Stirn erschien eine tiefe Sorgenfalte. »Lass mich das mal ansehen, ja?«

In meinem Zimmer schaltete er die Deckenbeleuchtung ein und ich zog Hemd und T-Shirt aus. Greg begutachtete die fast verheilten Bisslöcher, nahm meinen linken Arm und spreizte ihn vom Körper ab.

»Tut das weh?«

»Nur noch ein bisschen.«

»Warum hast du dich im Krankenhaus nicht untersuchen lassen?«

Ich grinste. »Weil ich meinen Zug kriegen wollte.«

Greg schüttelte den Kopf. »Du hast unglaubliches Glück gehabt, Jacob, weißt du das? Ich kenne einen Mann, dem hat ein Bär mit seinem Biss das Schultergelenk zertrümmert.«

Ich holte den Wolf unter meinem Unterhemd hervor. »Er hat mich beschützt.«

Gregs Hand zitterte, als er nach dem Amulett griff und mit

dem Daumen über das polierte Relief des heulenden Wolfs fuhr. »Du hast es noch.«

»Sonja hatte es. Mum wollte, dass sie es wegwirft, aber sie hat es aufgehoben und mir gegeben, bevor ich hergekommen bin.«

Greg murmelte etwas auf Cree, ich nahm an, es war ein Dankgebet, denn *Kitche Manitou* kam darin vor.

»Ach ja«, sagte ich, »ich könnte eine kleine, scharfe Schere und eine Pinzette gebrauchen. Die Fäden an meinem Bein müssen raus.«

Greg gab nicht eher Ruhe, bis ich meine Hosen runtergelassen hatte. »Leg dich hin, ich mache das. Okay?«

»Okay.« An diesem Abend wäre ich ohnehin zu müde gewesen für eine solche Puzzlearbeit. Aber ich wollte die Fäden, die unangenehm ziepten, weil sie anfingen, ins Fleisch einzuwachsen, endlich loswerden.

Während Greg sich den Fäden widmete, lag ich mit dem rechten Unterarm auf den Augen da und genoss es, dass er sich um mich kümmerte. Ich roch den Seifenduft seiner Hände, die sich bemühten, vorsichtig zu sein.

Dass ich hier bei ihm war und er Zahnseide aus meinem Oberschenkel zupfte, während ich seiner Stimme lauschte, war ziemlich verrückt. Genauso wie alles andere, was geschehen war, seit ich meinen Fuß auf den Bahnsteig von Moosonee gesetzt hatte.

»Ich habe dich niemals aufgegeben, Jacob«, versicherte mir Greg noch einmal nachdrücklich. »Noch während ich im Gefängnis saß, habe ich versucht, mit Christine Kontakt aufzunehmen. Vergeblich. Auch Sonja konnte ich nicht erreichen, sie hatte eine neue Handynummer. Nachdem ich endlich raus war aus dem Gefängnis, durfte ich zwei Jahre das Land nicht verlassen. Aber ich habe weiter nach euch gesucht. Du warst damals erst vier. Trotzdem hoffte ich, du hättest mich nicht vergessen und würdest eines Tages Kontakt zu mir aufnehmen. Doch nichts passierte. Erst jetzt, vierzehn Jahre später, weiß ich, warum.«

Ich lugte unter meinem Arm hervor. »Wir sind andauernd umgezogen. Vermutlich hatte Mum Angst, du könntest uns finden. Das war eine echt beschissene Zeit, denn jedes Mal, wenn ich endlich Freunde gefunden hatte, zogen wir in eine andere Stadt.«

»Das tut mir leid, *nkosis.«*

»Na ja, nun weiß ich ja, dass du *dafür* nichts kannst.«

Greg stellte mir ein paar Fragen nach meinem Leben und ich erzählte ihm ein wenig von Jonas, meinem Freund Ben, von der Schule und der Band.

»Ich spiele die Drums«, sagte ich, als es plötzlich schmerzhaft ziepte. »Au!« Ich zog zischend Luft ein und nahm den Arm vom Gesicht.

»Sorry. Du hast es gleich geschafft.«

Ich stützte mich auf meine Ellenbogen.

»Du hast damals schon auf allem Möglichen herumgetrommelt«, sagte Greg. »Vielleicht war das Trommeln ja eine Verbindung zwischen uns.«

Ich legte mich wieder zurück. Mein Vater suchte nach einer Verbindung, genauso wie ich. Trotzdem blieb alles, was wir redeten, an der Oberfläche. Ich war noch nicht so weit, ihm von Stefan zu erzählen, denn wenn ich einmal von meinem Stiefvater anfing, würde alles aus mir herausplatzen, was ich an diesem Abend vorsorglich unter Verschluss gehalten hatte.

Schließlich sagte er: »Okay, die Fäden sind draußen, aber ich muss die Nähte noch desinfizieren.« Er hatte eine Flasche Wundspray in der Hand. »Ich wollte dich warnen.«

»Alles klar.«

Es brannte und ich zuckte zusammen, aber der kleine Schmerz ließ schnell nach.

»Kimi hat das erstaunlich gut gemacht«, meinte Greg anerkennend.

»Sie hatte in der Schule eine Eins in Handarbeit.«

Mein Vater lächelte und ich auch.

»Du musst müde sein, Jacob«, sagte er, »reden wir morgen weiter, okay? Dass du da bist, macht mich sehr glücklich. Schlaf gut, mein Sohn.«

»Du auch«, sagte ich.

20

MOOSE FACTORY ISLAND

Am nächsten Morgen brauchte ich einen Moment, bis ich wieder wusste, wo ich war. In meines Vaters Haus. *In meinem ersten Zuhause.* Die Sonne schien und ich sah aus dem Fenster auf das gleißende Weiß des erstarrten Flusses. Ich sah die Schaukel, das Tipi, das umgedrehte Kanu. Wie vertraut das alles auf einmal wieder war. Jahrelang hatte ich das Gefühl gehabt, ein zweites Leben mit mir herumzutragen, und nun war ich mittendrin.

Ich tappte zum Bad, hörte die Dusche laufen und ging ins Wohnzimmer, um endlich, nach zwei Wochen, die Nachrichten auf meinem Handy zu checken. Es waren unzählige. Die meisten kamen natürlich von meiner Mutter. Von besorgt über verärgert bis schrecklich besorgt. Die letzte war von gestern Abend.

Tut mir leid. Ich bin froh, dass es dir gut geht. Mum

Ich melde mich, wenn ich weiß, wann ich zurückkomme, schrieb ich zurück.

Tante Sonja wollte wissen, wie es mir geht und ob ich meinen Dad gefunden hatte. Zuletzt war auch sie voller Sorge.

Mach keinen Mist, Jacob. Melde dich bei deiner Mum, sie ist verrückt vor Angst um dich.

Jonas hatte gesimst: Die Polizei hat unser Haus durchsucht, aber Papa muss nicht ins Gefängnis. Wo bist du, Jacob?

Wie oft hatte ich mir gewünscht, sie würden Stefan hinter Gitter sperren. In einen so engen Käfig, dass er sich nicht drehen und nicht ausstrecken konnte und nicht an Trinkwasser kam, genau so wie die Säue und ihre Ferkel in seinem Stall. Ich hatte mir gewünscht, jemand würde ihn ohne Betäubung kastrieren und ihm den Schwanz stutzen, so wie das bei seinen Ferkeln gemacht wurde, damit sie sich ihre Schwänze nicht gegenseitig abfraßen. Aber so funktionierte das Leben nicht. Es gab immer zwei Seiten, *mindestens.* Nicht nur Schwarz und Weiß, sondern eine Unmenge Farben dazwischen. Das war eine der Lektionen, die ich in den vergangenen Tagen gelernt hatte. Deshalb war ich erleichtert, dass Stefan nicht ins Gefängnis musste. Für Jonas und auch für meine Mutter.

Ich checkte die letzten Nachrichten.

Luzia, mit der ich vor ein paar Wochen Schluss gemacht hatte, wollte es noch mal mit mir versuchen.

Ich liebe dich immer noch, Jacob. Wenn du mich auch noch magst, lass es uns noch mal versuchen. Megacool, dass dein Vater ein echter Indianer ist. xxx Luzia

Ben: Hey Jac, wo steckst du, Alter? Deine Mum hat mich angerufen, sie dachte, ich wüsste was. Ist alles klar bei dir? Gib mal ein Zeichen!

Im Anhang war ein Link zu unserer Tageszeitung, den ich anklickte.

LKA durchsucht Schweinemastanlage in Rodendorf

Gestern durchsuchten etwa 50 Beamte des Landeskriminalamtes Thüringen und Staatsanwälte der Staatsanwaltschaft Gera die Schweinemastanlage Rodendorf. Es besteht der Verdacht, dass gegen das Tierschutzgesetz verstoßen wird. Die Ermittlungen gehen auf die Strafanzeige des Veterinäramtes zurück und richten sich gegen zwei Verantwortliche.

Stefan würde mich bis ans Ende seines Lebens hassen. Ich hatte seine Existenz aufs Spiel gesetzt, ihn und seinen Betrieb zum Mittelpunkt eines Skandals gemacht. Aber ich bereute nichts. Mein Stiefvater hatte eindeutig gegen die Tierschutzverordnung verstoßen. Und auch wenn ich wusste, dass die Verstöße nicht reichen würden, seine Anlage zu schließen, so würde er doch höllischen Ärger bekommen und Auflagen, die Zustände in seinem Betrieb zu ändern. Vielleicht gab es dann ein paar kleine Verbesserungen im elenden Leben seiner Schweine.

Ich machte ein Foto von den Nähten in meinem Bein und schickte es Ben. Bärenkrallen, schrieb ich, ansonsten alles cool. Habe meinen Vater gefunden, er ist okay. Komme in ein paar Tagen.

Ungefähr eine halbe Minute, nachdem ich die Nachricht abgeschickt hatte, klingelte mein Handy. Es war Ben.

»Bärenkrallen«, rief er, »willst du mich verarschen?«

»Hey, Ben.« Ich musste grinsen. »Ich freu mich auch, von dir zu hören. Ich verarsche dich nicht.« In knappen Sätzen erzählte ich ihm, was mir in den letzten beiden Wochen passiert war.

»Mensch, Alter«, sagte er, »das klingt ziemlich abgefahren.«

»War es auch. Dafür habe ich jetzt ein paar gute Ideen für neue Songs.«

»Cool, ich bin gespannt. Aber sag, was wird nun aus dieser Kimi, deiner Waldfrau?«

»Ich will im Sommer noch mal herkommen, vielleicht sehe ich sie dann wieder.«

»Vielleicht?«, rief Ben. »Die Braut scheint echt krass zu sein. Warum bringst du sie nicht einfach mit nach Deutschland?«

»Sie ist *Wilderness Woman*, Ben. *Nitao*«, sagte ich, »jagen, fischen, Fallen stellen.«

»Weißt du was? Dann komme ich eben mit im Sommer. Ich muss sie kennenlernen.«

»Und was wird aus Leyla?«, fragte ich amüsiert.

Für einen Moment herrschte Stille.

»Ben?«

»Ich will mir dein Waldmädchen doch nur ansehen und es nicht gleich heiraten.«

»Ist zwischen Leyla und dir alles in Ordnung?«

»Wir haben gerade eine kleine Auszeit.«

»Eine Auszeit? Du und Leyla? Soll das ein Witz sein?«

»Nein. Aber reg dich nicht auf, das wird schon wieder. Ich muss jetzt Schluss machen, es kostet mich vermutlich ein kleines Vermögen, mit dir zu telefonieren. Verpass dein Abi nicht, Alter.«

»Hab dich auch lieb, Ben. Ich melde mich.«

Ich steckte mein Smartphone ein und ging in die Küche, wo Greg das Frühstück vorbereitete.

»Trinkst du Kaffee?«

»Ja, gerne. Mit viel Milch. Ich gehe nur schnell Zähne putzen.«

Beim Frühstück – Toast mit Rührei, Käse und selbst gemachte Cranberrymarmelade – erfuhr ich von Greg, dass er mir gestern Abend noch einen Flug für den nächsten Samstag gebucht hatte. Das hieß, ich würde die schriftliche Matheprüfung verpassen.

»Früher gab es nichts«, meinte er entschuldigend. »Jedenfalls nichts, was für mich erschwinglich gewesen wäre.«

»Samstag ist okay«, sagte ich. »Ich verpasse mein Mathe-Abi am Freitag, aber das kann ich nachholen. Mum wird das zwar nicht gefallen, aber ich bin froh, dass du und ich noch etwas Zeit miteinander verbringen können.«

»Gut.« Greg atmete erleichtert auf. »Keine Sorge, ich kläre das mit deiner Mum.«

Und das tat er.

Ich telefonierte zehn Minuten lang mit Jonas, der die Bärengeschichte supercool fand und gleich seinem besten Kumpel Max davon erzählen wollte. Als ich ihn nach Stefan fragte, erzählte er mir, dass ihm gegenüber niemand so richtig mit der Wahrheit herausrückte. »Ich weiß nur, dass Papa nicht ins Gefängnis muss.«

Schließlich gab er zu, dass er auf dem Schulhof einiges über sich ergehen lassen musste, seit in der Zeitung gestanden hatte, was in den Ställen seines Vaters so abging.

Mit neun Jahren spielte Jonas immer noch hingebungsvoll mit seinen Plastiktieren. Er liebte Tiere, durfte sich aber kein echtes Haustier halten, weil das ja Dreck und Unordnung ins Haus gebracht hätte. Innerlich verfluchte ich Stefan aufs Neue.

»Dein Vater hat etwas Schlimmes getan, Jonas. Er quält die Schweine in seinem Stall. Dafür muss er bestraft werden. Du magst Tiere und weißt, dass sie Schmerz, Hunger und Durst genauso empfinden wie wir. Aber das war ihm egal.«

Daraufhin sagte Jonas nichts und ich wusste nicht, womit ich ihn trösten konnte.

»Wenn es dir bei deinem richtigen Vater viel besser gefällt als bei uns«, fragte er leise, »bleibst du dann bei ihm?«

Ich schluckte. Das war eine Frage, über die ich noch nicht nachgedacht hatte.

»Jacob?«

»Ich komme nächsten Sonntag nach Hause, Kleiner. Versprochen.«

Schließlich saßen Greg und ich uns wieder gegenüber, jeder mit einem Kaffeebecher vor sich.

»War das dein Stiefbruder?«

»Jonas, ja.«

»Erzählst du mir von ihm?«

Ich erzählte Greg von meinem kleinen Stiefbruder mit den blauen Augen und dem weizenblonden Haar. »Stefans Sohn ist der Goldjunge, der immer alles richtig macht, der alles bekommt.« Ich schüttelte den Kopf. »Anfangs wollte ich ihn deshalb links liegen lassen und konnte es doch nicht. Jonas mag mich und ich mag ihn. Er ist ganz anders als sein Vater. Mum liebt ihn, als wäre er ihr eigener Sohn.«

»Stört dich das?«

»Nicht mehr. Ich glaube, wenn ich erst aus dem Haus bin, dann kommen die drei gut miteinander klar.«

Ich erzählte Greg von meinen Bewerbungen an verschiedenen Unis und dass ich Ben, Rashad und unsere Bandproben vermisste. Er wollte mehr über Ben wissen, was mich verblüffte. Stefan hatte sich weder für Ben noch für Rashad oder gar meine Freundinnen interessiert. Mehr als ein *Hallo* oder *Auf Wiedersehen* hatte er nie für sie übrig gehabt. Bens Eltern hingegen behandelten mich, als wäre ich ihr anderer Sohn.

Ich zeigte meinem Vater auf dem Handy ein paar kleine *YouTube*-Videos von unseren Bandauftritten und erzählte, was Ben und ich früher für Unfug angestellt hatten. Zum Beispiel von unserem Sommerabenteuer bei seiner Oma Lene und von den selbst gefangenen Fischen. Ich sah ihn lächeln, als ich ihm schilderte, wie Ben mich bewundernd angesehen hatte, als ich die Fische ausnahm wie ein Profi und genau den Abstand zu den Flammen kannte, damit unser Stockbrot nicht verkohlte.

Dabei wurde mir klar, dass mein Vater nach Jonas und Ben gefragt hatte, um etwas über mich zu erfahren.

Greg war ein guter Zuhörer. Er fragte kaum etwas, wartete darauf, dass ich ihm das erzählte, was mir wichtig war. Er hörte zu. Und was immer er auch vor vierzehn Jahren getan hatte: Das tat verdammt gut.

Später rief Greg im Krankenhaus an und erkundigte sich nach Anak.

»Es geht ihm besser«, sagte er. »Wir können ihn heute Nachmittag besuchen.«

Greg fuhr mich in seinem Pick-up durch Moosonee, in der Hoffnung, dass ich mich erinnerte. Wir hielten vor dem kleinen Flughafen, der das Ende des Ortes in Richtung Hudson Bay markierte. Dort starteten und landeten die kleinen Flugzeuge von *Air Creebec,* die Timmins mit Moosonee verbanden und einige nördliche Orte am Rand der Hudson Bay und am Eismeer anflogen. Auch ein Hubschrauber-Unternehmen war dort stationiert, das in den Wochen im Frühling und im Herbst, wenn der Fluss nicht passierbar war, Leute und Dinge des täglichen Bedarfs nach Moose Factory Island brachte: Lebensmittel, Kleidung, Medikamente, Post.

Greg zeigte mir eine ehemalige Militärbasis, die zwischen Flugplatz und Ort lag und die seit dem Ende des Kalten Krieges eine einfache Wohnsiedlung war.

»Die Highschool und der Swimmingpool sind ehemalige Militärgebäude. Vorher mussten die jungen Leute mit dem Zug nach Timmins oder North Bay fahren, um dort zur Schule zu gehen, und waren dadurch viel zu lange weg von zu Hause.«

Vielleicht waren sie froh gewesen, hier wegzukommen, dachte ich. Aber dann kamen mir die Missionsschulen wieder in den Sinn und dass es für die Kinder und Eltern hier oben im Norden aus diesem Grund wichtig war, zusammenbleiben zu können.

Greg fuhr mit mir zur *Arena,* dem Gemeindezentrum von Moosonee, einem riesigen blauen Wellblechkasten. Er zeigte mir den alten und den neuen Friedhof und die *Sagashtawao Healing Lodge,* draußen an der Quarry Road, zwischen dem Friedhof und seinem Haus. Das Heilhaus war eine Einrichtung, in der Erwachsene betreut wurden, die alkohol- und drogensüchtig waren. Ein großes, stabil gebautes Tipi bildete das Zentrum des Heilhauses.

Hatte mein Vater hier einen Entzug gemacht? Nur wenige Hundert Meter von seinem Zuhause entfernt? Eine der vielen Fragen, die ich nicht herausbrachte, um dieses gute Gefühl zwischen uns nicht zu gefährden. Ich wollte nicht verlieren, was kostbar war, vertraut und neu.

Als wir mit allem durch waren, fuhren wir zum *Northern Store,* wo Greg den Korb voll vegetarischer Lebensmittel packte, die ihn ein Vermögen kosteten.

»Das musst du nicht«, sagte ich. »Ich kann essen, was du isst, nur ohne Fleisch.«

»Es ist okay, Jacob, wirklich. Ich möchte, dass du dich bei mir wie zu Hause fühlst.«

Ich nickte. Das tat ich bereits.

Neuigkeiten machten in Moosonee schnell die Runde. Jeder Zweite im Laden, der älter war als dreißig, begrüßte mich mit

»*Wachay*, Jacob. Schön, dass du wieder da bist!«. Oder die Leute klopften meinem Vater auf die Schulter und sagten: »Dein Sohn ist dir wie aus dem Gesicht geschnitten, Greg, aber ich habe gehört, er ist ein miserabler Jäger.« Und dann lachten sie.

Louise hatte uns zum Mittagessen eingeladen und ich musste alles, was passiert war, noch einmal erzählen. *»Holy Smokes«*, sagte sie, als ich geendet hatte. »Ich hoffe, sie sperren Mike hinter Gitter.«

Doch Greg hatte von einem Freund, der bei der Stammespolizei in Moose Factory arbeitete, erfahren, dass Meenish seit Freitagnachmittag verschwunden war.

»Er hat erfahren, dass du noch lebst, und ist vermutlich in Richtung Süden abgehauen«, bemerkte Louise besorgt und nahm einen Löffel Bananenpudding, den es zum Nachtisch gab.

»Ich weiß auch nicht«, sagte ich. »Aber als er mir das Angebot machte, mich zu Gregs Jagdcamp zu bringen, schien er es ehrlich zu meinen. Erst später, als wir schon vom Fluss runter waren und kurz Rast machten, wirkte er seltsam verändert auf mich.«

Greg horchte auf. »Hast du irgendetwas gesagt, was ihn verärgert haben könnte?«

Ich hob die Schultern. »Nichts Besonderes. Nur, dass du und ich vielleicht noch mal von vorn anfangen können.«

Louise und Greg wechselten Blicke.

»Dabei ist Mike vermutlich aufgegangen, dass er und Viola nicht noch einmal von vorn anfangen können«, sagte Louise mit traurigen Augen. Mir wurde klar, dass sie an ihren Sohn Lucas dachte, und Schweigen machte sich breit.

»Das ist doch Irrsinn«, murmelte ihr Mann, der sich bisher kaum am Gespräch beteiligt hatte. »Mikes Handeln entbehrt jeglicher Grundlage. Das Feuer war ein Unfall und er ist nicht der Einzige, der jemanden verloren hat.« Ed stand auf, legte Greg für einen Moment seine Hand auf die Schulter, dann verließ er die Küche.

Louise standen Tränen in den Augen und ich merkte, dass auch Greg aufgewühlt war.

»Ed freut sich für dich, dass du deinen Jungen wiederhast, Greg«, sagte Louise. Ihre Augen sagten noch mehr, aber das verstand nur mein Vater.

Gegen drei fuhren wir über den Fluss, um Anak im Krankenhaus zu besuchen. Er lag in der mittleren Etage, allein in einem Zweibettzimmer. Der alte Mann sah noch hagerer aus, seine Wangen waren eingesunken. Doch seine Augen leuchteten dunkel und klar, als er das Kopfende hochfuhr, um uns halb aufrecht zu empfangen.

»Du bist noch da, mein Junge.« Unser Anblick zauberte dem Alten ein Lächeln ins Gesicht. »Und du hast deinen Vater gefunden. *Kitche Manitou* hat euch endlich zusammengebracht.«

»Na ja, dein Neffe Darrell hat *Kitche Manitou* über *Facebook* ein paar Tipps gegeben«, stellte Greg richtig und zog sich einen Stuhl heran.

»Wie geht es dir, *moshum?«* Ich setzte mich zu Anak auf die Bettkante.

»Mir geht es schon wieder ganz gut. Der Arzt hat gesagt, es war knapp, aber meine Zeit war noch nicht gekommen.«

»Diesmal ist es gut gegangen, Onkel«, sagte Greg, »aber den nächsten Winter solltest du nicht mehr mit dem Mädchen allein da draußen verbringen. Du bist nicht mehr jung und diese Blinddarmgeschichte hätte dich beinahe ins Grab gebracht.«

Wow, dachte ich. Deutliche Worte. Ich warf Anak einen Blick zu, war gespannt, wie er darauf reagieren würde.

»Der Blinddarm ist raus und ich bin wie neu, hat die hübsche Schwester vorhin zu mir gesagt.«

Greg schüttelte den Kopf. »Denk doch auch mal an Kimi, Onkel. Sie ist eine junge Frau, sie muss unter Menschen.«

Ein Schatten zog über Anaks Gesicht. Ich ahnte, welche Kämpfe er in seinem Inneren ausfocht.

»Paulines Angebot, in Camp Ajuawak zu leben, steht nach wie vor. Du weißt, wie schön dieser Ort ist. Du und Shadow, ihr könntet auch weiterhin in der Wildnis leben. Aber ihr wärt nicht länger allein. Letzten Sommer habe ich angefangen, ein Blockhaus zu bauen, es wird diesen Sommer fertig und du könntest einziehen.«

Sag ja!, bat ich stumm. Bitte, *moshum.* Kimi zuliebe. Mir zuliebe.

»Ich werde darüber nachdenken«, meinte Anak, nachdem er eine Weile geschwiegen hatte.

»Gut.« Greg zwinkerte mir zu.

»Aber zuerst muss ich hier raus. Die Gänse kommen, ich habe von den Gänsen geträumt.«

»Ich befürchte, das ist noch ein bisschen zu früh, Onkel. Du musst erst wieder richtig gesund werden. Sonst kannst du dein Gewehr nicht halten und triffst keine einzige Gans.«

Anak brummelte ein paar mürrische Worte auf Cree, dann fragte er: »Was macht der Fluss?«

»Wir sind mit dem Auto gekommen. Aber das Eis wird dünner.«

»Ich muss zurück zu Kimiwan, Greg.«

Als Anak Kimis Namen aussprach, stand ich abrupt auf. Ich

stellte mich ans Fenster und starrte hinaus auf den Fluss, der durch die kahlen Bäume schimmerte. *Kimi.* Wenn ich an sie dachte – was ich die meiste Zeit tat –, schnürte es mir das Herz zusammen. Sie war mit Shadow ganz allein da draußen, während ich hier in Moosonee seelenruhig das Wiedersehen mit meinem Vater feierte. Das schlechte Gewissen plagte mich, ich fühlte mich innerlich zerrissen.

»Sie kommt klar«, beruhigte Greg den Alten. »Kimi ist stark.«

Obwohl mich das Zusammensein mit Greg vollkommen in Beschlag nahm: Kimi war immerzu gegenwärtig. Ihr Duft nach Balsamtanne, ihre schönen Augen mit dem silbernen Schimmer und ihr Lachen. Ihr rauer Spott, der mir schrecklich fehlte. Ihr Atmen neben mir in der Nacht. Ich vermisste Kimi. Und auch wenn Greg recht hatte – sie war stark–, sorgte ich mich um sie.

Nach unserem Besuch bei Anak machten wir noch eine Rundfahrt über die Insel. Zum ersten Mal sah ich wirklich etwas von Moose Factory Island, der ältesten von Weißen besiedelten Ortschaft Ontarios. Greg erzählte, dass die *Hudson's Bay Company* im Jahre 1673 auf der Insel einen Handelsposten für das Pelzgeschäft eröffnet hatte.

»Damit knüpften sie an eine alte Cree-Tradition an, denn wir betrieben ja schon seit Urzeiten Tauschhandel mit unseren Nachbarn. Dass die Weißen unsere Lebensweise zerstören würden, konnten wir damals noch nicht ahnen. Unsere Frauen heirateten französische und englische Pelzhändler und wir halfen ihnen, im Norden zu überleben. Doch in den darauffolgenden Jahrhunderten machten die Weißen uns sesshaft und damit abhängig von ihrer Art zu leben. Inzwischen sind wir für die Regierung in Ottawa ein permanentes Problem.«

Ich fand das Reservat gar nicht so übel. Holzhäuser mit überdimensionalen Satellitenschüsseln in den Gärten säumten ein Netz von Schotterstraßen. Auf einigen Grundstücken qualmte es aus Tipis oder kleinen Räucherhäusern, in denen Fisch oder Gänsefleisch haltbar gemacht wurde. Über einer Teppichstange hing ein gegerbtes Elchfell zum Trocknen.

Das Cree-Culture-Centre hatte nur in den Sommermonaten geöffnet, aber bei der alten anglikanischen *St. Thomas' Church* stiegen wir aus. Von der 1864 gebauten Holzkirche mit den bunt bemalten Fenstern blätterte die weiße Farbe. Einige der Fenster waren mit Sperrholzplatten vernagelt. Greg erzählte mir, dass das Messbuch in Cree verfasst war und das Altartuch aus gegerbtem, mit Perlen besticktem Elchleder gefertigt.

»Vor Jahren hat eine Frühjahrsflut die Kirche in den Fluss geschwemmt. Weil man sie auf dem felsigen Untergrund nicht verankern konnte, hat man Löcher in die Bodenplanken bohren lassen. Bei Überschwemmung fließt das Wasser in die Kirche und später wieder ab, ohne das Gebäude davonzuschwemmen. Wobei ich es nicht schade gefunden hätte, wenn die Kirche damals in die Hudson Bay gespült worden wäre.«

»Du gehst in keine Kirche?«, fragte ich.

»Mona, nein. Mein Vater hat mich vor den weißen Priestern und Nonnen und ihrem Gott gewarnt. Ich brauche keine Kirche. Beten kann ich am besten im Busch.«

»Zu *Kitche Manitou?«*

»Vielleicht.« Greg lächelte. »Unser Cree-Universum ist voller Geister und ziemlich kompliziert.«

»Hab ich schon gemerkt«, erwiderte ich.

Greg ging um die Kirche herum auf den Friedhof und ich folgte ihm. Aus dem Schnee lugten weiße Kreuze und Grabsteine aus Granit. Vor einem einfachen Grabstein aus dunklem Granit blieb Greg stehen, holte etwas aus seiner Jackentasche und legte es auf den Stein. Es war eine kleine, aus Horn geschnitzte Schildkröte. *Alex Cheechoo*, las ich. *25. Juli 2001 – 14. Februar 2017*. Mein Halbbruder war also ein halbes Jahr jünger gewesen als ich.

»Erinnerst du dich an ihn?«, fragte Greg.

Ich schüttelte den Kopf.

Greg presste kurz die Lippen zusammen, dann fragte er: »Möchtest du etwas über deinen Halbbruder erfahren oder lieber nicht?« Er sah mich aufmerksam an. »Ich besuche ihn immer, wenn ich auf der Insel bin, aber wir müssen nicht über Alex reden, wenn du nicht willst.«

»Erzähl mir etwas über meinen Bruder«, bat ich.

»Okay.« Greg wischte sich mit dem Handrücken über den Mund und schien nachzudenken. Als ob er nicht wusste, wo er anfangen sollte. »Alex war von Anfang an ein schwieriger Junge gewesen«, begann er schließlich. »Dass ich, nachdem Christine mit dir zurück nach Deutschland gegangen war, mit ihm und seiner Mutter zusammenlebte, änderte daran auch nichts mehr. Ich konnte Nora nichts recht machen und wir stritten dauernd. Weil ich das nur schwer ertrug, arbeitete ich viel und sie ließ Alex oft allein, anstatt sich um ihn zu kümmern. Am glücklichsten war er, wenn ich mit ihm draußen in meinem Jagdcamp war. Dann hatte er mich ganz für sich allein.«

In der Stimme meines Vaters schwang schlechtes Gewissen. Ich schob meine Hände in die Jackentaschen, weil mir langsam kalt wurde. Greg merkte es und wir liefen langsam zurück zum Auto.

»Alex lernte schnell«, erzählte er weiter, »er wusste, wie man klarkommt im Busch. Aus ihm hätte ein guter Jäger, ein guter Mann werden können, wenn er nicht angefangen hätte, Drogen zu nehmen. Er war auf der Suche, aber er hat sich auf die falschen Helfer eingelassen. Alex wurde immer schlechter in der Schule, kam nicht mehr mit mir in den Busch und wechselte die Mädchen so oft wie seine Unterhosen.«

Wir stiegen zurück ins Auto. Greg startete den Motor und drehte die Heizung hoch, wofür ich ihm dankbar war. Ich hielt meine Finger über den Lüfter. Doch er fuhr nicht los.

»Schließlich stand eines Tages ein Officer vor der Tür, weil Alex Drogen an andere Kids verkaufte. Ich versuchte, ihn zu schützen, Jacob. Im Nachhinein war das wohl ein Fehler gewesen. Und dann brannte das Haus.« Ein Ausdruck tiefen Schmerzes glitt über das Gesicht meines Vaters.

Ich fühlte mit ihm und dachte über seinen Verlust nach. Sah das brennende Haus vor mir und wie er über das Vordach geklettert war, um Kimi herauszuholen. Wie er danach vergeblich versucht hatte, auch seinen Sohn und die anderen zu retten.

»Es … es tut mir leid«, murmelte ich. »Das muss sehr schlimm für dich gewesen sein.«

Greg holte tief Luft. »Die Wochen danach waren furchtbar. Ich flüchtete für eine Weile in mein Jagdcamp, um mit der Trauer klarzukommen. Nora trank und machte mir das Leben zur Hölle. Sie machte mich verantwortlich für Alex' Tod. Behauptete, ich wäre ihm kein guter Vater gewesen.«

»Und Mike macht dich verantwortlich für den Tod seiner Tochter, weil Alex ihr Drogen verkauft hat und er dein Sohn war.«

»Ja, so ist es. Aber ich hätte nie gedacht, dass er fähig ist, so etwas zu tun.« Greg bediente die Automatik und wir fuhren los.

Er lenkte den Truck zurück in den Ort und hielt auf dem großen Parkplatz vor dem *Northern Store.*

Im *Treeline Diner,* einem Schnellrestaurant, das ebenfalls in dem wuchtigen grauen Gebäude untergebracht war, kam ich auf Mike Meenish und meine Sorge um Kimi zurück. »Wenn stimmt, was Louise gesagt hat, dann ist Mike auf Rache aus.«

Daraufhin sah mein Vater mich lange an. »Du magst das Mädchen, nicht wahr?«

»Ich sorge mich um sie«, antwortete ich achselzuckend.

Die Bedienung kam, ein junger Indianer mit Pferdeschwanz und roter Schürze, und wir bestellten. Ich ein Veggie Stew und Greg gegrillten Lachs mit Reis.

»Mike wird Kimi nichts tun, Jacob«, meinte Greg, als die Bedienung gegangen war. »*Ich* bin derjenige, den er hasst. Selbst du bist ihm egal. Er will mir wehtun, niemandem sonst. Sorge dich nicht um Kimi. Wenn er ihr Böses wollte, hätte er es längst getan.«

Ich sorgte mich aber. Okay, was Greg sagte, klang plausibel. Doch meine Gefühle für Kimi hatten mich völlig im Griff und die Angst um sie war nur eines davon.

»Alles okay mit dir?«

Aufgeschreckt aus meinen quälenden Gedanken, sah ich meinen Vater verstört an.

Er lächelte. »Es hat dich mächtig erwischt, nicht wahr, mein Sohn?«

Ich schüttelte den Kopf. Wollte nicht über Kimi reden, nicht mit ihm, der in der Liebe solchen Mist gebaut hatte.

»Okay«, sagte er. »Wenn du reden willst, ich höre dir zu.«

21
AYKINASKIYAN

Am nächsten Morgen kam es im lokalen Radio: Die offizielle Winterstraße über den Fluss war gesperrt. Keine Trucks und keine Schulbusse mehr, das Eis war zu unsicher geworden.

Ich biss mir auf die Lippe. Verflucht. Jetzt war der Weg zu Kimi versperrt und würde es tagelang bleiben. Es war zu spät. Der Fluss hatte über unser Schicksal entschieden, denn nun konnte ich ihr nicht mehr sagen, dass sie auf mich warten sollte. Bis ich im Sommer zu meinem Vater nach Moosonee zurückkehren würde, hatte Darrell sie mit Sicherheit von seinen Vorzügen überzeugt.

»Stimmt was nicht?«, fragte Greg.

»Ich hatte gehofft, du könntest mich heute noch mal ins Krankenhaus zu Anak fahren«, sagte ich. »Vielleicht kann ich ihn überzeugen, mit Kimi in euer Camp umzusiedeln. Aber nun ist der Fluss nicht mehr befahrbar.«

»Nicht offiziell«, meinte Greg verschwörerisch.

»Dann kannst du mich rüberbringen?«

»Ja, kann ich«, sagte er. »Und es ist eine gute Idee, die du da hast, denn ich glaube, Anak war gestern fast so weit.«

Das war besser als nichts. Ich konnte Anak eine Nachricht an Kimi mitgeben.

»Aber du musst eine Weile auf der Insel ausharren, ich habe

nämlich heute Mittag ein Treffen mit Umweltaktivisten«, sagte Greg. »Es geht um die neue Niob-Mine, die fünfzig Kilometer flussabwärts zwischen French River und South Bluff Creek aufgemacht werden soll.«

»Niob, was ist das?« Chemie war mein Hass-Fach und ich hatte noch nie etwas von diesem Element gehört.

»Einer der begehrtesten Stoffe der Erde«, erklärte Greg. »Ein Metall, das für Pipelines, Brückenkonstruktionen, Raketen, Kernbrennstäbe und solche Dinge gebraucht wird. Es ist superhart, superleitend und leicht zu verarbeiten. Bisher gibt es nur drei dieser Minen auf der ganzen Welt, zwei in Brasilien und eine in Quebec.«

Das klang nach einem Wunderelement und ich beschloss, Niob später zu googeln.

»Fünfzig Kilometer den Fluss runter, sagst du?«

»Ja.«

»Aber das wäre das Ende von Anaks und Kimis Wildnis-Frieden.«

»Ja. Und für alle, die ihre angestammten Jagdgebiete in dieser Gegend haben. Auch für Camp Ajuawak wäre diese Mine eine Katastrophe. Der *muskeg* ist sensibles Marschland. Eine Untergrundmine würde das ganze Ökosystem verändern und keiner kann voraussehen, wie sehr. Bisher ist das Wasser dort so sauber, dass man es trinken kann. Da gibt es Bären, Elche, Wölfe und das selten gewordene Waldkaribu.«

Blutiger Schnee blitzte vor meinen Augen auf und ich sah brechende Karibuaugen. »Gibt es denn eine Chance, die Mine zu verhindern?«

»Chief Faries von Moose Factory ist gegen die Mine. Immerhin hat sie es bisher geschafft, Probebohrungen zu verhindern.

Das Problem ist, dass eine ganze Menge Leute aus beiden Orten für die Mine sind. Sie würde neue Arbeitsplätze bedeuten, ein neues Hotel, ein neues Krankenhaus.«

»Und die Zerstörung von etwas Uraltem.«

Greg sah mich an. »Ja. Aber etwas komplexer ist es schon. Kanadas Regierung interessiert es nicht, wie es uns hier oben geht. Es gibt Leute, für die wäre ein Arbeitsplatz in der Mine eine echte Chance. Dann könnten sie bleiben und müssten nicht Arbeit in der Stadt suchen. Ich bin gegen die Mine, aber ich verstehe auch die Befürworter.«

Wach auf, Jacob, dachte ich. *Hast du etwa geglaubt, hier oben wäre die Welt noch in Ordnung?*

Ich schrieb einen Brief an Kimi, in dem ich von meiner Liebe, aber auch von meinen Ängsten sprach. Und ich bat sie, auf mich zu warten.

Greg brachte mich mit dem Skidoo auf einem Schleichweg über den Fluss. »Ich melde mich über den Messenger bei dir, wenn das Treffen vorbei ist, okay?«, sagte er, als er mich vor dem Eingang des Krankenhauses absetzte.

»Okay.« Ich konnte immer noch nicht fassen, wie vertraut mein Vater mir in der kurzen Zeit geworden war, die wir bisher miteinander verbracht hatten. Und wie vertraut mir Moosonee und die Insel geworden waren. Mein Leben in Deutschland schien nicht nur ein paar Tausend Kilometer, sondern Lichtjahre entfernt zu sein.

In der Wildnis hatte ich gehungert und gefroren, ich hatte Angst gehabt und schreckliche Schmerzen. Klar, dass ich mich zurückgesehnt hatte in meine gewohnte Sicherheit und die Annehmlichkeiten der Zivilisation. Doch im Haus meines Vaters, in seiner Gegenwart, fühlte ich mich so wohl, wie ich mich schon lange nicht mehr gefühlt hatte. Als wäre ich nach langer Zeit in mein richtiges Leben zurückgekehrt.

Es gefiel mir, dass Greg sich für alles interessierte, was mit mir zu tun hatte. Dass er nicht nur ein großartiger Jäger war, sondern sich auch für das Land einsetzte, auf dem er lebte. Mum kaufte zwar Bio-Gemüse und Fair-Trade-Kaffee, das war es dann aber auch schon. Früher war sie mal anders gewesen, doch in letzter Zeit war sie nur noch gestresst.

Auf jeden Fall mochte ich meinen Vater immer mehr und das machte es zunehmend schwerer für mich, an die nahende Abreise zu denken.

Anak saß halb aufrecht in seinem Krankenhausbett und verfolgte das Regionalfernsehen. Als ich ihn so sah, fiel mir ein großer Stein vom Herzen. Wie verdammt froh ich war, dass es ihm besser ging. Ich mochte ihn, den alten Mann. Er war mein *moshum*, mein Großvater, auch wenn es nur eine Wahlverwandtschaft war.

»Jacob«, sagte er grinsend, als er mich bemerkte. »Es ist schön, dass du mich noch mal besuchst. Fernsehen ist todlangweilig.«

Ich hatte ihm aus der Cafeteria einen schwarzen Tee mitgebracht, süß und mit viel Milch, wie er ihn liebte, und setzte mich zu ihm. Während Anak seinen Tee schlürfte, erzählte ich ihm, dass mein Vater mich am nächsten Tag mit auf die Gänsejagd nehmen wollte.

»Er wird eine Gans für dich schießen«, versprach ich.

»Eine?«, fragte der Alte entgeistert.

»Na ja, vielleicht auch zwei.« Ich musste lächeln.

»Ich will keine Almosen, mein Junge. Ich kann meine Gänse

immer noch selber schießen. So wie ich es all die Jahre getan habe im Herbst und im Frühjahr.«

»*Moshum*«, begann ich. »Hast du noch mal über Camp Ajuawak nachgedacht? Es wäre gut, wenn du mit Kimi dorthin umsiedeln würdest. Greg hat mir viel von diesem Ort erzählt, er muss wunderschön sein. Ein guter Platz zum Leben für dich, Kimi und Shadow.« Ich dachte an die Bedrohung durch die Niob-Mine, aber das war ein anderer Kampf.

Auf einmal hörte ich einen empörten Laut in meinem Rücken und drehte mich um. In der Tür stand Kimi.

Vor Überraschung hielt ich den Atem an und mein Herz schlug Purzelbäume. Sie trug enge, ausgewaschene Jeans und eine perlenbestickte Lederjacke mit einem dichten Pelzbesatz an der Kapuze. Das lange Haar fiel ihr offen und schimmernd über die Schultern. Sie sah wunderschön aus, doch ein frostiger Hauch umgab sie, wie bei unserer ersten Begegnung.

Als ich mich wieder bewegen konnte, sprang ich auf. »Kimi!« Der Brief glühte in meiner Hosentasche. *Verdammt! Sag irgendetwas, Jacob.*

Eine Weile musterte sie mich mit ihren dunklen Augen. »Du bist noch da.« Frost lag auch auf ihrer Stimme.

»Ja, ich … ich habe den Zug verpasst«, schwindelte ich.

Kimi nickte, Tränen in den Augen, die sie mit aller Macht zu bekämpfen versuchte. Wusste sie, dass ich log? Sie trat näher. »Und wie lange bleibst du?«

»Bis Freitag.« Ich biss mir auf die Lippen. Heißes Schamgefühl durchströmte mich.

Kimi zog sich einen Stuhl heran und setzte sich auf die andere Seite von Anaks Bett. Sie nahm seine Hand und sagte etwas in Cree. Er antwortete ihr und so ging es einige Male hin und her.

Ich fühlte mich ausgeschlossen und elend, aber ich blieb sitzen, auch wenn Kimi nur noch finstere Blicke für mich übrig zu haben schien. Schließlich kam eine Schwester herein, kündigte die Visite an und bat uns, solange den Raum zu verlassen.

»Es wird nicht lange dauern«, meinte sie freundlich. »Dann könnt ihr beiden wiederkommen.«

Kimi sagte noch ein Wort zu Anak: *»Aykinaskiyan.«* Dann sprang sie vom Stuhl und stürmte aus dem Zimmer.

Ich lief Kimi hinterher, suchte sie in den langen Gängen des Krankenhauses, bis ich sie schließlich draußen auf einer kleinen Terrasse fand, die man von Schnee befreit hatte.

Sie wischte sich mit einem Ärmel über das Gesicht.

»W… was hast du zu Anak gesagt?«, fragte ich, heftig atmend.

»Dass du ein Lügner bist, Jacob Cheechoo. Du hast gesagt, du hast mich gern.« Sie verzog das Gesicht. »Ich dachte, du bist längst zurück in Deutschland, um dein verdammtes *Abitur* zu machen. Ich habe jede Stunde an dich gedacht. Wie du im Zug sitzt und dann im Flieger und dann noch mal im Zug. Wie du nach Hause kommst, zu deiner Mum und deinem Stiefvater, der dich hasst. Dabei bist du die ganze Zeit hier gewesen und ich habe mich im Herzen lächerlich gemacht.«

»Kimi.« Ich wollte sie in den Arm nehmen, doch sie stieß mich fort.

»Was bin ich für dich, Jacob? *Wilderness Woman?* Ein Mädchen in einem Lied? Ist das alles, *Schneetänzer?«*

Ich starrte sie an. »Du hast in meinem Textbuch gelesen.«

»Und du hast mein ganzes Leben durcheinandergebracht, Jacob Cheechoo.« Sie riss die Tür auf und lief zurück ins Krankenhausgebäude.

Wütend trat ich nach einem Schneehaufen. Dann lief ich ihr nach. Ich musste ihr den Brief geben.

Doch Kimi fand sich im Labyrinth des alten Krankenhauses besser zurecht als ich und es dauerte zehn Minuten, bis ich sie am Ende eines Ganges wiederfand, ohne Fluchtweg.

Sie wandte mir den Rücken zu und sah aus dem Fenster hinaus auf den zugefrorenen Fluss. In den Zweigen eines Baumes saßen Krähen wie schwarze Todesvögel.

»Weißt du«, sagte ich zu ihrem Rücken, »in den Tagen da draußen bei euch im Busch, da habe ich begriffen, was es hier oben im Norden bedeutet, ein Mann zu sein. Hunger und Schmerzen aushalten und das ganze verdammte *nitao.* Aber das bin ich nicht, okay? Ich bin nicht so stark wie du, Kimi.«

Ihr Haar schien lebendig zu sein. So wunderschön, mit der weißen Strähne darin. Schimmernd und bebend. Ich wollte mein Gesicht darin versenken.

Kimi drehte sich zu mir um. »Und ich dachte, das bist du. Nur auf andere Art.«

Ihr Blick, ihre Augen. Ich sah, was sie fühlte, und es drängte mich noch mehr in die Enge. *Gib ihr den verdammten Brief, Jacob.*

»Wieso ausgerechnet ich, Kimi? Moosonee und die Insel sind voller richtiger Kerle. Männer mit Skidoos und Gewehren, allesamt vertraut mit der Wildnis und dem Fluss und dem harten Leben hier am Ende der Welt. Darrell, er liebt dich.« Schon während ich die Worte aussprach, kam ich mir vor wie ein jämmerlicher Versager, ein größerer Feigling als im Angesicht des Bären.

Kimi sah mir stumm in die Augen. Und ich erkannte ihre Antwort darin. Ich sah alles, was sie nicht sagte, und es zog mir beinahe den Boden unter den Füßen weg.

»Hast du ihm deshalb gesagt, dass zwischen uns nichts war?«

Mit Tränen in den Augen ging sie an mir vorbei und ich lief ihr nicht nach.

Der Zug der Kanadagänse markiert die Jahreszeiten im Kalender der *mushkegowuk*-Cree. Zogen die Vögel nach Süden, war der Sommer vorbei. Kamen sie fett von den Maisfeldern zurück, kündigten sie mit ihren Rufen den Frühling an.

Im Morgengrauen fuhr Greg mit mir die wenigen Kilometer bis zur James Bay. Wir waren beide dick eingepackt, mit langer Unterwäsche, Wathosen und gefütterten Gummistiefeln ausgerüstet. Das Eis war matschig, aber überall sah ich die Skidoo-Scheinwerferlichter der anderen Gänsejäger, hörte das Heulen der Motoren. Ganz Moosonee und Moose Factory schienen auf den Beinen zu sein. Es war eine gespenstische Stimmung im Zwielicht des Morgens, kurz bevor die Sonne über dem Fluss aufging.

Mein Vater hatte einen angestammten Platz im Marschland, den wir über einen schlammigen Pfad erreichten, der landeinwärts führte. Das Marscheis begann bereits zu tauen, aber überall lag noch Schnee.

Schließlich erreichten wir Gregs mit Schilf und Zweigen getarnten Unterstand, in dem wir den Zug der Gänse abwarten wollten und in dem seine Lockvögel standen. In einiger Entfernung stellten wir sie wie eine kleine Gänseschar auf. Es waren lebensecht aussehende Gänse aus Kunststoff, die inzwischen überall die kunstvoll aus dünnen Lärchenzweigen hergestellten Lockvögel ersetzten, die die Gänsejäger der Cree früher benutzt hatten. Heute wurden sie, in ihrer Größe erheblich geschrumpft, als Souvenirs verkauft.

Im Unterstand machten wir es uns mit einer Thermoskanne Tee auf der mit einer alten Decke gepolsterten Bank bequem und warteten. Über der James Bay ging die Sonne auf und langsam wurde es hell, aber es waren noch keine Gänse in Sicht. Greg schien meine Ungeduld zu spüren.

»Nachts rasten sie draußen auf dem Eis«, sagte er. »Aber bald werden sie landeinwärts zu ihren Futterstellen in den Marschen geflogen kommen. Du wirst schon sehen.«

Mein Vater hatte sein Gewehr im Anschlag. Hier hatte er also mit Alex gesessen und auf die Gänse gewartet. Hatte er dabei auch manchmal an mich gedacht, den verschollenen Sohn, der in einer anderen Welt lebte?

»Ich hatte solche Angst, Jacob«, sagte Greg leise in die Stille. »Angst, dass du mich hasst, Angst, nie mehr dein Vater sein zu dürfen.«

Konnte Greg Gedanken lesen? In diesem Moment spürte ich, dass sich die Verbindung zwischen uns über all die Jahre unter der Decke des Nichtwissens erhalten hatte, und schämte mich meiner eifersüchtigen Gedanken. Mein Vater war glücklich, dass ich bei ihm war. Und ich hatte in seiner Gegenwart das Gefühl, dass mir nichts geschehen konnte. Ich war aufgehoben in einer Welt, die mir fremd und vertraut zugleich war. Nach und nach gewann ich an seiner Seite die Zeit meiner Kindheit zurück, die ich beinahe vergessen hatte.

»Wie sollte ich dich hassen?«, sagte ich. »Ich wusste ja nicht einmal, dass es dich gibt.«

Greg sah mich an. »Als ich euch damals nicht fand und mir klar wurde, dass du, mein Sohn, in einer fremden Welt aufwachsen würdest, hat es mir fast das Herz gebrochen.« Greg legte mir seine Hand auf die Schulter und seine Stimme veränderte sich, sie wurde weicher. »Was hätte ich darum gegeben, dich aufwachsen zu sehen, Jacob? Dabei zu sein, wenn du Sportwettkämpfe gewinnst, Musik machst, dich das erste Mal verliebst.«

Dass du es nicht konntest, war nicht meine Schuld, dachte ich und ein leiser Misston schlich sich in die Vertrautheit. Doch auf einmal drang das leise Geschnatter fliegender Gänse an mein Ohr und wir richteten beide den Blick in den Himmel. Greg hatte ein Fernglas dabei, suchte eine Weile den Himmel ab und reichte es mir.

»Dort kommen sie«, sagte er und ich hörte das Jagdfieber in seiner Stimme.

Ich blickte durch das Fernglas und nach einigem Suchen sah ich sie. Die erste Wildgänseformation flog über unsere Köpfe hinweg, sie sah aus wie eine große schwarze Pfeilspitze. Die Gänse flogen viel zu hoch, als dass Greg hätte schießen können, doch die Rufe der großen Vögel erfüllten die Luft.

Fasziniert lauschte ich ihrem Flügelschlag und ihren langsamen, klagenden Rufen, die tief in mein Inneres drangen und Erinnerungen hervorholten. Bilder von genau diesem Ort, von diesem Ansitz, von meinem jungen Vater und von mir im Tarnoverall, ein Holzgewehr in der Hand und schrecklich aufgeregt.

Eine Gänseschar kam aus Richtung Bay angerauscht und Greg stieß einen heiseren Schrei aus, er imitierte den typischen Gänseruf. Die Vögel bemerkten den Trick nicht und ließen sich täuschen. Sie drehten bei, flogen einen großen Bogen und hielten im Tiefflug auf unsere Lockvögel im Schnee zu.

Angespannt saß ich da, wagte kaum zu atmen. Der kleine Gänseschwarm war jetzt nah genug. Greg legte an und ich hielt mir die Ohren zu. Er schoss vier Mal. *Krawumm. Krawumm.*

Krawumm. Krawumm. Vier Vögel fielen vom Himmel, die übrigen Gänse erhoben sich mit wildem Flügelschlag und lautem Geschnatter in die Luft. Es klingelte in meinen Ohren, als ich die Hände wegnahm. Greg lächelte zufrieden. »Na komm, holen wir sie uns.«

Jede der vier Wildgänse war mausetot und dafür war ich dankbar. Es waren große graue Vögel mit langen dunklen Hälsen und weiß gefleckten Gesichtern. Ihre Körper waren noch warm, die Federn blutverschmiert.

Wir trugen sie in den überdachten Ansitz und warteten auf den nächsten Gänsezug. Greg schoss noch einmal zwei Gänse, dann war es genug. Wir verstauten die Lockvögel wieder im Unterstand und trugen die toten Gänse zum Schneemobil, wo Greg sie auf dem Gepäckträgeraufbau festschnürte.

Der Himmel über der Mündung des Moose River in die salzigen Wasser der James Bay hallte wider von Gänsegeschrei und Schüssen, die die Luft durchsiebten. Ein guter Tag für die Jäger von Moose Factory und Moosonee. Ein guter Tag für meinen Vater und mich.

Zurück in Moosonee, brachte Greg zwei der Gänse zu einem alten Ehepaar, das in einem kleinen Haus am Ortsrand wohnte. Der Mann, einst ein erfolgreicher Jäger, saß seit drei Jahren im Rollstuhl und die Kinder der beiden lebten weit fort in verschiedenen Städten im Süden. Die beiden freuten sich über die Gänse und Greg lud sie für den morgigen Nachmittag zum *sagabon,* zum gemeinsamen Gänserösten, in sein Tipi ein.

Wieder zu Hause, wartete die ungeliebte Arbeit des Gänserupfens auf uns. Greg und ich saßen auf der Veranda in der Sonne, eine Plastiktüte zwischen den Beinen und eine Gans zwischen den Knien. Wir rupften die vier Gänse, bis sie nackt waren. Ich hatte schon einige Handyfotos an Ben geschickt und amüsierte mich jedes Mal über seine trockenen Kommentare.

Einer toten Gans die Federn auszureißen, ist kein Vergnügen, schon gar nicht für einen Vegetarier, doch es machte mir nichts aus. Alles hatte seinen Preis. Ich mochte es, mit meinem Vater zusammenzusitzen, heißen Tee zu trinken und etwas gemeinsam zu tun. Er kommandierte mich nie herum, so wie Stefan, und gab nur dann Ratschläge, wenn ich ihn fragte.

»Eigentlich ist das ja Frauenarbeit«, meinte er. »Aber da nun mal keine Frauen hier sind, bleibt uns nichts anderes übrig, als es selbst zu tun.«

»Ich würde deine Pauline gerne kennenlernen«, sagte ich.

»Sie kann nicht weg aus dem Camp, weil einer von uns immer da sein muss. Aber wenn du das nächste Mal nach Moosonee kommst, lernst du sie kennen. Sie freut sich schon auf dich.« Er sah mich von der Seite an. »Du wirst doch wiederkommen, Jacob?«

»Ja«, sagte ich, »darauf kannst du wetten.«

Greg nickte. »Du hast immer einen Platz in meinem Haus. Und ich bin für dich da, wenn du das möchtest.«

»Okay«, sagte ich, ohne ihn anzusehen.

Nachdem die Gänse gerupft und ausgenommen waren, hackte Greg Holz und ich stapelte es an den Seitenwänden in seinem Tipi. Wir fuhren ein Stück die Quarry Road bis zum Steinbruch, wo wir Fichtenzweige schlugen und sie später auf dem Bretterboden des Tipis auslegten.

Als es dunkel wurde, entfachte Greg ein Feuer in seinem Tipi, setzte Wasser für Tee auf und wir saßen beisammen und schauten ins flackernde Feuer.

»Schon als du ein kleiner Kerl warst, haben dich die Flammen fasziniert«, sagte er. »Du konntest stundenlang im Tipi sitzen und ins Feuer starren. Wenn deine Mum oder ich dich dann ins Bett brachten, hattest du ganz wirre Augen.«

Ich erinnerte mich. Es war ein anderes Tipi, älter, kleiner, doch ich erinnerte mich. »Als ich vor zwei Wochen zum ersten Mal in diesem Tipi stand, hatte ich eine Erinnerung«, sagte ich. »Ich roch den Rauch von Salbei und ich hörte jemanden singen. Das warst du, nicht wahr?«

»Wir waren oft zusammen im Tipi. Du hast in die Flammen geschaut und ich habe dir Geschichten erzählt oder dir etwas vorgesungen. Manchmal haben wir auch nur zusammen getrommelt. Du hast sehr darunter gelitten, dass deine Mum und ich gestritten haben. Ich wollte, dass du unsere Streitereien vergisst und etwas hast, woran du dich festhalten kannst.«

Vielleicht hatte ich mich ja wirklich all die Jahre daran festgehalten. Mein altes Leben war nicht ausgelöscht, nur verschüttet gewesen. Vielleicht hatten mir die Trommel und die Geschichten und Lieder meines Volkes geholfen, der zu werden, der ich bin. Jacob Cheechoo, halb deutsch, halb Cree. Ich gehörte zum Wolfsclan, so wie Shadow, der Dreiviertelwolf. Wir waren beide gemischten Blutes und versuchten, das irgendwie auf die Reihe zu kriegen.

Ich dachte an Kimi und fragte mich, ob sie Shadow mit auf die Insel gebracht hatte. Fragte mich, ob sie bei ihrer Mutter wohnte oder bei Darrell. Ob sie Darrells Werben bereits nachgegeben hatte. Bei diesem Gedanken flammte Eifersucht in mir auf. Dann drückte sie mir das Herz ab. Ich Idiot hatte Kimi den Brief nicht gegeben. Ich hatte es gründlich vermasselt.

»Jacob? Alles in Ordnung mit dir?«

Ich schüttelte den Kopf, kämpfte plötzlich mit den Tränen. »Ich Blödmann habe gelogen«, sagte ich. »Ich habe Kimi angelogen.«

Es war eine Erleichterung, endlich mit jemandem über das Durcheinander meiner Gefühle zu reden. Ich erzählte meinem Vater, dass ich noch nie zuvor bei einem Mädchen so tief empfunden hatte wie bei Kimi. Trotzdem hatte ich Darrell zu verstehen gegeben, dass nichts zwischen uns sei.

»Kimi habe ich erzählt, ich hätte den Zug verpasst. Ich hatte einfach nicht damit gerechnet, ihr so plötzlich gegenüberzustehen. Sie war stinksauer, weil sie mich längst in Deutschland glaubte.« Ich stierte in die Flammen. »Ich habe ihr einen Brief geschrieben und ihn ihr dann doch nicht gegeben.«

Greg legte neue Scheite aufs Feuer. »Hast du dich mal gefragt, warum du gelogen hast, Jacob? Warum du ihr den Brief nicht gegeben hast?«

»Weil ich Angst habe. Ich habe gerade erst herausgefunden, wer ich mal war. Keine Ahnung, was das mit mir macht. Ob ich mein Leben weiterleben will wie bisher oder ob ich zurückwill in ein Leben, an das ich mich kaum erinnern kann. Kimi gehört zum *muskeg*. Es ist wie bei dir und Mum, verstehst du? Das ist es, was mir Angst macht.«

Mein Vater sah mich an. »Ich verstehe dich, sehr gut sogar. Aber ich will dir etwas über das Lügen erzählen, *nkosis*. Wenn jemand lügt, sagen wir Cree: *aykinaskiyan*. Es ist, als würdest du etwas tief in die Erde stecken. Deine Worte sind fest im Boden verankert und du wirst darüber stolpern. Die Lüge wird in deine Seele eindringen, sich darin einnisten und dein ganzes Leben bestimmen. Sagst du aber die Wahrheit, dann verleiht sie dir und deinen Worten Flügel.«

Aykinaskiyan. Dieses Wort hatte Kimi im Krankenhaus zu Anak gesagt. Ich holte tief Luft. Greg hatte recht. »Ich muss Kimi die Wahrheit sagen. Und Darrell auch.«

»Deine Worte werden fliegen«, meinte Greg lächelnd.

»Kann ich Darrell und Kimi für morgen zum Gänserösten einladen?« Ich hoffte inständig, dass Kimi noch auf Moose Factory Island war.

»Das habe ich doch längst getan, Jacob.«

Im Traum hielt ich Kimi in meinen Armen. Sie war gekommen, um mir die Nacht zu schenken. Warm und weich schmiegte sie sich an mich und ich roch ihren Duft nach frischen Balsamtannenzweigen. Als ihre Hand diesmal auf Wanderschaft unter mein T-Shirt ging, stellte ich keine dussligen Fragen.

Ich rollte mich herum, sodass ich auf ihr lag, und küsste sie. Kimis Lippen waren warm und fest und ihre Zunge glitt in meinen Mund. Eine Erektion pochte zwischen meinen Beinen und ich stöhnte leise auf, so sehr sehnte ich mich danach, mit ihr zusammen zu sein. Dann war ich in ihr und spürte sie und schwor ihr, sie zu lieben und für immer bei ihr zu bleiben. Im Traum war das ganz leicht.

Als ich wach wurde, lag ich auf dem Bauch, das tränennasse Gesicht in mein klumpiges Kissen vergraben. Und um mich herum war nichts als Dunkelheit.

22
SAGABON

Der nächste Vormittag stand ganz im Dienst der Vorbereitung unseres Gänseröstens auf traditionelle Cree-Art, das *sagabon.* Greg baute in der Feuerstelle dünne Holzscheite wie ein Tipi auf und ich sah genau zu, wie er es machte. Danach band er den vier Gänsen die Schenkel mit Draht fest an den Körper und schob jeweils einen angespitzten Holzstab durch das hintere Ende der Gans. Die überstehenden Stabenden versah er mit Schlingen und verknotete sie mit den Stricken, die von vier verschiedenen Tipistangen herabbaumelten. Greg entzündete das Feuer und die Gänse hingen nun knapp neben den Flammen.

Unter jede Gans stellte er eine mit Alufolie abgedeckte Blechschale und stieß mit dem Finger ein kleines Loch in die Alufolie, sodass das Gänsefett beim allmählichen Rösten in die Schüssel laufen konnte.

Anfangs roch es noch nach verbrannten Federkielen, doch schon nach einer Stunde erfüllte der Duft von Gänsebraten das Tipi und ich musste mir hilflos eingestehen, dass mir das Wasser im Mund zusammenlief. Offenbar waren meine Cree-Gene nun endgültig aktiviert und setzten sich gegen die übrigen durch.

In der aufsteigenden Hitze des Feuers drehten sich die Gänse meist von allein an ihrem Strick. Nur hin und wieder musste einer von uns sie leicht anstoßen, um sie wieder in Bewegung zu setzen. Die Gänse mussten ständig rotieren, damit sie von allen Seiten gleichmäßig garten. Das war meine Aufgabe, während Greg sich im Haus um den Rest kümmerte.

Ich freute mich auf die Gäste und das Essen. Mum und Stefan luden nur selten Gäste zu sich ein. Stefan konnte mit Mums Freunden nichts anfangen und er hatte offenbar keine. Luden sie doch mal Leute zum Essen ein, gab es vorher meistens Stress.

Zugegeben, ich war aufgeregt. Fürchterlich aufgeregt. Würden Darrell und Kimi auch wirklich kommen? Bekam ich die Gelegenheit, Kimi die Wahrheit über meine Gefühle zu sagen, und würde sie auch tatsächlich verstehen, was in mir vorging?

Mein nächtliches erträumtes Zusammensein mit Kimi erfüllte mich immer noch so intensiv, als ob es real gewesen wäre. Und genau das wollte ich: dass es real war. Nicht nur mit ihr schlafen, sondern mit ihr zusammen sein. Egal wo. Im Blockhaus zusammengepfercht mit Anak. Hier in diesem Haus. Oder von mir aus auch in einem Tipi in der Wildnis. Für Kimi würde ich Fleisch essen, Holz hacken und Gänse rupfen. Meinetwegen auch Mokassins nähen. Gemeinsam würden wir es mit den Mühen und Gefahren des freien Lebens aufnehmen und Geschichten erleben, die wir unseren Kindern und Enkeln erzählen konnten. Und die beste Geschichte von allen würde die sein, wie wir uns kennengelernt hatten.

Ja, das war, was ich wollte. In meinem Kopf nahm dieser Gedanke feste Gestalt an.

Nach einer ganzen Weile kam Greg mit frischem Bannockteig und einem Tablett mit Teebechern, Löffeln und Milch zurück.

Als es Nachmittag wurde, stieg meine Anspannung ins Unermessliche. Die ersten Gäste, die im Tipi eintrafen, waren Louise und Ed mit ihrer Tochter Della. Della musste jetzt um die dreißig sein, eine rundliche junge Frau mit stark geschminktem, hübschem Gesicht.

»*Wachay,* Jacob«, sagte sie und lächelte, aber es war ein gezwungenes Lächeln und ich fragte mich, warum.

»Hi, Della. Schön, dich zu sehen.«

Louise und Della hatten zwei Schüsseln mit Essen mitgebracht, einen Nudelsalat und eine glibberige rote Süßspeise. Beides stellten sie auf den dafür vorgesehenen Tisch. Dann setzten sie sich auf die Klappstühle am Feuer und kümmerten sich um die Gänse.

Kurz darauf kam das ältere Ehepaar, dem wir gestern die beiden Gänse gebracht hatten. Greg machte Platz zwischen zwei Stühlen und schob den Alten in seinem Rollstuhl ans Feuer.

Eine Cousine und ein Cousin meines Vaters kamen, Olivia Shaganash und Martin Cheechoo. Sie schüttelten mir die Hand und umarmten mich. Später kam noch Olivias Sohn Adrian mit seiner Freundin Jardina, einem attraktiven Mädchen mit einem Nasenpiercing und hellblauen Fingernägeln.

Das Tipi füllte sich, die Gänse rotierten am Feuer und Louise steckte Bannockteig auf Stöcke, die sie schräg gegen die Flammen stellte. Eingehüllt von Stimmen und Düften, saß ich da und wartete. Wartete auf Kimi.

Als Darrell und Kimi auf dem Motorschlitten über den Fluss kamen, war ich gerade im Haus, um noch ein paar Tassen aus der Küche zu holen. Durch die Scheibe in der Eingangstür beobachtete ich die beiden, bis sie im Tipi verschwunden waren. Ich wartete noch einen Moment, dann ging ich mit meinen Tassen über die Veranda zum Tipi, holte vor der Tür tief Luft und trat ein.

Darrell stand neben dem Eingang. Nachdem ich die Tassen

abgestellt hatte, begrüßte er mich mit einer halbherzigen Umarmung. »*Wachay,* Bro. Wer hätte gedacht, dass ich dich so schnell wiedersehe.«

»Schön, dass ihr kommen konntet«, sagte ich, so enthusiastisch ich es vermochte. Ich wusste, dass Darrell mich am liebsten niemals wiedergesehen hätte. Sein Haar war frisch gewaschen und er sah gut aus. Groß und einschüchternd.

Dennoch: Mein Blick suchte Kimi. Sie hatte ihre Jacke ausgezogen und saß neben meinem Vater am Feuer. Kimi trug Jeans und ein langärmeliges weinrotes T-Shirt. Ihr langes Haar fiel ihr offen über die Schultern. Sie sah bezaubernd aus im Schein des Feuers und mein Herz jagte los.

Greg sagte etwas und Kimi antwortete. Als sie den Kopf hob, trafen sich unsere Blicke, aber ich konnte keine Regung in ihrem Gesicht erkennen. Kein freudiges Wiedersehen, keine Umarmung, nicht mal eine halbherzige. Ich musste so schnell wie möglich mit ihr sprechen.

Ein Stuhl neben Kimi war noch frei, aber gerade als ich ihn ansteuern wollte, setzte sich Darrell neben sie. Nun war nur noch neben Della ein Platz frei. Es blieb mir nichts anderes übrig, als mich neben Lucas' Schwester zu setzen, auf die andere Seite der Feuerstelle.

Während die Gänse ihr öliges Fett in die Schüsseln tropften und langsam gar wurden, tranken unsere Gäste Unmengen von süßem schwarzem Tee, den Louise brühte. Dabei erzählten sie Geschichten über mich als kleinen Jungen und lachten darüber, sodass ich das Gefühl hatte, nur ein paar Monate weg gewesen zu sein und nicht vierzehn Jahre. Ich konnte mich an nichts aus meinem früheren Leben erinnern und sie taten so, als hätte es die Zeit ohne mich nie gegeben.

Mein Blick wanderte über ihre lachenden dunklen Gesichter mit den schrägen Augen und dabei auch immer wieder hin zu Kimi und Darrell, die kaum miteinander redeten. Beide wirkten, als hätten sie gestritten, trotzdem spürte ich den Stachel der Eifersucht in meiner Brust. Ich wollte neben Kimi sitzen, den Arm um sie legen und allen zeigen, dass sie zu mir gehörte, mein Mädchen aus der Wildnis.

Greg neigte seinen Kopf zu Kimi und sagte etwas zu ihr. Sie hob den Blick und sah mich über das Feuer hinweg an. Bildete ich mir das nur ein oder war das ein Lächeln? Mein Herz schlug schneller, ich wollte endlich mit Kimi reden, *allein.* Doch ich war die Hauptperson dieser Gänse-Party und ständig ruhten Blicke auf mir oder jemand fragte mich etwas.

Louise erzählte, wie ich als Dreijähriger mit Lucas am Fluss gespielt hatte und hineingefallen war. Der Dobermann der Nachbarn war mir hinterhergesprungen und hatte mich am Sweatshirt aus dem Fluss gefischt. Oder wie ich einen Blauhäher gezähmt hatte, der dann am liebsten auf meinem Kopf saß. Oft war ich so mit ihm herumgelaufen und meine Mutter war deshalb bald verrückt geworden, weil ich den Vogel manchmal mit ins Haus genommen und er dort alles vollgeschissen hatte.

Das Tipi erbebte von ihrem Gelächter. Sie zogen mich auf und neckten mich. Versuchten, mir das Gefühl zu geben, dass ich in Moosonee zu Hause und einer der Ihren war. Ich erinnerte mich an so gut wie nichts von dem, was die Leute sich erzählten, doch während ich ihren Geschichten lauschte, wurden sie wieder ein Teil von mir. Auf diese Weise bekam ich meine Kindheit zurück und das war ein großartiges Gefühl.

Der alte Mann im Rollstuhl räusperte sich und hob die Hand.

Augenblicklich wurde es still im Tipi. »Es hat so viele verloren gegangene Kinder in unserem Volk gegeben«, sagte er, »deshalb ist jedes, das zurückkehrt, ein besonderes Geschenk.«

Eine tief empfundene Freude durchströmte mich, ein Gefühl, warm und hell. *Zugehörigkeit.* Ich dachte an Anak in seinem Krankenhausbett und bedauerte, dass er nicht bei uns war.

»*Meegwetch,* ich danke euch allen«, sagte ich mit bebender Stimme. »Ich wünschte, ich könnte mich an viel mehr erinnern, aber mein Gedächtnis leistet immer noch Widerstand.«

Louise legte ihren Arm um mich. »Das kommt schon noch, Kleiner, das kommt noch. Verlass dich drauf.«

Als die Gänse gar waren, nahm Greg die erste von ihrer Strippe und zerteilte sie auf einem Backblech. Louise half ihm, das dunkle Gänsefleisch auf Teller zu verteilen, zusammen mit dem noch warmen Bannock, dem Brot des Nordens, das seinen Ursprung in Schottland hatte.

Mein Vater warf ein Stück Fleisch ins Feuer, *spirit food* für die Geister. Er sprach ein kurzes Gebet und verbrannte Zedernzweige, als Dank für die erfolgreiche Gänsejagd. Dann schlug er die Handtrommel und sang. Meine Stimme und mein Gefühl für den Rhythmus hatte ich von ihm, wie ich feststellte.

Schließlich aßen alle, und da mein Vater bereits die nächste Gans zerlegte, war der Platz neben Kimi frei und ich wollte endlich meine Chance ergreifen.

»Lass lieber die Finger von ihr, Jacob«, zischte Della leise neben mir. »Kimiwan bringt den Tod.«

»Was?« Ich glaubte, mich verhört zu haben.

»Lucas ist tot, Alex ist tot. Willst du der Nächste sein?«

»Wie meinst du das?«, flüsterte ich verstört.

»Wie ich es sage.«

Della hatte kaum gelacht an diesem Abend, aber ich hatte geglaubt, sie sei einfach nur schüchtern. Ihre Worte ließen mir keine Ruhe. Der Platz neben Kimi war nun von Louise besetzt. Ich aß ein Stück Bannock und biss vom dunklen Gänsefleisch ab, das überraschend zart war und leicht rauchig schmeckte. Doch aufgeschreckt durch Della Koostachins bösartige Worte, konnte ich das Essen nicht mehr genießen.

Als Louises Tochter das Tipi verließ, ging ich ihr nach. »Della, warte doch mal.«

Sie lief schneller, rutschte aber im Schnee aus und ruderte mit den Armen, um nicht zu fallen. Ich fing sie auf, doch sie machte sich von mir los, als hätte ich sie belästigt.

»Della, ich will wissen, wie du das gemeint hast. Was hatte Kimi mit Alex zu tun?«

»Sie hatte was mit deinem Bruder.«

»Aber ich ... nein, du irrst dich. Kimi war mit Lucas zusammen. Das hat deine Mum gesagt.«

»Zuerst ja. Aber dann hat ihr Alex den Kopf verdreht. Kimi war mit ihm in diesem Haus.«

»Mit *ihm?«* Ich erstarrte innerlich. »Das verstehe ich nicht. Wenn Kimi mit meinem Bruder zusammen gewesen sein soll, wie du behauptest, wieso war Lucas dann dort?«

Della begann zu weinen. »Lucas war nur in diesem Haus, weil er sich Sorgen um Kimi gemacht hat und auf sie aufpassen wollte. Mein Bruder wusste, dass Alex Drogen an die Kids verkauft. Lucas liebte Kimi so sehr und wollte um sie kämpfen. Deshalb war er da, Jacob. Deshalb musste er sterben. *Ihretwegen.«* Schluchzend schüttelte sie den Kopf.

Ich stand da und fühlte mich wie vor den Kopf geschlagen.

Mein Halbbruder und Kimi waren ein Paar gewesen. Mein Mund war auf einmal wie ausgedörrt.

»Vergiss sie«, sagte Della. »Kimi bringt allen Unglück, die sich mit ihr einlassen.«

Della öffnete ihre Wagentür. »Tut mir leid, aber ich kann nicht länger da sein, wo sie ist. *Wa-che-eh,* Jacob.«

Die Wagentür schlug zu und Della schaltete den Motor an. Scheinwerfer leuchteten auf und sie gab Gas. Die Räder drehten im Matsch durch, nasser Schnee spritzte gegen meine Hosenbeine. Dann war Della weg.

Wie versteinert stand ich da und blickte hinüber zum erleuchteten Tipi, das wie ein großer Lampion aussah. Ich hörte das Gelächter, es erfüllte die Nacht.

Aykinaskiyan, dachte ich. Nicht nur ich hatte also gelogen.

Schweren Herzens kehrte ich zum Tipi zurück. Die ganze Zeit hatte ich mit Kimi reden und ihr sagen wollen, wie sehr ich sie liebte. Doch nun war mir nicht mehr klar, ob die Tatsache, dass Kimi mit meinem toten Bruder zusammen gewesen war, etwas an meinen Gefühlen für sie änderte. Das Ganze lag immerhin zwei Jahre zurück. Trotzdem tat der Gedanke weh, dass sie mir nicht die Wahrheit gesagt hatte. Vor allem, weil mir kein einziger Grund dafür einfiel.

Als ich das Tipi betrat, traf mich Kimis besorgter Blick. Sie musste die ganze Zeit auf den Eingang gestarrt haben. An ihren Augen sah ich, dass sie wusste, was ich jetzt wusste.

»Da ist er ja wieder, das Halbblut, der Apfelindianer«, sagte jemand in das fröhliche Stimmengewirr hinein. »Sieht aus wie ein Cree und denkt wie ein Weißer.«

Es war Adrian, mein Großcousin, dessen Augen mich hasserfüllt anfunkelten. »Du willst ein Indianer sein?«

»Lass gut sein, Adrian«, entgegnete Olivia, seine Mutter. Aber Adrian kam erst so richtig in Fahrt, als er merkte, wie entsetzt ihn alle anstarrten. Er sprang von seinem Stuhl auf und warf sein Essen ins Feuer, wo es zischend verbrannte. *»Spirit food* für Alex, der heute leider nicht dabei sein kann«, sagte er.

»Es reicht jetzt«, sagte Greg scharf.

Doch Adrian war nicht zu bremsen. »Ich habe echt genug von dieser Scheiße!«, rief er. »Alex würde sich im Grabe herumdrehen, wenn er euch alle sehen könnte, wie ihr die Rückkehr des verlorenen Sohnes mit ein paar fetten Gänsen feiert. Ihr tut so, als wäre das Halbblut einer von uns.« Er zeigte mit dem Finger auf mich und seine Stimme durchbohrte mich wie ein Pfeil. Das Stimmengewirr erstarb und alle starrten mich an. »Ist er aber nicht!« Adrians Augen funkelten. »Er hat keine Ahnung, wie das Leben hier läuft. Der Typ ist Vegetarier, Leute.« Er sagte das, als wäre ich ein Aussätziger.

Mein Magen verknotete sich. *So ist das also.* Ich war nur ein halber Cree, während der ganze, der *richtige* Sohn im Feuer gestorben war. In Adrians Augen war ich offenbar schuld an Alex' Tod, aus dem einfachen Grund, weil ich existierte.

»Verpiss dich wieder dorthin, wo du hergekommen bist, in deine schöne weiße Welt und dein ach so bequemes Leben.« Adrian wehrte sich wütend gegen meinen Vater und seinen Onkel Martin, die ihn nach draußen bugsieren wollten. »Du hast hier nichts verloren, Jacob Cheechoo!«

»Okay, Schluss damit!« Martin packte seinen Neffen.

Mein Blick flog zu Kimi und das Mitleid in ihren Augen machte alles noch schlimmer. Fluchtartig verließ ich das Tipi und ließ mich dabei von niemandem aufhalten. Ich lief hinunter zum Fluss. In meinem Kopf wüteten die Gedanken. Hatte Adrian recht? Hatte ich hier nichts verloren? War das Gefühl von Zugehörigkeit nur eine schöne Illusion?

Ernüchtert blickte ich auf den erstarrten Fluss und tiefe Niedergeschlagenheit erfüllte mich. Mühsam holte ich Luft. Es war Neumond und stockfinster. Schnell kroch die Kälte unter meine Klamotten. Ich konnte Adrian hören, wie er Verwünschungen ausstieß, und die Stimme meines Vaters, der ihn zu besänftigen versuchte. Als ich knirschende Schritte hinter mir hörte, drehte ich mich nicht um. Ich wusste auch so, wer das war.

»Es stimmt nicht, was Adrian da gesagt hat.« Sie fasste mich am Arm, aber ich trat einen Schritt von ihr weg. »Jacob …«

»Verdammt noch mal, Kimi, du warst gar nicht mehr mit Lucas zusammen, als das Haus brannte. Du warst mit meinem Bruder zusammen.« Die Vorstellung, dass sie mit Alex geschlafen haben könnte, machte mich fix und fertig. In diesem Moment konnte ich an nichts anderes denken. Liebte sie wirklich mich – oder ihn in mir? Hatte sie deshalb mit mir schlafen wollen?

»Nein, Jacob. Ich war nicht mit Alex *zusammen.* Ich mochte ihn, aber wir waren nur Freunde.«

»Freunde?« Ich stieß ein abfälliges Schnauben aus. »Da sagt Della aber etwas ganz anderes.«

»Della Koostachin gibt mir die Schuld am Tod ihres Bruders. Sie ist verbittert.«

»Zu Recht!«, rief ich. »Lucas war nur deinetwegen in diesem Haus. Weil er dich vor Alex beschützen wollte.«

»Alex und ich waren Freunde, Jacob, nicht mehr. Ich war sechzehn und hatte schon einiges durch. Lucas … er war so behütet aufgewachsen, er verstand vieles einfach nicht, was mich umtrieb. Ich brauchte jemanden zum Reden in dieser Nacht und ich dachte, Lucas wäre beim Geburtstag seiner Schwester.«

Fuck!, dachte ich. Lucas Koostachin war am Geburtstag seiner Schwester gestorben. Kein Wunder, dass Della traumatisiert war und Kimi hasste.

»Aber Lucas war eifersüchtig und suchte nach mir.« Kimi sprach so leise, dass ich sie kaum verstand. »Und so kam er zu uns in dieses Haus. Deshalb war er in der oberen Etage mit mir.«

Ich hörte die Scham in Kimis Stimme und die Angst, dass ich ihr nicht glauben könnte. Und tatsächlich wusste ich nicht mehr, was ich glauben sollte. Das alles war zu viel auf einmal. Adrians Beschimpfungen. Alex und Kimi. Kimi und ich.

Widersprüchliche Gefühle zerrten an mir. Ich war wütend, enttäuscht und verletzt. Zweifel plagten mich. Vielleicht waren meine Gefühle für Kimi ja doch nur vorübergehend, so wie es bisher bei mir immer gewesen war. Am Freitag würde ich in den Zug nach Cochrane steigen und zwei Tage später wäre ich wieder zu Hause in Jena und würde mein Abi machen. Vielleicht war es vernünftiger, an die Uni zu gehen und Lehrer zu werden, als einem Hirngespinst vom freien Leben in der Wildnis nachzuhängen.

»Ich kann das nicht«, stieß ich hervor.

Ich kann das nicht.

Kimis Herzschlag verlangsamte sich, als würde er einfrieren. Was auch immer Jacob mit seinen Worten meinte, es lief auf eine Tatsache hinaus: Er gab dem, was zwischen ihnen entstanden war, kein Chance.

Ich kann das nicht, hatte er gesagt. Was bedeutete das? Ich kann nicht mit einem Mädchen zusammen sein, das mit meinem Bruder befreundet war? Ich kann nicht mit einem Mädchen zusammen sein, das Tiere tötet? Ich kann nicht an einem Ort leben, der so unwirtlich und lebensgefährlich ist wie der Busch?

»Na dann«, flüsterte Kimi, »ich werde dich auch vermissen, Schneetänzer.« Und bevor sie noch irgendetwas Dummes sagte, fügte sie schnell hinzu: *»Wa-che-yeh, Jacob.«* Sie ging, bevor er ihre Tränen sah. Bevor er etwas sagen konnte, das den Frost noch tiefer in ihr Herz trieb.

Kimis leise Schritte im Schnee wurden vom Klang der Handtrommel und der dunklen Stimme meines Vaters verschluckt, der im Tipi ein Lied auf Cree sang. Sein Gesang wurde durch die Nacht bis auf das schimmernde Eis des Flusses hinausgetragen.

Wie festgefroren stand ich da, fühlte mich von Kimi verraten. Sie hätte es mir sagen müssen. Sie hätte mir sagen müssen, wie eng sie mit Alex befreundet gewesen war.

Die dumpfen Schläge der Trommel klopften an meinem Inneren. Dieses uralte, kehlige Lied, das schon meine Vorfahren vor Hunderten Jahren gesungen hatten, wollte etwas von mir.

»Hay-ya-hay-ya-a-a-haya-ya.« *Bumm. Bumm. Bumm.* Der Rhythmus der Trommel kollidierte mit meinem Herzschlag. Es passierte einfach, ohne dass ich es wollte. Für ein paar Sekunden kam mein Herz ins Stolpern, bis es wieder seinen gleichmäßigen Takt fand, nun im Einklang mit den Schlägen der Trommel.

Ich machte einen tiefen Atemzug, sog dabei die kalte Winterluft in meine Lungen und dachte: Was bist du doch für ein Arschloch, Jacob! Eifersüchtig zu sein auf einen Geist. Kimi übel zu nehmen, dass sie mir ihre Zuneigung zu Alex verschwiegen hatte, während ich Darrell ins Gesicht gesagt hatte, dass nichts zwischen Kimi und mir gelaufen war. Ich musste zu Kimi, musste mich entschuldigen und ihr endlich sagen, wie sehr ich sie liebte. Vielleicht bekam ich ja eine letzte Chance.

Ich machte kehrt, da blendete mich plötzlich ein greller Scheinwerfer und ein Skidoo-Motor knatterte los. Der Motorschlitten kam direkt auf mich zu und ich musste zur Seite springen, damit er mich nicht über den Haufen fuhr.

»Idiot!«, fluchte ich und wusste im selben Moment, wer auf diesem Skidoo saß. Ich rannte zurück zum Tipi und wäre beinahe mit meinem Vater zusammengestoßen, der sich von Louise und Edward verabschiedete.

»Das war ein schöner Abend«, sagte Louise. *»Meegwetch.«*

Sie zog mich in ihre Arme, ich wurde bald verrückt dabei, weil es so guttat und so weh. Die beiden stiegen in ihren SUV und ich riss die Tür zum Tipi auf. Drinnen saßen nur noch Martin, Gregs Cousin, und das alte Ehepaar, aber auch sie waren dabei aufzubrechen. Kimi und Darrell waren fort. Über den Fluss, zurück nach Moose Factory Island.

Martin klopfte mir wortlos auf die Schulter, als er ging. Die alte Frau umarmte mich. Greg und Martin trugen den Alten in seinem Rollstuhl zu Martins Auto. Er würde das Ehepaar an ihrem Haus absetzen.

Mit enger Kehle und zu Fäusten geballten Händen stierte ich ins Feuer, wütend auf mich selbst, wütend auf die ganze Welt. Mein Vater kam ins Tipi zurück und schloss die Tür hinter sich. Er trat zu mir und legte seine Hand auf meine Schulter.

»Kimi?«, fragte er.

Ich nickte und holte tief Luft.

»Willst du darüber sprechen?«

Ich schüttelte den Kopf, doch im selben Moment platzten

mein ganzer Schmerz und die Wut aus mir heraus. »Wieso, verdammt noch mal, konntest du nicht wenigstens für *einen* deiner Söhne ein richtiger Vater sein?«

Greg erstarrte, als hätte ich ihm einen Schlag ins Gesicht versetzt, doch er nahm seine Hand nicht von meiner Schulter. Im Gegenteil, ich hatte das Gefühl, als würde der Druck seiner Finger fester werden.

Ich wandte den Kopf und sah ihn vorwurfsvoll an. »Seit vierzehn Jahren habe ich diesen schrecklichen Albtraum von Schnee und Nacht und dem verfluchten *whe-tiko* und meine Mum schleift mich zum Psychologen, anstatt mir die Wahrheit zu erzählen. Sie hat dich komplett ausradiert aus unserem Leben, hat mich belogen, bis Stefan aus Rache mit der Wahrheit herausgerückt ist.«

Der ganze angestaute Groll in mir brach sich auf einmal Bahn. Ich war wütend und wollte es bleiben. Deshalb machte ich mich von meinem Vater los und lief halb um die Feuerstelle herum, um Abstand von seiner körperlichen Präsenz zu bekommen.

»Wegen dir habe ich nie eine richtige Familie gehabt«, sagte ich grimmig. »Du hast ja keine Ahnung, wie beschissen das war, mit Stefans ständigen Zurechtweisungen und seinen Andeutungen, dass ich es nie zu etwas bringen würde im Leben. Dauernd musste ich mir anhören, was ich alles falsch mache. Zuletzt hat er mir dann auch noch ordentlich eine verpasst.«

Über das Feuer hinweg sah ich, wie sich die Hände meines Vaters zu Fäusten ballten. Sein Kiefer spannte sich, er rang um Beherrschung. »Das tut mir leid, Jacob.«

»Es tut dir leid?«, rief ich. »Das ist alles, was dir dazu einfällt? *Es tut dir leid?«* Obwohl ich den Schmerz in seiner Stimme gehört hatte, drängten sie haltlos aus mir heraus, die Worte, die seit Stefans Offenbarung in meinem Inneren lauerten wie Ungeheuer, jederzeit bereit, Wunden zu schlagen.

»Wenn du damals nicht betrunken mit mir in dieses Auto gestiegen wärst. Wenn du auch nur einen Funken Verantwortung gezeigt hättest, dann bräuchte dir nichts leidtun. Dann hätte ich einen richtigen Vater gehabt und wäre nicht bei einem Typen aufgewachsen, der mich nicht leiden kann.« Tränen stiegen mir in die Augen und ich konnte sie nicht zurückhalten.

Greg legte neue Scheite auf das heruntergebrannte Feuer und setzte sich. Er bedeutete mir, mich ebenfalls hinzusetzen, und ich tat es, weil ich auf einmal keine Kraft mehr hatte zu stehen. Ich erwartete, dass mein Vater jetzt anfing, sich zu verteidigen, doch er schwieg einfach.

»Weißt du eigentlich, wie viele Leben du zerstört hast?«, fragte ich, während ein warmer Strom über meine Wangen rann. »Alex hat Drogen genommen, weil er das Gefühl hatte, du magst mich, den nicht Anwesenden, mehr als ihn. Kimi mochte Alex, weil sie mit ihm über den ganzen Scheiß reden konnte, der bei ihnen beiden zu Hause schieflief. Lucas war eifersüchtig auf Alex, deshalb ist er Kimi in dieses Haus gefolgt und musste sterben. Lucas ist tot, Alex ist tot und zwei Mädchen sind tot. Der Vater des einen Mädchens hasst dich so sehr, dass er mich da draußen in der Wildnis ausgesetzt hat und ein Bär mich beinahe in Stücke gerissen hätte. Mein Leben hättest du also auch beinahe zerstört, wenn nicht ein Wolf beschlossen hätte, mich zu beschützen, und Anak zufällig zur Stelle gewesen wäre.«

Ich wischte mir mit dem Ärmel über das Gesicht. Nun war es raus. In den schwarzen Augen meines Vaters sah ich, dass er sich das alles schon selbst vorgeworfen hatte. Er lebte damit seit vielen Jahren.

»Das ist wahr«, gab er zu. »Eine Menge ist schiefgelaufen in meinem Leben und das hatte Auswirkungen auf das Leben anderer Menschen. Beinahe hätte ich dich auch noch verloren.« Greg stocherte mit einem Stock im Feuer herum und Funken stiebten auf. Mit müder Stimme sagte er: »Nun ist das, wovor ich Angst hatte, eingetroffen.«

Verständnislos sah ich ihn über die Flammen hinweg an.

»Dass du mich hasst, Jacob, wenn du von all diesen Dingen erfährst. Dass du mich nicht gernhaben kannst und ich nicht dein Vater sein kann. Die Vorstellung, du steigst am Freitag in den Zug und ich sehe dich niemals wieder, zerreißt mir das Herz.«

»Besser, ich wäre schon am vergangenen Freitag in den Zug gestiegen«, entgegnete ich gnadenlos. »Dann wäre mir die Demütigung heute erspart geblieben.«

Greg schüttelte den Kopf. »Nimm dir nicht so zu Herzen, was Adrian gesagt hat. Er hat Alex angehimmelt.«

Es irritierte mich, wie ruhig Greg blieb. »Aber er hat doch recht. Aus mir wird nie einer von euch werden. Ich bin kein Cree, ich bin ein verdammter Deutscher mit einem Indianergesicht. Außen rot, innen weiß. Sogar Kimi hat das gesagt.«

»Das ist nicht wahr, Jacob«, entgegnete Greg. »Du bist uns irgendwie in der Welt da draußen verloren gegangen, aber jetzt bist du wieder hier und das ist alles, was zählt.«

»Ich bin nicht *verloren gegangen«*, protestierte ich. »In dieser Nacht vor vierzehn Jahren, als du betrunken mit mir ins Auto gestiegen bist, da hast du die Chance, mein Vater zu sein, verwirkt.«

Der dunkle Schmerz in Gregs Augen ließ mich in meinem Zorn innehalten. Was tat ich da bloß? Ich war dabei, alles zunichtezumachen, alles, was wir Gutes zusammen gehabt hatten in den vergangenen vier Tagen. Denn das war nicht nichts. Das war ein Anfang gewesen, ein vielversprechender Anfang.

Ich wusste nicht, wie ich die Zerstörung aufhalten konnte, da sagte Greg etwas. »Erzähl mir von deinem Traum, Jacob.«

Unwillig schüttelte ich den Kopf. Was sollte das jetzt?

»Bitte«, sagte er. »Es ist wichtig.«

Ich hatte ihm wirklich schlimme Dinge vorgeworfen und er hatte sich nicht von mir abgewandt. Greg schlug nicht mit Worten zurück, wie ich es von Stefan oder Mum gewohnt war. Er wehrte sich nicht einmal. Mein Vater war mir ein Rätsel.

»Ich sehe Bilder«, lenkte ich schließlich ein. »Alles ist durcheinander. Da ist Schnee, viel Schnee. Und Wald. Es ist dunkel und kalt, furchtbar kalt. Ich laufe durch den Schnee und rufe nach dir. Und dann sehe ich ihn …« Ich verstummte und blickte ins Feuer.

»Wen siehst du?«

»Den *whe-tiko*«, flüsterte ich, als bestünde die Möglichkeit, dass er da draußen war und mich hören konnte. »Er ist groß und hungrig und will mich holen. Ich renne los, stolpere über eine Wurzel und falle mit dem Gesicht in den Schnee. Ich will schreien, aber der Schrei kommt nicht.« Ich hob den Kopf, um meinen Vater anzusehen. »An dieser Stelle wache ich jedes Mal auf.«

»Du hast dich an einen *whe-tiko* erinnert?« Seine Frage klang bestürzt.

»Nein, nicht wirklich. Ich habe Kimi von meinem Traum erzählt und sie hat gemeint, ich wäre vor einem *whe-tiko* weggelaufen.«

»Hast du denn überhaupt Erinnerungen an den Unfall? Ich

meine, du warst erst vier und ... na ja, du hattest einen Schock erlitten.«

»Inzwischen erinnere ich mich wieder daran, dass mich jemand aufgehoben und auf seinen Arm genommen hat. Es muss jemand von den Rettungskräften gewesen sein. Er hat mich in seine Jacke gehüllt und mich aus dem Wald getragen. Du lagst schon im Krankenwagen, sie haben uns weggebracht.«

»Du irrst dich.«

»Was?«

Greg schüttelte den Kopf. »Das sind keine Erinnerungen, Jacob. Es ist das, was deine Mum dir erzählt hat.«

»Aber das kann nicht sein«, protestierte ich ärgerlich. »Meine Erinnerungen kommen zurück, seit ich hier in Moosonee bin. Ich sehe jetzt wieder alles ganz deutlich vor mir.«

Wieder schüttelte Greg den Kopf. Seine Stirn lag in Falten.

»Verflucht«, brauste ich auf, »dann erzähl mir endlich, was passiert ist an diesem Abend! Erzähl mir die Wahrheit!«

»Die Wahrheit ...« Greg rieb sich das Kinn. »Es gibt nie nur eine einzige Wahrheit, mein Sohn. Du kennst die Geschichte deiner Mum und nun willst du meine hören. Aber bei diesen Geschichten geht es darum, was gut für dich ist und für deine Zukunft.«

»Was gut für mich ist?«, stieß ich kopfschüttelnd hervor. »Lügen sind für niemanden gut, okay? Ich will keine verdammten Geschichten, ich will hören, was wirklich passiert ist bei diesem Unfall. Warum bist du damals mit mir ins Auto gestiegen, obwohl du getrunken hattest? Hast du das vielleicht öfter gemacht und diesmal ist es leider schiefgegangen?«

Greg fuhr sich mit dem Handrücken über den Mund. »Ich hatte getrunken, das stimmt. Aber ich bin nicht mit dir ins Auto gestiegen.«

»Was? Erzähl doch keinen Unsinn. Ich erinnere mich wieder an den Unfall … ich wurde aus dem Wagen geschleudert und bin in den Wald gelaufen.« Ich stand auf und begann, hin und her zu laufen. »Das bilde ich mir nicht nur ein, ich …«

»Setz dich wieder hin«, unterbrach mich Greg mit Nachdruck in der Stimme. Und das tat ich. Sah ihn fragend an.

»Du hast recht«, sagte er. »Es gab einen Unfall, bei dem du aus dem Wagen geschleudert wurdest. Versuch, dich zu erinnern, Jacob. Du musst die Wahrheit ohne meine Hilfe finden, denn wenn ich dir erzähle, was passiert ist, wirst du mir nicht glauben.«

»Es gibt keine falschen Wahrheiten«, sagte ich.

»Aber falsche Erinnerungen. Dinge, die wir glauben wollen, weil sie uns helfen, unser Leben zu leben. Schließe deine Augen, okay? Geh zurück zu dieser Nacht.«

Ich schloss die Augen, aber alles, was ich sah, war ein greller Scheinwerfer, der mich blendete. Darrell und Kimi auf dem Skidoo. Kimi, die *»wa-che-yeh«* sagte. *Für immer.* Der silberne Schimmer in ihren Augen. Ihre traurigen Augen.

Ich fühlte mich wie in einem Albtraum, in dem ich weder sprechen noch mich bewegen konnte. Unter meiner Schädeldecke begann es zu pochen und ein gequälter Laut kam aus meiner Kehle. Meine Glieder begannen zu zucken und ich merkte noch, wie ich vom Stuhl rutschte.

Jemand schlug mir leicht auf die Wange. »Jacob, *nkosis?* Was ist los mit dir?«

Ich öffnete die Augen und blickte in das besorgte Gesicht meines Vaters. Er kniete am Boden und ich lag halb auf seinen Beinen. Neben mir lag ein umgefallener Stuhl. Ich hatte Mühe, Luft zu bekommen.

»Atme ruhig, entspann dich.«

Ich versuchte es.

»Hast du öfter solche Anfälle, Jacob?«

»Ich … ich hatte sie als Kind, dann nicht mehr. Es ging erst wieder damit los, seit ich hier bin.« Noch ganz benommen, richtete ich mich auf. »Es ist keine Epilepsie, auch wenn es so aussieht. Die Ärzte wissen nicht, woher die Anfälle kommen.«

»Hast du dich wieder an den Unfall erinnert? Kam der Anfall deswegen?«

»Nein. Keine Erinnerung.« Ich schüttelte den Kopf.

»Ich glaube, du musst mit Anak sprechen über diese Anfälle.«

»Mit Anak?« Sollte der Alte mir mit seiner Trommel und viel Rauch die Geister austreiben? Die *weißen* Geister?

»Ja. Du musst etwas über meinen Vater erfahren, deinen Großvater Isaac. Etwas, das kein anderer als Anak dir erzählen kann. Auch wenn es verrückt klingt, aber ich glaube, es hat mit deinen Anfällen zu tun.«

Verwundert sah ich meinen Vater an. »Wieso erzählst du es mir dann nicht?«

»Weil es Anaks Geschichte ist. Seine und die deines Großvaters.«

»Na schön.« Ich war so schrecklich müde, dass ich jetzt ohnehin kein weiteres Drama mehr verkraftet hätte.

»Bist du wieder okay?« Greg stand auf. Er reichte mir seine Hand und half mir auf die Beine.

»Ja. Mir geht es gut.«

»Ich muss dich noch etwas fragen, Jacob.«

Ich sah ihn an.

»Dein Stiefvater … hat er … hat er dich oft geschlagen?«

Ich schüttelte den Kopf. »Er hat mich kritisiert, mich lächerlich gemacht und mir gedroht. Aber bis auf das eine Mal hat er mich nie geschlagen.«

»Okay«, sagte er, sichtlich erleichtert. »Es ist spät, lass uns jetzt schlafen gehen. Über alles andere reden wir morgen.«

Wir gingen ins Haus und mein Vater wünschte mir eine gute Nacht. In der Tür zu meinem Zimmer drehte ich mich noch einmal um: »Greg?«

Fragend sah er mich an.

»Ich hasse dich nicht.«

Ich merkte, wie es in ihm kämpfte. Dann zog er mich an seine Brust. »Schlaf gut, *nkosis.«*

»Du auch.«

Ich lag im Bett und dachte über all das nach, was heute passiert war. Und dann dachte ich an Kimi und an meinen Schneetänzer-Song.

If I never see you again, Wilderness Woman, I want to let you know, I will always carry you inside me.
I am the snow dancer, Lost in nothing, I am the snow dancer
And you are far away from me.
If I never kiss you again, Wilderness Woman, I will be lying in my bed, Unable to sleep forever.
I am the snow dancer, Lost in nothing, I am the snow dancer,
And miss you.
If I never touch you again, Wilderness Woman, It will feel like a fresh wound, No – it's deeper than that.

23

ISAAC

Es war eine furchtbare Nacht. Ich träumte meinen Traum, aber am Ende trat ein großer nackter Bär mit abgeschnittener Tatze zwischen den Bäumen hervor und redete mit menschlicher Stimme zu mir.

»Deinetwegen musste ich sterben, Jacob Cheechoo. Zeige mir, dass ich mein Leben nicht umsonst geopfert habe. Werde der, der du bist.«

Am nächsten Morgen wachte ich schweißgebadet auf. Ich duschte heiß und dann kalt, das half ein wenig. In der Küche duftete es nach Pancakes und frischem Kaffee. Das Radio lief. Mein Vater stand am Herd und hantierte mit der Pfanne.

»Guten Morgen«, sagte ich. »Riecht gut.«

Er zeigte auf eine Packung mit einer Backmischung. »Die mochtest du, als du klein warst. Ich hoffe, dein Pancakegeschmack hat sich nicht geändert.«

»Ich glaube, ich habe nie wieder welche gegessen. Mum hat anscheinend alles vermieden, was mich an mein früheres Leben erinnern könnte. Vielleicht befürchtete sie, Pfannkuchen hätten Triggerwirkung.«

Greg stellte den Teller mit den Pfannkuchen auf den Tisch und setzte sich. Ich goss mir Kaffee ein und setzte mich zu ihm.

»Du siehst aus, als hättest du kaum geschlafen.« Besorgt sah er mich an.

»Hab ich auch nicht.«

Er fragte nicht nach. Daran musste ich mich erst gewöhnen. »Der Anfall gestern«, ich holte tief Luft, »ich hatte auf einmal panische Angst, Kimi zu verlieren. Ich habe Mist gebaut. Ziemlichen Mist.«

»Sie bedeutet dir viel.«

Ich nickte. »Ich mache mir Sorgen. Sie versteckt sich da draußen.«

»Nein, Jacob. Sie versteckt sich nicht, sie *heilt.* Und es gibt Wunden, die brauchen mehr Zeit als andere, bis sie heilen können.«

»Ich muss unbedingt mit ihr sprechen. Kannst du mich zu Darrell bringen, nachdem wir bei Anak im Krankenhaus waren?«

»Der Fluss ist nicht mehr passierbar. Sie haben es gerade im Radio gebracht.«

»Was?« Ich sprang auf und blickte aus dem Küchenfenster. Durch die Bäume und Büsche sah ich am Ufer des Flusses offenes Wasser blinken. *Fuck. Fuck. Fuck.*

»Aber wie kann das sein? Gestern sind Kimi und Darrell doch noch mit dem Skidoo rüber.«

»Manchmal passiert es über Nacht. An einem Tag kann das Eis noch sicher sein, am nächsten nicht mehr. Wir müssen mit dem Helikopter auf die Insel übersetzen. Ich habe *Expedition Helicopters* angerufen, spätestens um zehn sollen wir am Flugplatz sein.«

Das war in einer Dreiviertelstunde. Ich verdrückte in Windeseile drei Pfannkuchen mit Apfelmus und spülte sie mit Milchkaffee hinunter. Dann zogen wir uns an und fuhren zum

Flugplatz. Eine halbe Stunde später saßen wir in einer gläsernen Kugel mit Kufen und einem Propeller. Der Helikopter war ein kleiner, schwarzgläserner Viersitzer und wir saßen hinter dem Piloten. Eine blonde Frau mit Aktentasche stieg noch in die Kabine und nahm vor mir Platz, dann schloss ein Typ in oranger Weste die Glastüren.

Greg prüfte, ob ich mich auch ordnungsgemäß angeschnallt hatte. »Schon mal mit einem Chopper geflogen?«

Ich schüttelte den Kopf.

Der Pilot sagte etwas in sein Headset-Mikrofon und schon heulte die Turbine auf und die Rotorblätter begannen, sich knatternd und pfeifend zu drehen. Die Maschine hob schwankend vom Boden ab und mein Magen machte einen Satz. Der Pilot zog am Steuerknüppel, der Helikopter stieg senkrecht in den Himmel und ich spähte durch die gläserne Tür nach unten.

Unter uns erstreckten sich die nördlichen Wälder, ein bräunlich grüner Teppich. Kein Berg, nicht mal ein Hügel, nur eintöniges flaches Land bis zum Horizont. Der Pilot zog die kleine Maschine schräg in Richtung Fluss und nahm Kurs auf Moose Factory.

Wir flogen über den breiten, noch zugefrorenen Elchfluss. Ich blickte auf das verwirrende Delta mit seinen Flussarmen, Sandbänken und Inseln und machte ein paar Handyfotos. Dann kam Moose Factory Island in Sicht und ich sah, wie klein die bewaldete Insel war, mit ihren wenigen Straßenzügen und Häusern.

Nach fünf Minuten Flug setzten die Kufen des Helikopters auch schon auf einer winzigen Bretterplattform auf. Als die Rotorblätter stillstanden, stiegen wir aus und balancierten an Matschlöchern vorbei zum Flughafengebäude, einem einfachen Trailer, vor dessen Eingang ein großer Hund wachte.

Das war also der Flugplatz von Moose Factory: eine zwei mal zwei Meter große Plattform aus Brettern und ein Trailer. *Wow.*

Greg rief uns ein Taxi und schon wenige Minuten später stiegen wir in einen schlammverkrusteten Wagen, der uns zum Krankenhaus brachte.

»Ich warte in der Cafeteria auf dich, okay?«, sagte Greg.

Anak saß in seinem Bett und eine Frau Mitte fünfzig war gerade dabei, sich von ihm zu verabschieden. Sie grüßte mich mit einem Nicken und huschte an mir vorbei nach draußen. Das zweite Bett im Zimmer war offenbar belegt, derjenige, dem es gehörte, aber gerade nicht da.

»*Wachay,* mein Junge«, sagte Anak. »Sie wollen mich immer noch nicht rauslassen.«

Der Alte sah schlecht aus. Aber vermutlich lag das nicht an den Folgen der Operation, sondern an seinem Seelenzustand. Wie furchtbar musste es ihm gehen, seiner Energie beraubt und gezwungen, in diesem trostlosen Raum zu verharren?

»Greg und ich waren auf Gänsejagd.« Ich gab ihm eine Tupperdose mit Gänsefleisch vom *sagabon* und eine Gabel.

»*Meegwetch*«, sagte Anak, schien sich jedoch nicht zu freuen. Er wollte kein Gänsefleisch geschenkt bekommen, er wollte selber jagen. Ich sah es ihm an und fühlte mit ihm.

»Dein Dad und du, ihr versteht euch also. Das ist gut. Nun kann die Vergangenheit heilen.«

Ich schüttelte den Kopf. »So einfach ist es nicht, *moshum.* Greg will mir nicht erzählen, was in der Unfallnacht passiert ist. Er sagt, meine Erinnerungen sind falsch, und behauptet, ich müsse von selbst zur Wahrheit finden.«

»Er hat recht, mein Junge.«

»Und wenn die richtige Erinnerung an den Unfall nie mehr zu mir zurückkommt?«

»Das wird sie. Es gibt Dinge, die brauchen ihre Zeit.«

»Gestern Nacht, *moshum,* da hatte ich wieder einen Anfall.« Ich erzählte dem Alten, was am Ende des *sagabon* vorgefallen war. »Greg meint, ich solle mit dir darüber reden.«

Anak schloss die Augen und eine Minute verstrich. Dann sah er mich an und nickte. »Ich bin froh, dass du gekommen bist, mein Junge. Ich wollte dir die Geschichte schon früher erzählen, aber ich hatte das Gefühl, du warst noch nicht bereit dafür.

Es gibt Dinge, schreckliche Dinge, die graben sich tief in die Seele eines Menschen. So tief, dass er sie mit seinen Genen an seine Kinder und Kindeskinder weitergibt. In der *St. Anne's Residential School* hat die dunkelste Seite der menschlichen Natur ihren Schatten auf Generationen unseres Volkes geworfen.« Anak tastete nach meiner Hand. »Auch auf deine Familie, Jacob.«

Ich lauschte angespannt, als der Alte mich noch einmal mit leisen Worten mitnahm in die *St. Anne's Missionsschule* in Fort Albany. Diesmal zurück ins Jahr 1958.

»Eines Tages«, begann er, »ich war acht und dein Großvater Isaac neun, stibitzte ich ein Stück Brot, um es einem kleineren Jungen zu geben, der als Strafe nichts zu essen bekommen hatte. Der kleine hatte furchtbaren Hunger und ich ertrug sein Schluchzen nicht länger. Doch er wurde dabei erwischt, wie er heimlich aß, und ihm wurden Schläge angedroht, wenn er nicht offenbarte, wer ihm das Stück Brot gegeben hatte.«

Anak sah mich an und in seinen Augen stand etwas, das alt war, aber nichts von seiner Intensität verloren hatte. »Ich hatte Angst, Jacob«, sagte er und drückte meine Hand, »große schwarze Angst. Denn ich wusste, was mir blühte. Deshalb dauerte es eine Weile, bis ich den Mut aufbrachte, mich zu melden. Doch in dem Moment, als ich bereit war und es tun wollte, trat Isaac vor und nahm die Schuld auf sich. Seine Strafe, Jacob, war der elektrische Stuhl.«

Mir war, als hätte ich einen Tritt in die Magengrube erhalten, und ich stieß einen ungläubigen Laut aus. Hatte ich ihn richtig verstanden? Das musste ein Irrtum sein. Doch als Anak weitersprach, begriff ich schockiert, dass ich mich nicht verhört hatte.

»Die katholischen Nonnen und Priester unserer Schule hatten einen elektrischen Stuhl konstruiert, auf dem sie uns Kindern elektrische Stöße versetzten, um uns das Indianersein auszutreiben.«

Als Anak einen tiefen Atemzug machte, wurde mir bewusst, dass ich die ganze Zeit die Luft angehalten hatte.

Tränen rannen aus Anaks Augen und seine Stimme bebte, als er fortfuhr. »Ich werde es nie vergessen, Jacob, wie Isaac auf diesem Teufelsding saß, zuckte und zappelte und mit den Augen rollte. Wie die Priester und Nonnen lachten und vor Vergnügen in die Hände klatschten, als er den Raum danach mit zuckenden Bewegungen verließ, weil seine Gliedmaßen ihm noch nicht wieder gehorchten.«

Ich schluckte und wischte mit beiden Händen über mein Gesicht. Es war nass. Tränen strömten auch über meine Wangen. Es war unerträglich, was Anak da über meinen Großvater erzählte, doch ich begriff, warum mein Vater mich hergefahren hatte, um mit Anak zu reden. Ich verstand, was diese Geschichte mit mir zu tun hatte, denn jetzt ergaben meine Anfälle einen Sinn. Einen, der in den Molekülen meiner DNA verborgen lag.

»Damals, Jacob, ging etwas in Isaac entzwei. Die Priester und

Nonnen hatten sein Wesen zerstört und nichts konnte den Menschen zurückbringen, der er davor gewesen war. Ich habe mich oft gefragt, was für Menschen das waren, die Erfüllung darin fanden, hilflose Kinder zu quälen. In ihnen muss das Böse gewohnt haben. Eine andere Antwort darauf habe ich nie gefunden«, endete Anak mit einem Ausdruck bitterer Traurigkeit auf dem Gesicht.

»Was ... was ist mit meinem Großvater passiert?« Ich schluckte und hatte das Gefühl, als hätte ich einen spitzen Stein im Hals. »Du hast gesagt, er verschwand im Busch.«

Anak nickte. »Ich habe dir ja schon erzählt, dass ich versuchte, Isaac zu helfen. Mit der Trommel und unseren alten Liedern. Wir saßen im Tipi, tranken Tee und erzählten Geschichten. Wir lachten und weinten und dein *moshum* schnitzte das Wolfsamulett.«

Instinktiv fasste ich an meine Brust, auf der der Wolf aus Horn lag, warm und glatt. Auf einmal konnte ich ihn spüren, als wäre er lebendig geworden, so wie mein Großvater für mich in Anaks Worten lebendig wurde.

»Eine Weile schöpfte ich Hoffnung. Doch Isaac veränderte sich, und nicht zum Guten. Der Wahnsinn bemächtigte sich mehr und mehr seines Geistes. Irgendwann behauptete er, ein *Bearwalker* zu sein, ein Mann, der sich selbst in jedes beliebige Tier verwandeln konnte. Und bald hatte dein Großvater kaum noch etwas Menschliches an sich.«

Anak erzählte, dass er manchmal Angst vor Isaac hatte und immer mit einem Messer unter seinem Kopfkissen schlief.

»Doch das Kind in ihm, Jacob, das existierte noch, und manchmal, da sprach es aus ihm zu mir. Auf diesem elektrischen Stuhl hat dein *moshum* den Glauben an die Menschen und das Leben verloren. Schon damals wusste er, dass es für diese Bruchstelle keine Heilung geben würde. Dass der Riss sich auch durch das Leben derer ziehen würde, die nach ihm kamen. Das sagte er mir da draußen in meinem Haus am Fluss. Dein *moshum* bereute zutiefst, was er seiner Frau und seinem Sohn angetan hatte. Doch manche Dinge lassen sich nicht ungeschehen machen oder nur auf grausame Weise. Am nächsten Morgen war Isaac verschwunden und ich habe ihn nie wiedergesehen.«

Anak versank in Schweigen und ich wagte nicht, es durch eine Frage zu brechen. Aber Anak sah sie in meinen Augen und nickte. »Natürlich habe ich nach ihm gesucht, Jacob. Tagelang. Und auf einem meiner Streifzüge fand ich das Amulett, das du um den Hals trägst. Ich bückte mich, um es aufzuheben, und sah das getrocknete Blut darauf.«

Ich keuchte leise. Das Amulett brannte auf meiner Brust.

»Als ich mich wieder aufrichtete«, fuhr der Alte fort, »stand plötzlich ein großer grauer Wolf vor mir. Ich hob mein Gewehr, doch er rührte sich nicht, lief nicht weg. Er sah mich nur an, sah mich an mit Isaacs Augen. Wir standen lange so, bis der Wolf sicher war, dass ich verstanden hatte.« Anak seufzte. »In den Jahren danach habe ich diesen Wolf immer mal wieder gesehen. Und eines Tages, als meine Hündin Keeoki Junge bekam, sah ein Welpe in ihrem Wurf genauso aus wie dieser graue Wolf.«

»Shadows Großvater«, flüsterte ich.

Der Alte nickte. »Damals war dein Dad nur wenig älter als du jetzt. Greg war ein Leben lang wütend auf seinen Vater gewesen und hatte seiner Mutter das Leben nicht leicht gemacht. Als deine Großmutter starb, war ich auf ihrer Beerdigung und ich sah Greg an, dass er dabei war, den falschen Weg einzuschlagen.

Ich nahm ihn mit in den Busch und gab ihm das Amulett seines Vaters. Isaac hatte seinem Sohn nie erzählt, was ihm in der Missionsschule widerfahren war.

»Aber wieso nicht?«, entfuhr es mir. »Vielleicht hätte mein Vater ihm dann verzeihen können?«

»Aus Scham, Jacob. Weil dein *moshum* es nicht geschafft hatte wegzulaufen, bevor die Nonnen und Priester ihm das antun konnten. Wir lernten in *St. Anne's*, uns selbst zu hassen, und verließen die Schule mit dem Gefühl, nichts wert zu sein.«

Ich stand auf und sah aus dem Fenster hinaus auf den Fluss. Es war eine furchtbare Geschichte, aber ich war froh, dass Anak sie mir erzählt hatte. Denn sie verband mich mit meiner Familie, meinem Volk. Nun konnte ich meinen Vater besser verstehen. Warum er zum Alkohol gegriffen hatte, wenn die Probleme ihm über den Kopf zu wachsen drohten. Aber ich verstand auch meine Mum besser. Sie musste von dieser Geschichte gewusst haben und hatte versucht, mich vor diesem Teil meines Cree-Erbes zu bewahren. Vielleicht hatte sie ja ursprünglich vorgehabt, mir von meinem Vater zu erzählen. Aber nach dem Unfall hatte ich eine Amnesie und bekam diese Anfälle. Es musste ein Albtraum für sie gewesen sein. Also hatte sie geschwiegen.

»Ich erzählte deinem Vater die ganze Geschichte«, sagte Anak. »Und Greg wollte von mir alles über die Wildnis und die Jagd wissen. Damit er, wovor auch immer, weglaufen und im Busch überleben konnte. Das Amulett hat ihn all die Jahre beschützt. Und dann gab er es an dich weiter, damit es dich beschützen konnte. Er hat mal zu mir gesagt, dass es das Wichtigste sei, unsere Kinder zu beschützen, damit sie in Zukunft nie wieder einer solchen Willkür ausgesetzt werden. Und, Jacob ... es war schlimm für Greg, nicht zu wissen, wie es dir all die Jahre ergangen ist.«

Ich wandte mich um und setzte mich wieder zu Anak aufs

Bett. »Ja, das hat er mir gesagt und ich glaube ihm. Danke, *moshum,* dass du mir die Geschichte erzählt hast. Jetzt verstehe ich so vieles besser.«

Anak legte seine Hand auf meine. »Ist dein Vater hier?«

»Ja, er wartet unten in der Cafeteria auf mich. Wir wollen noch bei Darrell vorbeifahren. Ich muss mit Kimi sprechen. Ihr sagen, dass ich …« Anak runzelte die Stirn und ich hörte auf zu reden.

»Aber die beiden sind heute Morgen fort«, sagte er.

»Fort?« In mir krümmte sich alles zusammen.

»Kimi hält es nie lange aus in Moose Factory. Darrell wollte sie zurück ins Blockhaus bringen und gleich weiterfahren ins Gänsecamp seiner Familie.«

»Woher weißt du das?«

»Das war Darrells Mutter, die mich vorhin besucht hat.«

»Aber der Fluss ist nicht mehr befahrbar.«

»Sie sind mit dem Chopper geflogen.«

Ich versuchte, mir das vorzustellen. Kimi im Hubschrauber. Wie bezahlte sie das? Allein die fünf Minuten vom Festland auf die Insel kosteten über fünfzig kanadische Dollar.

»Die Liebe kann sehr wehtun, Jacob«, sagte Anak. »Vor allem, wenn man so jung ist wie du.«

Und wie es wehtat. Ich bekam keine Luft mehr, so weh tat es. »Ich muss jetzt los«, sagte ich und war schon halb zur Tür hinaus.

»Grüß deinen Dad«, rief Anak mir noch nach.

Mein Vater stand vor dem Krankenhaus und telefonierte. Mit Pauline, seiner Freundin, nahm ich an, denn er sah glücklich aus. Als er mich kommen sah, sagte er *»Ki-sa-kee-tin«* ins Telefon und beendete sein Gespräch.

Fragend sah er mich an.

»Anak hat mir alles erzählt und ich möchte mit dir darüber reden. Ich habe Fragen. Aber zuerst muss ich zu Anaks Hütte.«

»Zu Anaks Hütte oder zu Kimi?«, fragte Greg mit einem warmen Lächeln.

»Bitte, es ist lebenswichtig. Ich muss noch etwas in Ordnung bringen, bevor ich zurück nach Deutschland fliege.«

Mein Vater schüttelte den Kopf und ich sah all meine Felle davonschwimmen. Die finstere Verzweiflung muss mir im Gesicht gestanden haben, denn er sagte dann doch: »Okay. Lass mich ein paar Anrufe machen. Aber ich kann nichts garantieren.«

Ich brachte kein Wort heraus. Greg gab mir Geld und schickte mich in die Cafeteria, um ein Sandwich und Kaffee für mich zu holen. Wie in Trance erstand ich ein Käsesandwich. Bat alle guten Cree-Geister um Beistand.

Als ich mit Kaffee und Sandwich wieder nach draußen trat, sah ich, dass Greg immer noch redete. Dann lachte er, beendete das Gespräch und schob sein Handy in die Jackentasche.

»Wenn wir um sechzehn Uhr in Moosonee am Flugplatz sind, dann können wir mit zwei Field Officers mitfliegen. Zweimal am Tag fliegen sie flussaufwärts, um zu schauen, ob Hochwasser droht.«

»Wir?« Ich sah meinen Vater entgeistert an. Ich mochte ihn wirklich, aber bei dem, was ich vorhatte, wollte ich mit Kimi allein sein.

»Sie setzen dich an Anaks Hütte ab und mich im Camp Ajuawak. Morgen Nachmittag nehmen sie uns wieder mit nach Moosonee. Ist das genug Zeit für dich, um es in Ordnung zu bringen?«, fragte er mit einem Augenzwinkern.

»Danke, Dad«, sagte ich und hätte ihn umarmt, wenn ich nicht einen Kaffeebecher in der Hand gehalten hätte.

Mein Vater sah mich an, erschüttert, doch auf seinem Gesicht zeichnete sich eine wortlose Freude ab.

Ich hatte es gesagt. Ich hatte *Dad* gesagt.

Wir flogen zurück nach Moosonee und zu Hause nahm ich ein paar Sachen aus meiner Tasche, die ich für die eine Nacht nicht brauchen würde.

»Ist es auch wirklich okay für dich, dass ich noch einmal fort bin für eine Nacht und einen Tag?«, fragte ich meinen Dad, als wir am Nachmittag wieder zum Flugplatz fuhren.

»Liebst du Kimi?«, fragte er, statt mir zu antworten.

»Ja«, sagte ich. »Wie verrückt.«

»Fehler zu machen, ist menschlich, Jacob«, sagte er. »Fortzugehen, ohne sie begriffen zu haben, ist dumm. Du bist nicht dumm, *nkosis.* Und es ist okay für mich, dass du das Richtige tust.«

»Ki-sa-kee-tin«, sagte ich. »Heißt das: Ich liebe dich?«

Er nickte lächelnd.

Als wir in der Luft waren, sagte Dad etwas zu Philipp, dem Piloten, und der flog daraufhin einen großen Bogen in Richtung James Bay. Ich sah riesige Eisflächen auf dem Wasser schwimmen, aber auch tiefblaue Stellen, wo es bereits geschmolzen war. Als wir wieder landeinwärts bogen, wies mein Vater nach unten auf eine kleine Insel.

»Jacob Island«, sagte er. »Dort haben wir dich gezeugt.«

Ich grinste.

Eine Stunde später stand ich in Anaks Hütte. Kimi war nicht da, aber im Kamin glühten drei dicke Scheite und auf dem Tisch lagen Obst und frisches Gemüse. Weit konnte sie also nicht sein. Mit Sicherheit hatte sie den Hubschrauber gesehen oder gehört und ich rechnete damit, dass sie jederzeit zur Tür hereinkam.

Ich fütterte das Feuer im Kamin und im Holzofen. Es war kalt im Blockhaus, weil es ein paar Tage unbewohnt gewesen war. Dann verstaute ich die Lebensmittel und holte einen Armvoll Holz herein. Feuerte den Herd an und kochte eine Kanne Tee. Merkte, mit welcher Selbstverständlichkeit ich das tat. Wie sehr ich mich in Anaks kleinem Blockhaus zu Hause fühlte. Und wie unsagbar aufgeregt ich der Begegnung mit Kimi entgegensah.

Meine Aufregung stieg noch einmal sprunghaft, als mir in den Sinn kam, dass Darrell vielleicht ebenfalls hier war. Konnte ja sein, dass er Kimi nicht allein lassen wollte. Aber ein Abend zu dritt war ganz bestimmt nicht das, was ich mir pausenlos ausmalte. Vielleicht musste ich mich ja mit Darrell prügeln.

Ich hüpfte ein bisschen auf den vorderen Fußballen auf der Stelle und verteilte Boxhiebe an einen unsichtbaren Gegner. Als ich fünfzehn war, hatte ich mal ein paar Monate im Ring trainiert, war dann jedoch zu dem Schluss gekommen, dass Boxen nicht mein Ding ist. Aber wenn es darauf ankam, konnte ich ein paar Haken austeilen.

Nein, dachte ich. Du hast in deinem ganzen Leben noch niemanden geschlagen und wirst jetzt nicht damit anfangen. Ich lief im Hauptraum auf und ab, spähte immer mal wieder aus dem kleinen Fenster neben der Spüle und versuchte, mir ein paar Worte zurechtzulegen.

Was ich Kimi sagen wollte, hatte ich schon in der vergangenen Nacht eingeübt. Aber was würde ich Kimi *und* Darrell sagen?

24

KI-SA-KEE-TIN

Kimi roch den Rauch, noch bevor sie ihn aus dem Schornstein des Kamins steigen sah. Sie hatte auch den Helikopter gehört, war aber zu weit weg gewesen, um mit Sicherheit sagen zu können, ob er gelandet war oder nicht. Schon den ganzen Tag flogen Helikopter den Fluss entlang, wie in jedem Frühjahr, wenn das Brechen des Eises nahe bevorstand. Shadow war dann immer ganz aus dem Häuschen und sie war froh, dass er die Helikopter nicht anbellte, das verboten ihm seine Wolfsgene.

Shadow rannte vor ihr her und sie lief schneller. War Anak wieder da? Aber hatte Darrells Mutter nicht gesagt, er müsse noch ein, zwei Tage im Krankenhaus bleiben? Vielleicht war er den Ärzten und Schwestern so furchtbar auf die Nerven gegangen, dass sie seinem Drängen schließlich doch nachgegeben hatten. Es war die Zeit der Gänse und der alte Mann würde nicht eher Ruhe geben, bis er mit dem Gewehr im Anschlag in seinem Unterstand auf der Lauer saß.

Aber nein, es war nicht Anak und Kimi wusste es. Sie hatte wieder von Jacob geträumt in der vergangenen Nacht. Beim Gedanken an ihren Traum begann ihr Herz zu flattern, so stark, dass sie einen Moment innehalten musste, um sich zu wappnen. Denn es war ein unfertiger Traum gewesen. Sie hatte keine Ahnung, wie ihre Begegnung ausgehen würde.

Als Kimi die Tür aufstieß und Jacob vor dem Kamin knien sah, stieß sie einen kleinen Seufzer aus. Am liebsten wäre sie ihm sofort um den Hals gefallen, doch sie konnte sich gerade noch zurückhalten.

»Was machst du hier?«, fragte sie schroffer als beabsichtigt.

Jacob sah zu ihr hoch. »Ich freu mich, dich zu sehen, Kimi.« Er stand auf und sah ihr ins Gesicht. Seine Freude wandelte sich langsam in Enttäuschung. »Ich … herzukommen war wohl doch keine so gute Idee, schätze ich. Keine Angst, ich bleibe nur bis morgen Nachmittag, dann holen mich die Field Officer wieder ab.«

»Warum bist du hier, Jacob?«, wiederholte Kimi ihre Frage, diesmal weniger streng. Ihr Herz klopfte so wild, dass es schmerzhaft gegen ihre Rippen schlug und ihr das Atmen schwer machte.

»Kannst du dir das nicht denken?«

Kimi schloss die Tür hinter sich und schälte sich aus ihren Wintersachen. Sie war mit leeren Händen gekommen.

»Ich habe versucht, dein Verhalten zu verstehen, Jacob. Aber es ist mir nicht gelungen.«

»Ki-sa-kee-tin«, sagte er. Jacob hatte die Worte nicht richtig betont, aber das nahm ihnen nichts von ihrer Wirkung. *Ich liebe dich.* War er gekommen, um ihr das zu sagen?

»Gerade hatte ich mich damit abgefunden, dich niemals wiederzusehen, Jacob. Nun beginnt alles von vorn.«

»Deshalb bin ich ja hier, Kimi. Damit wir noch einmal von vorn beginnen können.«

Kimis Herz hämmerte laut in ihrer Brust. Meinte Jacob das ernst? Und wie hatte er sich das gedacht?

Sie goss sich einen Becher Tee ein, den Jacob gebrüht hatte.

Schön stark, so wie sie ihn mochte. »Wie stellst du dir das denn vor?«, fragte sie vorsichtig.

»Ich fliege zurück nach Deutschland und mache meine Abschlussprüfungen«, antwortete Jacob mit leuchtenden Augen. »Danach komme ich wieder. Hierher, zu dir. Ich hoffe, dass ich erst mal ein Visum bekomme, immerhin bin ich ein halber Cree. Wenn das nicht funktioniert, musst du mich eben heiraten.« Nun grinste er breit.

»Ich soll dich heiraten?«, fragte Kimi mit einer hochgezogenen Augenbraue. »Mir scheint, aus dir ist in den letzten Tagen doch noch ein richtiger Cree geworden. Wenn die Jungs aus Moosonee und Moose Factory mit einem Mädchen ins Bett wollen, dann reden sie auch von Heiraten. Und wenn das Mädchen dann schwanger ist, lassen sie es sitzen.«

Meine Wangen glühten. Kimi war ohne Umschweife auf den Punkt gekommen, damit hatte ich nicht gerechnet. »Ich …«, setzte ich an, doch auf einmal lachte sie, lachte laut und Tränen liefen ihr über das Gesicht.

Ich war mit zwei Schritten bei ihr, nahm ihr den Teebecher aus der Hand und stellte ihn ab. Ich betrachtete sie, ihr ovales Gesicht, gerahmt von langem schwarzem Haar, ihre Wahnsinnsaugen, die jetzt wieder diesen silbernen Schimmer hatten. Dann küsste ich sie, küsste sie mit meiner ganzen Seele. Und ihr Körper reagierte auf diesen Kuss.

Mein Verstand sagte: Geh es ruhig an, Jacob. Doch mein Körper sagte etwas ganz anderes. Ich versuchte, das Verlangen zurückzudrängen, das mich überschwemmte, doch Kimi nahm mich an der Hand und zog mich in die Kammer, wo es inzwischen mollig warm war.

»Bevor wir heiraten, sollten wir einmal getestet haben, ob wir wenigstens im Bett zusammenpassen«, sagte sie mit einem spöttischen Funkeln in den Augen. »Oder meinst du nicht?«

Ich schluckte. Unnötig meine sorgsam zurechtgelegten Worte. Unnötig meine subtil geplante Verführung. Kimi zog ihr Flanellhemd aus und dann ihr T-Shirt. Darunter trug sie ein Funktionsunterhemd, das eng am Körper anlag. Mein Herz pochte wie der Schlag einer Trommel.

»Du könntest auch etwas ausziehen«, sagte sie. »Dann wird es einfacher für mich.« Dabei klang ihre Stimme längst nicht mehr so selbstsicher, wie sie sich gab. Abwartend sah sie mich an.

Diesmal würde ich nichts falsch machen. *Nichts.* Ohne zu zögern, griff ich mir in den Nacken und zog Hemd und T-Shirt gleichzeitig über den Kopf. Bei dieser Bewegung spürte ich ein leichtes Stechen in meiner linken Schulter, das mich an den Bären erinnerte und damit an all die Dinge, die in den vergangenen drei Wochen passiert waren. Die wirklichen und die unwirklichen. Wobei das eine vom anderen manchmal nicht zu unterscheiden gewesen war.

Das hier ist wirklich, dachte ich.

Wir schlüpften aus unseren restlichen Kleidern, bis wir einander in Boxershorts und Slip gegenüberstanden. Kimi trug einen zartblauen, spitzenbesetzten Slip, ein Anblick, der mich für einen Moment völlig aus der Fassung brachte.

Sie lachte über mein Gesicht. »Was hast du denn erwartet? Einen Lendenschurz aus Kaninchenfell?«

Keine Ahnung, was ich erwartet hatte, jedenfalls hatte sie dieses Ding noch nicht getragen, als ich sie das erste Mal ausgezogen hatte, nachdem sie ins Eis eingebrochen war.

Mein Blick glitt über Kimis glatte Haut und die vollkommene

Wölbung ihrer kleinen Brüste neben dem hellen, wulstigen Narbengewebe. Ich sagte nichts, sah aber auch nicht weg.

Kimi atmete tief ein. Ihr vor Erregung gerötetes Gesicht war angespannt und in ihren Augen blitzte der Blick eines verwundeten Tieres auf, den ich inzwischen nur zu gut kannte.

»Sie sind furchterregend«, bemerkte sie leise.

»Hey«, sagte ich und fasste nach ihren Händen. »Ich fürchte mich ja vor einer Menge Dinge, aber ganz bestimmt nicht vor ein paar Narben. Für mich bist du wunderschön, so wie du bist, Kimi. Du brauchst dich nicht zu schämen. Nicht vor mir und vor keinem anderen. *Ki-sa-kee-tin«*, flüsterte ich.

Das hatte ich zuvor noch bei keiner gedacht, geschweige denn ausgesprochen. Und nun tat ich es schon zum zweiten Mal.

»Darf ich dich berühren?« Meine Kehle bebte.

»Ja, Jacob.«

Ich legte meine Hände an Kimis Hüften und zog sie an mich heran, bis kein bisschen Luft mehr zwischen uns war. Ich erschauerte.

»Ich muss dir noch etwas sagen.« Kimis Atem kitzelte an meinem Ohr. »Nachdem der eine mich verschmäht hatte, schlief ich mit anderen Jungen, denen meine Narben egal waren. Die mir egal waren.«

»Schschsch«, murmelte ich in ihr Haar. »Mach dir keine Gedanken, es ist alles in Ordnung.«

Kimis Herz pochte im wilden Rhythmus gegen meine Brust. Nun musste nichts mehr gesagt werden. Unsere unausgesprochenen Worte wurden zu Küssen. Kimis Zunge wanderte in meinem Mund umher, um jeden Winkel zu erforschen. Dabei glitt sie immer wieder über die Kanten meiner Zähne. Ich wurde bald verrückt, so sehr wollte ich sie, doch ich zwang mich, ihr die Zeit zu geben, die sie brauchte. Unsere Münder bewegten sich quälend langsam aufeinander.

Schließlich ließen wir uns aufs Bett fallen und schlüpften unter die weiche Schneehasendecke, die wir bis über unsere Köpfe zogen. Unsere letzten Hüllen fielen. Meine Hände und mein Mund erkundeten Kimis samtweiche Brüste und erspürten narbenbedeckte Haut. Doch was ich auch erfühlte, es gehörte zu ihr und ich mochte alles an meinem Waldmädchen. Ich empfand ein Verlangen, das ich so noch nicht gespürt hatte. Gab mir alle Mühe, mich davon nicht überwältigen zu lassen, auch wenn unsere Küsse nun wilder und der Sauerstoff unter der Decke allmählich knapp wurde.

Schließlich war es Kimi, die die Decke wegzog, und wir machten beide einen tiefen Atemzug, der in ersticktem Kichern endete. Kimis Wangen waren gerötet und ich hoffte, der Grund war nicht nur Sauerstoffmangel.

»Nicht weglaufen, okay?« Ich stand auf, um ein Kondom aus meiner Tasche zu holen. Ich hatte mir ganz bewusst kein Gummi in die Hosentasche gesteckt, weil es nicht den Anschein haben sollte, als wäre ich deswegen gekommen. Natürlich hatte ich gehofft, aber … Ich kramte, suchte vergeblich in der Seitentasche und wollte schon an mir selbst zweifeln, als ich hinter mir ein Glucksen hörte. Mit gerunzelter Stirn drehte ich mich zu Kimi um.

»Suchst du vielleicht die hier?« Sie hielt ein geschnitztes Holzkästchen in der Hand, darin lagen meine schwarzen Kondom-Tütchen *Made in Germany – Gefühlsecht für maximalen Spaß*.

»Du hast mich beklaut«, stieß ich perplex hervor und merkte, wie meine Wangen brannten. Kimi hatte *alle* an sich genommen, es waren mindestens zehn Gummis, und ich sah das funkelnde Vergnügen in ihren Augen, mich nackt rot werden zu sehen.

»Ich wollte sie immer zurück in deine Tasche stecken, aber dann wurde Anak krank und ich habe es vergessen. Und plötzlich warst du fort.«

»Wieso hast du meine Sachen durchsucht?« Ich setzte mich zu ihr auf die Bettkante.

»Als Anak dich ins Haus brachte, musste ich doch wissen, ob du ein gefährlicher Irrer bist.«

»Und, zu welchem Schluss bist du gekommen?«

»Ich weiß nicht. Aber wer nur mit Kondomen bewaffnet in den Busch geht, ist vermutlich ein harmloser Irrer mit einem ungeheuren Optimismus. Ich dachte, du bist gekommen, um deinen Vater zu treffen. Was hattest du denn eigentlich vor in Moosonee, Jacob Cheechoo?«

Ich fischte ein knisterndes Tütchen aus dem Kästchen. »Genau das, was ich jetzt tun werde«, murmelte ich entschlossen. »Mit einem echten Waldmädchen schlafen.«

Ich kroch wieder zu Kimi unter die Decke und kitzelte sie zur Strafe ein bisschen. Ihr Lachen wurde bald zu einem Keuchen, und als wir beide so weit waren, streifte ich mir das Gummi über und schob mich zwischen ihre Beine.

»Kann ich?«, murmelte ich, meine Nase an ihrem Hals.

»Jacob«, keuchte sie, »warte!«

Ich hielt inne und küsste sie sanft. Küsste eine Spur von ihrem Hals bis zu ihren kleinen Brüsten und berührte sie mit der Zunge. Dachte: Nein, Kimiwan Hunter, Aufhören ist nun keine Option mehr. Ich wollte es so sehr. Und doch hob ich den Kopf und sah ihr fragend in die Augen.

»Waldmädchen können gefährlich sein«, murmelte sie mit rauer Stimme.

»Ich weiß«, erwiderte ich lächelnd.

»Liebe mich, Jacob. Liebe mich mit deiner ganzen Seele.«

Und das tat ich.

Kimi hatte sich gefragt, wie es sein würde, sich vor Jacobs Augen auszuziehen. Obwohl er ihre Brandnarben ja schon gesehen hatte, war die Angst, ihm nicht zu gefallen, übermächtig gewesen. Tapfer hatte sie seinem Blick standgehalten, doch sie hatte sich unnötig gequält. Jacob machte alles richtig. Er fasste sie behutsam an, aber nicht unbeholfen. War einfach da, mit seinem warmen Körper, seiner Zärtlichkeit und seiner Lust.

Anfangs war Kimi noch befangen, doch Jakobs sanfte Art heilte ihre Wunden. Unter seinen Küssen und seinen wissenden Händen hatte sie das Gefühl, aus einem langen Schlaf zu erwachen, und ihr wurde klar, dass Jacobs Körper der Ort war, an dem sie nicht tapfer zu sein brauchte. Sie konnte diesem Jungen vertrauen, und das war mehr, als sie erwartet hatte von einem *man-tay-o,* einem Fremdling, den ein Traum ihr geschickt hatte.

Jede Zelle in Kimis Innerem erwachte unter Jacobs Lippen und Händen zu neuem Leben, bis sie einzig und allein ihn spürte, mit all seiner zärtlichen Liebe. Das fühlte sich wunderbar an. So wie sonst nichts.

Später lag Kimi erschöpft in Jacobs Arm. Nun war es also geschehen. Es fühlte sich an, als wäre sie aus ihrem alten Körper in einen neuen geschlüpft. Die Narben waren noch da, aber den Schmerz, den spürte sie nicht mehr. Jacobs Körper konnte heilen.

»Ki-sa-kee-tin«, flüsterten ihre Lippen tonlos an seinem Hals.

Ich liebe dich auch. Sie stützte sich auf einen Ellenbogen und sah ihn an. Auf seinem Gesicht lag immer noch ein Lächeln. Kimis Herz war still geworden.

»Hey«, sagte er und strich ihr mit dem Daumen über die Lippen. »Ich glaube nicht, dass ich schon mal was Schöneres erlebt habe als das hier.« Er zog sie zu sich herab und küsste sie. »Geht es dir gut?«

»Ja«, flüsterte sie schlicht, denn mit Worten konnte sie nicht beschreiben, wie gut sie sich fühlte. Doch Jacob schien noch etwas zu erwarten. »Als ich dich fragte, was du kannst, Jacob, da hast du mir offensichtlich ein wichtiges Talent verschwiegen.«

Er grinste und sagte: »Danke. Es ist schön, wenigstens etwas gut zu können.«

Kimi musste über sein zufriedenes Gesicht lächeln. Trotzdem nistete Beklemmung in ihrer Brust, es war ein dumpfer Schmerz in der Herzgegend. »Wirst du denn auch wirklich wiederkommen?«, fragte sie ihn mit banger Stimme.

»Das werde ich.« Zärtlich strich Jacob ihr eine Haarsträhne hinter das Ohr. »Mein Dad hat mir erklärt, was *aykinaskiyan* bedeutet. Ich verspreche dir, meine Worte sind wahr und für immer. Aber eins solltest du wissen.« Jacob holte tief Luft. »Aus mir wird nie ein Jäger werden.«

Kimi blickte in seine gründunklen Augen. »Früher«, sagte sie ernst, »musste ein guter Liebhaber auch ein guter Jäger sein. Beide Fähigkeiten waren von gleich großer Bedeutung für eine Cree-Frau, denn von seinen Liebeskünsten konnte ein Mann keine Familie ernähren.«

»Früher?«, fragte er mit gerunzelter Stirn. »Und heute?«

Kimi beugte sich über den skeptisch blickenden Jacob und gab ihm einen Kuss. »Keine Angst, ich bin eine emanzipierte

Frau und habe keine Probleme mit vertauschten Rollen. Wenn du kochst, abwäschst und die Kinder großziehst, werde ich gerne jagen und für unseren Lebensunterhalt sorgen.«

Jacobs Augen wurden immer größer.

Kimi lachte und küsste ihn noch einmal. »Ich mag dich, weil du so bist, wie du bist, Jacob. Und zwar vom ersten Tag an.«

»Wenn das wahr ist, dann hast du es gut zu verbergen gewusst«, bemerkte ich vorsichtig.

»Ja, und das war ungeheuer anstrengend.« Kimi lächelte. Ihr Haar streifte meine Brust. »Du riechst so gut und du hast wunderschöne Zähne.«

»Schöne Zähne?«, fragte ich entgeistert. Dann musste ich grinsen. Die Qualen von Kieferorthopäde und Spange waren also nicht umsonst gewesen. Kimi überraschte mich immer wieder.

Plötzlich wurde sie ernst und Tränen stiegen in ihre Augen.

»Hey«, sagte ich bestürzt, »was ist denn los?«

»Jacob«, ihre Stimme verhakte sich in ihrer Kehle, »ich gehöre zu diesem Land. Daran hat sich nichts geändert.«

Ich zog sie an mich, vergrub meine Nase in ihrem Haar und umarmte sie fest. »Ja«, flüsterte ich, »aber von nun an gehörst du auch zu mir.«

Kimi hatte mir das Wertvollste geschenkt, was sie besaß: ihr Vertrauen. Ineinander verschlungen redeten wir über alles, was uns bedeutend erschien. Später aßen wir in der Pfanne gebackenes Bannock und tranken schwarzen Tee mit viel Zucker. Wir liebten uns noch einmal und schliefen danach erschöpft ein, erfüllt von unserer gemeinsamen Wärme.

In der Nacht wachte ich auf, weil in der Ferne die Wölfe heulten und Shadow ihnen von der Veranda aus antwortete. Der durchdringende Ton jagte mir einen Schauer nach dem anderen über den Rücken. Kimis Bett war ein sicherer Ort, doch die Wildnis mit ihren Zähnen und Klauen war da draußen, für einen berauschenden Moment hatte ich das vergessen.

Es war kalt geworden in der Kammer, aber als Kimi sich an mich schmiegte, spürte ich die Kälte nicht mehr. Ihr Körper an meinem war wie ein brennendes Feuer. Ihre Wärme drang durch meine Haut bis ins Blut, drang bis auf die Knochen und setzte sich ihn mir fest. Ohne Kimis Wärme würde ich nicht mehr sein können.

Wir machten Licht und fütterten den Ofen und das Feuer im Kamin. Dann redeten wir weiter. Bis die Sehnsucht unserer Körper unsere Worte verstummen ließ und wir noch einmal zueinanderfanden. Zusammen mit Kimi fühlte ich all das, wonach ich mich immer gesehnt hatte. Und verspürte den Wunsch, sie niemals wieder verlassen zu müssen, nicht einmal für ein paar Wochen.

Ich wollte sie vor dem *whe-tiko* beschützen, vor der Kälte, dem Hunger und allem Bösen, in welcher Form auch immer und für alle Ewigkeit.

Das also war die Liebe.

25
WHE-TIKO

Dieses Wissen auszuhalten, dass Kimi und mir heute nur noch ein paar gemeinsame Stunden blieben, war schwerer als alles, was ich bisher aushalten musste. Im Licht des Tages gingen wir seltsam scheu und vorsichtig miteinander um, waren gefangen in einem Gefühl von Unwirklichkeit. Es war, als ob die schützende Decke der Nacht fehlte, unter der wir den nahenden Abschied vergessen konnten.

»Kimi«, sagte ich und strich ihr eine Haarsträhne aus der Stirn. »Anak ist fast so weit, ins Camp Ajuawak umzusiedeln.«

»Wirklich?«, fragte sie. »Bisher hat er nichts davon hören wollen.«

»Mein Dad hat mit ihm gesprochen. Anak könnte Ende des Sommers in ein neues Blockhaus ziehen.«

»Und Shadow?«

»Ist mehr als willkommen. Und du bist es auch, das weißt du. Pauline möchte, dass du für sie arbeitest.«

»Und was ist mit dir?«

»Ich war zwar noch nie dort, aber mein Vater hat mir erzählt, wie schön dieser Ort ist. Häuser mit fließend Wasser und ein Funktelefon. Die Nähe zu den Gleisen des *Polar Bear Express.* Die Kids und Freunde, die zu Besuch kommen. Das hört sich ziemlich gut an. Ich würde es gerne versuchen.«

»Du meinst es wirklich ernst, nicht wahr?«

»Ich will mit dir zusammen sein, Kimi. Ich weiß, ich habe eine Weile gebraucht, das zu begreifen. Aber ich glaube, dass es möglich ist.«

Als ich von meinem morgendlichen Gang zum Klohäuschen zurückkehrte, hörte ich plötzlich ein Krachen aus Richtung Fluss. Ihm folgten ein merkwürdiges Schleifen, Splittern und wildes Gluckern. Was, verdammt noch mal, war das? Ich rannte über den schmalen Pfad zum Flussufer und blieb wie angewurzelt stehen.

Wo gestern noch ein spiegelglatter Wassergraben gewesen war, wälzten sich nun mit einem dumpfen Rumpeln tonnenschwere Eismassen auf das Ufer. Das blau schimmernde Eis wanderte und schob alles weg, was im Weg war: Steine, Treibholz, kleine Bäume. Behäbig türmten sich die Schollen auf und brachen auseinander. Glasklares Eis funkelte im Wechsel von Licht und Schatten. Es knirschte, ächzte und donnerte. Wie im Bann starrte ich auf das Schauspiel, völlig überrumpelt von dieser Urgewalt.

An Land geschoben und ineinander verkeilt, türmten sich meterdicke Eisschollen am Ufer des Elchflusses. Die Eiskristalle schimmerten in der Morgensonne in magischen Gletscherfarben. Zartes Türkis wurde zu Himmelblau, Grün zu Schiefergrau. Hin und wieder klirrte es leise wie zerbrochenes Glas.

Ich wandte mich um, weil ich Kimi holen wollte, und wäre beinahe mit ihr zusammengeprallt. Sie strahlte über das ganze Gesicht. Die bedrückenden Gedanken des Morgens waren wie weggeblasen.

»Kimi.« Ich packte sie am Arm. »Was ist das?«

»Spring break-up.«

»Was?«

»Es wird bald Frühling.«

Ich starrte auf die fast geschlossene Schneedecke um mich herum und auf die sich mannshoch türmenden Eisschollen.

»Im Frühjahr, wenn das Eis auf den Seen und Flüssen zu viel Spannung hat, reißt es auf«, sagte Kimi. »In der Nacht war Flut, sie hat die Eismassen aus dem Inland auf das Ufer gedrückt. Wir nennen es *spring break-up.* Ist es nicht wunderschön?«

Wunderschön, das war es. Aber auch ein bisschen beängstigend in seiner gewaltigen Macht.

»Hey.« Kimi stieß mir mit dem Ellenbogen in die Seite. »Du bist ein Glückspilz, dass du das erleben darfst. Jeder in Moosonee und Moose Factory wartet seit Wochen darauf. Es ist das Ende des Winters, Jacob. Noch vor ein paar Jahren bedeutete es für unser Volk das Ende des Hungers.«

Wir liefen zurück ins Haus und Kimi begann, sich warm anzuziehen.

»Wohin willst du?«, fragte ich.

»Uns ein Huhn oder einen Hasen schießen.«

»Aber …« Ich konnte es nicht fassen. Wir hatten nur noch ein paar gemeinsame Stunden und Kimi wollte ernsthaft jagen gehen? »Du hast doch einen Haufen Lebensmittel aus Moose Factory mitgebracht.«

»Jacob«, sagte sie, »ich halte es nicht mehr aus im Haus. In deinen Armen liegen und die Stunden bis zum Abschied zählen, macht mich ganz verrückt. Das schaffe ich nicht, okay?«

»Ich wüsste da was wesentlich Schöneres als Jagen, womit wir uns die Zeit vertreiben könnten«, sagte ich, voller Hoffnung, dass Kimi das Gewehr wieder an die Wand hängen würde.

»Und ich könnte mir nichts Schöneres vorstellen, aber ich brauche eine kleine Pause.«

Oh verdammt, was war ich doch für ein Idiot. »Ich … ich hab dir doch nicht wehgetan?«, fragte ich bestürzt.

»Nein, Jacob, das kannst du gar nicht.« Lächelnd hob Kimi die Hand und ihre Fingerkuppen streiften meine Lippen. »Lass uns zusammen eine Runde drehen, okay? Und wenn wir wieder da sind, sehen wir weiter.«

»Wir sehen weiter?«, hakte ich hoffnungsvoll nach.

Kimi küsste mich mit ihrer ganzen Seele. Es war ein ernst zu nehmender Kuss, in dem eine Art Versprechen mitschwang.

»Okay«, seufzte ich und versuchte, innerlich von Bett auf Busch umzuschalten.

Shadow begleitete uns auf dem Weg am See entlang, das munterte mich auf. Wenn ich in ein paar Wochen wiederkam, würden wir Gelegenheit haben, unsere Freundschaft zu vertiefen. Darauf freute ich mich, so wie auf alles, was in der Zukunft vor mir lag.

Der Wolf schnüffelte dicht über dem Boden, dann lief er los, um irgendetwas aufzustöbern. Kimi redete viel, was ungewöhnlich war, denn es bedeutete, dass sämtliche Tiere genügend Zeit zur Flucht hatten. Darüber war ich erleichtert, denn ich wollte nicht, dass meine letzten Stunden mit ihr vom Tod eines Lebewesens überschattet wurden.

Zusammen mit Kimi und Shadow fühlte ich mich sogar im Busch stark und es machte Spaß, mit ihnen den Wildspuren zu folgen. Inzwischen taute es tagsüber und zog in der Nacht an. Die Eiskruste auf dem Schnee knirschte bei jedem Schritt. An den Zweigen hatten sich winzige gläserne Eiszapfen gebildet, von denen es tropfte.

Der subarktische Winter neigte sich dem Ende zu und ich versuchte, mir vorzustellen, wie es im Sommer hier war. Alles üppig grün, feuchte Schwüle und massenhaft Moskitos. Kimi hatte mir erzählt, dass sie einen auffraßen, wenn man sich nicht schützte. Außerdem war der *muskeg* im Sommer ein undurchdringliches Land. Überall offene Moore und kleine Seen. Reisen war nur noch auf den Flüssen möglich.

Nicht nur der Winter, auch der Sommer würde eine Herausforderung für mich sein. Aber ich vertraute darauf, die Jahreszeiten mithilfe derer zu meistern, die bei mir sein würden. Schließlich war es nicht mein erster Sommer hier oben, auch wenn die Erinnerungen immer noch zu wünschen übrig ließen.

Shadow, der mit der Nase dicht am Boden vor uns hergelaufen war, blieb auf einmal stehen. Er spitzte die Ohren und drehte sich zu uns um. Kimi sagte leise etwas auf Cree zu ihm und von da an blieb er an ihrer Seite. Wenig später stieß Kimi auf Spuren im verharschten Schnee. Sie sahen genauso aus wie die des Karibus, aber Kimi zeigte auf die ausgefransten Enden junger Zweige und auf die breiten Furchen im Stamm einer Fichte, die sich auf Augenhöhe befanden. Das waren die Fraßspuren eines großen Tieres.

Kimi nahm das Gewehr von der Schulter und trug es nun in der rechten Hand. Ich hoffte, sie hatte nicht wirklich vor, heute einen Elch zu schießen. Doch wie es aussah, hatte Kimi das Jagdfieber gepackt – vermutlich konnte sie nicht anders.

Wenig später standen wir vor frischer Losung, noch dampfenden Elchkötteln. Sie lagen in einem Schneenest, waren eichelgroß und von blassbrauner Farbe. Aufgeregt umkreiste Shadow den Haufen. Auch er war vom Jagdfieber gepackt. Ich war wohl der Einzige von uns dreien, der bei dem Elch nicht an Nahrung dachte.

Kimi ging vor den Elchkötteln in die Knie. »Elche sind Vegetarier wie du«, flüsterte sie und blickte mich belustigt an. »Er muss ganz in der Nähe sein. Bleib hinter mir, okay? Sollte er fliehen und auf uns zukommen, dann spring zur Seite, denn er wird uns nicht ausweichen. Elche folgen stur ihrer angestammten Route, egal, was ihnen im Weg steht. Die Wucht eines Huftritts kann deine Knochen zersplittern.«

»Okay«, flüsterte ich zurück. Kimi machte mir keine Angst, im Gegenteil, jetzt war ich erst richtig neugierig geworden.

Mit offenen Augen und Ohren hielt ich mich dicht hinter ihr, während wir den Elchspuren bis zu einer Baumgruppe folgten, die aus Birken, Fichten und Weidengestrüpp bestand. Tief aus Shadows Kehle drang ein leises Knurren. Sein Schwanz fegte über den verharschten Schnee und er hechelte.

Das laute Krachen von berstendem Holz ließ Kimi und mich gleichzeitig innehalten. Mit meinen Blicken versuchte ich, das Tannendickicht zu durchdringen, aus dem das Geräusch gekommen war. Wieder knackte es und ich konnte hören, dass sich ein Tier zwischen den Bäumen bewegte, ein großes Tier.

Auf einmal begann es, unter meiner Schädeldecke zu pochen und zu summen. Mein Herzschlag galoppierte los, etwas passierte mit mir. Das waren die Vorboten eines Anfalls und ich versuchte mit aller Macht meines Denkens, ihn aufzuhalten.

Shadow schnupperte unruhig mit erhobener Schnauze in Richtung Baumgruppe und bewegte sich nicht vom Fleck. Ein krächzender Laut kam aus meiner Kehle und Kimi blickte sich über die Schulter zu mir um.

Dann sah ich ihn, den *whe-tiko* aus meinem Traum. Dunkelbraunes, zottiges Fell. Große Augen und schnaubender Atem. Das Ungeheuer brach krachend durchs Unterholz und ich wurde schlagartig in jene Winternacht vor vierzehn Jahren zurückkatapultiert. Die Erinnerungen stürzten auf mich ein, Stimmen und Bilder schossen durch mein Hirn. Ich verlor die Kontrolle über meinen Körper und über das, was sich in meinem Kopf abspielte.

Wie ein Embryo zusammengekauert, liege ich unter der warmen Decke in meinem Bett. Meine Eltern streiten, direkt vor der Tür meines Kinderzimmers. Es geht um Alex, meinen Halbbruder, und seine Mutter Nora. Mum weint und mein Dad rennt wütend aus dem Haus.

»Jacob, Jacob?« Kimis Stimme kam wie aus weiter Ferne, doch sie drang nicht zu meinem Bewusstsein durch. Die Erinnerung überschwemmte mich wie die teebraunen Wasser des Moose River.

Mum zerrt mich aus dem Bett und zwängt mich in meinen Schneeanzug, obwohl ich einfach nur unter meiner warmen Decke bleiben und schlafen will. Ihr Atem riecht nach Alkohol. Sie schleppt zwei Koffer zum Auto, während ich dasitze und in die Nacht hinausstarre. Dann kommt Mum zurück. Sie nimmt mich auf den Arm und trägt mich durch das Schneetreiben ins Auto. Weinend startet sie den Wagen.

Ich fühlte mich, als hätte ich einen heftigen Schlag abbekommen. Da war sie, die hässliche Wahrheit. Meine Mutter war damals gefahren, nicht mein Vater. Die Wucht der Erkenntnis zog mir den Boden unter den Füßen weg und ich stürzte in den harschen Schnee.

Ich sitze im Wagen auf der Rückbank. Es schneit, ein wildes Schneetreiben. Wir fahren durch den schlafenden, verschneiten Ort. »Ich will zurück zu Daddy«, rufe ich. »Ich will zu Daddy!«

Ich strampele und schreie. Bin ein kleines Scheusal. Ich löse meinen Gurt und ziehe meine fahrende Mutter an den Haaren.

Mum verliert die Kontrolle über den Wagen, er schleudert und kracht in den Graben. Ich fliege durch die geborstene Windschutzscheibe und lande im Schnee, bin aber schnell wieder auf den Beinen. Orientierungslos laufe ich durch den Flockenwirbel. Plötzlich ein Krachen im Geäst. Ich sehe ein großes behaartes Ungeheuer mit dunklen runden Augen und renne. Bis ich über einen im Schnee verborgenen Ast stolpere und mit dem Gesicht ins kalte Weiß falle.

Ich will schreien, doch mein Mund ist voller Schnee. Jemand hebt mich mit beruhigenden Worten auf seine Arme und wärmt mich unter seiner Jacke.

»Daddy«, flüstere ich.

Der whe-tiko verschwindet und lässt mich endlich in Frieden.

Ich schlug die Augen auf.

»Hey«, sagte Kimi. Ich lag halb auf ihrem Schoß und sie beugte sich besorgt über mich. Zärtlich strich sie mir eine nasse Haarsträhne aus dem Gesicht.

»Der *whe-tiko«*, murmelte ich, »das war ein Elchbulle.«

»Oh, gut.« Kimi grinste erleichtert. »Ich dachte schon, der *whe-tiko* wäre dein Dad.«

Ich richtete mich auf. »Mein Vater hat mich im Wald gefunden. Nicht er ist damals gefahren, sondern meine Mum. Sie hat den Unfall gebaut. Und ich ... Ich war nicht ganz unschuldig daran.«

»Dann erinnerst du dich also wieder.«

»Ja. Ich erinnere mich. Und ich bin ziemlich durcheinander, das kannst du mir glauben.«

Ich fühlte mich ausgehöhlt, gedankenleer. Zurück blieb nur

die Wahrheit, und die war hart, genauso hart wie die Wurzel unter meinem Hintern.

»Hatte ich wieder einen Anfall?«, fragte ich Kimi, die aufgestanden war und mir ihre Hand reichte.

»Nein, Jacob. Du warst nur nicht ansprechbar. Und dann bist du einfach auf der Route des Elchs umgefallen.«

»Wo … wo ist er?« Ich sah mich um.

»Auf und davon.« Kimi wies in Richtung Dickicht. »Beinahe hätte er uns beide über den Haufen gerannt. Shadow ist ihm nach. Aber keine Angst, er wird ihm nicht zu nahe kommen, dafür hat er zu viel Respekt.«

»Die Elchhufe?«

»Ja.«

Auf dem Rückweg erzählte ich Kimi alles, woran ich mich aus der Unfallnacht wieder erinnern konnte. Inzwischen verstand ich, warum mein Vater mir diese Geschichte nicht erzählen wollte. Die vergangenen vierzehn Jahre hatte ich mit meiner Mutter gelebt, sie war mein Halt gewesen. Und er wollte nicht derjenige sein, der nun ihr Lügengebäude endgültig zum Einsturz brachte. Jedenfalls nicht, solange ich nicht aus freien Stücken entschieden hatte, wo ich in Zukunft leben wollte.

Vielleicht hatte ich es ja die ganze Zeit gewusst, irgendwo tief in meinem Unterbewusstsein. Doch was hätte ich mit diesem Wissen angefangen, mit fünf Jahren, mit acht oder mit zwölf?

Ich wollte meine Mum hassen, doch es gelang mir nicht. Jetzt wusste ich, warum sie niemals glücklich geworden war. Wer konnte das schon, wenn er täglich mit solch einer Lüge leben musste?

Zu Hause pellten wir uns aus unseren nassen Kleidern, schürten das Feuer und verkrochen uns unter der Hasendecke. Noch drei oder vier Stunden, bis der Hubschrauber mich abholen würde. Ich schmiegte mich an Kimis Seite. Ich hielt sie fest oder besser: Ich hielt mich an ihr fest. Mehr tat ich nicht.

Kimi rieb ihre Nase an meiner und küsste mich. Es wurde ein tiefer Kuss, einer, der vom Abschied sprach, aber auch von ein paar Dingen, die sie mir noch mit auf den Weg geben wollte, bevor ich sie verließ.

Doch ich stützte mich auf den Ellenbogen und schüttelte den Kopf. Fuhr mit dem Finger über die weiche Haut ihrer Wange.

»Es ist okay«, sagte Kimi. »Du wirst mir nicht wehtun.«

»Nein, das könnte ich nicht«, sagte ich. »Aber ich kann dich gerade nicht mit meiner ganzen Seele lieben, Kimi. Und etwas anderes will ich nicht.«

»Liegt es an mir?«

»Nein.« Ich drückte einen Kuss auf ihre Lippen. »Ich kriege nur nicht aus dem Kopf, was meine Mum meinem Dad und mir angetan hat.«

»Möchtest du darüber reden?«

»Ja, ich glaube schon. Aber vorher muss ich dich noch etwas Lebenswichtiges fragen.«

»Etwas Lebenswichtiges?« In ihrer Stimme schwang Unsicherheit.

»Passen wir wenigstens im Bett zusammen, Kimiwan Hunter?«

Kimi brauchte eine Weile, bis sie kapierte, was ich da fragte. Dann lächelte sie erleichtert und meinte: »Also, ich finde, dass du ganz wunderbar zu mir passt, Jacob Cheechoo. Im Bett, aber auch in den meisten anderen Dingen.«

»Nur in den *meisten?«*, neckte ich sie.

»Na ja, abgesehen davon, dass ich uns hier draußen ernähren

kann, habe ich auch ziemlich viel Grips im Kopf. Ich weiß noch gar nicht, ob du welchen hast. Dafür kenne ich dich zu wenig.«

Keine Ahnung, wie ich sie angesehen habe, auf jeden Fall lachte sie über mein Gesicht und ich ergab mich ihrem liebevollen Spott, in dem ich mich sicher und geborgen fühlte.

»Ich dachte, hier draußen im Busch braucht man keinen Grips«, murmelte ich, »nur einen guten Draht zu den Geistern.«

Den ganzen Nachmittag und frühen Abend warteten wir vergeblich auf den Helikopter der Field Officer. Immer wieder liefen wir zum Flussufer, beobachteten die behäbigen Bewegungen des Eises und starrten in den Himmel, bis die ersten Sterne funkelten.

Ich war beunruhigt, aber nicht übermäßig, denn inzwischen hatte ich gelernt, dass die Dinge hier oben im Indianerland anders liefen als in der Welt, in der ich bisher gelebt hatte. Der Hubschrauber würde kommen, wenn nicht heute, dann eben morgen.

26
LANGE SCHATTEN

Nach dem Frühstück liefen wir als Erstes zum Fluss. Die Sonne schien und nur ein paar winzige Wolken standen am strahlend blauen Himmel. Während der nächtlichen Flut war das Eis in Bewegung geraten und die Oberfläche des Flusses hatte sich verändert. Eisschollen trieben auf weiten Flächen dunklen Wassers.

»Wenn das Eis erst einmal in Bewegung ist, dann geht es manchmal sehr schnell«, sagte Kimi. »Vielleicht kann ich schon in zwei, drei Tagen mit dem Boot auf den Fluss. Dann werde ich Anak aus dem Krankenhaus holen.«

Mein Magen zog sich zusammen, weil Kimi über eine Zeit sprach, in der ich nicht mehr hier sein würde. Heute war Freitag, in zwei Tagen war ich wieder in Jena. *Zu Hause.*

Nein, Stefans Haus war kein Zuhause für mich – nicht mehr. Mein Zuhause war immer dort gewesen, wo meine Mum und ich einen Platz hatten. Ihre Umarmungen waren mein Nest gewesen, in dem ich mich geborgen fühlte und sicher. Früher war sie mein Ein und Alles gewesen. Und ich war es für sie. Das hatte sie jedenfalls immer gesagt, wenn sie mich am Abend ins Bett gebracht und mir etwas vorgelesen hatte. *Ich werde immer für dich da sein, Jacob, was auch geschieht.*

Doch dann waren Stefan und Jonas in unser Leben getreten und Mum hatte ihr Versprechen mir gegenüber nicht halten können. Sie hatte es versucht. Hatte versucht, für uns alle drei gleichermaßen da zu sein, aber dafür hatte ihre Liebe nicht gereicht.

Aykinaskiyan, dachte ich. Vor vielen Jahren war die Lüge in ihre Seele eingedrungen und hatte sie festgehalten. Und nun, da die Wahrheit ans Licht gekommen war, war es zu spät für sie und mich.

Kimi schob ihre Hand in meine. »Es sind doch nur ein paar Wochen.«

Nur ein paar Wochen, ja. Ich würde nicht viel Zeit zum Grübeln haben. Das Abi durchstehen – samt Nachprüfungen. Ich würde alles dransetzen, dass ich meinen Schulabschluss schaffte. Ich musste mich um das Visum kümmern und vermutlich um ein paar Dinge, von denen ich noch gar nichts wusste.

Ich umarmte Kimi. »Ja, nur ein paar Wochen. Aber lieber wäre ich hier, bei dir. Zusehen, wie das Eis verschwindet und die Bäume grün werden.«

»Dich von den Moskitos fressen lassen«, fügte Kimi in spöttischem Tonfall hinzu.

»Willst du mir Angst vor winzigen Tieren machen?«

»Du sollst nur wissen, was dich erwartet.«

»Kein bequemes Leben«, sagte ich grinsend, »aber als Entschädigung phänomenaler Sex.«

Kimi gluckste leise. Ich machte ein Selfie von uns, mit dem Fluss im Hintergrund.

»Willst du das etwa auf *Facebook* posten?« Sie runzelte die Stirn.

»Nein«, erwiderte ich. »Aber falls ich mein Gedächtnis wieder verliere, dann erinnere ich mich vielleicht an dich, wenn ich dieses Foto sehe.«

»Ich liebe dich so sehr, Jacob Cheechoo.« Kimi schenkte mir ein ernstes Lächeln. »Du wirst mir fehlen.«

»Du mir auch, Kimiwan Hunter.«

Kimi ging zum Haus zurück und ich schlug mit Shadow den Weg zum Klohäuschen ein. Ganz so locker, wie ich mich gab, war ich nämlich nicht. Inzwischen war neun Uhr vorbei. Langsam wurde ich nervös und das schlug mir auf den Magen. Ich kam mir vor wie in einer Zeitschleife. Dieses Land wollte mich offenbar nicht gehen lassen, nicht mal für ein paar Wochen. Aber heute musste ich meinen Zug kriegen, sonst wurde es eng mit dem Abi. Die schriftlichen Nachprüfungen waren zwar erst im Juni, doch wenigstens die mündlichen Prüfungen wollte ich mit den anderen aus meiner Klasse hinter mich bringen.

Vernünftig zu sein und an so etwas wie Schule zu denken, dazu musste ich mich richtig zwingen. Schon erstaunlich, wie die Welt sich in so kurzer Zeit verändern konnte. Vor drei Wochen hatte ich noch geglaubt, bald an einer Uni zu studieren, und nun würde ich aus freier Entscheidung ein Indianerleben führen.

Auf dem Weg zurück zum Haus blieb ich stehen, weil ich vermeinte, das Knattern eines Hubschraubers zu hören. Ich richtete meinen Blick in den Himmel und lauschte angestrengt. Doch da war nichts.

Ein metallischer Knall ließ mich zusammenzucken. Gleich darauf hörte ich ein klägliches Winseln und mich packte das Entsetzen. *Shadow!* Ich stürmte los in Richtung Haus. Sah gerade noch, wie der Wolf sich fiepend hinter einen Holzhaufen schleppte und dabei eine rote Spur im Schnee hinterließ.

»Was zum Teufel …«

Vor mir stand ein Mann in dunkelgrünem Parka, Gummistiefeln und Tarnhosen. Bei seinem Anblick stockte mir der Atem. *Crazy Mike!* Der Lauf seiner Flinte zielte auf meine Brust und mich durchfuhr es eiskalt. Die Kälte umklammerte mein Herz und meine Eingeweide. Er konnte mich gar nicht verfehlen, ich war ja nur fünf Schritte von ihm entfernt.

»Wo ist Kimi?« Ich versuchte krampfhaft, mir meine Panik nicht anmerken zu lassen.

»Noch einmal wird die kleine Schlampe dir nicht helfen können.«

»Kimi!«, brüllte ich, denn nun packte mich kalte Angst.

Keine Antwort. Hatte Mike ihr etwas angetan? Lag Kimi tot in der Hütte, nur weil sie mir geholfen hatte? War jetzt alles vorbei?

»Was hat du mit ihr gemacht?«, rief ich wuterfüllt und trat einen Schritt auf Mike zu. »Was hast du mit Kimi gemacht?«

»Bleib stehen!« Mike wich zurück.

Ich blieb stehen und blickte ihm ins Gesicht. Er sah erschöpft aus, hatte dunkle Schatten unter den Augen. Das Weiß seiner Augen war blutunterlaufen. Ich war nicht aus Stein und konnte sehen, wie elend es ihm ging. Doch der Funken Mitleid, der in mir aufkeimte, erstickte in meiner Wut.

»Na los, erschieß mich!« Ich meinte es ernst. Ohne Kimi wollte ich auch nicht mehr sein.

Er schüttelte den Kopf und sah mich mit einem seltsam verklärten Blick an, als wäre er ganz woanders. »Du hast ihre Lippen«, sagte Mike.

»Was?«

»Christine … du hast dieselben vollen Lippen wie deine Mutter.«

Okay, dachte ich, er ist verrückt. Denk nach, Jacob!

Doch Mikes Augen waren schwarze Löcher, die meine Gedanken verschluckten. Ich versuchte, sie festzuhalten, einen Sinn in seinen Worten zu finden, ihm das Richtige zu antworten.

Alle Männer von Moosonee und Moose Factory waren neidisch auf deinen Vater, hörte ich Anak sagen. Musste ich jetzt deswegen sterben? Weil meine Mum, als sie so alt war wie ich, zwei Männern am anderen Ende der Welt den Kopf verdreht hatte?

»Dann bist du das also.« Ich sagte das erstaunlich ruhig.

Mike ließ das Gewehr ein paar Zentimeter sinken. Nun zeigte die Mündung auf meinen Bauch.

»Wie meinst du das?«

»Na ja. Meine Mum hat mir erzählt, dass es da einen anderen Mann gab, den sie sehr mochte. Aber dann war sie schwanger mit mir und deshalb ist ihre Entscheidung für Greg gefallen.«

Mike nickte gedankenverloren, so als hätte er das alles längst gewusst. Doch dann wanderte die Mündung des Gewehrlaufs entschlossen wieder auf meine Brusthöhe.

»Er hat alles bekommen. Deine Mutter, dich und noch einen Sohn.« Mike schüttelte den Kopf. »Und er hat alles vermasselt.«

Komm schon, Jacob, nutze deinen Grips! Dieser Mann war nicht er selbst. Vielleicht war Kimi nicht tot. Sie war eine Kämpfernatur. Und ich hatte nicht einen Bärenangriff überlebt, um jetzt durch die Hand eines Verrückten zu sterben.

Ich blickte hinüber zum Haus, in dem sich nichts rührte.

Hinter dem Holzhaufen ertönte ein klägliches Winseln. Shadow lebte also noch. Halte durch, mein Freund. Verzweifelt versuchte ich, mir einen Ausweg einfallen zu lassen. Zeit zu schinden, um Kimi, Shadow und mich zu retten.

»Ja, aber was ist ihm davon geblieben?«, fragte ich in einem

Tonfall, den ich nicht von mir kannte. »Meine Mum ist ihm weggelaufen und lebt auf einem anderen Kontinent mit einem anderen Mann zusammen. Und Gregs Sohn Alex ist tot.«

Mike starrte mich an. »Ziemlich lange war mir das genug«, sagte er. »Doch jetzt hat Greg eine neue Frau und ist glücklich. Seinen verlorenen Sohn hat er auch wiederbekommen, einfach so. Das ist nicht fair, denn mir ist nichts geblieben. Ich bin kein Ehemann und kein Vater mehr. Ich werde niemals Enkelkinder haben. Ich konnte meine Tochter nicht beschützen. Mir wurde alles genommen, alles, wofür es sich zu leben lohnte.«

Es fiel mir schwer, seinen verworrenen Gedankengängen zu folgen. »Ich gehe nach Deutschland zurück«, sagte ich. »Ich …«

Mike schüttelte erneut den Kopf. »Wenn ich dich erschieße, Jacob Cheechoo, dann wird dein Vater fühlen, was ich gefühlt habe und bis ans Ende meiner Tage fühlen werde: sinnlosen Verlust.« Er trat näher und drückte mir den Lauf auf die Brust.

Mein Magen krampfte sich zusammen. Ich schloss die Augen und spürte ein Pochen unter der Schädeldecke. Ein Anfall, dachte ich. Doch dann merkte ich, dass das Klopfen nicht aus meinem Kopf kam, sondern aus weiter Ferne. *Der Hubschrauber.*

Instinktiv zuckte ich mit Armen und Beinen, krümmte meinen Körper zusammen und ließ mich in den Schnee fallen. Während das Donnern des herannahenden Hubschraubers immer lauter wurde, legte ich noch einen Zahn zu und ließ meine Gliedmaßen krampfartig fliegen. Schließlich war das ohrenbetäubende Knattern direkt über mir, die Blätter des Rotors verbreiteten Wind und Lärm. Vorsichtig öffnete ich die Augen und setzte mich auf. Crazy Mike war weg, ich sah ihn gerade noch zum Flussufer flüchten.

Mit einem Satz war ich auf den Beinen und rannte die wenigen Meter zum Blockhaus. Ich riss die Tür auf und fand Kimi mit wilden Augen und tränenüberströmtem Gesicht auf einem Stuhl, gefesselt mit *Duck Tape*. Ein Streifen des grauen Klebebandes verschloss ihren Mund.

»Er ist weg.« Ich drückte ihr einen Kuss auf den Scheitel. Ein tiefer Laut der Erleichterung kam aus ihrer Brust.

Ich knibbelte am Klebeband auf ihrer Wange und nahm den Zipfel zwischen Daumen und Zeigefinger. »Okay«, sagte ich mit einem schiefen Lächeln. »Das kann jetzt ein bisschen wehtun, aber du wirst es überleben.« Mit einem Ruck zog ich ihr den Klebestreifen vom Mund. Dann nahm ich ihr Gesicht in die Hände und küsste sie sanft auf die wunden Lippen.

Das Knattern des Helikopters wurde erst ohrenbetäubend laut, dann lief der Rotor mit einem Pfeifton aus.

Kimi zog die Nase hoch. »Ich dachte, du bist tot«, sagte sie, als ich sie mit einem Messer vom Stuhl befreite.

»Und ich dachte, du bist tot.«

Wir umarmten uns fest. Zitterten beide.

»Der Schuss, Jacob?« Kimi schob mich ein Stück von sich weg und sah mich fragend an.

Ich umarmte sie noch einmal. »Shadow«, flüsterte ich an ihrem Ohr.

»*Mona,* nein.«

»Er liegt draußen hinter dem Holzhaufen. Ich glaube, er lebt noch.«

Kimi rannte zur Tür und wäre beinahe mit meinem Vater zusammengestoßen. Sie schlüpfte an ihm vorbei nach draußen. Mein Dad war mit drei Schritten bei mir und zog mich an seine Brust. Er murmelte etwas auf Cree, das ungeheuer dankbar klang.

Dann schob er mich auf Armeslänge von sich. »Bist du in Ordnung, Jacob?«

»Ja, mir geht es gut. Wo ist Mike?«

»Mit seinem Boot geflüchtet. Es ist lebensgefährlich, den Fluss jetzt schon mit dem Boot zu befahren. Selbst wenn er den Schollen ausweicht, überall treibt *Black Ice,* schwarzes Eis, unter der Wasseroberfläche.«

»Vielleicht will er ja, dass der Fluss ihn verschluckt«, mutmaßte ich. »Er klang nicht so, als gäbe es noch etwas in seinem Leben, für das es sich lohnt.«

»Ich habe euch beide vom Cockpit aus gesehen und bin bald verrückt geworden«, sagte mein Vater. »Ich dachte, Mike erschießt dich. Dein Anfall, Jacob, er hat dir das Leben gerettet.«

Ich schüttelte den Kopf. »Ich hatte keinen Anfall, Dad. Ich habe nur so getan.«

»Cleveres Bürschchen, *nkosis.«* Mein Vater zog mich noch einmal an seine Brust und klopfte mir auf den Rücken.

»Ich bin so froh, dass du da bist, Dad.«

Ein Mann im schwarzen Pilotenanzug kam ins Haus. »Wir müssen wieder los, Greg«, sagte er. »Ich werde gebraucht. Und dieser Wolf … ähm, Hund, er muss zu einem Tierarzt.«

Wir stiegen in die Kabine. Kimi saß schon auf dem Rücksitz, den in eine Wärmefolie gewickelten Shadow zu ihren Füßen.

»Wie schlimm ist es?«, fragte ich, als ich mich neben sie setzte und mich anschnallte.

»Ich weiß nicht. Aber er hat aufgehört zu bluten.«

»Wir bringen ihn zu Doc Hakala«, sagte mein Vater. »Er ist ein guter Tierarzt.«

»Hat er schon mal einen Wolf operiert?«, fragte Kimi besorgt.

»Vermutlich nicht. Aber er wird Shadow helfen.«

Die Rotorblätter begannen sich zu drehen, der Heli vibrierte laut und wir hoben ab. Ich blickte auf mein Handy. Es war halb elf und bis Moosonee würden wir höchstens zwanzig Minuten brauchen. Über dem Fluss zog der Pilot die Maschine in Richtung Bay.

»Oben in Kashechewan, Attawapiskat und Peawanuck ist alles überflutet«, rief mein Vater uns nach hinten zu. »Deshalb sind die Field Officers gestern nicht gekommen. Sie waren im Norden bei der Evakuierung im Einsatz.«

Kimi hatte mir vergangene Nacht davon erzählt. Dass ein paar Orte an der Hudson Bay jedes Jahr im Frühjahr überflutet wurden und sämtliche Bewohner evakuiert werden mussten. Längst wollten die Menschen weg aus den gefährdeten Gebieten, doch die Regierung war nicht bereit, für die Kosten der Umsiedelung aufzukommen. Die neuen Häuser mussten auf Permafrostboden gebaut werden und das kostete viel Geld. Hunderte Leute zweimal im Jahr zu evakuieren, war billiger.

Ich blickte hinunter auf die teebraunen Fluten des Elchflusses, in dem zackige Schollen trieben. Und dann sah ich Crazy Mike in seinem Boot, wie er es durch die offenen Wasserstellen manövrierte. Von oben sah er auf dem mächtigen Fluss mit seinen dunklen Inseln und Sandbänken wie ein Verlorener aus, der um sein Überleben kämpfte und doch nicht wusste, wofür.

Philipp, der Pilot, gab eine Meldung durch, wo Mike sich gerade befand. Doch dann schüttelte er den Kopf. »Zu gefährlich«, sagte er uns. »Er muss es allein schaffen.«

Der Pick-up meines Vaters parkte vor der Baracke von *Expedition Helicopters.* Wir brachten Shadow zu Doc Hakala, einem glatzköpfigen kleinen Finnen, der, als er sah, was für einen Patienten er vor sich hatte, nur wenig Begeisterung zeigte.

Aber mein Vater gab ihm eine Menge Geld und versprach ihm zwei Gänse. Endlich konnten wir Shadow auf den OP-Tisch legen, wo Kimi und ich ihn festhielten und ihm gut zuredeten, während der Doc die Betäubungsspritze aufzog. Der Wolf machte keinen Ärger. Es ging ihm schlecht und er vertraute darauf, dass wir es gut mit ihm meinten.

Shadow schlief ein und der Doc legte ihm einen Venenzugang, um die Narkose einzuleiten.

»Wie lange wird es dauern?«, fragte mein Vater mit einem Blick auf die Uhr an der Wand. Es war kurz nach elf.

»Kommt drauf an.« Hakala begann, Shadow um die Einschussstelle herum zu rasieren. »Aber ich denke, nicht länger als eine Stunde.«

»Ich bleibe hier«, sagte Kimi.

»Dann bleibe ich auch hier«, entschied ich.

Hakala zuckte die Achseln. »Aber bitte draußen warten.« Kopfschüttelnd wandte er sich wieder seinem Patienten zu.

Im Vorraum sagte Greg: »Ich koche uns was, okay. Ruft mich an.«

Kimi lehnte sich an Jacobs Schulter, froh, nicht allein im Vorraum des Tierarztes sitzen zu müssen. Die schlimmste Anspannung fiel von ihr ab, doch die Angst um Shadow blieb.

»Er schafft es«, sagte Jacob. »Shadow ist stark. Er ist ein Wolf.«

»Hm«, murmelte sie, wohl wissend, was eine Kugel im Körper eines Lebewesens anrichten konnte.

»Es tut mir ganz furchtbar leid, dass ich dich und Shadow durch mein Auftauchen so in Gefahr gebracht habe.«

Kimi setzte sich gerade hin und sah Jacob in die Augen. »Dafür kannst du doch nichts. Es ist meine Schuld.«

»Deine Schuld? So ein Schwachsinn.«

»Ich habe dich herbeigeträumt, Jacob.«

»Du hast was?«

»Ich habe von dir geträumt, lange bevor du kamst. Ich habe geträumt, dass ein *man-tay-o* in den Busch kommt und von einem Bären angefallen wird. Dass er ein Suchender ist. Dass er meine Hilfe braucht.«

Jacob lachte ungläubig. »Hast du auch geträumt, dass er … ich meine, dass ich und du …?«

Kimi merkte, wie ihr die Röte in die Wangen stieg. »Ja«, gab sie zu, »aber erst, als ich dich besser kannte.« Dass diese Träume nicht von den Geistern geschickt, sondern ihre ganz eigenen Herzensträume waren, verschwieg sie ihm.

»Ich habe auch von dir geträumt.« Jacob grinste verlegen. »Ich habe die Geschichte über *Wilderness Woman* gelesen und dann hat meine Fantasie mich um den Schlaf gebracht.«

Kimis Ohren glühten, ihr liefen Tränen über die Wangen, aber sie musste lachen. »Und ich dachte jedes Mal, du hättest Albträume vom *whe-tiko.*« Dann wurde sie wieder ernst. »Ich muss dir noch etwas sagen.«

Zwischen Jacobs Augenbrauen bildete sich eine Falte.

»Ich habe versucht, durch einen Zauber Macht über dich zu bekommen.«

»Das ist dir gelungen«, sagte er amüsiert und küsste sie sanft.

Kimi erzählte ihm, wie sie über seine Tasche hinweggestiegen war, kurz vor seiner Abreise. »Anak hat mir erzählt, dass eine Frau Macht über einen Mann bekommt, wenn sie über etwas hinwegsteigt, dass ihm gehört.«

Jacob lächelte. »Du hattest vom ersten Tag an Macht über mich, Kimiwan Hunter, weißt du das denn nicht?«

Sie lehnte sich an seine Brust und Jacob legte einen Arm um sie. So warteten sie schweigend, bis der Doc die Tür öffnete und sagte: »Bin fertig, Kinder. Und es sieht gut aus.«

Shadow war zusammengeflickt. Er hatte eine Fleischwunde, aber es waren keine Organe oder Knochen verletzt. Der Wolf hatte Glück gehabt – so wie Jacob.

27

ABSCHIED

Wir riefen meinen Vater an und er holte uns ab. Er hatte vegetarisches Chili gekocht und nach dem Essen saßen wir im Wohnzimmer vor dem Kamin und machten Pläne. Kimi hockte am Boden neben Shadow, der seine Narkose ausschlief und manchmal leise miauend winselte. Ich wusste nur zu gut, wie es dem armen Kerl ging, und fühlte mit ihm.

Mein Dad freute sich, dass Kimi bereit war, im Camp Ajuawak Wildniskurse zu übernehmen. »Aber nur, wenn Anak und Shadow bei mir bleiben können.«

Er nickte. »Das ist alles längst mit Pauline abgesprochen. Die Kids werden Anak und Shadow lieben.«

»Und was wird *mein* Job im Camp sein?«

Verwundert sah mein Vater mich an und erst da fiel mir ein, dass er ja noch nichts von meinen Plänen wusste, von nun an bei ihm leben zu wollen.

»Dein Job?« Fragend sah er von mir zu Kimi und dann wieder zu mir. »Habe ich etwas Entscheidendes nicht mitbekommen?«

Kimi gab Shadow einen Kuss auf den Kopf. Dann kam sie zu mir und küsste mich auch auf den Kopf. »Ich lasse euch mal eine Weile allein«, sagte sie. »Ich glaube, ihr beide habt noch eine Menge Dinge zu klären, bevor der Zug geht.« Sie zwinkerte mir zu und verließ den Raum.

Mein Vater sah mich an. Sein Gesicht fühlte sich so vertraut an, dass ich mich fragte, wie ich es jemals hatte vergessen können.

»Ich liebe Kimi.« Ich senkte den Blick. »Wenn ich im Sommer zurückkomme, dann um zu bleiben. Ich werde mir ein Visum besorgen und Kimi und ich werden heiraten.«

»Hey, hey«, sagte er, »geht das nicht ein bisschen schnell? Du bist gerade erst achtzehn geworden.«

»Ich bin nicht wie Mum«, wandte ich ein. Dabei sah ich ihn kurz an und dann wieder weg.

»Nein, das bist du nicht.«

»Vor Kimi war ich mit ein paar Mädchen zusammen, aber nie habe ich gefühlt, was ich bei ihr empfinde.«

»Es braucht Zeit, um einen anderen Menschen kennenzulernen, Jacob.«

»Was Kimi und mich verbindet, Dad, ist etwas ganz Besonderes. Und es gehört hierher.« Ich warf ihm einen Seitenblick zu. »Ich dachte, du freust dich.«

»Ich freue mich, *nkosis.* Um ehrlich zu sein, kann ich immer noch nicht glauben, dass ich eine zweite Chance bekommen soll. Richtiges Leben mit meinem Sohn, nicht nur gelegentliche Besuche. Ich … ich bin gerade ziemlich überwältigt.«

Ich holte tief Luft. »Mum ist in der Unfallnacht gefahren, das weiß ich jetzt wieder.«

Die Lippen meines Vaters bebten, doch er sagte kein Wort.

»Wo wollte sie mit mir hin?«

»Zum Flugplatz. Weg von mir.«

»Mitten in der Nacht?«

»Nora hatte an dem Abend mehrere Male bei uns angerufen. Sie terrorisierte uns. Deine Mum hat es einfach nicht mehr ausgehalten.«

»Der Mann, der mich fand«, flüsterte ich, während Tränen über meine Wangen strömten, »das war keiner von den Rettungskräften. Das warst du.«

Mein Vater schluckte hart und nickte. »Deine Mum war nach dem Unfall eine Weile bewusstlos. Als sie wieder zu sich kam, war ich schon am Unfallort. Ich habe sie in meinen Wagen gesetzt und nach dir gesucht. Ich dachte, wenn ich dich unversehrt finde, dann kommen wir ohne Ärger aus der Sache wieder heraus.«

»Aber wieso haben sie dich ins Gefängnis gesteckt?«

Greg blickte in die Flammen. »Während ich im Schneegestöber nach dir suchte, hat deine Mum die Polizei gerufen und ist mit meinem Wagen weggefahren.«

»Aber …« Fassungslos sah ich meinen Vater an. Meine Mutter hatte nicht nur gelogen, sie hatte ihn verraten.

»Einer der beiden Officers, die an den Unfallort kamen, hatte mich wegen einer anderen Sache auf dem Kieker. Außerdem hatte ich getrunken und es gab ein verletztes Kind – dich. Also landete ich hinter Gittern.«

»Du hättest es klarstellen können«, murmelte ich. Dass er es nicht getan hatte, war mir unbegreiflich.

Mein Vater schüttelte den Kopf. »Christine war schon zweimal wegen Trunkenheit am Steuer verwarnt worden. Sie wäre ins Gefängnis gegangen. Sie oder ich, Jacob. Du brauchtest deine Mutter. Ich dachte, es geht ihr besser ohne mich.«

»Aber *mir* ging es nicht besser ohne dich.« Das klang ungewollt vorwurfsvoll. »Du hast dich geopfert. Für Mum.«

»Nein, Jacob. Ich habe versucht, das Richtige zu tun. Für Christine, für dich. Deine Mum war unglücklich in Moosonee und Nora machte uns das Leben schwer. Ich war nicht in der

Lage, Nora aus meinem Leben rauszuhalten. Sie war die Mutter meines Sohnes.«

»Und eine Cree.«

Er nickte. Ich sah die Scham in seinem Blick. Mein Vater war Teil einer Gemeinschaft und ich begriff, dass er versucht hatte, nach den Regeln dieser Gemeinschaft zu handeln.

»Du hast viel verloren in jener Nacht«, sagte ich. »Deine Frau, mich, deine Freiheit.«

»Dich habe ich nie verloren, *nkosis.* Und meine Freiheit, die bekam ich nach ein paar Monaten wieder.«

»Mum hat behauptet, sie hätte es getan, weil es das Beste für mich war. Aber in Wahrheit wollte sie nur ein anderes Leben für sich.«

»Deine Mutter ist nicht vollkommen, Jacob. Niemand ist das. Christine war nicht stark genug für dieses Land. Aber du bist es.«

»Glaubst du das wirklich?«

»Ich weiß es.«

»Es tut weh, wütend auf Mum zu sein.« Ich verzog das Gesicht. »Ich will sie hassen, aber das kann ich nicht. Ich habe mich damals im Auto abgeschnallt und Mum an den Haaren gezogen. Der Unfall war meine Schuld.«

»Du warst noch ein Kind, Jacob.«

»Bist du denn gar nicht wütend auf Mum?«

»Ich war es. Aber auch ich war schuldig. Solche Dinge passieren nun mal und man hat nicht immer eine Antwort.«

»Wie hat Mum es bloß fertiggebracht, vierzehn Jahre lang mit so einer Lüge zu leben?«

»Weißt du«, sagte mein Vater, »wenn man einmal anfängt zu lügen, dann verstrickt man sich rasch immer tiefer und auf einmal gibt es kein Zurück mehr. Deine Mutter wollte dich beschützen, damals wie heute.«

»Beschützen vor wem?«, rief ich. »Vor meinem eigenen Vater? *Warum?* Du bist kein Monster.«

»Ich bin ein Cree, Jacob, und deine Mum hatte Angst, du könntest sein wie ich. Sie fürchtete, dich zu verlieren. An mich und meine Welt. Den Fluss. Den *muskeg.* An die Macht der Vergangenheit.«

Ich tastete nach dem Wolfsamulett.

»Der *whe-tiko«*, sagte ich mit rauer Stimme. »Das war ein Elch.«

Mein Vater nickte lächelnd. »Ein großer Elchbulle. Es war Januar, er trug noch eine Schaufel seines mächtigen Geweihs. Ich hatte solche Angst um dich, Jacob. Du hast am Kopf geblutet und kein Lebenszeichen von dir gegeben.«

»Aber ich habe alles mitbekommen. Ich habe dein Herz schlagen hören und mich sicher gefühlt.«

Mein Vater fuhr sich mit einem Ärmel über das Gesicht und wischte sich die Augen trocken. »Was hat die Erinnerung ausgelöst?«

»Na, was wohl?«, antwortete ich grinsend. »Ein Elch. Kimi und ich, wir sind gestern im Busch einem begegnet. Als ich ihn aus dem Gebüsch brechen hörte und ihn schließlich sah, ist mir alles, was in jener Nacht geschah, wieder eingefallen.«

»Der *muskeg* und seine Magie«, sagte mein Vater nachdenklich. Er stand auf und legte neue Holzscheite auf das Feuer im Kamin. Bevor er sich wieder setzte, legte er mir seine Hand auf die Schulter.

Ich sah zu ihm hoch. »Ich bin so froh, dass ich dich gefunden habe, Dad.«

»Und ich bin froh, dass ich dich wiederhabe«, erwiderte er.

»Tut mir leid, dass es so lange gedauert hat.«

»Mir auch, Jacob«, sagte er. »Mir auch.«

Als mein Handy wieder aufgeladen war, schickte ich Ben eine *WhatsApp.*

Wie ist Mathe gelaufen?

Ganz gut, antwortete er. Was machst du?

Mich von meinem Waldmädchen verabschieden.

Ben schickte mir ein Smiley mit Herzaugen und eine Aubergine. Typisch Ben.

Muss bald zum Zug, schrieb ich. Sehe dich Montag in der Bioprüfung.

Ben schickte ein zwinkerndes Smiley. Wahrscheinlich glaubte er erst daran, wenn er mich leibhaftig vor sich sah. Was ich ihm nicht verdenken konnte.

»Was wird denn jetzt aus Mike?«, fragte Kimi meinen Vater, als wir später zusammensaßen und Tee tranken. »Ich meine, er ist verrückt. Beinahe hätte er Jacob erschossen.«

»Ich bin mir nicht sicher, ob er auch wirklich abgedrückt hätte«, warf ich ein. »Er war einfach nur am Ende.«

»Ich höre ja wohl nicht richtig.« Kimis Augen funkelten. »Er hat mich gefesselt und er hat auf Shadow geschossen.«

Als Shadow seinen Namen hörte, hob er den Kopf. Es ging ihm besser und er wollte raus. Wir hatten auf der Rückfahrt vom Tierarzt im *Northern* ein Halsband für ihn besorgt und Kimi legte es ihm an.

Obwohl Crazy Mike mir auf gewisse Weise leidtat, konnte ich nicht vergessen, welche Angst um Kimi ich seinetwegen ausgestanden hatte und welchen Schmerz Shadow erleiden musste.

Kimi hatte recht. Dass Mike Meenish nicht auf böse Art verrückt war, sondern auf eine verzweifelte Art, machte keinen Unterschied. Mike war eine Gefahr für mich und alle, die zu mir gehörten.

»Ich werde die Stammespolizei in Moose Factory informieren«, sagte mein Vater. »Ich muss mir nur genau überlegen, was ich ihnen erzähle.«

»Wir gehen nur kurz mit Shadow nach draußen.«

Der Wolf hasste das Halsband, daran ließ er keinen Zweifel. Aber er war noch benommen von der Narkose und wacklig auf den Beinen. Nachdem er sein Geschäft verrichtet hatte, stieß er einen hohen Klagelaut aus. Sein Körper mit dem Verband zitterte, er wusste nicht, was mit ihm los war. Doch dann witterte er etwas. Seine Ohren stellten sich auf, sein Schwanz fegte über den Boden und sein Atem ging schneller. Vergessen der Schmerz und die Benommenheit.

Shadow wollte los, seinem ureigenen Instinkt folgen. Jagen. Und töten. Er war ein Wolf und kein Hund, den man an der Leine führen konnte.

»A-pe!«, rief Kimi. »Setz dich!«

Shadow gehorchte widerwillig, aber er gehorchte.

»Hey, er hört auf dich.«

»Ich habe ihm letzten Sommer ein paar Dinge beigebracht.«

Im selben Moment begann Shadow zu heulen. Es war ein anschwellender, durchdringender Klagelaut, der mir durch Mark und Bein ging. Und prompt schlugen im zwei Kilometer entfernten Moosonee die Hunde an, die erst bellten und dann in Shadows Heulen einstimmten. Kimi und ich sahen uns wortlos an. Shadow musste so schnell wie möglich zurück in die Wildnis, wo er hingehörte.

Als wir ins Haus zurückkamen, erzählte Greg, dass er die Stammespolizei in Moose Factory angerufen hatte. »Mike liegt im Krankenhaus«, teilte er uns mit. »Er hatte es fast bis nach Moose Factory geschafft, aber dann hat schwarzes Eis sein Boot erwischt und er ist gekentert. Zum Glück hat jemand am Ufer das Ganze beobachtet und sie konnten ihn im letzten Moment rausholen. Er war unterkühlt, aber inzwischen geht es ihm besser.«

»Von mir aus hätte er bis in die Hudson Bay gespült werden können«, bemerkte Kimi grimmig.

Mein Vater schüttelte den Kopf. »Mike hat der Polizei erzählt, was er getan hat. Er hat um Hilfe gebeten.«

Ich stieß einen erleichterten Seufzer aus. Mikes verzweifelter Wunsch nach Rache hatte mein Schicksal gelenkt. Ohne ihn wäre ich nicht im winterlichen Busch gelandet, wäre dem Bären nicht in die Quere gekommen und wäre nicht gezwungen gewesen, mit Kimi und Anak mehrere Tage auf engem Raum zu verbringen.

Ohne ihn wäre alles ganz anders gekommen. Ich hatte eine Menge durchmachen müssen seinetwegen, aber so unsagbar viel dabei gewonnen. Mike hingegen hatte seine ganz persönliche Hölle noch einmal durchleben müssen. Was hätte es für einen Sinn gehabt, wenn er gestorben wäre?

Die letzte Stunde bis zur Abfahrt des Eisbärenexpress verging viel zu schnell. Louise und Della waren zum Bahnhof gekommen, um mich zu verabschieden.

Della entschuldigte sich bei Kimi und mir, was mich überraschte. »Was Mike getan hat, hat mir die Augen geöffnet«, sagte sie. »Er ist nie mit seinem Verlust fertig geworden, aber der Wunsch nach Rache macht einen blind und bringt nichts als Unglück. Mein Bruder ist tot, es war ein tragisches Unglück. Ich muss ihn gehen lassen.«

Kimi standen Tränen in den Augen und sie drehte sich weg.

Als Louise mich fest umarmte, sagte ich: »Ich erinnere mich an Lucas. Er hat mich immer *Jabob* genannt.«

Louise nickte unter Tränen und steckte mir einen Briefumschlag zu, den ich ins Seitenfach meiner Sporttasche schob. Dann war es so weit. Ich umarmte meinen Vater, der kein Wort mehr herausbrachte. Dann küsste ich Kimi ein letztes Mal.

»Mach ein gutes Abi«, sagte sie schniefend. »Camp Ajuawak braucht jemanden mit Grips.«

Ich lachte. Na ja, ich versuchte es jedenfalls. Tränen stiegen mir in die Augen. Ich wischte sie weg, um Kimi wieder richtig sehen zu können. Ich vermisste sie schon jetzt mit solch unglaublicher Wucht, dass mir ganz schummrig wurde.

Dann stieg ich ein und schloss die Tür hinter mir. Kaum saß ich auf meinem Platz, ertönte der Pfiff der Diesellok und der Zug setzte sich in Bewegung. Die vier winkenden Gestalten auf dem Bahnsteig waren schnell aus meinem Blickfeld verschwunden.

Eine ganze Weile konnte ich nichts denken. Ich presste meine Stirn an das kalte Glas und blickte aus dem Fenster auf den *muskeg*, auf die schimmernden Spiegel der Moorseen zwischen den krüppeligen Fichten.

Es ist nur für ein paar Wochen, Jacob.

Als sich mein Inneres ein wenig beruhigt hatte, zog ich den Briefumschlag aus meiner Tasche, den Louise mir gegeben hatte.

Darin befand sich ein Foto. Es zeigte das dunkle, sandige Ufer des Elchflusses, auf dem ein Feuer brannte. Stöcke mit Bannock steckten schräg zu den Flammen im Ufersand. Ein Junge mit schwarzen Haarfransen im runden Gesicht hielt mit einem schelmischen Grinsen seinen Stock über das Feuer. Eine dünnere Della saß mit gelangweiltem Teenagerblick auf einem Baumstamm. Neben ihr hockte ein kleiner Junge, der ihr unheimlich ähnlich sah. Ich saß zu ihren Füßen und hatte einen Hundewelpen auf dem Schoß. Im Hintergrund standen mein Vater und meine Mutter. Mum lachte, sie sah glücklich aus.

Mein Dad sagte etwas, ich hörte seine Stimme. »*Ashtum,* Jacob und Alex, kommt her zu mir. Ich zeige euch, wie man einen Köder am Haken befestigt.«

Alex steckte seinen Brotstock in den Sand und lief zu seinem Vater. Ich übergab das Hündchen an Della und lief ebenfalls zu meinem Dad.

Mit einem dicken Kloß in der Kehle blickte ich unverwandt auf das Foto. Konnte Stimmen und Gelächter hören, roch den köstlichen Bannock-Duft und spürte die heiße Sonne auf meiner nackten Haut. Der teebraune Fluss glitzerte im Sonnenlicht. Ein paar Minuten später würden Alex, Lucas und ich ins kalte Wasser springen und mein Dad uns zeigen, wie man Schwimmzüge macht. Wir würden so lange drinbleiben, bis wir blaue Lippen hatten und Mum und Louise darauf bestanden, dass wir rauskamen und uns aufwärmten.

Was uns wirklich ausmacht, werden wir nie genau wissen. Aber es gibt Momente im Leben, da können wir es fühlen. Ich hatte nach meinem Vater gesucht und so viel mehr bekommen. Die Liebe eines außergewöhnlichen Mädchens. Ein ganzes Volk mit seinen Geschichten, seinen Träumen und seinem Lachen.

Aber auch die traumatische Vergangenheit meiner Cree-Vorfahren, die noch lange brauchen würde, um zu heilen.

Ich betrachtete Alex und Lucas und mich auf dem Foto. *Alles Abwesende ist in irgendeiner Form noch da,* ging es mir durch den Kopf. Und dann schloss ich die Augen und lächelte.

NACHWORT

Über viele Jahre trug ich mich mit dem Gedanken, einen »Winterroman« zu schreiben, der im Norden Kanadas spielt. Ich danke der *Kulturstiftung Thüringen* für die mir gewährte Unterstützung, die es mir ermöglichte, diese Idee Wirklichkeit werden zu lassen.

Viele Menschen haben zum Entstehen des Romans beigetragen und bei einigen möchte ich mich namentlich bedanken. Bei Antonia Thiel und Frank Griesheimer, meinen beiden Lektoren, die das Projekt von Anfang an mit Begeisterung und wertvollem Rat begleitet haben. Bei Elfi Meyer aus Timmins, Ontario, meiner langjährigen Brieffreundin, die mich bei der Planung der Rechercheréise unterstützte, hilfreiche Kontakte für mich knüpfte und mich himmlisch bewirtete. Bei Wayne Taipale, Bürgermeister von Moosonee, der mich an seinem Wissen über den Ort und seine Geschichte und über die Jagd teilhaben ließ. Bei Julia Martens für den Rundgang durch das *Weeneebayko General Hospital* und den *sagabon.* Bei Darrell Isaac – die Bootsfahrt zur James Bay, seine inspirierenden Gedanken und sein Gesang bleiben ein unvergessliches Erlebnis. Bei Paul Lantz und Denise Metatawabin Lantz vom *Keewaytinok Native Legal Service* – ihr gemütliches Büro mit der kleinen Bibliothek war mir stets ein willkommener Anlaufpunkt, an dem ich auf all meine Fragen eine Antwort bekam.

Bei Tony Tourville, dessen bewegender Erfahrungsbericht über die *St. Anne's Residential School* mich zu Anaks Geschichte inspiriert hat. *Meegwetch,* Tony, ohne dich hätte dem »Schneetänzer« etwas Wichtiges gefehlt.

Mein besonderer Dank geht an die Menschen von Moosonee und Moose Factory für die Offenheit, mit der sie die neugierige deutsche Schriftstellerin empfangen haben. Ihre überwältigende Hilfsbereitschaft, ihr Humor und ihre herzliche Gastfreundschaft werden mir immer in Erinnerung bleiben.

Antje Babendererde, Liebengrün, im April 2019

Antje Babendererde

Wie die Sonne in der Nacht

Am Ende ihres Austauschjahres in New Mexico fällt Mara das Abenteuer buchstäblich vor die Füße: in Gestalt eines verletzten Jungen mit rabenschwarzem Haar, der ohne Gedächtnis ist und ohne Sprache. Einzig an seinen Namen kann er sich erinnern – Kayemo. Gemeinsam brechen die beiden in die Wildnis auf. Sie entdecken geheime Orte der Pueblo-Indianer und Spuren, die in Kayemos Vergangenheit führen. Mit jedem Schritt dringen mehr dunkle Geheimnisse an die Oberfläche. Geheimnisse, die die wachsenden Gefühle zwischen Mara und Kayemo unmöglich machen.

480 Seiten • Taschenbuch • ISBN 978-3-401-51167-2
Auch als E-Book erhältlich • www.arena-verlag.de